2

ULLSTEIN

Das Buch

Frühjahr 1942: In Nordafrika tobt zwischen dem deutschen Afrikakorps und dem britischen Expeditionskorps ein erbitterter Kampf um den Zugang zum Niltal und zum Suezkanal. Korvettenkapitän Thomsen, soeben mit seiner Kampfgruppe aus *U-112, U-114* und *U-500* von einem erfolgreichen Karibikeinsatz nach Brest zurückgekehrt, erhält den Befehl, sofort mit dieser Kampfgruppe in das Mittelmeer auszulaufen. Ihr Auftrag ist es, den Nachschub für das Afrikakorps zu sichern und die Versorgungskonvois der Briten für Tobruk anzugreifen und zu vernichten.
Tollkühn schlüpfen die Boote durch die Todesfalle Gibraltar. Aber obwohl die britischen Seestreitkräfte zunächst nur wenig Präsenz im Mittelmeer zeigen, müssen die Kommandanten der Boote schon beim ersten Angriff auf einen alliierten Konvoi erkennen, daß der Seekrieg im Mittelmeer den Geleitzugschlachten im Atlantik in nichts nachsteht.
Das Seegebiet vor Tobruk wird zum Prüfstein für die kampferprobten deutschen Kommandanten.

Der Autor

Erik Maasch wurde zur Marine eingezogen, absolvierte mit Erfolg die Marineschule Flensburg-Mürwik, nahm als Seeoffizier auf verschiedenen Kriegsschauplätzen am Zweiten Weltkrieg teil und ist als Kapitän auf Großer Fahrt auf deutschen Kauffahrteischiffen zugelassen. Er wurde bekannt als Autor zahlreicher heiterer Romane, eines nicht minder erfolgreichen Kriminalromans und vieler spannender U-Bootromane.

In unserem Hause sind von Erik Maasch bereits erschienen:

Duell mit dem nassen Tod
Tauchklar im Atlantik
Auf Sehrohrtiefe vor Rockall Island
Die U-Boot-Falle
U-112 auf Feindfahrt mit geheimer Order
Im Fadenkreuz von U-112: English Harbour

Erik Maasch

U-Boote vor Tobruk

Roman

Ullstein

Ullstein Taschenbuchverlag
Der Ullstein Taschenbuchverlag ist ein Unternehmen der
Econ Ullstein List Verlag GmbH & Co. KG, München
Originalausgabe
1. Auflage 2002

Umschlaggestaltung: Hansbernd Lindemann, Grafikdesign, Berlin
Titelabbildung: Nach einem Gemälde von Claus Bergen,
Marineschule Mürwik
Gesetzt aus der New Baskerville
Satz: Buch-Werkstatt GmbH, Bad Aibling
Druck und Bindearbeiten: Ebner & Spiegel, Ulm
Printed in Germany
ISBN 3-548-25333-4

Die Werftabnahme war vorüber. Mein I WO, Kapitänleutnant Kruse, mein LI, Oberleutnant Ing. Lietz, und der zuständige Oberingenieur der Werft in Brest, Strübing, gingen mit mir das Werftprotokoll durch und zeichneten Seite für Seite gewissenhaft mit ihren Paraphen ab.

»Und diesmal garantiert keine faulen Eier, Herr Strübing?« sagte ich, als ich meine Unterschrift unter die letzte Seite des Protokolls setzte.

»Garantiert keine, Herr Korvettenkapitän, darauf können Sie sich verlassen!« Er hob die Hand wie zum Schwur. »Ich habe Ihre eindringliche Warnung nicht vergessen und dafür gesorgt, daß kein Franzose auch nur einen Fuß auf die Stelling Ihres Bootes setzen konnte. Das gilt auch für die anderen Boote. Außerdem haben wir die Saukerle geschnappt, die diese heimtückischen Zeitbomben in die Boote eingebaut haben.«

»Und?« fragte Kruse, obwohl er wußte, was mit solchen Saboteuren in der Regel geschah.

»Die militärische Abwehr ist mit ihnen nicht sehr zartfühlend umgegangen. Sie hat sie ausgequetscht, bis sie auch ihre Hintermänner preisgegeben haben. Und dann hat man sie alle vor ein Standgericht gebracht und hier in der Werft als Abschreckung für die anderen französischen Arbeiter aufgeknüpft.« Er schüttelte sich. »War kein schönes Schauspiel.«

Das konnten wir uns gut vorstellen. Andererseits erinnerten wir uns noch recht gut an die in letzter Zeit immer häufiger auftretenden »faulen Eier«. Das waren raffiniert eingefädelte Sabotageakte angeblich loyaler französischer Werftarbeiter, die auch uns schon in die größten Schwierigkeiten gebracht hatten. So war beispielsweise auf unserer Karibik-Feindfahrt urplötzlich mitten im Atlantik fast die gesamte Kompaßanlage auf *U-112* ausgefallen.

Es hatte eine endlose, nervenaufreibende Zeit gedauert, bis wir die Ursache für den Kurzschluß gefunden hatten, den wir einem dieser heimtückischen Halunken verdankten, der die Kabelummantelung abgeschabt hatte. Kein Wunder, daß die Abwehr diese Leute nicht mit Glacéhandschuhen anfaßte. Solche Vorfälle waren eben keine Kavaliersdelikte, denn jedes Mal stand das Leben der betroffenen deutschen U-Bootbesatzung auf dem Spiel.

»Und Sie sind sich sicher, daß sich die Franzosen durch ein so grausames Schauspiel abschrecken lassen werden?« fragte Kruse zweifelnd.

»Eben nicht, Herr Kaleu. Deshalb lassen wir sie ja auch nicht mehr an Bord.« Strübing verzog das Gesicht und zuckte die Schultern. »Die wittern inzwischen Morgenluft, seit die Amerikaner in den Krieg eingetreten sind und es auch in Rußland nicht mehr so läuft.«

Strübing packte seine Papiere zusammen und verstaute sie in seiner Aktentasche. »Wo soll es denn diesmal hingehen, Herr Kapitän? Wieder in die Karibik?«

Eine Frage, die ich nicht zu beantworten gedachte. Erstens wußte ich es nicht, und zweitens unterlagen unsere Unternehmungen der Geheimhaltung. Die meisten deutschen Männer in Brest ertränkten nämlich ihr Heimweh in den französischen Lokalen oder suchten Ablenkung in den Armen französischer Freundinnen. Da rutschte schnell mal ein unbedachtes Wort heraus, das früher oder später bei der Widerstandsbewegung offene Ohren fand. Deshalb zuckte ich mit den Schultern. »Keine Ahnung! Die Antwort kann Ihnen nur der Flottillenchef geben.«

Die Antwort bekamen wir am Nachmittag. Ein Läufer holte Kruse und mich zur Besprechung in das Stabsgebäude der Flottille. Wir waren nicht die einzigen. Zu unserer Überraschung saßen bereits der Kommandant von *U-114,* Kapitänleutnant Kuddel Wildenow, und sein I WO, Oberleutnant zur See Pauli, am Besprechungstisch und begrüßten uns mit großem Hallo.

Wenig später trudelte auch der Kommandant von *U-500,* Oberleutnant zur See Hagen, mit seinem I WO, Leutnant zur See Gorgas, ein. Wir kannten einander gut. Wildenow und ich gehörten derselben Offizierscrew an. Außerdem hatten *U-114, U-500* und *U-112* meine Kampfgruppe gebildet, mit der wir auf unserer letzten Feindfahrt den U-Bootkrieg in die Karibik getragen hatten.*

»Sieht aus, als ginge es uns wieder gemeinsam an, was? Wieder Karibik?« fragte Wildenow erfreut. »Oder weißt du schon mehr, Arne?«

Ehe ich antworten konnte, trat der Flottillenchef, Korvettenkapitän Bernhardi, zusammen mit seinem Adjutanten, Kapitänleutnant Kreklow, und einem Schreibersmaat ein und nahm nach einem knappen begrüßenden Nicken am Kopfende des Tisches Platz. Er machte dabei ein Gesicht, als habe er auf saure Zitronen gebissen.

»Seine Hoch-, Frag- und Unwürden scheinen wieder

---

*siehe: Erik Maasch: Im Fadenkreuz von U-112: English Harbour. Ullstein Taschenbuch 25209.

einmal denkbar schlechter Laune zu sein, Arne«, raunte mir Wildenow hinter vorgehaltener Hand zu und lümmelte sich in lässiger Haltung in seinen Stuhl. »Der neidet dir vermutlich das Eichenlaub und mir das Ritterkreuz, dieser Sesselfurzer.«

»Nicht nur, Kuddel«, gab ich ebenso leise zurück, »auch meine vorgezogene Beförderung zum Korvettenkapitän schmeckt diesem Heini nicht. Und deine steht doch auch in Kürze bevor.«

Bernhardi warf uns einen ungnädigen Blick zu. »Ich wäre den Herren Kommandanten sehr verbunden, wenn sie ihre Privatgespräche gefälligst einstellen wollten. Schließlich kommen wir hier nicht zu einem Kaffeeklatsch zusammen.«

Das war wieder einmal genau der falsche Ton. Mit einem respektlosen Grinsen ließ Wildenow den unüberhörbaren Tadel von sich abprallen: »Ach, gegen eine Muck Kaffee hätte jetzt wohl kaum einer von uns etwas einzuwenden, Herr Kapitän. Kaffee schärft bekanntlich die Sinne.«

Als Flottillenchef saß Bernhardi zwar am längeren Hebel, sein Selbstwertgefühl krankte jedoch daran, daß er nur drei Feindfahrten aus der ersten Phase des U-Bootkrieges vorzuweisen hatte. Weniger als die Kommandanten und Wachoffiziere, die jetzt vor ihm saßen. Allein Wildenow und ich konnten beispielsweise mit acht erfolgreichen Feindfahrten und den daraus resultierenden Kriegsauszeichnungen aufwarten. Da genügte schon der bloße Anblick oder so eine flapsige Antwort, um Minderwertigkeitskomplexe in ihm auszulösen.

Prompt blaffte er mit bitterböser Miene zurück: »Kaffee bei einer dienstlichen Besprechung? Warum nicht gleich Champagner, Kapitänleutnant Wildenow? Nicht mit mir! Solche neumodischen Unsitten wollen wir gar nicht erst einreißen lassen. Habe ich mich klar genug ausgedrückt, meine Herren?«

»Was beißt den denn?« knurrte Kruse leise.

Auch an den Mienen der anderen Offiziere hätte Bernhardi die Mißbilligung seiner Antwort ablesen können. Aber dafür hatte er in diesem Augenblick wieder einmal kein Gespür.

»Das haben Sie ohne jeden Zweifel, Herr Bernhardi«, schaltete ich mich ein. »Warum eigentlich? Ich fand die Idee Herrn Wildenows gar nicht so schlecht.«

Hatte ich gehofft, die gespannte Stimmung damit entschärfen zu können, trat genau das Gegenteil ein. Ich hätte wissen müssen, daß ich damit nur noch mehr Öl ins Feuer goß. Bernhardi wertete meine Worte als Angriff.

Mit hochrotem Kopf fuhr er hoch: »Das können Sie halten, wie Sie wollen, Herr Thomsen! Mir als Ihrem Flottillenchef ist das herzlich schnuppe!« Er schlug mit der Faust auf den Tisch. »Noch setze ich die Norm, verstanden?«

Das war eine so beleidigende Reaktion, daß alle Zuhörer betreten die Luft anhielten. Auch mir verschlug es einen Augenblick lang glatt die Sprache. Wut quoll in mir hoch. Das konnte und durfte ich nicht hinnehmen. Schließlich hatte ich den gleichen Dienstrang wie er, auch wenn ich erst vor vier Wochen mit der vorgezogenen Beförderung zum Korvettenkapitän ausgezeichnet worden war.

Auch Wildenow schwoll der Kamm. Er setzte zu einer empörten Erwiderung an.

»Moment, Herr Wildenow!« kam ich ihm zuvor, denn er hatte seinem Rang nach die schlechteren Karten gegenüber dem Flottillenchef. Ich funkelte Bernhardi an. »Hat das jemand von uns bezweifelt, Herr Bernhardi? Mich hält allein die Achtung vor Ihrer Dienststellung als Flottillenchef davon ab, Ihnen in der gleichen Weise zu antworten. Soviel sei aber doch gesagt, daß Ihre Stellung Sie nicht berechtigt, sich über die in Offizierskreisen üblichen Umgangsformen in so beleidigender Weise hinwegzusetzen.«

»Sehr richtig!« ging das Temperament nun auch mit Kruse durch. »Wir sind schließlich keine Rekruten!«

Er trommelte mit den Fingerknöcheln auf der Tischplatte Beifall. Sofort schlossen sich die anderen Offiziere seinem Beispiel an. Bernhardi sah sich plötzlich einer Phalanx hoch dekorierter Frontoffiziere gegenüber. Wenn dieser einmalige Vorgang dem Führer der U-Boote (West) zugetragen wurde, löste das garantiert eine peinliche Untersuchung aus.

Eine Untersuchung, deren Folgen für ihn unabsehbar waren, wenn der FdU (West) damit ausgerechnet Fregattenkapitän Roloff betraute. Der hatte beim FdU nicht nur ein gewichtiges Wort mitzureden, sondern war Bernhardi alles andere als grün. Eine Erkenntnis, die endlich in sein verquastes Gehirn drang und ihn aufzuschrecken schien.

»Ich ... Hmm!« stotterte er und biß sich auf die Lippen. »Es liegt mir selbstverständlich fern, Sie zu beleidigen, meine Herren. Sollte dieser Eindruck entstanden sein, so kann ich das nur bedauern.«

Zu mehr langte es bei ihm nicht, für ihn war es jedoch schon sehr viel. Fahrig stauchte er seine Papiere ordnend auf dem Tisch auf. In der lastenden Stille, die seinen Worten folgte, wirkte das Geräusch wie ein Kanonenschuß.

»Hmmm! ... Mir liegen die Werftprotokolle vor. Daraus ersehe ich, daß Ihre Boote für den Fronteinsatz freigegeben worden sind.« Er wandte sich seinem Adjutanten zu. »Bitte, Herr Kreklow, Ihren Lagebericht!«

Kreklow gab dem Schreibersmaat einen Wink. Der stand auf und entrollte an einem Kartenständer eine Karte des Mittelmeeres.

»Das Mittelmeer? Was soll das denn?« entfuhr es mir überrascht. »Nicht die Karibik? Wir dachten, gerade nach unseren Erfolgen sei ...«

»Ich muß Sie enttäuschen, Herr Kapitän!« unterbrach mich Kreklow. »Unsere italienischen Verbündeten sind trotz ihrer Übermacht an Großkampfschiffen und Zerstörern nicht in der Lage, den Nachschub für unsere in Nordafrika um den Zugang zum Niltal kämpfenden Truppen vor dem Zugriff der zahlenmäßig unterlegenen britischen Luft- und Seestreitkräfte zu schützen. Etwa siebzig Prozent des Nachschubs an Menschen und Material gehen daher auf See verloren. Zudem ist es noch immer nicht gelungen, den Nachschub für die britischen Truppen zu unterbinden und Malta zu erobern. Diese Lage im Mittelmeer zwingt den BdU zur Verlegung weiterer U-Boote vor die nordafrikanische Küste.«

»Moment mal, Herr Kreklow! Heißt das, daß unsere drei Boote dafür vorgesehen sind?« fragte ich ungläubig, denn es gab gegen den Einsatz der großen IXC-Boote im Mittelmeer eine ganze Reihe gewichtiger Bedenken.

»Das heißt es, Herr Thomsen. Wir haben Befehl, drei Boote für diesen Einsatz ins Mittelmeer zu entsenden, die vor allen Dingen den britischen Nachschub entlang der Küste vom Suezkanal bis Tobruk zu unterbrechen haben«, mischte sich Bernhardi ein und hob abwehrend die Hand, um meine Gegenargumente abzuwürgen. »Wir wissen, daß VII-C-Boote für den Einsatz im Mittelmeer besser geeignet sind. Diese Auffassung teilt auch der BdU. Aber Rommel bereitet eine neue Offensive gegen Tobruk vor und braucht die Unterstützung von See her. Da ist Not am Mann, deshalb.«

»Zumal wir von den seit September 1941 ins Mittelmeer verlegten VII-C-Booten inzwischen einige verloren haben«, setzte Kreklow hinzu. »Außerdem hat die Flottille im Augenblick keine anderen einsatzbereiten Boote zur Verfügung. Sobald die Besatzungen wieder komplett sind, gehen *U-112, U-114* und *U-500* in See. Bis zum Durchbruch durch die Enge von Gibraltar ist – wie der FdU (West) entschieden hat – Herr Korvettenkapitän Thomsen der Führer dieser Kampfgruppe. Alles Weitere entscheidet dann der FdU *Mittelmeer.* Ihre Hauptaufgaben werden Torpedoangriffe auf die britischen Nachschubgeleite für Tobruk sein. Das schließt auch Minenunternehmungen ein.«

Ich lächelte in mich hinein. Daher wehte also der Wind für die schlechte Laune des Flottillenchefs: Der FdU hatte entschieden. Das ging mit Sicherheit auf den Vorschlag Roloffs zurück, und Bernhardi wußte das.

»Alle weiteren Anweisungen finden Sie in den Einsatzbefehlen, die Ihnen der Schreibersmaat jetzt aushändigen wird, meine Herren«, ergänzte Bernhardi. »Ich bitte Sie daher, alle sich daraus ergebenden taktischen Probleme mit den Kommandanten der beiden anderen Boote durchzusprechen, Herr Thomsen. Sie haben ja darin schon Erfahrung. Eigeninitiative ist gefragt, wie Herr Fregattenkapitän Roloff immer so gerne sagt. Ein entsprechendes Ergebnisprotokoll wollen Sie mir bis – sagen wir – morgen abend zur Kenntnisnahme vorlegen. Noch Fragen?«

So war das immer. Was er als Lagebericht angekündigt hatte, verdiente den Namen nicht, und die ganze Besprechung erwies sich ebenfalls als pure Farce. Sie diente einzig und allein dazu, Verantwortung abzuschieben. Darin war Bernhardi Meister.

Während der Schreibersmaat die Einsatzbefehle austeilte, meldete sich Hagen zu Wort. »Noch eine Frage, Herr Kapitän. Wann ist mit dem Ersatz für die zu Lehrgängen kommandierten Männer zu rechnen? Bei mir sind es immerhin zehn Mann.«

Bei Wildenow und mir waren es nicht ganz so viele. Kreklow blickte in seine Papiere. »Der Ersatz kommt im Laufe der nächsten zwei Tage. Es sind durchweg erfahrene Männer, die Speziallehrgänge absolviert haben. Darunter sind Minenexperten und Taucher, sogenannte Kampfschwimmer. Jedes Boot bekommt also vollwertigen Ersatz. Noch Fragen?«

»Die ergeben sich mit Sicherheit, wenn wir die Einsatzbefehle gelesen haben, Herr Kreklow«, sagte ich. »Bis dahin …«

»Sie haben ja zwei Tage Zeit, um die zu klären, Herr Thomsen«, unterbrach mich Bernhardi und stand auf. »Sie werden indessen Ihre Boote seeklar machen, meine Herren. Die Termine für die Munitions-, Minen- und Torpedoübernahme klären Sie bitte sofort mit dem Arsenal. Ich danke Ihnen.«

»Sie haben ja zwei Tage Zeit, um das zu klären, Herr Thomsen«, äffte Wildenow den Flottillenchef nach, während wir das Stabsgebäude verließen. »Er ist und bleibt eine Nulpe. Der falsche Mann auf dem falschen

Platz. Keine Ahnung von Menschenführung. Oder siehst du das anders?«

Natürlich sah ich das nicht anders. Bernhardis Vorstellungen von militärischer Menschenführung orientierten sich noch immer an den von blindem Kadavergehorsam geprägten Kommandostrukturen aus Friedenszeiten. Für ihn brach jedes Mal eine Welt zusammen, wenn seine Offiziere nicht mehr widerspruchslos kuschten. Er wollte oder konnte nicht begreifen, daß der U-Bootalltag der immer gefährlicher werdenden Fronteinsätze inzwischen eine neue Offiziersgeneration geformt hatte, die ein ganz anderes Verständnis von Menschenführung hatte.

»Der hätte längst abgelöst werden müssen, Herr Kapitän«, hieb Kruse in Wildenows Kerbe. »Meinen Sie nicht auch?«

Wildenow nahm mir die Antwort ab. »Ablösung – genau das fürchtet er. Von wegen, die hätten im Augenblick keine frontklaren VII-C-Boote zur Verfügung! Alles Lug und Trug. Ich wette, Bernhardi hat das beim FdU nur deshalb so gedeichselt, um dich möglichst schnell vom Halse zu haben.«

Ich horchte auf. »Warum das denn?«

»Warum? Das pfeifen die Spatzen doch vom Dach! Sag bloß, du weißt nicht, daß du im Offizierskasino schon insgeheim als sein möglicher Nachfolger gehandelt wirst!«

Ich blieb stehen und starrte ihn verblüfft an. »Ich als sein Nachfolger? Mach keine Witze, Kuddel!«

»Herr Wildenow macht keine Witze, Herr Kapitän«, sagte Kruse.

Hagen nickte zustimmend. »Ich habe das auch gehört und bin mir sicher, daß das dem Kreklow ebenfalls zu Ohren gekommen ist. Der hatte garantiert nichts Besseres zu tun, als es seinem Chef brühwarm zuzutragen.«

»Verdammt, wer setzt denn so etwas in die Welt?«

»Na, wer wohl?« Wildenow grinste. »Du kennst doch den Bordfunk, Arne. Irgendwer hat da beim FdU 'nen Crewkameraden oder 'ne flotte Mieze, die was aufgeschnappt haben. Da war der Weg bis zu uns ins Casino nicht mehr weit. Ehrlich gesagt, du wärst uns allen auch viel lieber. Da biste platt, was?«

Das war ich tatsächlich. Kopfschüttelnd ging ich weiter und versuchte, Ordnung in meine Gedanken zu bringen. »Ein Gerücht, Kuddel, noch dazu ein weit hergeholtes.«

»Ist es nicht, Arne! Du mußt doch selbst zugeben, daß *U-112* rangmäßig überbesetzt ist – oder? Ein Korvettenkapitän als Kommandant, ein Kapitänleutnant als I WO und ein Oberleutnant als II WO, das ist doch nicht normal! Oder kannst du mir auch nur ein Boot mit der gleichen Kommandostruktur nennen?«

Das konnte ich nicht. Dafür ging mir plötzlich ein Licht auf. Das Gerücht bekam auf einmal einen ganz realen Hintergrund. Fregattenkapitän Roloff hatte in Berlin genau die gleichen Worte »... rangmäßig überbesetzt ...« gebraucht, als er mir zu meiner Beförderung und zur Verleihung des Eichenlaubs zum Ritterkreuz gratuliert hatte, und hinzugesetzt: »Wir werden uns eben etwas einfallen lassen müssen, lieber Thomsen, wenn wir wieder in Brest sind. Aber jetzt machen wir erst einmal Urlaub, was?«

Er hatte sich ganz offensichtlich etwas einfallen lassen und es mit dem FdU durchgesprochen. Das war durchgesickert, bevor es spruchreif wurde. Wildenow lag mit seinem Verdacht vielleicht gar nicht so falsch, Bernhardi habe die Gunst der Stunde genutzt, um mich auf diese Art loszuwerden.

»Komm, Kuddel, was zerbrechen wir uns darüber den Kopf? In den zwei Tagen ändert sich daran garantiert nichts. Ich schlage daher vor, wir setzen uns alle jetzt gleich zusammen und sprechen die Einsatzbefehle durch. Danach gebe ich im Casino einen aus. Meine Beförderung muß schließlich begossen werden.«

Die Einsatzbefehle waren knapp und eindeutig. Sie entsprachen damit der üblichen Form, mit einer Ausnahme: Unsere drei Boote wurden aus der Flottille in Brest ausgegliedert und dem Führer der U-Boote (Mittelmeer) beim Marinekommando Italien zugeteilt. Sobald wir den Atlantik verlassen hatten, unterstanden wir der U-Flottille mit den Stützpunkten in La Spezia und Pola.

»Seltsam«, wunderte sich nicht nur Kruse, »keine Anweisung, sofort La Spezia oder Pola anzulaufen, um weitere Befehle zu empfangen.«

»Ich lege das so aus, daß uns freie Hand gegeben wird, bis wir uns verschossen haben. Wir werden also alles auf die Hörner nehmen, was uns bis Tobruk vor den Bug läuft«, meinte Wildenow zuversichtlich. »Um mehr Erfolg zu haben, bleiben wir am besten als Kampfgruppe zusammen.«

»Das wird in dieser Jahreszeit schwierig genug werden. Blauer Himmel, klares Wasser, keine starke Dünung und kein starker Wellengang wie im Atlantik. Hinzu kommt unsere Größe. Wir werden leichter zu orten und mit Wasserbomben zu verfolgen sein«, gab ich zu bedenken. »Keine schönen Aussichten, was?«

Kruse nickte. »Und wenn man den Agentenmeldungen aus Spanien glauben darf, ist man nach der Versenkung des Flugzeugträgers *ARK ROYAL* inzwischen auch in Gibraltar wach geworden. Starke Überwachung der Meerenge auf beiden Seiten durch Überwassereinheiten und Luftaufklärung. Man höre und staune, letztere sogar bei Nacht und Neumond!«

Wildenow winkte ab. »Was macht das schon? Brechen wir eben getaucht und bei Nacht durch. Mit der Oberflächenströmung im Rücken, die vom Atlantik in das Mittelmeer fließt, haben wir einen weiteren Vorteil auf unserer Seite.«

»Wir werden sehen, Kuddel«, bog ich die Diskussion ab. »Gehen wir lieber die übrige Planung an.«

Wir kamen schneller als erwartet zu unserem Ziel. Nach zwei Stunden konnte ich einem Schreibersmaat das Ergebnisprotokoll für Bernhardi diktieren.

Der nächste Tag wartete am Ende der üblichen Morgenmusterung mit einer Überraschung auf. Der Smadding, Oberbootsmann Wörle, war gerade dabei, den Tagesplan bekanntzugeben und die Besatzung entsprechend in Arbeitsgruppen einzuteilen, als ein klappriger Wehrmachtsbus auf den Ausrüstungskai tuckerte und den früher als erwartet eintreffenden Ersatz für die Boote ausspie. Ein Maat aus dem Flottillenstab wies die neuen Besatzungsmitglieder eilfertig den einzelnen Booten zu.

Wie man an ihren Kriegsauszeichnungen ersehen konnte, waren die für *U-112* bestimmten Männer fünf erfahrene U-Boothasen. Das hätte den Smadding eigentlich warnen müssen. Aber eine so verlockende Gelegenheit, sich angesichts der angetretenen Besatzung und der abseits stehenden Offiziere wieder einmal so richtig schön in Szene setzen zu können, konnte er sich einfach nicht verkneifen.

Wörle musterte jeden einzelnen eingehend von oben bis unten, ehe er in seine Liste blickte und einen der Männer aufs Korn nahm. Es war ein kräftig gebauter, ansehnlicher Maat, so ein richtiger norddeutscher Bilderbuch-Seemann. Ein blonder Frauentyp, dem an Land garantiert jedes Mädchenherz zuflog, wenn er die Damen mit seinen blaugrauen Augen auch nur ansah. Unter den Orden auf seiner breiten Brust stach besonders das seltene Hilfskreuzerkampfabzeichen hervor. Das schien Wörle zu irritieren, aber nur für einen Augenblick.

»Hmmm ... Torpedomaat Lindner, ja? Sie kommen als Ersatz für Torpedomaat Binder. Ihre Station ist der achtere Torpedoraum.« Er runzelte die Stirn. »Aber was lese ich da, Sie sind Kampfschwimmer? Was heißt denn das? Schwimmen denn die Torpedomixer jetzt neuerdings ihren Torpedos hinterher?«

Das brachte ihm zwar ein paar kümmerliche Lacher ein, Lindner ließ sich jedoch durch diese Effekthascherei nicht beeindrucken. Er grinste. »Aber klar doch, Herr Oberbootsmann. Ist das denn neu für Sie? Wir sind die neue deutsche Wunderwaffe, die von nun an Irrläufer verhindert.«

Lautes Gelächter belohnte den Torpedomaat für seine schlagfertige Antwort, verstummte jedoch sofort, als der verdatterte Smadding den respektlosen Lachern seinen berühmt-berüchtigten Dompteurblick zuwarf.

»Wumm, das saß!« raunte mir Kruse schmunzelnd zu. »Donnerwetter, der Mann gefällt mir. Läßt den Smadding mit seinem Imponiergehabe glatt auflaufen.«

»Mir auch!« gab ich lächelnd zurück. »Aber Sie sollten vielleicht lieber eingreifen, bevor der Wörle sein Spielchen auch noch mit den anderen treibt. Wir kommen sonst mit den vereinbarten Terminen in Zeitdruck, Herr Kruse.«

»Mach' ich, Herr Kapitän.« Kruse ging hinüber zu der Gruppe. »Oberbootsmann, wir verlieren Zeit. Teilen Sie die Neuen den einzelnen Arbeitsgruppen zu, und dann ran an die Proviant- und Wasserübernahme. Klar?«

Nach der Werftfreigabe war es für unsere eingespielten Besatzungen eine reine Routinearbeit, die Boote für den bevorstehenden Fronteinsatz auszurüsten. Dennoch gingen dabei die uns dafür zugestandenen zwei Tage glatt drauf. So lagen die drei Boote erst am Nachmittag des zweiten Tages – mit Proviant für sechs Wochen vollgestopft bis in den letzten freien Winkel, die Frischwasser- und Treibölbunker bis zum Eichstrich aufgefüllt, ausgerüstet mit Torpedos, Munition und Minen – einsatzbereit im Schutz des mächtigen U-Bootbunkers.

Noch bevor ich dazu kam, die drei Boote frontklar zu melden, hatte Bernhardi »den richtigen Riecher«, wie sich Wildenow ausdrückte. Er bestellte uns drei Kommandanten durch einen Läufer in das Stabsgebäude.

»Der hat jetzt das Ergebnisprotokoll auf dem Tisch. Bin gespannt, was er diesmal wieder daran auszusetzen hat.«

»Vermutlich hat er wieder eine Stinklaune, weil er irgend so ein albernes Haar in der Suppe gefunden hat, an dem er sich hochhangeln kann, Herr Kapitän«, meinte Hagen.

»Irrtum, meine Lieben!« spielte Wildenow wieder den Propheten. »Ich wette, der schmiert uns Rotz um die Backen und segnet alles ab, damit er dich bloß los wird, Arne, bevor ihm noch jemand 'nen Strich durch die Rechnung machen kann.«

Und in der Tat, Bernhardi empfing uns überaus freundlich und bot uns sogar Platz an. »Ich habe das Protokoll gelesen und bin mit allem voll einverstanden. Ich darf doch wohl davon ausgehen, daß Ihre Boote jetzt einsatzbereit sind, oder? – Gut! Wann kann Ihre Kampfgruppe in See gehen, Herr Thomsen?«

»Mit dem Kentern der Abendflut, Herr Bernhardi. Wir wollen den Ebbstrom ausnutzen, um schneller in den freien Atlantik zu gelangen. Wir bitten Sie, die Küstenbatterien entsprechend zu informieren, damit wir keine unliebsamen Überraschungen erleben.«

»Das ist doch selbstverständlich, lieber Herr Thomsen!« versicherte er mit einem falschen Lächeln. »Und ... äh ... wann kentert die Flut?«

Peinlich, peinlich, dachte ich, was für eine Blöße! Gerade an der bretonischen Küste spielten Ebbe und Flut eine gravierende Rolle. Da war es für jeden Flottillenchef einfach ein Muß, daß unter der Glasplatte auf seinem Schreibtisch ein aktueller Gezeitenkalender mit den enormen Tidenunterschieden lag, um disponieren zu können.

»Um zwoundzwanzig Uhr zwoundvierzig, Herr Bernhardi. Etwa dreißig Minuten später dürften wir die enge Durchfahrt in den freien Atlantik passieren.«

»Hmm! Wie ich mich erinnere, hatten Sie bisher immer etwas gegen eine offizielle Verabschiedung, um französische Agenten nicht auf sich aufmerksam zu machen. Gilt das auch für heute nacht? – Gut, das kommt mir sehr gelegen.« Er stand auf. »Viel Erfolg im Mittelmeer! Gute Jagd und fette Beute!«

»Danke, Herr Bernhardi!«

Er schüttelte uns die Hände. Damit waren wir entlassen. Schweigend verließen wir das Stabsgebäude.

Auf der Straße blieb Wildenow stehen und schaute auf die Uhr. »Ich bin froh, daß wir die Flottille wechseln. Schlechter kann's eigentlich nicht werden, höchstens besser. Darauf sollten wir noch einen Scheidebecher zur Brust nehmen. Zeit genug bis zum Seeklar haben wir ja noch. Was meinst du, Arne?«

Ich kam nicht mehr dazu, seine Frage zu beantworten. Die Sirenen heulten los, gaben Fliegeralarm. Wir mußten die Beine in die Hand nehmen, um so schnell wie möglich in den Schutz der Bunker des Stützpunktes zu gelangen. In das Geheul mischte sich bereits das Schnellfeuer der leichteren Flak rund um den Hafen.

Sie nahm mehrere Pulks britischer Jagdflugzeuge unter Beschuß, die von See her im Tiefflug über die Hügelkette gefegt kamen und sich aus allen Bordwaffen feuernd auf die Flakstellungen stürzten. Über die Absichten der Angreifer gab es keine Zweifel.

»Die wollen die Flak ausschalten, damit die Bomber leichteres Spiel haben!« schrie ich gegen den ohrenbetäubenden Gefechtslärm an.

Eine Rotte Tommies kurvte auf die Hafenstraßen ein und machte im Tiefflug Jagd auf alles, was sich darauf bewegte.

»Volle Deckung! Gleich geht es hier rund.«

Blitzschnell suchten wir in einem Hauseingang Schutz, denn Granat- und Steinsplitter spritzten nach allen Seiten, als die Geschoßgarben der Jäger tiefe Furchen in das Kopfsteinpflaster stanzten. Mörtelstaub vernebelte die Luft, es regnete Fensterscheibentrümmer auf die Straße.

Das Dröhnen der Motore übertönte sekundenlang die Detonationen der Geschosse, als die Maschinen über die Häuser hinwegfegten.

»Verflucht, das war knapp!« Ich riskierte einen vorsichtigen Blick aus dem Hausflur. »Sie ziehen hoch! Raus jetzt, bevor sie zu einem neuen Angriff ansetzen!«

Wir liefen um unser Leben. Kaum hatten sich die schweren Bunkertüren hinter uns geschlossen, prasselten Geschosse gegen den dröhnenden Stahl. Es klang, als schlüge jemand mit einem Vorschlaghammer auf eine Glocke ein. Und dann kam es dicke.

Auf die Hafenanlagen ging ein Flächenbombardement nieder. Die explodierenden Bomben vermochten zwar den mehrere Meter dicken Betonmauern nichts anzuhaben, ihre Detonationswellen übertrugen sich jedoch auf den Boden unter unseren Füßen und brachten ihn in Bewegung. Der Luftdruck preßte Staubwolken durch die Ritzen der Luftschleusen und durch die Lüftungsschächte. Rauh legte er sich auf die Schleimhäute und reizte die Atmungsorgane.

Ich hielt mir mein Taschentuch vor den Mund und versuchte, den krampfartigen Hustenreiz zu unterdrücken. »Elende Sauerei! Uns reden sie ein, die Bunker seien gasdicht! Von wegen! Auch hier wieder Pfusch! Das ist ja schon fast kriminell!«

Es kam aber noch schlimmer. Rauchschwaden drangen in die Räume. Dagegen halfen auch die feuchten Taschentücher nicht, die wir im Handwaschbecken der Toilette benetzten. Wir husteten uns die Lunge aus dem Hals. Es war die Hölle.

Sobald die Detonationen aufhörten und auch die Flak verstummte, torkelten wir völlig benebelt und am Rande einer Rauchvergiftung nach draußen. Gierig sogen wir die rauchgeschwängerte Luft ein. Sie erschien uns besser und erfrischender als die verpestete Luft im Bunker, weil inzwischen Wind aufgekommen war. Wind, der die Brände rings um den Stützpunkt noch stärker anfachte. Aus geborstenen Gasleitungen stiegen riesige Feuersäulen in den Himmel. Häuser fackelten wie Zunder ab. Bewohner dieser Häuser versuchten trotzdem noch laut lamentierend zu retten, was aus diesem Inferno kaum noch zu retten war.

»Mein Gott, die halbe Stadt steht ja in Flammen und liegt in Schutt und Asche!« entfuhr es mir entsetzt. Erinnerungen an die Luftangriffe während meines letzten Heimaturlaubes stiegen in mir auf. »Das ist ja wie in Hamburg! Aber das hier sind doch Franzosen, Kuddel, Verbündete der Briten!«

»Die sind doch den Briten angesichts der deutschen U-Boote jetzt scheißegal! Das Wasser steht denen bis zum Hals, da ist ihnen jedes Mittel recht«, krächzte Wildenow. *»Right or wrong – my country,* Arne! Haste das etwa vergessen?«

Hatte ich nicht. Ich war mit meinen Gedanken bloß schon ganz woanders. Mich interessierte der Hafen mit seinen Anlagen viel mehr. Die Flut drängte herein, ließ in der weiten Bucht Trümmer abgeschossener Flugzeuge kreisen. Trümmer in riesigen Öllachen, hier ein Tragflächenrest, dort ein Leitwerk oder gar Reste eines Rumpfes mit dem »Pfauenauge«, wie wir diese britische Kokarde nannten. Verdammt, wenn der Hafen durch versenkte Schiffe blockiert war, ging unsere ganze Planung den Bach runter.

Die Kaianlagen hatte es böse erwischt. Auch hier brannten geborstene Versorgungsleitungen, stiegen zerstäubende Frischwasserfontänen wie Springbrunnen hoch in die Luft. Ich atmete trotzdem erleichtert auf. Aus dem Brackwasser ragten keine Mastspitzen, keine durchlöcherten Schornsteine oder überfluteten Brückenteile versenkter deutscher Schiffe. Die gewaltige Bunkeranlage, in der unsere einsatzbereiten Boote lagen, mochte von unzähligen Bomben getroffen worden sein, sie wies jedoch keine sichtbaren Schäden auf.

»*Right or wrong – my country,* Kuddel? Kann man damit eigentlich alles entschuldigen? Mir tun die Franzosen jedenfalls leid.«

Wir kamen nicht rechtzeitig weg. Der Ebbstrom hatte bereits voll eingesetzt, als sich *U-112* endlich von der Bunkerpier lösen konnte und fast lautlos hinaus in das nächtliche Hafenbecken glitt. Das Leinenkommando verschwand unter Deck, Ausguck und Geschützbedienungen besetzten ihre Stationen. Alles lief wie gewohnt ab, und doch war diesmal alles anders als sonst.

Brest lag nicht in tiefer Dunkelheit, und es fehlte auch der übliche Regen, der uns beim Auslaufen bisher immer zusätzlichen Schutz vor unerwünschten Beobachtern geboten hatte. Dafür fegte Wind durch die Straßen der zerbombten Stadt und entfachte immer wieder die schwelenden Brandreste in den Ruinen zu funkensprühenden Brandherden.

Ihre hell auflodernden Flammen warfen ein geisterhaftes Licht auf die in den sternklaren Himmel aufsteigenden Qualmwolken und spiegelten sich im Wasser der Hafenbecken wider. Schlimmer hätte es für uns gar nicht kommen können, denn wir schwammen in diesem reflektierenden Wasserspiegel wie auf einem glänzenden Präsentierteller.

Und noch etwas war anders. Die Briten hatten nicht

nur Bomben auf die Stadt geworfen, sie hatten auch die Bucht mit Minen verseucht. Als wenig später *U-114* und *U-500* außerhalb des Hafenbeckens in unser Kielwasser schoren, setzte sich deshalb ein M-Bock mit ausgebrachtem Minensuchgeschirr vor uns, um uns sicher aus der Bucht bis an die Ausfahrt in den Atlantik zu geleiten.

»Auch nicht übel so ein Leithammel, brauchen wir uns nicht um die Navigation zu kümmern«, sagte ich zum I WO, den es auf die Brücke getrieben hatte, obwohl er noch wachfrei war. »Wenn's stimmt, dann ist die enge Durchfahrt bereits von Minen geräumt worden.«

»Hoffentlich nicht nur von Minen!« brummte der wachhabende II WO, Oberleutnant Werda. »Dieses Scheißnadelöhr ist doch immer gut für alle möglichen bösen Überraschungen.«

Das stimmte; denn beim letzten Mal hatten französische Widerstandskämpfer oben auf der nachtdunklen Höhe gehockt und unsere auslaufende Kampfgruppe angeblinkt. Einer der Kommandanten war darauf hereingefallen und hatte antworten lassen. Prompt hämmerte ein MG los und nahm sein Boot unter Feuer. Die Franzosen bezahlten den Überfall zwar mit dem Leben, aber sie hatten gefunkt. So wußten bald auch die draußen lauernden Briten, daß deutsche U-Boote hinaus in den Atlantik strebten, und wetzten schon die Messer.

»Seit unser II WO Vaterfreuden entgegensieht, hat er auf einmal 'ne pessimistische Ader«, lästerte Kruse. »Ich habe immer geglaubt, 'ne Schwangerschaft riefe nur bei den künftigen Müttern hormonale Änderungen hervor. Bisher läuft doch alles ganz gut!«

»Nicht beschreien, Herr Kruse!« warnte ich. »Wir sind noch nicht draußen.«

»Man kann den Scheiß aber auch herbeire…«

»Schraubengeräusche aus drei-null-null, Herr Kapitän!« meldete mir der BÜ. »Noch nicht zu identifizieren.«

»Aus drei-null-null?« Ich richtete mein Glas in die angegebene Peilung. Das war die andere Seite der Bucht, dem Hafen genau gegenüber. Dort befand sich ebenfalls ein kleiner Hafen, ein Versorgungshafen für die Küstenbatterien. »Nichts zu sehen, keine Bugwelle, gar nichts. BÜ, wer sitzt am GHG?«

»Der Obergefreite Greinert, Herr Kapitän.«

»Der versteht ja eigentlich sein Handwerk. Hmmm, was meinen Sie, meine Herren? Franzosen?«

»Möglich.« Kruse starrte ebenfalls durch sein Glas und lauschte. »Zu hören ist auch nichts.«

»BÜ, Frage an das Horchgerät: Wie stark sind die Geräusche?«

Blitzschnell kam die Antwort vom GHG: »Geräusche bewegen sich nach zwo-neun-null. Sind nicht sehr stark, klingen nach Motorboot. Entfernung schlecht zu schätzen.«

»Also parallel zum Ufer«, sagte Werda. »Könnte eine Patrouille der Stoppelhopser sein, Herr Kapitän.«

»Oder Franzosen, die fischen«, setzte Kruse hinzu.

»Fischende Franzosen um diese Zeit? Nee, dann schon eher 'ne Streife der Stoppelhopser, die einfach nur patrouilliert oder das Wasser nach abgeschossenen Fliegern absucht. BÜ, das GHG soll dranbleiben, klar?«

»Jawohl, Herr Kapitän! Dranbleiben!« Er gab den Befehl weiter.

Wir kamen trotzdem nicht dahinter, wer dort zu dieser nachtschlafenden Zeit herumschipperte. Es galt aber offensichtlich nicht uns, denn irgendwann verlor sich das Schraubengeräusch aus unserem Horchgerät. Es wurde ohnehin aus unseren Gedanken verdrängt, als wir die Ausfahrt aus der Bucht in die weite, zum Atlantik offene Baie de Brest erreichten und uns der M-Bock aus seinem Geleit entließ.

»Dann man tau!« befahl der I WO, denn die Brückenwache hatte inzwischen gewechselt. »Bringen wir es möglichst schnell hinter uns! Geschützbedienungen auf Tauchstation! Beide Maschinen voll voraus! Klar zum Alarmtauchen.«

Wir befanden uns zwar noch in der Reichweite der deutschen Küstenbatterien, trotzdem war die Baie de Brest zwischen Pte. de Saint Mathieu und Camaret-sur-Mer ein gefährliches Pflaster. Bevor wir uns hinaus in den offenen Atlantik wagen konnten, mußten wir das getauchte Boot trimmen und auf ebenen Kiel bringen.

Dazu brauchten wir genügend Wasser unter dem Kiel, um die Gewichtsverteilung im Boot mittels Trimmzellen auszugleichen und dabei alle Funktionen auch in extremer Tiefe zu überprüfen.

Das wußten die Tommies. Deshalb waren wir hier draußen vor den Überfällen britischer Jagdgruppen keineswegs sicher. Die schlugen blitzschnell zu und verschwanden ebenso schnell wieder, ehe sich die deutschen Batterien auf sie einschießen konnten. So wurde das Trimmen hier draußen jedesmal zu einer Art Russisches Roulette, bis wir es glücklich hinter uns hatten.

Darum wurde die Brückenwache immer unruhiger, je weiter wir hinauskamen. Dabei gab es dafür noch gar keinen Grund. Die Wassertiefe unter uns nahm kontinuierlich zu, und weder vom GHG noch vom FuMB kamen irgendwelche alarmierenden Meldungen. Aber allein die Gewißheit, daß die Tommies bestimmt auch in dieser Nacht wieder irgendwo dort draußen auf der Lauer lagen und nur noch auf den günstigsten Augenblick warteten, machte auch den I WO und mich ganz kribbelig.

»Komisch, was?« sagte Kruse leise zu mir. »Eine sternklare Nacht, ruhige See und von den Tommies keine Spur. Fast so, als sei inzwischen der Frieden ausgebrochen.«

»Vielleicht haben sie Angst vor den eigenen Minen und stehen deshalb weiter von Land ab? BÜ, wie ist die letzte Meldung vom Echolot?«

»Zweihundert Meter, Herr Kapitän!«

Ich sah Kruse an, schließlich war er der Wachoffizier, dem ich nicht ins Handwerk pfuschen wollte.

»Na endlich! Auf Tauchstation!« reagierte er erleichtert. »Klar zum Tauchen!«

Der Ausguck verschwand im Turmluk und sauste an den Leiterholmen in die Zentrale hinunter. Ich stand schon im Luk, als mich Kruses Hand aufhielt.

Er starrte nach achtern. »Eine Leuchtbombe, Herr Kapitän!«

Ich fuhr herum. Tatsächlich! Weit achteraus pendelte eine Leuchtbombe an ihrem Fallschirm langsam herab und tauchte die See in ihr grelles Licht. Eine zweite folgte wenig später. Sie lag schon näher, war jedoch nach Backbord versetzt.

»Flugzeuge! Alarmtauchen!« Ich ließ mich in den Turm fallen.

Über mir knallte Kruse das Turmluk zu und trieb die Vorreiber vor. »Turmluk ist dicht! Fluuuten!«

»Ruder hart Steuerbord! Beide Maschinen dreimal

AK voraus! Tiefenruder maximale Stellung!« befahl ich. Wir mußten aus dem verräterischen Tauchwirbel heraus, bevor ihn die Flugzeuge entdeckten und mit Wasserbomben bepflasterten.

Das Deck unter meinen Füßen neigte sich bugwärts. Mit voll aufgerissenen Tauchzellen, maximal gelegten Tiefenrudern und getrieben von den auf Höchsttouren laufenden Doppelschrauben schor das Boot mit hart gelegtem Ruder vom Tauchpunkt weg und gewann Tiefe. Aber reichte sie?

»Frage Tiefe! Was geht durch?«

»Vierzig Meter gehen durch! Boot fällt schnell weiter!«

Das war zu wenig. Wir gewannen nicht schnell genug Tiefe, um vor Wasserbomben sicher sein zu können, die von Flugzeugen auf die Umgebung des Tauchwirbels geworfen wurden.

»Alle Mann voraus!« An mir tobte die wilde Jagd vorbei, gab mit ihrem Gewicht dem abwärts weisenden Bug noch einen zusätzlichen Schub. Ich blickte auf die Kompaßrose. Genug, wir lagen auf dem richtigen Kurs. »Ruder, komm auf! Recht so!«

Im Boot herrschte Totenstille, lagen die Nerven blank. Hatten die Tommies uns richtig eingepeilt, dann ging jeden Augenblick der Bombenregen auf uns nieder.

»Verdammt, wie haben die uns entdeckt?« fluchte Kruse leise. »Haben die am FuMB gepennt?«

»Das frage ich mich gerade auch, I WO. Wer sitzt am FuMB?«

»Der Obergefreite Fenske, Herr Kapitän. Eigentlich unser bester Mann«, antwortete der II WO. »Vielleicht ...«

Er verstummte, denn Wasserbombendetonationen

dröhnten weitab von uns durch die Tiefe. Ihre Druckwelle ahnten wir mehr, als daß wir sie spürten. Ein Gefühl ungeheurer Erleichterung zeichnete sich auf den Gesichtern in der Zentrale ab. So weitab, dann galt das ja gar nicht uns! Ich konnte förmlich den Stein plumpsen hören, der allen vom Herzen fiel.

Daran änderte auch die nächste Serie von Wasserbombenexplosionen nichts. Sie brachte eher noch eine Bestätigung, daß der Angriff auch keinem aus meiner Gruppe galt. So weit standen wir nämlich nicht auseinander. Aber wem galt er dann? Einem einlaufenden U-Boot?

»Achtzig Meter gehen durch, Boot fällt weiter, Herr Kapitän!« Die Meldung des LI erinnerte mich an meine Pflichten.

»Horchraum, was erzählen die Fische?«

»Keine Schraubengeräusche, Herr Kapitän.«

Also keine britische Jagdgruppe. Da reichte es, wir waren tief genug.

»Stopp Tiefe! Alle Mann wieder auf Station! Auf neunzig Meter einpendeln! Beide Maschinen Umdrehungen für vier Knoten! »

Ich lauschte nach achtern. Doch weitere Detonationen blieben aus. Der Zahl der Detonationsserien nach waren es vermutlich drei Maschinen auf Patrouillenflug gewesen, die die Bomben geworfen hatten. Mehr hatten die ja davon selten an Bord. Aber etwas irritierte mich dennoch.

Ich sah die beiden Wachoffiziere fragend an. »Seltsam, warum rufen die keine Jagdgruppe herbei? Die operieren doch sonst nicht allein.«

»Und wenn das gar keine Tommies sind, sondern welche von uns?« meinte der II WO nach einer Weile des Nachdenkens. »Unsere fliegen doch auch Patrouillen vor der Küste.«

Kruse schüttelte den Kopf. »Doch nicht nachts, Herr Werda. Und falls doch – wen haben die angegriffen? Ein Phantom? Das GHG hat keine Schraubengeräusche aufgefangen.«

Seine Worte riefen eine Erinnerung in mir wach. »Ein Phantom, Herr Kruse? Nicht unbedingt. Vor Norwegen haben die Briten mehrfach Agenten mit Segelbooten abgesetzt. Warum nicht auch hier?«

Hinter uns räusperte sich der LI. »Hmmm, ich möchte ja die Herren bei ihren tiefschürfenden Überlegungen nicht stören, aber das Trimmen ...«

»Richtig, unser Vater des öligen Twistknäuels ist uns ja noch den Beweis schuldig, daß er auf seiner Bäderreise nichts verlernt hat!« unterbrach ihn Kruse.

Er erntete lautes Gelächter. »Vater des öligen Twistknäuels« hatte die Besatzung den LI bei der Weihnachtsfeier auf unserer vorletzten Feindfahrt getauft, weil er statt eines Taschentuches stets ein Twistknäuel benutzte. *

»Na, na, I WO, Bäderreise ist doch wohl nicht der richtige Name für die unfreiwillige Reise im Lazarett eines Hilfskreuzers«, sprang ich dem LI schmunzelnd bei. »Haben Sie vergessen, daß er dabei seinen vereiterten Blinddarm losgeworden ist?«

»Na und? Er ist doch dafür reich belohnt worden!« Er grinste. »Erst das Hilfskreuzerkampfabzeichen! Ist das vielleicht nichts? Und dazu dann auch noch 'ne dekorative Narbe, mit der er den Marinehelferinnen in Brest imponieren und sich bei ihnen die Nahkampf-

*siehe: Erik Maasch: U-112 auf Feindfahrt mit geheimer Order. Ullstein Taschenbuch 25087.

spange verdienen kann! Das ist ungerecht! Da kriegt unsereiner doch bei den Miezen kein Bein mehr auf den Boden!«

Das war typisch. Beide zogen sich mit solchen Frotzeleien ständig gegenseitig auf. Sie waren unverheiratet und keine Kinder von Traurigkeit. Mithin standen sie bei den einsamen Marinehelferinnen in Brest, die sich ja mit Franzosen nicht einlassen durften, hoch im Kurs.

»Auch wiederum richtig! Auf denn, Herr Lietz! Spielen Sie das Trimmprogramm durch. Wir zerbrechen uns indessen weiter den Kopf, wen oder was da wer angegriffen hat.«

Oberleutnant Lietz mochte an Land ein Hallodri von Format sein, hier an Bord war er jedoch ein zuverlässiger, gewissenhafter Leitender Ingenieur, der seine Leute fest im Griff hatte und die Schwachstellen aller U-Boote genau kannte. Er spulte das Trimmprogramm mit seiner eingespielten Mannschaft mit einer so atemberaubenden Geschwindigkeit ab, daß er sich damit selbst übertraf.

»Boot getrimmt und alle normalen Funktionen überprüft, Herr Kapitän!« meldete er mir nach so kurzer Zeit, daß ich überrascht auf die Uhr sah. »Keine Beanstandungen.«

»Alle Achtung, LI! Das ist ja Rekordzeit!«

Er winkte ab. »Die meisten Funktionen haben wir ja schon am Werftkai kontrolliert, sonst hätte ich das Protokoll nicht abgezeichnet. Jetzt bleibt nur noch die Überprüfung der Stopfbuchsen. Die Männer sind entsprechend postiert. Können wir?«

Die zahlreichen Stopfbuchsen, die Außenbordverschlüsse des Bootes, waren die Achillesferse aller U-

Boote. Nicht selten sprangen sie unter dem enormen Wasserdruck leck, wenn die konstruktionsbedingte Tauchtiefe extrem unterschritten wurde, um der feindlichen ASDIC-Ortung zu entkommen. In der Tiefe gelangte man nämlich in den Schutz dichterer Salzwasserschichten, die das ASDIC durch Geisterechos an der Nase herumführten.

Ich nickte dem LI zu. »Wir können! Tiefer runter! Auf hundertachtzig Meter einpendeln! Das sollte genügen.«

Gurgelnd schoß das Wasser in die Tauchtanks. Schnell gewann das Boot Tiefe. Zwar knirschte und knackte das Boot unter dem enormen Wasserdruck schon bald in allen Verbänden, aber es genügte. Die Stopfbuchsen blieben auch noch in hundertachtzig Meter Tiefe dicht. Ein Aufatmen ging durch das Boot.

»Na also!« Ich sah auf die Uhr. »Viel bleibt nicht mehr von der Nacht, um die Batterien wieder voll aufzuladen. Und die werden wir bei Tagesanbruch brauchen. Auf Sehrohrtiefe anblasen! Ich muß sehen, was oben los ist.«

Druckluft preßte das Wasser aus den Tauchzellen. Sanft schwebte das Boot nach oben. Ich beobachtete die Tiefenmesser und war befriedigt. Es brauchte zwar seine Zeit, aber schwamm es aus dieser Tiefe zu schnell auf, sprang es am Ende wie ein Korken aus dem Wasser. Das war gefährlich. Man wußte ja nie, was einen dort oben erwartete. Jedoch nichts dergleichen geschah.

»Jetzt müssen wir nur noch herausfinden, warum unser FuMB keinen RADAR-Kontakt bekommen hat, Herr Werda«, sagte Kruse leise.

»Huber behauptet, das Gerät sei intakt«, antwortete der II WO ebenso leise. »Er meint, die Tommies könnten möglicherweise die Wellenlänge geändert haben, auf die unsere Geräte nicht mehr ansprechen.«

Mir fuhr der Schreck in die Glieder. Huber, das war unser Funkobermaat. Ein Fachmann, der so etwas nicht einfach so in den Raum stellte. »Verdammt, auf die Idee bin ich ja noch gar nicht gekommen! Wenn das zutrifft, können wir glatt einpacken.«

Werda winkte ab. »Muß ja nicht sein, Herr Kapitän. Vielleicht haben die gar kein RADAR benutzt oder waren zu weit von uns ab, als sie das andere Opfer entdeckten?«

»Sehrohrtiefe ist erreicht!« meldete der Tiefenrudergänger Schröder. »Boot pendelt ein.«

»Wir werden sehen, Herr Werda. Klar zum Auftauchen! Brückenwache in den ...«

»Schraubengeräusche in eins-acht-acht!« schnitt mir die Meldung vom GHG das Wort ab. »Sehr weit entfernt und daher schlecht zu identifizieren.«

»Na bitte, wie gehabt, nur weiter draußen«, brummte ich. »Es wär' ja auch zu schön gewesen. Schauen wir uns diese Pasalaken mal etwas genauer an.«

Ich fuhr den Spargel aus und schwenkte in die Horchpeilung. Meine Augen brauchten einen Augenblick, ehe sie sich an die Dunkelheit gewöhnt hatten. Aber auch das brachte nichts, obwohl der Mond als dicke Sichel über der Kimm stand.

»Zu dunkel, um irgend etwas ausmachen zu können. Sehr weit entfernt, hat der Horcher angegeben«, sagte ich nachdenklich, klappte die Griffe an und ließ den Spargel in seinen Schacht gleiten. »Wie weit entfernt, Horchgerät?«

»Etwa fünfzehn bis achtzehn Seemeilen, Herr Kapitän! Entfernung scheint abzunehmen!« Das war

Hubers Stimme. »Horchpeilung bleibt konstant eins-acht-acht.«

»Und was sagt uns das?« Ich sah die beiden Fähnriche an, die am Kartentisch standen und die Horchpeilung auf der Seekarte absetzten. »Na, was meinen Sie, Fähnrich Teichmann?«

Beide hatten schon unseren Karibikeinsatz als Wachoffizierschüler mitgemacht und mehrfach unter Beweis gestellt, daß sie das Zeug zu guten Seeoffizieren hatten. Ich hätte also ebensogut den Fähnrich Brückner fragen können, denn der eine stand dem anderen in nichts nach.

»Eine U-Jagdgruppe, Herr Kapitän«, Teichmann tippte auf die Seekarte. »Sie läuft auf die Stelle des Bombenangriffs zu, ist also von den Flugzeugen alarmiert worden.«

»Akzeptiert, Teichmann. Und wie würden Sie darauf reagieren, Fähnrich Brückner?«

»Auftauchen und ihnen mit Höchstfahrt aus dem Wege gehen, Herr Kapitän«, kam es wie aus der Pistole geschossen.

»Was denn, Sie wollen kneifen?« sagte ich vorwurfsvoll, obwohl ich genau das ebenfalls tun wollte. »Begründen Sie!«

»Nicht kneifen, Herr Kapitän. Die stehen doch noch so weit ab, daß wir auftauchen können, um unser FuMB zu überprüfen, und ablaufen, um unsere Batterien mit Höchstfahrt aufzuladen. Ich nehme an, daß es die beiden anderen Boote ebenfalls machen werden. Damit könnten wir sie sogar anlocken.«

»Gut, auch akzeptiert, Fähnrich. Aber was meinen Sie mit anlocken?«

»Sie werden ihr RADAR benutzen und sofort auf uns

einschwenken, sobald es uns erfaßt hat. Nehmen wir Kurs auf die Küste, bevor wir wieder wegtauchen, werden sie uns für ein heimkehrendes U-Boot halten und uns sofort nachjagen. Ein Kurswechsel nach Süden, und wir sind sie los.«

Das war keine schlechte Idee.

Doch Kruse verzog skeptisch das Gesicht. »Und Sie glauben, die Briten fallen darauf rein? Was dann, wenn die Ihnen nicht auf den Leim gehen?«

»Dann haben sie die Torpedos von drei U-Booten gegen sich, Herr Kaleu, und damit in diesem Spiel eindeutig die schlechteren Karten.«

Donnerwetter, das Küken mauserte sich! Ich pfiff anerkennend durch die Zähne. »Gut gebrüllt, junger Löwe! Dann wollen wir doch mal sehen, ob Ihre Rechnung aufgeht. Klar zum Auftauchen! Brückenwache in den Turm! Anblasen! Boot bleibt klar zum Alarmtauchen!«

Seine Rechnung schien tatsächlich aufzugehen. Unweit von uns zeichneten sich in dem schwachen Mondlicht die Konturen der auftauchenden beiden Boote ab. Wir nahmen Kurs aufeinander, um Brückners Idee durchzusprechen. Vorsichtshalber kehrten wir dabei der Jagdgruppe unsere schmalsten Silhouetten zu, obwohl wir erfahrungsgemäß wegen der großen Entfernung noch keine Entdeckung zu befürchten brauchten. Selbst wenn uns ihr RADAR erfaßte, ergab der Kontakt nur winzige Pünktchen, und die würden sie neugierig machen. Dann wurde es allerdings für sie gefährlich.

»Alle Achtung, eine grandiose Idee!« schrie Wildenow begeistert zu uns herüber. »Wenn du sie anlockst, laufen sie Hagen und mir direkt vor die Rohre. Wird für sie eine böse Überraschung werden.«

»Hoffentlich nicht auch für uns, Kuddel!« warnte ich, denn vor ihren ASDIC-Geräten war keiner von uns sicher. »Aber Versuch macht klug. Viel Glück! Ansonsten bleibt es bei dem verabredeten Treffpunkt vor der spanischen Küste, klar?«

Wildenows Antwort ging im Donnern der Diesel unter. Vorgeflutet liefen die beiden Boote von uns ab. Das machte ihre Silhouetten für die Ortung durch das feindliche RADAR noch schwieriger. Wir dagegen liefen voll aufgetaucht auf die Küste zu. Allerdings nicht mit Höchstfahrt, sondern mit kleinster Fahrt. Ein stark beschädigtes U-Boot markierend, das sich mit letzter Kraft waidwund in den rettenden Hafen zu schleppen versuchte.

»Eine leichte Beute also!« prophezeite Kruse zuversichtlich. »Das wird sie auf Trab bringen, sobald sie uns geortet haben, Herr Kapitän.«

»Na, vorläufig tun sie uns jedenfalls nicht den Gefallen«, bremste ich seinen Optimismus; denn das FuMB blieb stumm, obwohl sich die Entfernung kontinuierlich verringerte. »Horchgerät, was erzählen die Fische?«

»Fahrt und Kurs konstant, Entfernung etwa dreizehn Seemeilen. Den Schraubengeräuschen nach sind es drei Fregatten oder Zerstörer, Herr Kapitän.«

»Das wird verdammt knapp, I WO! Nur noch dreizehn Seemeilen! Wenn sie uns jetzt orten und aufdrehen, haben wir sie innerhalb von zwanzig Minuten auf dem Hals, wenn nicht noch früher.«

Es war, als hätten die Tommies mich gehört. Aus dem Turm kam die längst überfällige Meldung: »Flüchtiger RADAR-Kontakt aus eins-neun-fünf!«

Mir fiel ein Stein vom Herzen. Gott sei Dank, das

FuMB funktionierte! Wir waren also nicht blind. Jetzt hieß es, die Nerven zu behalten.

»Meldung vom GHG, Herr Kapitän: Verband dreht auf uns ein und erhöht die Fahrt! Entfernung nimmt schnell ab!« Die Stimme des BÜ überschlug sich fast. »FuMB meldet feste RADAR-Kontakte aus eins-neun-drei!«

»Na also! Noch ein paar Minuten, damit ihre Peilung steht, dann geht's ab in den Keller! Brückenwache auf Tauchstation!« Ich schlug auf den Alarmknopf, der die Mannschaft auf die Gefechtsstationen jagte. »Klar zum Alarmtauchen!«

Die Brückenwache verschwand im Turmluk. Nur Kruse und ich blieben noch auf der Brücke. Ich blickte auf das Leuchtzifferblatt meiner Uhr, verfolgte den Lauf des Sekundenzeigers.

»Das reicht! Ab in die Tiefe! Sie übernehmen ab jetzt, Herr Kruse!«

Kruse sprang vor mir in das Turmluk und sauste hinunter.

Ich kurbelte über uns den Lukendeckel zu. »Turmluk ist dicht!«

»Fluuten!« schrie Kruse. »Dreimal AK voraus, Ruder hart Steuerbord!«

Alles war jetzt nur noch Routine. Brausend entwich die Luft aus den Tauchzellen, ließen die Tiefenruder und der Schraubendruck das Boot unterschneiden. Es kam jetzt allerdings weniger darauf an, schnell Tiefe zu gewinnen als mit Höchstfahrt aus unserem bisherigen Kurs zu scheren.

»Achtung! Gegner läuft zur Dwarslinie auf!« meldete Huber. »Entfernung etwa acht Seemeilen, schnell abnehmend! »

Dwarslinie, das war die Angriffsformation für die U-Bootjagd. Jetzt wurde es eng. Noch hatten sie uns nicht mit ihrem ASDIC erfaßt, aber es war nur noch eine Frage der Zeit. Das konnten wir hinauszögern, indem wir möglichst wenig Angriffsfläche für den Ortungsstrahl boten.

Das wußte auch Kruse und handelte danach. Er blieb trotz der spannungsgeladenen Atmosphäre im Boot die Ruhe selbst. Alles kam jetzt darauf an, die Jagdgruppe vor die Mondsichel zu bekommen, um genügend Büchsenlicht zu haben. Er war eben ein alter Hase, den ich nicht zum ersten Mal an meiner Stelle einen Angriff fahren ließ. Normalerweise stand ihm als Kaleu nämlich längst ein eigenes Boot zu.

Er blickte auf den Hauptkompaß, rechnete die Schiffspeilung in eine Kompaßpeilung um und wartete, bis das Heck annähernd in den richtigen Schußwinkel kam.

»Ruder komm auf! Recht so! Achterer Torpedoraum ... Rohr fünf und sechs klar zum Unterwasserangriff und klar bei Bold! Auf Sehrohrtiefe einpendeln!«

Das war ein riskantes Manöver. Faßte uns jetzt ein ASDIC-Strahl, hatten wir nicht genügend Tiefe, um einem Wasserbombenangriff entgehen zu können. Aber das war ein einkalkuliertes Risiko. Schwenkten die Tommies auf die Ortung ein, hatten wir sie in der Falle. Dazu gehörte auch der im richtigen Augenblick ausgestoßene Bold.

»Boot pendelt auf Sehrohrtiefe ein!« unterbrach die Stimme des Tiefenrudergängers die abwartende Stille.

»Achterer Torpedoraum meldet: Rohr fünf, Rohr sechs und die Boldschleuse sind klar!«

»Horchraum, wo bleiben die Meldungen?« Kruse fuhr das Sehrohr aus. »Wie peilt der Verband?«

»Formation löst sich auf, kann Einzeljagd bedeuten, peilt eins-sieben-zwo bis eins-acht-fünf! Entfernung vier Seemeilen, Fahrt unverän...«

Ein ohrenbetäubender Donnerschlag zerriß die Stille. Sekundenbruchteile später folgten ihm zwei gleichstarke Detonationen.

»Torpedotreffer! Es funktioniert!« triumphierte der II WO. »Zwei von ihnen sind ausgeschaltet!«

Lauter Jubel brandete durch das Boot, verstummte jedoch jäh, als entfernt eine Wabo-Serie lautstark detonierte. In schneller Folge fielen in kurzen Abständen weitere Wasserbomben. Ein Bombenteppich, wie er für die U-Bootjagd typisch war. Wir sahen uns überrascht an.

»Was denn, drei Torpedotreffer und die können noch Wabos werfen?« fragte der LI schockiert. »Dann ist nur einer von den dreien torpediert worden – oder?«

Ein ASDIC-Strahl traf das Boot, strich über den Bootskörper und glitt ab. Wenig später kehrte er zurück und hielt uns fest.

»Da haben Sie die Antwort, Herr Lietz«, sagte ich. »Ein Tommy jagt Wildenow oder Hagen, der zweite schickt sich an, uns auf die Hörner zu nehmen.«

»Achtung! Anlauf aus eins-sieben-zwo!«

»Ruder Backbord zehn! Achterer Torpedoraum ... klar bei Bold!«

Kruse ließ sich auch durch den widerlich nachhallenden ASDIC-Kontakt nicht aus der Ruhe bringen. Der Bug schwang herum, bis das Heck auf den angreifenden Tommy wies.

»Ruder komm auf! Recht so! Bold raus!«

»Bold ist raus!« kam die Rückmeldung.

In unserem Kielwasser breitete sich der Bold aus, reflektierte mit seinen Gasblasen die ASDIC-Strahlen und gaukelte dem Mann am Ortungsgerät einen U-Bootkontakt vor, wo gar keines mehr war. In seinem Schutz flohen wir vor dem Angreifer, der wie ein wilder Stier auf ihn losstürmte. Drohend schwollen seine Schraubengeräusche achteraus an.

Der I WO grinste. »Stopft euch die Ohren zu und sucht euch 'nen festen Halt, Männer! Gleich geht's los!«

Die erste Lage ging im Kielwasser des Tommies ohrenbetäubend hoch. Noch ehe uns die Druckwellen der Detonationen erreichten, folgten schon die nächsten Explosionen. Ich griff in die Leitersprossen und klammerte mich fest, denn das Boot begann in den Druckwellen einen wilden Tanz aufzuführen. Und dann ging es Schlag auf Schlag. Die Tommies schienen einen unerschöpflichen Vorrat an Wabos an Bord zu haben. Die Druckwellen der tiefengestaffelt explodierenden Wabo-Serien machten es dem LI und den Tiefenrudergängern fast unmöglich, das taumelnde Boot auf Sehrohrtiefe zu halten.

Plötzlich brach das schier endlose Bombardement ab. Eine Wohltat für die malträtierten Ohren. Wir konnten auf einmal wieder hören. Das Boot kam in den nachlaufenden Wellen zur Ruhe. Auch die entfernten Wabo-Detonationen hörten auf.

Die Schraubengeräusche unseres Angreifers verstummten. Wir wußten, was das bedeutete. Seine Aufmerksamkeit richtete sich jetzt auf sein Kielwasser, das war immer so. Mit Scheinwerfern suchte man das Wasser nach aufsteigenden Luftblasen, aufschwimmendem Öl und Trümmern ab. Anzeichen, die Erfolg signalisierten.

In diesem Augenblick waren wir vor Entdeckung sicher, denn auch sein ASDIC versuchte ebenfalls, achteraus erneut Kontakt zu finden. Die Gelegenheit für Kruse, vorsichtig das Sehrohr auszufahren und Maß zu nehmen.

»Ein Zerstörer, der Silhouette nach einer von den nagelneuen amerikanischen. So ein leichtsinniger Hund, fummelt da mit seinen Scheinwerfern herum, als wäre er allein auf dieser Welt. Beide Maschinen Umdrehungen für vier Knoten!«

Ein paar Kurskorrekturen, dann diktierte er dem II WO schnell die Schußwerte für die Einstellung der Torpedos. Er mußte sich beeilen, denn die Schrauben des Zerstörers sprangen wieder an. Sie klangen jedoch nun ganz anders. Für unsere geübten Ohren ein vertrautes Geräusch. Der Tommy drehte »auf dem Teller« und ließ deshalb die Schrauben bei hart gelegtem Ruder gegeneinander laufen, um schneller auf Gegenkurs zu kommen und die Jagd erneut aufzunehmen.

Er ahnte nicht, in welche Gefahr er sich damit brachte, sosehr war er auf den bombardierten Bold fixiert, den er noch immer für das getauchte U-Boot hielt. Für wertvolle Minuten brachte dieses Manöver seine volle Breitseite vor unsere schußbereiten Heckrohre. Ein Augenblick, auf den Kruse gewartet hatte.

»Jetzt bist du dran, mein Freund! Rohr fünf und sechs ... Achtung! ... Rohr fünf ... los! ... Rohr sechs los!«

Geschickt fingen die Tiefenrudergänger den leichten Ruck ab, mit dem sich die beiden Torpedos mit ihrer todbringenden Fracht aus unserem Heck lösten. Der II WO drückte auf die Stoppuhr in seiner Hand. In der stillen Zentrale klang ihr Ticken wie das einer uralten Pendeluhr. Ein Geräusch, das an den ohnehin angespannten Nerven zerrte. Trotzdem zählten alle lautlos die verstreichenden Sekunden mit.

Der Zerstörer hatte keine Chance, dem mit zweiunddreißig Knoten heranrasenden Tod zu entgehen. Die beiden Torpedos detonierten fast gleichzeitig mit zwei ineinander verschmelzenden Donnerschlägen. Im Boot brach lauter Jubel los.

»Volltreffer, Herr Kapitän!« meldete Kruse mit strahlender Miene und trat vom Sehrohr zurück. »Sehen Sie selbst.«

»Gratuliere, I WO!« Ich schüttelte ihm die Hand und übernahm den Spargel.

Schon der erste Blick zeigte mir, daß der Zerstörer verloren war. Sein Achterschiff stand in hellen Flammen. Die Torpedos hatten offenbar nicht nur Löcher in die Bordwand gerissen, durch die sich jetzt das Meerwasser in sein Inneres ergoß. Zumindest einer von ihnen hatte auch einen seiner Treiböltanks getroffen und in Brand gesetzt.

Die lodernden Flammen beleuchteten ein makabres Szenarium. Der Zerstörer hatte schon jetzt eine gefährliche Schlagseite. Brach unter dem Wasserdruck auch nur eines seiner Querschotts, kenterte er und nahm die Männer in seinem Sog mit in die Tiefe, die sich nicht rechtzeitig in Sicherheit gebracht hatten. Aber auch für uns konnte er noch gefährlich werden.

Ich war sicher, daß er dann eine ganze Menge scharfer Wasserbomben mit in die Tiefe nahm. Die gingen hoch, sobald sie die eingestellte Wassertiefe erreichten, und brachten die übrigen mit zur Explosion. Ein Todesurteil auch für die Schwimmer, die glücklich dem Sog entkommen waren. Selbst wir mußten schleunigst verschwinden, um der zu erwartenden Druckwelle zu entgehen.

»Legen Sie noch ein paar Kohlen drauf, damit wir wegkommen, bevor seine Wasserbomben hochgehen, Herr Lietz!« befahl ich. »Horchraum, was macht der andere Tommy?«

»Er liegt gestoppt in null-neun-null, Herr Kapitän.«

Ich drehte den Spargel in die angegebene Peilung. Auch dort geisterten Scheinwerferstrahlen über das Wasser. Der suchte also ebenfalls nach aufschwimmenden Beweisen für die Vernichtung seines verfolgten Opfers.

»Noch so ein leichsinniger Hund, I WO, der sich seiner Sache verdammt sicher ist. Wenn wir uns beeilen, kriegen wir den auch noch vor die Rohre. Ruder Steuerbord zehn! Beide Maschinen voll voraus! Rohre eins bis vier klar zum Unterwasserangriff!«

Gehorsam schwenkte der Bug herum. »Ruder komm auf! Recht so!«

»Gegner nimmt Fahrt auf, Herr Kapitän!« meldete Huber.

»Sehe ich, er backst! Schade, das wäre die Gelegenheit!« Ich stutzte. »Warum backst der mit voll aufgeblendeten Scheinwerfern?«

Sekundenbruchteile später bekam ich im Okular des Periskops die Antwort. Im grellen Scheinwerferlicht überschlugen sich plötzlich die Ereignisse. Ein U-Boot brach durch die Wasseroberfläche, von einem schäumenden Schwell regelrecht in die Höhe katapultiert. Noch ehe es zurücksackte und dümpelnd zur Ruhe kam, drehte der Zerstörer auf das wehrlose Boot ein. Doch er schoß nicht, er setzte vielmehr mit einer hoch aufgischtenden Bugwelle zum Rammstoß an.

»Rohre eins bis vier sind klar!«

»Verflucht, wir kommen zu spät! Er hat Wildenow oder Hagen zum Auftauchen gezwungen und wird das angeschlagene Boot rammen, bevor wir zum Torpedoschuß kommen! Trotzdem – dreimal AK voraus, LI!«

Es war ein Befehl, den mir die Verzweiflung eingab. Wenn ich schon den Rammstoß nicht verhindern konnte, dann sollte der Zerstörer wenigstens nicht ungestraft davonkommen. Sobald er sich wieder von seinem Opfer löste und stoppte, war er dran.

Aber noch ehe ich den Bug durch Kurskorrekturen in den richtigen Schußwinkel dafür bringen konnte, verschwand der anstürmende Tommy mit einem gewaltigen Donnerschlag hinter einem hoch in den Himmel steigenden Wasservorhang. Blitze schwerer Explosionen zuckten dahinter. Tonnenschwere Aufbauten, Brückenteile und Geschütze wirbelten durch die Luft und fielen aufschäumend in die See.

Als der Wasservorhang zusammenfiel, gab es den Zerstörer nicht mehr. Brennendes Öl trieb auf dem Strudel aufsteigender Luftblasen und beleuchtete gespenstisch darin kreiselnde Wrackteile, über denen eine zerfasernde Qualmwolke schwebte. Ein Anblick, der mir einen Augenblick die Sprache verschlug.

»Himmel, was war das denn, Herr Kapitän?«

»Der Zerstörer ist weg, I WO, zerrissen von seiner eigenen Munition! Ein Fächer Hagens oder Wildenows ist uns zuvorgekommen.« Ich ließ Ruder legen und nahm die Fahrt aus dem Boot, um nicht in den Trümmerhaufen oder in die Druckwellen der möglicherweise in der Tiefe explodierenden Wasserbomben hineinzugeraten. »Muß die Munitionskammern erwischt haben.«

Ich schwenkte das Periskop in die Runde, suchte die beiden anderen Zerstörer oder das, was von ihnen vor der langsam heller werdenden Kimm noch schwamm. Der von Kruse torpedierte Tommy dümpelte achteraus brennend mit einer so extremen Schlagseite in der langen Dünung, als werde er jeden Augenblick kentern. Aufgegeben von der Besatzung, denn zwei Boote und einige Flöße strebten in seinem Feuerschein eilig von ihm weg.

Von dem anderen fand ich keine Spur. Dafür zeichneten sich die Konturen zweier aufgetauchter U-Boote ab.

»Gott sei Dank, da sind Hagen und Wildenow! Alarm beendet! Klar zum Auftauchen! Brückenwache in den Turm! Anblasen!«

Zu den Brückenwächtern, die sich im Turm sammelten, gehörte auch der Fähnrich Brückner. Ich fand, er verdiente vor allen Leuten ein Lob. »Bravo, Fähnrich! Ihr taktischer Vorschlag hat funktioniert. Drei vernichtete Zerstörer, wenn das kein guter Anfang und kein gutes Omen für unseren Einsatz ist!«

Wildenow war der Glückspilz des heraufziehenden Morgens. Nicht nur, weil Hagen den anstürmenden Zerstörer mit einem Vierer-Fächer in die Luft geblasen und so Kuddels schon angeschlagenes Boot davor bewahrt hatte, auch noch gerammt zu werden. Auch die Schäden an seinem *U-114* erwiesen sich als weniger gravierend, als ich es nach seinem Auftauchen befürchtet hatte. Jedenfalls behauptete er es.

»Junge, Junge, war das ein saublödes Gefühl! Diese Scheißdruckluft spielte plötzlich verrückt! Blies nach der letzten Wabo-Serie einfach die Tauchtanks leer! Katapultierte uns regelrecht nach oben. Schön blöd, was?« Mit einem erzwungenen Lachen versuchte er, diese brenzlige Situation herunterzuspielen. »Und dann natürlich die üblichen Schweinereien: Leckgesprungene Leitungen und Außenbordverschlüsse. Aber alles kein Beinbruch, Arne. Das kriegen wir mit Bordmitteln wieder auf die Reihe! Meine Leute sind schon gewaltig am Ackern.«

»Was ist mit deinen Maschinen, Kuddel? Kannst du wenigstens mit uns mithalten? Ich möchte hier nämlich keine Wurzeln schlagen. Sobald es hell wird, haben wir garantiert ein paar rachedurstige Mistbienen auf dem Hals.«

»Aber ja, die Maschinen sind intakt! Und bevor die Kerle aufkreuzen, sind wir auch mit dem Scheiß fertig, der uns zum Auftauchen gezwungen hat.«

Das klang gut, aber ich hatte trotzdem meine Zweifel. Hoffentlich wurde bis dahin auch sein Nervenkostüm mit dem Schock fertig, unter dem er ganz offensichtlich stand. »Scheiß« gehörte nämlich sonst nicht gerade zu seinem bevorzugten Wortschatz.

»Eine Frage noch, Kuddel: Auf wessen Konto gehen denn die drei Torpedos, die den ersten Zerstörer zu den Fischen geschickt haben? Auf deins?«

»Nee, nur zwei. Der dritte stammte von Hagen. Lebensführungsschuld, weißte? Wir hatten uns beide das gleiche Opfer ausgesucht. Dafür hat mich dann der andere gewaltig auf die Hörner genommen. Ist ihm zuletzt sehr schlecht bekommen, was?«

»Stimmt! Dafür schuldest du Hagen einiges. Na, dann los! Flak auf Gefechtsstationen und mit AK weg!«

Sie kamen mit dem Morgengrauen. Zwei Maschinen eines mir bisher nicht bekannten zweimotorigen Typs, dicht über dem Wasser und in der Hoffnung, daß wir sie nicht rechtzeitig sahen und sie so wenigstens zwei von uns noch mitten im zu späten Wegtauchen erwischen könnten. Nicht schlecht geplant, aber letztlich ein tödlicher Irrtum.

Vor einem ganzen Schwarm hätten wir – wie abgesprochen – selbstverständlich sofort den Schwanz eingezogen und wären schleunigst in den Keller geflüchtet. Zwei Flugzeugen gegenüber hatten wir drei jedoch eindeutig die besseren Karten, und die gedachten wir auch auszuspielen.

Unser Moses, der eigentlich gar kein Moses mehr war, hatte wieder einmal die schärfsten Augen von uns allen. Er entdeckte die Maschinen bereits, als sie weit entfernt und klein wie Möwen mit der noch dunklen Kimm im Rücken einkurvten und zum Angriff niedergingen.

»Signalmaat, geben Sie mit dem Nebelhorn Fliegeralarm! Sicher ist sicher! Möglicherweise haben die beiden anderen Boote sie noch gar nicht ausgemacht.« In meinem Glas wurden die beiden Tommies erschreckend schnell größer. »Drehen Sie nach Backbord auf, II WO, damit wir alle Waffen zum Tragen bringen können.«

Kaum brüllte das Nebelhorn los, drehten *U-114* und *U-500* ebenfalls auf. Damit boten wir für die Bordkanonen der Engländer ein geradezu ideales Ziel, aber das war beabsichtigt.

»Das wird sie restlos sicher machen, daß wir sie noch immer nicht entdeckt haben. Wir bieten ihnen ja nicht nur unsere verwundbarste Seite einladend dar, sondern versuchen auch nicht wegzutauchen, Herr Kapitän.«

Trotzdem blieben ihre Bordkanonen noch immer stumm, obwohl sie gegen die hellere Ostkimm sehen mußten, daß die Geschütze der Boote schußbereit auf sie gerichtet waren. Ich hatte solche Angriffe schon unzählige Male erlebt, darum zog ich Vergleiche. Jedesmal hatten die Angreifer im Übereifer oder zur Einschüchterung das Feuer schon eröffnet, obwohl wir uns noch außerhalb ihrer Schußweite befunden hatten. Warum schossen die nicht?

Alte Hasen, die sich auskannten? Ich schüttelte unbewußt den Kopf. Alte Hasen hätten längst geschossen, denn die wußten um die psychologische Wirkung eines solchen Beschusses auf die ungeschützt stehenden Geschützbedienungen.

Mir ging plötzlich ein Licht auf. Der II WO lag mit seiner Ansicht möglicherweise falsch, daß die sich noch unentdeckt glaubten und deshalb den Beschuß aufschoben. Es konnte dafür auch einen ganz anderen Grund geben. Das waren nagelneue Maschinen mit jungen, unerfahrenen Besatzungen, die das für eine besonders raffinierte Angriffstaktik hielten! Jetzt wußte ich, wie ihnen beizukommen war.

»Ziel aufgefaßt!« meldeten die Geschützführer der Flak und wenig später auch Obermaat Käsler von der 10,5cm-Kanone, die in meinen Absichten eine wichtige Rolle spielte. Allerdings waren ihrer Schußweite wegen des geringen Höhenwinkels ganz enge Grenzen gesetzt.

»Dann werden wir ihnen den Zahn mal ganz schnell ziehen. Feuer frei für die Zehn-Komma-fünf! Schnellfeuer!«

Von allen drei Booten schlug den Tommies ein ohrenbetäubendes Schnellfeuer entgegen. Ich hielt mir die Ohren zu und war froh, daß ich am Schanzkleid lehnte. Der Rückstoß unserer Kanone war so stark, daß ich sonst glatt ins Taumeln gekommen wäre.

Wassersäulen stiegen plötzlich vor den Flugzeugkanzeln hoch in die Luft, wie absolut harmlose Springbrunnen wirkend. Doch die hatten es in sich, die Tommies flogen in einen fürchterlichen Schauer zackigen Stahls hinein. Die Zünder ließen die 10,5cm-Sprenggranaten nämlich bei der ersten Berührung mit der Wasseroberfläche detonieren. Die »harmlosen« Springbrunnen waren darum mit unzähligen Splittern regelrecht gespickt.

Dröhnend bohrten die sich in Rumpf und Tragflächen. Prompt zogen die überraschten Piloten ihre Maschinen steil hoch, um diesem tödlichen Splitterregen zu entkommen. Besser konnte es für uns gar nicht laufen. Wir entgingen dadurch nicht nur einem eventuellen direkten Beschuß ihrer Bordkanonen, sondern sie kamen damit vom Regen in die Traufe.

»Feuerfrei für alle Maschinenwaffen!«

Der Granathagel der 3,7cm- und 2cm-Schnellfeuerwaffen ließ den Angreifern keine Chance. Er war noch schlimmer als die Splitterwirkung der Sprenggranaten. Die Leuchtspurgeschosse fraßen sich an ihnen fest, stanzten ihnen Löcher in den Rumpf und versuchten, ihnen die Kanzeln und die Motore zu zerschmettern.

Aus ihren Tragflächen und Motorverkleidungen herausgefetzte Teile segelten durch die Luft. Sie zogen Rauchfahnen hinter sich her. Jeden Augenblick konnte eine Geschoßgarbe ihre Treibstofftanks treffen, dann war ihr Schicksal besiegelt. Das wußten die Piloten.

Im Kreuzfeuer der drei Boote drehten sie mit qualmenden Motoren ab und suchten, von unserem lauten

Triumphgeschrei verfolgt, das Weite. Noch flogen sie, aber das wollte nichts heißen. Der Weg zu ihren Stützpunkten an der britischen Küste war weit und voller Ungewißheiten. Sie waren von Treffern durchsiebt. Da konnte sie noch immer die verspätete Wirkung eines oder mehrerer Treffer vom Himmel holen und zu einer Notwasserung zwingen.

»Feuer einstellen! Feuer einstellen!« Ich kam kaum gegen den Jubel an. »Gefechtsstationen aufklaren! Bereitschaftsmunition ergänzen!«

Noch ein paar Feuerstöße, dann verstummten auch auf den anderen Booten die Waffen. Dennoch stiegen weit von uns entfernt wieder Wassersäulen auf.

»Aha, jetzt kriegen sie Schiß und entledigen sich schleunigst ihrer Teufelseier im Notwurf, Herr Kapitän.«

Ich hatte damit schon viel früher gerechnet. Mit scharfen Wasserbomben im Bauch bedeutete nämlich das Notwassern für jede Flugzeugbesatzung den sicheren Tod. Mochten die Männer aus der versinkenden Maschine auch noch herauskommen, die scharfen Wabos gingen hoch, sobald sie die eingestellte Wassertiefe erreichten, und zerrissen die Schwimmer. Da blieb eben nur der Notwurf.

»Ist doch verständlich, II WO«, ich hatte jetzt ganz andere Sorgen. Wir mußten die Batterien voll aufladen, bevor wir wieder jemand auf dem Hals hatten; denn ich war sicher, daß die Tommies funkten. »Verlieren wir keine Zeit! Signalmaat, Blinkspruch an *U-114* und *U-500: Gehe voll voraus, Generalkurs zwo-zwo-null! Falls wir getrennt werden, Treffpunkt vierundvierzig Grad Nord, acht Grad West. Haltet die Ohren steif! Mast- und Schotbruch!*«

Keine Stunde später fingen wir die ersten Schraubengeräusche auf. Sie kamen aus dem Seegebiet vor Lorient. Schnelle Schiffe, wie die Peilungen ergaben, die irgendwann unseren Kurs queren mußten.

»Eine U-Jagdgruppe also, die den dortigen U-Bootstützpunkt überwacht hat und nun an uns Rache nehmen will, Herr Kapitän«, meinte Kruse nach einem Blick in die Seekarte, in die der Obersteuermann die Horchpeilungen laufend eintrug. »Bisher keine RADAR-Kontakte.«

Mir kam ein ganz anderer Gedanke. »Und wenn die gar keine Rache nehmen, sondern uns nur den Weg abschneiden wollen, I WO? Vielleicht haben uns die beiden Maschinen für aus dem Atlantik nach Lorient heimkehrende U-Boote gehalten? Das waren doch offenbar blutige Anfänger.«

»Mmmm«, brummte er nachdenklich. »Kann natürlich auch sein. Flugzeuge scheinen sie auf uns jedenfalls noch nicht angesetzt zu haben.«

»Abwarten. An so einem schönen klaren Tag mit so einer phantastischen Sicht bleiben die bestimmt nicht aus.«

Sie blieben auch nicht aus. Die Jagdgruppe kämmte mit wechselnden Kursen die See nordwestlich der Ile de Croix weiträumig ab, wie die Peilungen alsbald ergaben. Das schien meine Annahme zu bestätigen, daß sie nach heimkehrenden U-Booten suchte. Sie bedeutete also keine unmittelbare Gefahr für uns.

Mit den Jagdbombern, die beim Mittagessen die Besatzungen unserer drei Boote auf die Tauchstationen jagten, war das jedoch eine ganz andere Sache. Sie kamen in einem ganzen Schwarm über die Kimm. Das war eindeutig.

Wir ließen uns nicht einmal die Zeit, sie zu zählen, sondern verschwanden schleunigst im Keller.

»Selbst wenn sie uns gesehen haben sollten, Herr Kapitän«, sagte Fähnrich Teichmann optimistisch, der sie diesmal früher als der Moses ausgemacht hatte, »der verräterische Tauchwirbel ist mit Sicherheit längst verschwunden, wenn die unseren Tauchpunkt erreichen.«

Er zuckte zusammen, als uns das Donnern einer weit achteraus detonierenden Wasserbombenreihe einholte.

»Und was war das da eben?« Ich grinste. »Für'n Silvesterfeuerwerk kommt das doch wohl 'n paar Monate zu früh – oder?«

»Die Bestätigung, Herr Kapitän«, gab er unbeeindruckt zurück. »Sie wissen zwar durch Funk, daß es uns gibt, aber nicht, wo wir stecken. Sie werfen Schreckbomben, um uns so lange unter Wasser zu drücken, bis eine Jagdgruppe eintrifft oder uns die ausgenuckelten Batterien zum Auftauchen zwingen.«

Ich sah aus den Augenwinkeln, wie Kruse und der II WO anerkennend nickten. Sie zeichneten ja für die Ausbildung der beiden Wachoffizierschüler verantwortlich.

»Klingt logisch. Und wie lange können wir das durchhalten?«

Der Fähnrich ließ sich nicht aus der Ruhe bringen. »Zehn Stunden mit vier Knoten, Herr Kapitän. Dann ist es für Flugzeuge oben längst zu dunkel, und wir hätten noch immer eine Batteriereserve für fünfundzwanzig Seemeilen.«

»Können wir also nur hoffen, daß uns bis dahin nicht eine U-Jagdgruppe in der Mangel hat, was?«

Im Laufe des Tages verloren sich die Schraubengeräusche der vor der französischen Küste operierenden Jagdgruppe aus unserem GHG, neue kamen zu unserer Erleichterung nicht auf. Das konnte sich jedoch schnell ändern, denn die Tommies weiteten ihre verbissene Suche nach uns kontinuierlich aus.

Es war wie verhext. Jedesmal, wenn ich das Luftzielsehrohr zu einem vorsichtigen Rundblick ausfuhr, zwangen mich die beharrlich suchenden Flugzeuge, es schleunigst in seinen Schacht gleiten zu lassen. Die Luftüberwachung war lückenlos.

»Der Teufel soll diese Mistbienen holen! Irgendwann muß ihnen doch mal der Sprit ausgehen!« fluchte der LI, der die Kapazität unserer Batterien schwinden sah, als wir zum x-tenmal vor ihnen in die Tiefe flüchteten.

»Der Sprit geht ihnen ja auch aus, Herr Lietz«, sagte der II WO. »Die lösen einander ab, anders ist doch diese ständige Anwesenheit von Flugzeugen gar nicht zu erklären.«

Der LI blickte auf sein Meßgerät, mit dem er alle Stunde den Sauerstoffgehalt der Luft prüfte. »Die Luft im Boot wird auch immer schlechter.«

Ich nickte. »Das wollen diese Pasalaken ja erreichen. Die wissen inzwischen ganz genau, wie lange wir tauchen können, ehe uns Luftmangel nach oben treibt oder die Batterien ihren Geist aufgeben. Ich hoffe, sie verschwinden, wenn die Nacht hereinbricht, sonst bekommen wir Probleme, und zwar wir nicht allein.«

Wir bekamen sie nicht. Sie gaben allerdings erst auf, als wirklich das letzte Tageslicht verschwand, und das war um diese Jahreszeit verdammt spät. Uns stand also eine kurze Nacht bevor. Es war noch dazu eine fast windstille, sternklare Nacht, als wir endlich auftauchen konnten. Herrlich warm mit einem atemberaubenden Sternenhimmel und daher ganz anders, als wir die Nächte in der Biskaya bisher erlebt hatten.

Der glücklich abgewehrte Angriff der beiden Maschinen und die ungewöhnlich weiträumige und zähe Luftüberwachung, die ihm folgte und uns fast zehn Stunden unter Wasser gedrückt hatte, waren eine deutliche Warnung. Darum hätten wir es gerade diesmal lieber wie gewohnt gehabt: Sicht gleich null, einen bedeckten Himmel, über den ein Kuhsturm die dicken Wolken jagte, rauhe See und so dichte Regenflagen, daß sie uns wie ein Vorhang vor den Impulsen des RADARs der Tommies verbargen.

In unseren Köpfen geisterte nämlich unablässig die berechtigte Sorge herum, daß wir in einer so ungewöhnlich klaren Nacht noch lange nicht aus dem Schneider waren. Wir schleppten schon jetzt ein weiß leuchtendes, weithin sichtbares Kielwasser hinter uns her. Kam erst einmal der Mond heraus, dann brauchte ein unbemerkt anfliegender Tommy nicht einmal sein RADAR zu benutzen, um uns aufzustöbern.

»Nun schnappt nicht bloß nach Luft wie die Karpfen, ihr Kerle!« ermahnte deshalb der wachhabende II WO die Brückenwache. »Sperrt dabei wenigstens eure verplierten Klüsen weit auf, sonst ist das Vergnügen nur von kurzer Dauer!«

Nach den zehn Stunden in unserem engen Eisensarg unter Wasser war der Aufenthalt auf der Brücke tatsächlich ein Vergnügen. Da wirkte die frische, würzige Seeluft wie das reinste Lebenselixier. Aber vermutlich wäre uns nach dieser endlos langen Zeit in dem schier unerträglichen sauerstoffarmen Mief selbst die Luft in einer Limburger Käserei noch wie ein blumenduftgeschwängertes Frühlingslüftchen vorgekommen.

Jede Minute über Wasser war kostbar. Laut heulend sogen die Entlüfter die verbrauchte Luft aus der stinkenden Sardinenbüchse, während das Boot mit sechzehn Knoten durch die ruhige See furchte. Auf der Brücke sorgte der kräftige Fahrtwind noch zusätzlich für eine schnellere Durchlüftung der Lungen. Obersteuermann Schneider nutzte die Gunst der Stunde zu einer astronomischen Standortbestimmung. Wenig später erschien er mit dem Ergebnis wieder auf der Brücke.

»Neunundvierzig Seemeilen seit Brest, Herr Kapitän. Bis vierzig Grad Nord, acht Grad West bleiben noch zwohundertneunundsiebzig Seemeilen. Das wären knapp achtzehn Stunden bei sechzehn Knoten, wenn wir oben bleiben könnten.«

»Schön wär's ja, Obersteuermann, doch ich glaube nicht dran. Ich will ja nicht unken, aber die Briten wissen auch, wann der Mond aufgeht. Das werden sie ausnutzen wollen.«

Das war meine Hauptsorge. Wir mußten raus aus der Reichweite der schnellen britischen Jagdbomber. Nicht allein, weil wir ihre Angriffe fürchteten, sondern auch, um unser tatsächliches Ziel zu verschleiern. Noch lagen wir auf einem Kurs, aus dem sich das nicht ablesen ließ. Er konnte uns ebenso in die Karibik wie an die Südostküste der USA führen. Deshalb spielte ich schon mit dem Gedanken, unsere Fahrt auf achtzehn Knoten zu erhöhen. Das fraß zwar noch mehr Treibstoff, aber auch den der Tommies, wenn sie die See nach uns abkämmten.

Kruse krabbelte aus dem Turmluk und schnappte

meine letzten Worte auf. »Dann müssen die sich aber sehr beeilen, Herr Kapitän. Ich habe den spanischen Seewetterbericht gehört. Der Keil des Azorenhochs wird sich noch in der Nacht sang- und klanglos verabschieden und dem Rest eines tropischen Wirbelsturms Platz machen. Der nähert sich schnell vom Atlantik und mausert sich dabei mit rasant fallendem Kerndruck zu einem ganz üblen Tiefdruckwirbel. Unser Barometer fällt ja schon jetzt kontinuierlich. Seine Warmfront schiebt ein Starkregenfeld vor sich her, das mit seiner Wolkenvordergrenze bereits La Coruña erreicht hat. Wolkenuntergrenze liegt zwischen vierhundert und sechshundert Meter.«

Kruse war nicht nur unser Sprachgenie, sondern auch unser Wetterfrosch, auf dessen Urteil wir vertrauen konnten.

»Und was heißt das für uns?« hakte ich nach.

»Sturmwarnung für die spanische und portugiesische Westküste und die Biskaya. Wind aus Südwest, später Nordwest, ständig zunehmend bis Orkanstärke. In diesen Schlamassel laufen wir genau hinein. Glaube nicht, daß wir bei diesen Wetterbedingungen mit Flugzeugen rechnen müssen.«

»Hmmm«, brummte ich nachdenklich. »Die Wolkenvordergrenze hat also schon La Coruña erreicht, das etwa zweihundertachtzig Seemeilen von unserem jetzigen Standort entfernt ist. Uns bleiben bis zum Morgen noch rund sechs Stunden. Verdammt knapp, um in den Schutz der aufziehenden Wolken zu kommen, was?«

»Ich vergaß zu erwähnen, daß die Wolkenobergrenze zwischen zehn und fünfzehn Kilometern liegt und die ständig zunehmende Windstärke dort bereits acht bis neun beträgt, Herr Kapitän. Somit wird sich der

Himmel immer schneller schließen.« Kruse richtete sein Glas auf die südwestliche Kimm. »Das tut er zwar noch nicht, aber es wird nicht lange dauern, dann nehmen Wind und Seegang zu, und all die hübschen funkelnden Sternchen verschwinden hinter einem Wolkenschleier, dem Vorboten für den heranziehenden Sturmwirbel mit seinen Schlechtwetterfronten.«

Das gab für mich den Ausschlag. Ich pfiff auf den höheren Treibstoffverbrauch, das Problem konnten wir in Italien wieder beheben. Mir waren auch die Schlechtwetterfronten mit ihren negativen Auswirkungen für das Boot egal. Jetzt zählte jede Seemeile.

»Beide Maschinen Umdrehungen für achtzehn Knoten, II WO! Das bringt uns zwar schneller in den Schlamassel hinein, aber auch schneller von hier weg. Ich werde mich aufs Ohr hauen und 'ne Mütze voll Schlaf nehmen. Wahrschauen Sie mich, sobald sich die Lage ändert.«

Nach vier Stunden war es mit meinem Schlaf vorbei. Doch nicht der inzwischen wachhabende I WO ließ mich aus dem Schlaf holen, es waren vielmehr die heftigen Bewegungen meiner Koje unter mir. Das sanfte Dahingleiten des Bootes, das mich in den Schlaf gewiegt hatte, hatte sich in schlingerndes Stampfen verwandelt.

Ein bockiger Tanz, der mich in der Koje hin und her warf. Typisch dafür, wenn der Bug mit hoher Fahrt in rauhe See schnitt und die steilere Dünung abritt. Kruses Wetterprognosen waren also eingetroffen.

Ich schwenkte die Beine aus meiner Koje und torkelte im Rhythmus des schwankenden Decks unter meinen Füßen zur Zentrale hinüber. Obersteuermann

Weiß und der Fähnrich Teichmann sahen vom Kartentisch auf.

»Irgendwelche besonderen Vorkommnisse, Obersteuermann?«

»Keine, Herr Kapitän, keine Schraubengeräusche, keine RADAR-Kontakte. Kurs zwo-zwo-null, beide Maschinen machen Umdrehungen für achtzehn Knoten.« Er tippte mit dem Zirkel auf die Wetterkarte, an der die beiden offensichtlich gearbeitet hatten. »Der Kern des Tiefdruckwirbels scheint Mittel- und Südengland anzusteuern. Nach den letzten Meldungen beträgt sein Kerndruck nur noch achthundertachtundachtzig Millibar, Tendenz fallend.«

»Danke.« Meine Hand, die nach dem Ölzeug griff, stockte mitten in der Bewegung, weil sich eine Erinnerung in meinem Kopf regte. »Achthundertachtundachtzig Millibar, Tendenz fallend? Teufel, das erinnert mich ja verdammt an die Karibik, als sich der Hurrikan vor Kuba zusammenbraute. Sind Sie sicher?«

»Ganz sicher, Herr Kapitän. Wir haben über Kurzwelle mehrere Wetterstationen abgehört. Die Wetterdaten sind alle gleichlautend und stützten sich auf die Meldungen portugiesischer und spanischer Schiffe.« Wieder tippte der Zirkel auf die Karte. »Sieht nach einem deftigen Orkan im Kanal und in der Nordsee aus. Da bekommen wir hier in der Biskaya auch ein ordentliches Stück von ab. Es weht ja schon jetzt junge Hunde, und der Seegang hat gewaltig zugenommen.«

Ich warf einen Blick in die Wetterkarte. Weiß hatte wieder einmal gute Arbeit geleistet. Der Anblick der um den Kern verlaufenden Isobaren, der Linien gleichen Luftdrucks, und der Schlechtwetterfronten verhießen nichts Gutes.

»Mein lieber Mann, da steht uns ja einiges bevor! Fähnrich, sorgen Sie dafür, daß alles seefest verstaut und verzurrt wird.« Ich schlüpfte in mein Ölzeug und setzte den Fuß auf die Leitersprosse. »Aber es trifft uns wenigstens nicht allein. Da wird den britischen Jagdgruppen die Suche nach uns ganz schnell vergehen, und vor ihren Flugzeugen können wir wohl auch eine ganze Weile sicher sein.«

Ich griff in die Leitersprossen und enterte auf. Der Wasserschwall, der auf mich niederprasselte und mich fast von der Leiter zurück in die Zentrale spülte, als ich das Turmluk aufklappte, war nur ein Vorgeschmack dessen, was mich auf der Brücke erwartete. Blitzschnell knallte ich den Lukendeckel hinter mir zu und suchte hinter dem Schanzkleid Deckung; denn der Bug hieb in einen anrollenden, sich hoch auftürmenden Wellenberg. Ein mächtiger Brecher begrub ihn mit seinen Wassermassen. Tosend flutete er über das tief eintauchende Vorschiff hinweg, brandete an dem schwankenden Turm empor und brach schäumend auf die Brücke herab, alles mit seinen Fluten gurgelnd umspülend.

Ich stand auf einmal bis zu den Hüften im Wasser, trotz des Ölzeugs naß bis auf die Haut und nur von dem Sicherheitsgurt gehalten, den ich gerade noch rechtzeitig hatte einpicken können. Torkelnd richtete sich das Boot wieder auf, aber schon schnitt der Bug in den nächsten Wellenberg. Ich konnte nur einen flüchtigen Blick über das Schanzkleid werfen, dann begruben dessen Brecher das Vorschiff und schlugen über uns zusammen.

»Biskaya wie sie leibt und lebt, Herr Kapitän!« schrie mir Kruse ins Ohr, anders konnte man sich gegen das Toben der See und das hohe Jaulen des Sturmes in den

Antennenverspannungen nicht verständlich machen. »Ein ziemlich wildes Geschäft, was? Und es kommt noch dicker!«

Daran gab es keinen Zweifel. Ich war selbst überrascht, wie rasant sich das Wetter in den wenigen Stunden verändert hatte. Es war stockdunkel, die Sicht praktisch null. Nur die weißen Schaumkronen auf den Wellenbergen und Brechern schimmerten gespenstisch durch die Nacht, ehe die sich donnernd auf das Boot stürzten.

»Ein bißchen weniger deftig wäre mir bedeutend lieber!« schrie ich zurück und zog vor den Schaumfetzen den Kopf ein, die der Sturm von den Wellenkämmen fegte, ehe die Brecher erneut auf uns niederbrachen. »Aber es hilft nichts, I WO, wir müssen den Sturm so lange wie möglich abreiten, um die Batterien zu schonen!«

Noch ehe ich den Satz beendet hatte, wußte ich, daß sich das nicht durchhalten ließ. Gegen die Brecher und den Sturm vielleicht, aber nicht auch noch gegen den abrupt einsetzenden Regen, der so ganz anders war, als wir ihn aus der Heimat gewohnt waren.

Als habe jemand eine Schleuse geöffnet, ging eine kompakte Wand aus riesigen, schweren Tropfen auf uns nieder, hart wie dicke Hagelkörner und vom Sturm getrieben, so daß sie auf der ungeschützten Haut schmerzten. Es brachte nichts, die Brückenwache noch länger diesen tobenden Naturgewalten auszusetzen.

»Schluß des grausamen Spiels!« schrie ich Kruse in das tropfnasse Ohr. »Alle Mann auf Tauchstation! Klar zum Tauchen!«

Das Boot pendelte auf dreißig Meter ein. Erst in dieser Tiefe blieben wir von den Bewegungen der über uns vom Sturm aufgewühlten Wassermassen verschont. Während wir mit vier Knoten nach Südwesten schlichen, raste über uns das Starkwindfeld des Sturmwirbels über den Atlantik auf die Küsten Mitteleuropas zu.

Kruse tippte auf den Zettel in seiner Hand. »Aufgefangen von den Funkern, bis wir getaucht sind. Spitzengeschwindigkeiten über 180 km/h, da hinterläßt der Sturm beim Auftreffen auf die spanische, portugiesische und irische Küste eine Schneise der Verwüstung. Die Iren scheint es am schlimmsten zu treffen, wie die zahlreichen Notrufe erkennen lassen.«

Ich dachte an meine Familie in Blankenese. »Hmm, dann sind auch an der deutschen Nordseeküste wieder abgedeckte Häuser, Windbrüche, Land unter auf den Halligen, wenn nicht gar Deichbrüche vorprogrammiert. Ein bißchen ungewöhnlich für diese Jahreszeit, finden Sie nicht?«

»Um die Zeit der Äquinoktien, der Tag- und Nachtgleiche im Frühjahr und Herbst herum, eigentlich nicht. Nur die Stärke ist außergewöhnlich, aber die macht die Beurteilung der Wetterentwicklung leichter. So schnell wie das Starkwindfeld über die See fegt, so schnell verliert es dahinter auch wieder an Kraft.«

»Ich habe offenbar im Physikunterricht geschlafen und in der Marineschule bei der Wetterkunde wohl auch nur mit halbem Ohr hingehört. Was heißt das in unserem Fall, I WO?«

»Wir bekommen typisches Rückfrontwetter. Der Regen läßt nach, die Wolkendecke lockert auf, der Wind flaut ab, aber die See wird noch eine ganze Weile brauchen, bis sie sich beruhigt.«

»Irgendeine Zeitvorgabe?«

Kruse zuckte die Schultern. »Nageln Sie mich bitte

nicht fest, Herr Kapitän. Ich schätze, bis zum Mittagswachwechsel wird sich die Wetterlage beruhigt haben. Es wird noch wehen, aber wir können auftauchen.«

Bisher waren auf unseren Feindfahrten Kruses Wetterprognosen stets eingetroffen. Ich hatte also auch diesmal gar keinen Grund, daran zu zweifeln. Dennoch erfaßte mich eine zunehmende Unruhe, je näher der Mittagswachwechsel rückte. Die gemächliche Unterwasserfahrt mit vier Knoten ging mir auf die Nerven. Was, wenn sich das Wetter oben schneller besserte, als es Kruse vorausgesagt hatte?

Dann fraßen unsere Schrauben mit jeder Umdrehung unnötigerweise die wertvolle Energie unserer Batterien. Auf die waren wir jedoch angewiesen, wenn die Tommies ihre Luftüberwachung wiederaufnahmen. Wir mußten daher auftauchen und sie aufladen, sobald es möglich war.

»Ich denke, wir warten nicht länger«, sagte ich noch vor dem Wachwechsel zum LI, der mit sorgenvoller Miene alle naselang die Batteriekapazität maß. »GHG, was erzählen die Fische?«

»Keinerlei Schraubengeräusche weit und breit, Herr Kapitän!«

»Na dann, auf Sehrohrtiefe anblasen!«

Das Boot stieg sanft nach oben. Aufmerksam verfolgte ich die Tiefenanzeige, um mir ein Bild davon zu machen, was uns oben erwartete. Mit jedem Meter nahmen die Bewegungen des Bootes zu.

Oben stand also noch immer eine hohe See.

»Sehrohrtiefe ist erreicht«, meldete der LI. »Boot pendelt auf Sehrohrtiefe ein, ist aber schwer zu halten.«

»Wir werden sehen, Herr Lietz.« Ich fuhr den Spargel

aus und klemmte mich hinter sein Okular. Es war die reinste Berg- und Talfahrt, mal ein viel zu kurzer Lichtblick, dann wusch wieder hellgrünes Wasser über den Sehrohrkopf. »Höher rauf, LI! Selbst wenn der Turm rausbricht, müßte es mit dem Teufel zugehen, wenn man ihn bei diesem Seegang ausmachen könnte.«

Das war purer Zweckoptimismus, den mir die Sorge um die Batterien eingab. Sicher, es gab oben keine umherstreifende Jagdgruppe, sonst hätten wir ihre gegen den Seegang ankämpfenden Schrauben gehört. Außerdem wäre es für die Männer an ihrem RADAR sehr schwer, wenn nicht gar unmöglich, den Turm zwischen den hohen Wellenbergen als solchen zu identifizieren. Nicht aber für ein Flugzeug, das war der Haken.

Obwohl das Boot wie eine Nußschale tanzte, sah ich doch, daß die aufgewühlte See jetzt von Steuerbord anlief. Der Wind hatte also gedreht. Trotzdem brachte es der LI mit seinen Männern fertig, die Tiefe so auszusteuern, daß ich mit dem schwankenden Luftzielsehrohr den Himmel absuchen konnte.

»Nichts!« sagte ich befriedigt. »Klar zum Auftauchen! Brückenwache in den Turm! Rudergänger, Steuerbord zwanzig!«

Ich mußte den Bug gegen den Wind bringen, sonst wurde das Boot bei der Geschwindigkeit von vier Knoten auf den letzten Metern zu einem regelrechten Spielball der mächtigen Wellen. Schwerfällig folgte das Boot dem Ruder.

»Anblasen! Wahrschau! Die See geht noch immer hoch! Ruder, komm auf! Boot bleibt klar zum Alarmtauchen!«

Es waren nur noch verhältnismäßig wenige Meter, bis der Turm freikam, aber die reichten als Vorbereitung auf das, was die Brückenwache oben erwartete. Gefährlich krängend, brach der Turm durch die Oberfläche.

»Turmluk kommt frei! Boot ist aufgetaucht!«

»Auf die Diesel umsteigen, LI! Umdrehungen für zehn Knoten!«

Mit dem II WO voran, enterte die Wache auf. Da lief das Boot aus dem Ruder. Weit holte der Turm nach Backbord über. Ein gewaltiger Brecher schwappte durch das geöffnete Luk in das Turminnere und drohte, die Männer von der Leiter mit hinunter in die Zentrale zu reißen.

Der II WO reagierte sofort. Sein Ruderkommando brachte den Bug erneut in den Wind. Die Schrauben griffen, *U-112* nahm höhere Fahrt auf. Das Rollen wich dem normalen Abreiten der andrängenden Wogen. Ich enterte auf, diesmal verschonte mich allerdings der übliche Guß. Doch das war nur ein Aufschub.

Fähnrich Brückner half mir aus dem Turmluk und knallte es gerade noch rechtzeitig zu, denn wieder lief das Boot aus dem Ruder. Ein Wellenberg stürzte auf das Vorschiff und überschüttete die Brücke mit seinen Wassermassen. Als sie abliefen, hatte ich trotz des Ölzeugs prompt wieder keinen trockenen Faden mehr auf dem Leibe, und in meinen Stiefeln sammelte sich das Wasser.

»Verdammte Tat!« schimpfte ich und ging in Deckung, als der nächste Roller kam. »Irgendwer hat da was gegen mich!«

Doch dieser Roller hatte diesmal ausnahmsweise nichts gegen mich. Die Dünung war länger geworden. Die trug das Boot auf ihre Höhe, ehe der Roller überkippte, und ließ es von seinem Gipfel tief in das nächste Wellental hinabstoßen.

Aufgischtend schnitt der scharfe Bug in den nächsten anrollenden Wellenberg. Das Vorschiff verschwand bis zur 10,5cm-Kanone unter den herabdonnernden Wassermassen. Wild brandeten sie gegen den Turm, stiegen an ihm schäumend empor und wurden von ihm in zwei tonnenschwere Brecher geteilt, die rechts und links der Brücke niedergingen. Ein langer Wasserschleier hüllte uns ein und nahm uns sekundenlang die Sicht.

Trotzdem atmete ich erleichtert auf. Auch wenn die See noch hoch ging und der Wind uns Gischt und Schaumfetzen ins Gesicht schleuderte, waren wir zweifellos aus dem Starkwindfeld des Sturmwirbels heraus.

»Seegang und Wind acht bis neun, Herr Kapitän! Das Boot ist schwer auf Kurs zu halten, aber wir sind durch!« schrie der II WO gegen den in den Verspannungen heulenden Wind an, als ich meinen Sicherheitsgurt neben ihm einpickte. »Wind abnehmend. Es klart auf!«

»Bleiben Sie auf diesem Kurs, bis wir beidrehen und vor dem Wind lenzen können, Herr Werda!« schrie ich zurück und zog vor der nahenden Dusche schleunigst den Kopf ein. »Glaube nicht, daß die Tommies schon Flugzeuge in der Luft haben!«

Lenzen konnten wir erst, wenn wir mit voller Kraft vor der anrollenden See ablaufen konnten, um den Brechern zu entgehen. Das war im Augenblick jedoch unmöglich.

Die Tommies brachten an diesem Tag tatsächlich keine Flugzeuge mehr in die Luft. Wir blieben den ganzen Nachmittag unbehelligt, obwohl der Himmel aufriß und sich immer größere blaue Wolkenlücken zeigten. Zugleich wurde die Sicht von Stunde zu Stunde besser, und der auf Nordwest umspringende Wind nahm deutlich ab. Die See verlor damit die treibende Kraft, so daß wir mit dem letzten Abendlicht endlich beidrehen und vor der hohen See mit Kurs auf unseren Treffpunkt lenzen konnten.

Dafür meldete sich eine neue Gefahr in unserem GHG an, als wir eine kurzzeitige Horchpause einlegten.

»Schraubengeräusche aus null-neun-fünf, Herr Kapitän! Ein größerer Schiffsverband, Kurs und Entfernung noch nicht zu bestimmen!«

Ich schob den Teller mit meinem verspäteten Abendbrot zurück und jumpte durch das Mannloch in die Zentrale. Obersteuermann Schneider stand am Kartentisch und trug die Schiffspeilung als Kompaßpeilung an unseren Kurs an. Ein Blick genügte.

»Briten, was?« vermutete ich. »Wer sollte hier auch sonst mit einem größeren Schiffsverband aufkreuzen?!«

Kruse, der zu uns getreten war, nickte. »Wenn's keine Jagdgruppe ist, dann ist es ein Geleitzug, der durch den Sturm von seinem üblichen Kurs zwischen Gibraltar und England ziemlich weit nach Osten abgekommen ist. Gehen wir näher ran?«

Ich bewegte den Kopf abwägend hin und her. »Kommt darauf an. Im Prinzip sollen wir jeden Angriff vermeiden, aus dem sich unser eigentliches Ziel ablesen läßt. Hat er das gleiche Ziel wie wir, sieht das natürlich ganz anders aus. Also warten wir ab.«

Schon bald ergaben die laufenden Horchpeilungen, daß der Verband auf Gegenkurs lag, für uns uneinholbar weit entfernt. Wir waren darüber nicht böse. Allein schon bei dem Versuch dazu hätten wir wieder gegen die noch sehr grobe See anrennen müssen, und danach stand keinem von uns der Sinn.

Der übliche Morgenalarm rief mich auf die Brücke. Noch lag alles in einem grauen Dämmerlicht, nur an der Ostkimm kündigte sich schon der neue Tag mit einem zarten rötlichen Schimmer auf der hohen Wolkendecke an. Der steife Wind hatte noch mehr nachgelassen, nicht so die See, die war noch immer rauh.

»Guten Morgen, Herr Kapitän!« Der II WO salutierte schmunzelnd. »Sieht aus, als hätten Sie endlich einmal etwas länger durchgeschlafen.«

»Guten Morgen!« dankte ich lächelnd mit der Hand an der Mütze und glich in den Knien die Bewegungen des Turmes aus. »Getroffen, Herr Werda! Es geschehen eben doch noch Zeichen und Wunder. Was liegt an?«

»Boot hat 44 Grad Nord, 8 Grad West erreicht. Beide Maschinen machen Kleine Fahrt, Ruder liegt Steuerbord zwanzig zu einem Rundkurs. Sechzehn Seemeilen recht voraus die spanische Biskayaküste mit dem Leuchtfeuer von Cabo Ortegal, ihrem nördlichsten Vorsprung in den Atlantik. Die beiden anderen Boote sind noch nicht auszumachen. Sonst keine besonderen Vorkommnisse.«

»Danke!« Ich nahm mein Glas vor die Augen und richtete es auf die noch im dunstigen Dunkel liegende Küste. »Außer dem Leuchtfeuer nichts zu sehen. Kein Wunder auf diese Entfernung.«

»Dafür ist um so mehr in unserem GHG zu hören. Fischerboote und Kümos, Herr Kapitän, keine Zerstörer oder Fregatten. Das behauptet jedenfalls Huber mit dem Brustton der Überzeugung.«

Ich nickte, denn das konnte hinkommen. Die Tommies hüteten sich davor, allzu dicht unter die spanische Küste zu kommen. Der Caudillo Franco, der Führer der im spanischen Bürgerkrieg siegreichen Falangisten, hielt Spanien zwar aus dem Krieg heraus, aber er hatte die deutsche Hilfe im Bürgerkrieg nicht vergessen. So gab es unter den Fischern und Seeleuten viele überzeugte Falangisten, die aufmerksam die Schiffsbewegungen außerhalb der Drei-Meilen-Zone beobachteten und britische Kriegsschiffe umgehend per offenem Funk meldeten.

Den Briten war das natürlich ein Dorn im Auge. Für uns aber war das eine ebenso wertvolle Hilfe wie der ausführliche spanische Seewetterbericht, auf den absoluter Verlaß war.

Trotzdem war das keine Lebensversicherung für uns. Es gab nämlich auch ein Gegenstück dazu. Regimegegner beobachteten nicht minder aufmerksam die See und meldeten den Briten jedes gesichtete deutsche U-Boot. Wir mußten also auf der Hut sein.

»Wahrschau! Ein Mann auf Brücke!« ertönte der Ruf aus dem Turminneren. Wenig später tauchten Kopf und Oberkörper des Smadding im Turmluk auf. »Bitte, ein bißchen frische Luft schnappen zu dürfen, Herr Kapitän!«

»Nur zu, Nummer Eins!« ermunterte ich ihn. »Sie kommen mir gerade recht.«

Da ich bisher noch keine Gelegenheit dazu gehabt hatte, wollte ich nämlich von ihm endlich hören, wie sich die fünf neuen Besatzungsmitglieder inzwischen auf See gemacht hatten. Es waren zwar erfahrene Männer, doch das wollte gar nichts besagen. Hatten wir doch bei unserem Karibikeinsatz erleben müssen, daß unser damaliger LI, ein Oberleutnant, in den kritischen Situationen völlig ausgerastet und zuletzt in Panik über Bord in den Tod gesprungen war.

»Kommen Sie, Oberbootsmann.« Ich zog ihn zu uns

herüber und fragte leise: »Sind Sie eigentlich mit unseren Neuzugängen zufrieden?«

»Im Prinzip schon, Herr Kapitän. Es sind ja alles alte Hasen, sogar sehr alte Hasen, die sich auskennen.« Er grinste. »Es gab da zwar so ein paar Ecken und Kanten, die ich erst ausbügeln mußte; aber jetzt läuft es.«

Ich lächelte still in mich hinein. Was das hieß, brauchte er mir nicht besonders zu erläutern. Ich kannte seine Methoden, seit wir als Kriegsgefangene gemeinsam die Besatzung der britischen U-Bootfalle *Flying Lady* überrumpelt hatten.*

»Und sonst? Keine Ausfälle in den kritischen Situationen?«

Er ließ sich mit der Antwort Zeit, suchte offensichtlich nach den richtigen Worten.

»Sie denken an Herrn Oberleutnant Trautmann?« Er schüttelte energisch den Kopf. »Nein, nichts dergleichen, Herr Kapitän, das sind gute Leute. Die haben Nerven wie Drahtseile, besonders die beiden sogenannten Kampfschwimmer.«

»Das müssen die ja schließlich auch. Hoffen wir, daß es dabei bleibt.«

»Ich denke schon.« Er sah mich von der Seite an. »Weshalb haben wir die überhaupt an Bord? Wieder so ein Kommandounternehmen wie auf Antigua?«

»Keine Ahnung«, wich ich aus. »Möglich ist das schon …«

»Schraubengeräusche nähern sich aus zwo-sieben-fünf!« ersparte mir die Meldung des BÜ die ausführlichere Antwort. »Entfernung etwa zehn Seemeilen. Zwei Trawler dem Klang nach.«

---

*siehe: Erik Maasch, Die U-Bootfalle.
Ullstein Taschenbuch 24770

Wir fuhren herum und richteten die Gläser in die Horchpeilung. Tatsächlich, aus dem Dunst vor der spanischen Küste lösten sich die Toplaternen und die Positionslichter zweier kleinerer Schiffe. Sie hielten direkt auf uns zu.

Noch konnten sie unsere niedrige Silhouette nicht ausmachen, aber das Tageslicht nahm langsam zu. Da war es besser, rechtzeitig von der Wasseroberfläche zu verschwinden.

»Könnten Thunfischfänger sein. Trotzdem – auf Tauchstation! Klar zum Alarmtauchen!«

Die Alarmklingel schrillte durch das Boot. Ausguck und Flakbedienungen sausten vor uns in die Zentrale hinunter. Als letzter kurbelte ich über mir das Turmluk zu.

»Turmluk ist dicht! Fluuten! Ruder mittschiffs! Auf Sehrohrtiefe einpendeln!«

Gurgelnd schoß das Wasser in die Tauchtanks. Auf die E-Maschinen umgekuppelt, ließen die Schrauben und die Tiefenruder das Boot fast lautlos in die schützende Tiefe scheren. Mein Blick ging zu Papenberg.

»Sehrohrtiefe ist erreicht!« meldete der LI. »Boot pendelt auf Sehrohrtiefe ein!«

»Danke!« Ich fuhr den Spargel aus, um einen Blick auf die beiden näherkommenden Trawler zu werfen. Noch waren sie zu weit entfernt, um bei dem dämmerigen Licht genaue Einzelheiten erkennen zu können. Doch irgend etwas störte mich schon jetzt an ihnen. »Das sollen Trawler sein? Für was halten Sie denn die beiden, Herr Werda?«

Ich überließ dem II WO das Periskop und grübelte, was mich an ihnen stören mochte, obwohl ich nicht mehr als ihre Umrisse und ihre schäumenden Bugwellen aus »Lage null« hatte sehen können.

»Die haben ja 'nen ordentlichen Zahn drauf, Herr Kapitän. Für Trawler eigentlich ganz ungewöhnlich. Ich würde eher auf spanische Patrouillenboote tippen, auf Küstenwacht oder so etwas.«

Bei mir fiel der Groschen. Die Geschwindigkeit! Das war es. »Behalten Sie die beiden bitte im Auge, II WO. Ich will mir mal ihre Schraubengeräusche selbst anhören.«

Huber schien überrascht und irgendwie verlegen, als ich an seinem Schapp auftauchte. »Müssen schon ganz moderne Trawler sein, so schnell wie die näherkommen, Herr Kapitän.«

»Eben, Obermaat, deshalb bin ich hier.« Ich stülpte mir den zweiten Hörer über und lauschte. Die Schraubengeräusche klangen völlig anders, als ich sie erwartet hatte. Viel hochtouriger und härter, fast wie die von Torpedofangbooten. »Halten Sie die immer noch für Trawler, Huber?«

Er schüttelte den Kopf und drehte an seinen Knöpfen, weil sich der Ton veränderte. »Ich habe mich täuschen lassen, Herr Kapitän. Moderne Trawler fahren mit Dieselmotoren, das tun die hier zwar auch, aber sie sind viel hochtouriger. Sie klingen jetzt eher wie Schnellboote. Außerdem haben sie Kurs gewechselt, die Schraubengeräusche wandern nach Backbord aus, von zwo-neun-null nach zwo-sieben-null.«

Dann liefen die jetzt parallel zur spanischen Küste in die Biskaya hinein. Also doch Patrouillenboote, wie der II WO bereits vermutet hatte. Ich wollte schon den Hörer zurücklegen, als mich eine Veränderung in den Schraubengeräuschen der zwei stutzen ließ. Die wurden plötzlich viel lauter. Auch Huber richtete sich überrascht kerzengerade auf. Doch er deutete das ganz anders.

»Das sind nicht bloß zwei, Herr Kapitän! Das ist ein ganzes Rudel! Mindestens acht Boote, die von zwo-sieben-null nach zwo-sechs-null auswandern.«

»Sind Sie sicher?«

Er nickte.

Ich warf den Hörer auf den Tisch. »Das muß ich mir ansehen.«

»Das sind nicht bloß zwei, Herr Kapitän«, empfing mich der II WO und trat vom Periskop zurück. »Das ist 'ne ganze Flottille von Schnellbooten, die irgendein Manöver abhält. Sehen Sie selbst.«

Die Dämmerung war inzwischen dem ersten Morgenlicht gewichen. Huber hatte richtig gehört und der II WO richtig gesehen. Vor dem Fadenkreuz des Periskops hoben sich mehr oder weniger deutlich die hohen Bugwellen über das Wasser flitzender schneller Boote ab, Boote in Kiellinie. Ich zählte neun hohe stäubende Bugwellen, hinter denen sich die Boote verbargen.

Plötzlich veränderten die Bugwellen die Formation. Sie drehten auf uns ein und liefen zur Dwarslinie auf. Hinter ihnen tauchten die Aufbauten von kleinen schnellen Kriegsschiffen fremdartigen Typs auf.

»Ich werd' verrückt!« entfuhr es mir überrascht. »Soll man 's glauben, wir sind tatsächlich mitten in ein Manöver der spanischen Kriegsmarine hineingeraten! Hoffentlich nehmen die uns nicht auf die Hörner!«

Wie zur Bestätigung meiner Befürchtungen stiegen auf einmal im Kielwasser der Boote hohe Wassersäulen empor. Sekunden später erreichte uns das Donnergrollen einer detonierenden Wasserbombenserie.

»Du lieber Himmel, die üben die U-Bootjagd! Nichts

wie weg hier! Ruder, hart Steuerbord, Kurs zwo-sieben-null! Beide E-Maschinen voll voraus! Umdrehungen für sieben Knoten!«

Eine neue Wabo-Serie setzte ein ohrenbetäubendes Ausrufungszeichen hinter meine Befehle und machte uns Beine. Hinter uns gingen in schneller Folge immer neue Wabos hoch, als säßen uns die Verfolger direkt im Nacken.

Aus dem ersten Schreck wurde Erleichterung, je weiter die Detonationen hinter uns zurückblieben.

»Schon irgendwie 'ne komische Situation, in die wir uns da mit unserer Verabredung hineingebracht haben, was?« sagte ich zum II WO. »Ich wette, die Spanier haben den Marineattaché der deutschen Botschaft in Madrid rechtzeitig über ihre Manövergebiete informiert, und dieser Scheißkerl hat das versaubeutelt. Der sitzt ja auf seinem Druckposten in Madrid hoch und trocken.«

Der II WO schüttelte zweifelnd den Kopf. »Ich nehme eher an, der Scheißkerl sitzt in der Flottille. Das erinnert mich verdammt an das schottische Minenfeld, in das wir seinerzeit hineingeraten sind, weil uns keine Sau darüber informiert hatte, obwohl es bekannt war. Einfach verschludert von irgendeinem Etappenschwein.«

»Auch möglich – oder?« Ich sah Obersteuermann Weiß an. »Haben wir das am Ende verschludert, Obersteuermann? Nicht entsprechend in die Karten eingetragen?«

Ein Verdacht, der diesen gewissenhaften Navigator zutiefst traf. Er holte mit beleidigter Miene den Ordner mit den abgelegten Benachrichtigungen über Minenfelder, Zwangswege, veränderte Seezeichen und ähnlichem hervor und blätterte ihn aufmerksam durch, dabei auch die laufenden Nummern der Belege kontrollierend.

»Alle Belege sind vollzählig, aber über spanische Manövergebiete ist nichts darunter, Herr Kapitän. Alle Karten sind ordnungsgemäß auf den neuesten Stand gebracht worden. Obersteuermann Schneider und ich haben das jeweils nachgeprüft und dann erst die Belege abgezeichnet.«

»Nichts für ungut, Obersteuermann.« Ich legte ihm die Hand auf die Schulter, um die Wogen zu glätten. »Hätte mich auch gewundert, wenn's anders wär'. Weiß der Teufel, wo das verpatzt worden ist.«

»Vielleicht sollten wir bei den beiden anderen Booten einfach mal nachfragen, ob nur wir bei den Anweisungen ausgelassen worden sind, Herr Kapitän?«

Ich blickte den Obersteuermann verblüfft an. Was wußte der? Hatte der mitbekommen, daß mir der Flottillenchef alles andere als grün war? Hatte der Schreibersmaat getratscht, der das Affentheater jedesmal miterlebt hatte? Oder eine Marinehelferin? Es gab ja immer irgendwo eine undichte Stelle.

»Wie kommen Sie darauf, Obersteuermann? Haben Sie einen bestimmten Verdacht?«

Er zögerte. »Nun ... Ich zähle nur zwei und zwei zusammen, Herr Kapitän. An die amerikanische Ostküste hat man uns mit Badegästen geschickt, ohne uns zu informieren, daß zwei von denen längst auf der Abschußliste der Abwehr standen. Und für die Karibik wurde uns ein LI untergejubelt, von dem die Flottille genau wußte, daß er an einer Angstpsychose litt. Der ist ja dann in einer kritischen Situation auch prompt über Bord gesprungen.«

»Mmmm!« brummte ich. »Wenn man das so sieht, kann man schon leicht auf so einen Gedanken kommen. Gut, wir werden nachfragen. Dazu müssen die beiden Boote aber erst einmal hier aufkreuzen.«

U-500 war das erste Boot, das kurz nach dem Morgenwachwechsel unweit von uns auftauchte und sofort zu uns heranschor. Inzwischen waren die Wabo-Detonationen in der Ferne verstummt. Die Schraubengeräusche der übenden Flottille verloren sich jedoch nicht aus unserem GHG. Es waren sogar noch die eines langsameren Schiffes hinzugekommen, vermutlich die eines Tenders, auf dem der Flottillenchef mit seinem Stab saß, um später Manöverkritik üben zu können. Dennoch konnten wir unbesorgt auftauchen. Sie würden uns nicht sehen, denn der zähe Dunst vor der Küste hatte inzwischen die Spanier wieder verschlungen.

»Eine Sorge weniger«, sagte ich zum I WO. »Nun wird der Wildenow auch nicht mehr lange auf sich warten lassen.«

Kruse hatte offenbar seinen pessimistischen Tag, denn er verzog zweifelnd das Gesicht. »Hoffentlich. Mit seinem angeschlagenen Eimer ...«

»Nicht doch, Herr Kruse!« unterbrach ich ihn, weil er Salz in meine Wunden streute; denn ich hegte die gleichen Befürchtungen. »Hören wir lieber mal, was der Hagen auf dem Herzen hat.«

»Du lieber Himmel, Herr Kapitän, galt dieses Feuerwerk etwa Ihnen?« schrie Hagen durch seine Flüstertüte zu uns herüber. »Scheint hier ja ein gefährliches Pflaster zu sein.«

Eine verständliche Frage, denn das Wasser übertrug das Donnergrollen der Wabos meilenweit. So war es auch von seinem GHG aufgefangen worden. Kein Wunder, daß Hagen prompt auf einen britischen Angriff tippte.

Ich lachte. »Gott sei Dank nicht, Herr Hagen! Wir sind in ein Manöver der Spanier hineingeraten, von dem wir keine Ahnung hatten. Die sind jetzt achteraus im Dunst verschwunden; aber irgendwann reißt die Wolkendecke auf, und die Sonne wird herauskommen, die den Dunst auflöst. Deshalb müssen wir möglichst schnell von hier verschwinden. Wo bleibt Wildenows Boot?«

»Keine Ahnung! Hoffentlich hat er im Sturm nicht ernstliche Probleme mit seinem Kahn bekommen. Mit Bordmitteln ist ja mitunter nicht alles wieder hinzukriegen.«

Nun waren wir drei, bei denen unterschwellig die gleiche Sorge durch den Kopf geisterte. Wildenows Optimismus in allen Ehren, aber so ein Sturm konnte durchaus bisher nicht bemerkte Schäden genau im falschen Augenblick aufgedeckt haben, mit denen seine Mannschaft dann vielleicht doch nicht so schnell fertig geworden war. Kein Boot war dagegen gefeit.

»Malen Sie nicht den Teufel an die Wand, Herr Hagen!« gab ich mich optimistisch. »Er ist ein Fuchs mit einer eingespielten Besatzung, die bisher immer mit allem fertig geworden ist. Er braucht halt bloß ein bißchen länger als wir.«

»Hoffentlich nicht zu lange, Herr Kapitän«, unkte Kruse leise und deutete auf den Himmel. »Das Azorenhoch breitet sich wieder aus. Wir kriegen Bilderbuchwetter, dann bessert sich auch die Sicht. Und gesehen werden wollen wir doch nicht.«

»Weiß ich doch!« Mir fiel der Vorschlag des Obersteuermanns wieder ein. »Herr Hagen, haben Sie irgendeinen schriftlichen Hinweis bekommen, daß wir uns hier in einem spanischen Manövergebiet befinden?«

»Moment, Herr Kapitän, muß ich nachfragen.« Es dauerte wirklich nur einen Moment. »Nichts, weder schriftlich noch mündlich. Eigentlich ungewöhnlich, die Spanier sind doch sonst so penibel in diesen Dingen, damit man ihnen nicht einen Bonbon ans Hemd kleben kann.«

Die beiden Boote drifteten in der langen Dünung weiter auseinander. Ich hätte als Antwort laut schreien müssen, das wollte ich nicht. Zum Zeichen, daß ich ihn verstanden hatte, hob ich darum die Hand.

»Ihm kommt das also auch seltsam vor, Herr Kapitän«, meinte Kruse nachdenklich. »Und das ist es in der Tat.«

»Eben, darum werde ich das auch nicht auf sich beruhen lassen. Aber das hat Zeit.« Beunruhigt blickte ich hinüber zur vom Dunst verdeckten Küste. Begann sich der Schleier etwa schon zu lichten? »Verdammt, wo bleibt der Wildenow? Der bringt uns noch in Teufels Küche! Zwei Boote, die hier vor der Küste wie auf dem Präsentierteller herumgammeln! Das schmeckt mir nicht! Signalmaat, Winkspruch an *U-500: Nehmen Sie Kurs auf Planquadrat CG acht, aber halten Sie sich von der Küste frei! Wir treffen uns dort spätestens in drei Tagen. Gute Fahrt! Mast- und Schotbruch!*«

Zur Bestätigung hob er ebenfalls nur die Hand. Seine guten Wünsche für uns verwehten in einer Wolke von Auspuffgasen, als er Fahrt aufnahm.

»Für sechshundertsechsundvierzig Seemeilen sind drei Tage aber sehr großzügig bemessen, Herr Kapitän.«

»Das weiß ich, I WO. Was ich aber nicht weiß, das ist, ob und wann der Wildenow hier endlich erscheint und was uns unterwegs noch erwartet.«

Als Wildenows Boot nach zwei Stunden endlich mit hoher Fahrt in Sicht kam, war ich nahe dran, ihn mit einem gewaltigen Donnerwetter zu begrüßen. Statt dessen reichte es gerade noch zu einem erleichterten Aufatmen. Zu mehr nicht, denn der Dunst begann sich mehr und mehr aufzulösen. Schon bald zeichnete sich die Küste als hauchdünner dunkler Streifen an der Kimm ab.

»Da haben wir den Salat!« knurrte ich grimmig in mich hinein. »Signalmaat, Winkspruch an *U-114: Bericht später, wir müssen verschwinden. Generalkurs zwei-drei-fünf, Marschgeschwindigkeit achtzehn Knoten!* – Kannst du mithalten, Kuddel?«

»Jetzt schon, Arne!«

»Na dann! – Ausführung!«

»Jetzt schon!« wiederholte Kruse Wildenows Antwort mit Skepsis in der Stimme. »Wenn das man nicht wieder übertriebener Optimismus ist, Herr Kapitän.«

»Zumindest heißt das, daß er erhebliche Probleme gehabt haben muß. Welcher Art die gewesen sind, werden wir erfahren, wenn wir weit genug von Land weg sind.«

Obwohl mich die Neugier schier zerfraß, gelang es mir dennoch, sie zu zügeln, bis wir weitab von der spanischen Küste standen und Entdeckung von Land nicht mehr zu fürchten brauchten.

»Signalmaat, Winkspruch an *U-114: Neuer Kurs eins-acht-null, Marschgeschwindigkeit 12 Knoten. Treffpunkt spätestens in drei Tagen Planquadrat CG acht. Frei von Land halten!«* Ein Spruch, den mir die Vorsicht diktierte. Man konnte schließlich nicht wissen, ob wir nicht irgendwann wieder getrennt wurden. »*Warum bist du so spät zu uns gestoßen?*«

Mit der Bestätigung kam seine Antwort: »*Wir haben im Sturm Probleme mit der Rudermaschine bekommen, mußten mit den Schrauben steuern. Das hat Zeit gekostet, bis der Schaden mit Bordmitteln behoben werden konnte.*«

Kruse pfiff durch die Zähne. »Mein lieber Mann, das ist ja der reinste Seelenverkäufer! Erst bläst ihnen die Druckluft unversehens die Tauchtanks leer und katapultiert sie damit direkt vor den Bug des angreifenden Zerstörers, dann fällt auch noch die Rudermaschine im Sturm aus. Da ist doch der Wurm drin! Was, wenn das bei diesen Pannen nicht bleibt? Wäre es nicht besser, die kehrten nach Brest zurück, Herr Kapitän? Oder hat der Wildenow etwa Halsschmerzen?«

Bei seiner letzten Frage grinste er. Halsschmerzen, das war die Umschreibung für den Wunsch nach der Auszeichnung mit dem Ritterkreuz, möglichst mit Eichenlaub und Schwertern. Eine Krankheit, die so manchen davon befallenen Kommandanten mitunter veranlaßte, unkalkulierbare Risiken einzugehen.

»Natürlich hat er Halsschmerzen. Möchte nach so vielen erfolgreichen Feindfahrten auch das Eichenlaub haben.« Dennoch kaute ich nachdenklich auf meiner Unterlippe herum, weil ich seine Sorge teilte. »Aber Sie haben recht. Mit solchen Problemen kann das Boot zu einem gefährlichen Hemmschuh für uns alle werden. Ich werde ihm den Vorschlag machen; seine Antwort kenne ich allerdings schon im voraus.«

Wildenow brauchte einen Augenblick, um meinen Vorschlag zu verdauen. Dann protestierte er vehement.

»Habt ihr Angst, daß ich euch in die Dutten haue? Kommt überhaupt nicht in Frage!«

»Quatsch, Kuddel! Das war ein Vorschlag, kein Befehl, Mensch! Und warum? Weil wir uns nicht um uns, sondern um euch Sorgen machen, klar?«

»Das ist ehrenwert! Trotzdem – Vorschlag abgelehnt! Wir bleiben im Ru...«

»Fliegeralarm!« Die laute Stimme des Moses fuhr ihm dazwischen. »Zwei Flugzeuge in zwo-sieben-fünf!«

Der Alarmschrei ließ mich Wildenow vergessen. Kruse und ich fuhren herum. Wir brauchten einen Augenblick, bis auch wir die winzigen Punkte mit unseren Gläsern unter der aufgelockerten hohen Wolkendecke entdeckten. Sie bewegten sich parallel zu unserem Kurs und waren so weit entfernt, daß sie uns garantiert nicht ausmachen konnten.

»Spanier, die vermutlich ihre Drei-Meilen-Zone abfliegen. Die tun uns nichts. Aber dennoch – geben Sie mit dem Nebelhorn Fliegeralarm, Signalmaat, damit Kaleu Wildenow gewarnt ist! Auf Tauchstation! Klar zum Alarmtauchen!« Das Nebelhorn röhrte ohrenbetäubend los. Im Boot schrillten die Alarmklingeln. Im Nu leerte sich die Brücke. »Ab in den Keller, Herr Kruse!«

»Boot pendelt auf Sehrohrtiefe ein, Herr Kapitän!« meldete der LI.

»Danke, Herr Lietz!« Ich fuhr das Luftzielsehrohr aus und suchte den Himmel über der Kimm nach den beiden Maschinen ab. »Da sind sie, fliegen im gleichen Abstand noch immer parallel zu unserem Kurs. Komisch – oder hat einer von Ihnen schon einmal was davon gehört, daß die Spanier an ihrer Küste Patrouille fliegen? Ich nämlich nicht.« Ich blickte meine Wachoffiziere an und erntete ein Kopfschütteln. »Sie also auch nicht, meine Herren.«

»Vielleicht ist das auch bloß wieder ein Manöver, Herr Kapitän?« meinte Kruse schulterzuckend. »Oder die machen am Ende mobil?«

Ich starrte ihn einen Augenblick verblüfft an. »Sie meinen, die wollten jetzt, nachdem die Amerikaner in den Krieg eingetreten sind, auf unserer Seite mitmachen? Ausgeschlossen, die sind doch nicht lebensmüde! Die halten sich jetzt erst recht aus diesem Krieg heraus, mögen sie auch noch solche Freundschaftsgefühle für uns hegen. Außerdem – Sie vergessen, daß die gerade einen Bürgerkrieg hinter sich haben, an dessen Folgen sie noch immer knabbern.«

»Immerhin geht doch das Gerede, daß sich die Spanier am Kampf gegen die Sowjetunion mit einer Division aus Freiwilligen beteiligen wollen«, sprang Werda dem I WO bei. »Vielleicht wird jetzt mehr daraus, Herr Kapitän?«

»Nee, Herr Werda, eher glaube ich, daß die Tommies irgendwie die spanische Drei-Meilen-Zone verletzt haben könnten und dadurch Patrouillenflüge ausgelöst haben. Aber was zerbrechen wir uns über Sinn und Zweck der Flüge den Kopf? Sobald sie außer Sicht kommen, tauchen wir wieder auf.«

Die Spanier taten uns jedoch nicht den Gefallen. Der halbe Tag ging vorüber, bis sie endlich aus unserem Blickfeld verschwanden und wir auftauchen konnten.

»Seltsam«, sagte ich. »Ich bin ja nicht böse darüber, daß die Kimm blank wie ein frisch gewaschener Kinderpopo ist. Wissen möchte ich aber doch, wo der Wildenow mit seinem Boot nun diesmal wieder steckt.«

Kruse ließ sein Glas ebenfalls sinken. »Der spielt scheues Kaninchen, Herr Kapitän. Sie haben ihn mit Ihrem gutgemeinten Vorschlag offenbar verprellt.«

»Der wird doch nicht etwa wieder Probleme gekriegt haben?« meinte der II WO und grinste. »Oder fürchtet er am Ende, Sie könnten ihm den Rückmarsch nach Brest vielleicht doch noch befehlen?«

Ich lachte. »Glaube ich nicht. Der ist möglicherweise schon viel früher aufgetaucht und hat die Beine in die Hand genommen. Hat er statt dessen aber tatsächlich wieder irgendwelche Probleme, dann ist das jetzt allein sein Bier. Zweimal predigt der Pfarrer nicht dasselbe.«

»Hmmm«, brummte Kruse nachdenklich. »Hätten wir ihn dann nicht hören müssen, wenn er wirklich früher aufgetaucht ist? Da muß ich doch nach meiner Ablösung mal nachhaken.«

Der BÜ trat an uns heran und machte vor dem I WO Männchen. »Was wollen Sie, Gideon?«

»Die Funker haben Radio Dublin eingepeilt, Herr Kaleu.«

Kruse sah auf die Uhr. »Richtig, die Nachrichtensendung. Würden Sie jetzt schon die Wache übernehmen, Herr Werda?«

»Aber klar, deshalb bin ich ja früher raufgekommen.«

»Danke!« Der I WO verschwand im Turmluk.

Knappe zwanzig Minuten später erschien er wieder auf der Brücke. »*U-114* ist tatsächlich viel früher aufgetaucht, Herr Kapitän. Greinert hat es zwar gehört, aber nicht gemeldet. Dachte, es sei nicht so wichtig, sei vielleicht so abgesprochen.«

Ich fuhr auf. »Spinnt der Kerl? Wo kommen wir denn da hin, wenn jetzt schon die Horchgasten entscheiden, was wichtig und was unwichtig ist?! Dem werde ich mal gründlich den Marsch blasen!«

»Schon geschehen, Herr Kapitän. Ich hab' ihm gewaltig den Kopf gewaschen. Das vergißt der nicht so schnell.«

»Gut. Und was gibt's sonst Neues?«

»Die Japse hauen die Briten und Amerikaner weiter in die Pfanne. Die britische Eastern Fleet ist nur knapp ihrer völligen Vernichtung durch die überlegene japanische Trägerflotte entgangen. Nach unbestätigten Meldungen ziehen die Tommies jetzt zur Verstärkung schwere Einheiten aus dem Mittelmeer ab, um die Japse zu stoppen. Malta soll durch pausenlose Luftangriffe deutscher und italienischer Flugzeuge sturmreif gemacht werden. Die Tommies haben den Verlust von vier U-Booten ihrer Mittelmeerflottille eingestanden.«

»Kann uns nur recht sein! Und sonst?«

»Vor der irischen, spanischen und portugiesischen Küste wird die Suche nach Schiffbrüchigen fortgesetzt, deren Schiffe seit dem Orkan vermißt werden. Deshalb die Flugzeuge, Herr Kapitän.«

»Dann haltet mir ja die Augen auf, klar?« wandte ich mich an den begierig lauschenden Ausguck. »Damit wir nicht von den Suchflugzeugen entdeckt werden oder gar plötzlich wieder – wie in der Karibik – so einen morschen Fischerkahn auf die Hörner nehmen.«

Ich hielt das zwar so weitab von Land für so gut wie unmöglich, aber eine Ermahnung konnte nie schaden.

Nach Einbruch der Dunkelheit gingen wir dichter unter Land, um die Leuchtfeuer für die Schiffsortsbestimmung zu benutzen. Nach wie vor zogen nämlich hohe Wolkenfelder durch und verdeckten die Sternbilder.

Außerdem ließen sich die Kompaßpeilungen ohne große Rechnerei in die Karte übernehmen.

Das Rumoren von Schiffsschrauben, das unser GHG von der Küste her auffing, stammte eindeutig von Fischerbooten und Küstenfrachtern. Kriegsschiffe waren nicht darunter, die hätte Huber sofort herausgehört. Zu sehen bekamen wir keines dieser Schiffe, denn die krebsten in der international geschützten Drei-Meilen-Zone herum, und von der hielten wir gebührenden Abstand.

»Sieht aus, als hätten wir eine ruhige Nacht vor uns«, meinte der I WO optimistisch. »Auch aus dem offenen Atlantik kommen keine beunruhigenden Schraubengeräusche.«

Ich gähnte. »Dann sollte ich die günstige Gelegenheit wohl schleunigst nutzen, um mal wieder ungestört 'ne Mütze voll Schlaf zu nehmen, was?«

Kruse lachte. »Das sollten Sie tun. Die Nächte zwischen Abend und Morgen sind ja hier ohnehin schon kurz genug.«

»Na, dann man gute Wache!« Ich rutschte die Leiterholme hinunter in die Zentrale.

Schön, dachte ich, jetzt noch schnell einen Blick in die Karte und dann ab in die Heia, bevor dich wieder irgendwer daran hindert. Ich machte prompt die Rechnung ohne den Wirt.

Kaum hatte ich mich in meiner Koje ausgestreckt und die Augen geschlossen, war zumindest ein Teil der Nacht schon wieder für mich zu Ende. Aus dem Lautsprecher über meinem Kopf kam die Stimme des BÜ.

»Kommandant bitte auf die Brücke! Ich wiederhole: Kommandant bitte auf die Brücke!«

Fluchend rappelte ich mich auf, jumpte durch das

Mannloch in die Zentrale und enterte auf. Meine Augen brauchten erschreckend lange, ehe sie sich auf die tiefe Dunkelheit einstellten und ich die Konturen des Backbord-Ausgucks vor dem über die Kimm blinzelnden Leuchtfeuer von Cabo Fisterra wahrnahm. Aber ich blickte genau in die falsche Richtung.

»Ein rotes Flackerfeuer Steuerbord querab, Herr Kapitän. Dürfte etwa zwei Seemeilen entfernt sein. Ist gerade eben erst aufgeflammt. Vorher haben wir nur den schwachen Schein eines Feuerzeuges gesehen.«

Ich fuhr zu Kruse herum. Tatsächlich, ein rotes Flackerfeuer. Es tanzte in meinem Glas flach über dem Wasser in den Wellen auf und ab. Mehr vermochte ich zunächst nicht zu erkennen. Es war ein so jämmerlich schwaches Lichtzeichen, daß es in der dunklen See irgendwie noch verlorener wirkte. Trotzdem war es ohne Zweifel ein internationales Notsignal, das Schiffbrüchige entzündet hatten, die möglicherweise auf einer Planke oder einem Floß trieben.

»Du lieber Himmel, wie haben die uns denn in dieser Dunkelheit ausmachen können, I WO? Ist auf der Brücke etwa geraucht worden?« fragte ich vorwurfsvoll, denn eine glimmende Zigarette leuchtete bei jedem Zug hell auf und war daher nachts auf See weit zu sehen.

»Selbstverständlich nicht, Herr Kapitän. Es kann das Leuchtfeuer von Cabo Fisterra in unserem Rücken gewesen sein, das unsere Silhouette im Takt seiner Kennung immer wieder schemenhaft der Dunkelheit entreißt. Für einen, der nach dem rettenden Strohhalm sucht, sollte das wohl als Hoffnungsschimmer ausgereicht haben.« Er wies auf das Turmluk, das offenstand, damit der Rauch abzog, denn im oberen Teil des Turmes durfte geraucht werden. »Unwahrscheinlich, daß uns die paar Raucher von dort mit dem Glimmen ihrer Zigaretten verraten haben könnten.«

»Letzteres glaube ich auch nicht, Herr Kruse. Und das Leuchtfeuer? Möglich. Ich nehme aber eher an, es war das Hämmern unserer Diesel. Sie wissen ja selbst, wie weit das vom Wasser übertragen wird, und wer im Bach liegt, hört das natürlich.«

Er schlug sich mit der Hand gegen die Stirn. »Na klar! Warum bin ich darauf eigentlich nicht von alleine gekommen?«

In meinem Glas gewann das Flackerfeuer auf einmal an Kraft, denn ein Arm schwenkte die Fackel funkensprühend hin und her. In ihrem unsteten Licht erkannte ich mehrere Personen, die hoffnungsvoll winkend die Arme in die Luft reckten.

Ein Verdacht regte sich plötzlich in mir. Du lieber Himmel, doch nicht am Ende der Wildenow! Das gab endgültig den Ausschlag.

»Gehen Sie mit der Fahrt runter, und nehmen Sie Kurs auf das Flackerfeuer, I WO!«

Kruse starrte mich einen Augenblick völlig perplex an. »Was denn, Sie wollen …«

»Was dachten Sie denn?« schnitt ich ihm das Wort ab. »Da sind Seeleute in Seenot, Seeleute wie wir. Wollen Sie die ersaufen lassen? Ich nicht!«

»Ich auch nicht, aber … aber ich dachte nur an den Befehl des BdU hinsichtlich der Rettung von Schiffbrüchigen. Der ist …«

»Ich weiß, der ist eindeutig, wenn es sich um die Besatzungen torpedierter Schiffe handelt. Aber das da sind vermutlich Spanier, Angehörige einer befreundeten Nation, die der Orkan in Seenot gebracht hat. Und wenn nicht, dann sind's am Ende Männer, die sich aus

Wildenows Seelenverkäufer retten konnten. Was weiß ich denn!«

Das wirkte. Der I WO nahm Kurs auf das Flackerfeuer und ging mit der Fahrt herunter.

»Positionslichter setzen, damit man uns für Fischer hält, Herr Kapitän? Man weiß ja nie, ob uns jetzt nicht doch jemand zuschaut.«

Das war ein Trick, mit dem wir uns schon des öfteren durch feindliches Seegebiet und sogar durch den alliierten Schiffsverkehr gemogelt hatten, ohne aufzufallen. Wenn wir jetzt mit Licht herumhantierten, konnte diese Tarnung nicht schaden. Es gab ja schließlich britische U-Boote, die ebenfalls vor der iberischen Halbinsel operierten.

»Einverstanden, I WO! BÜ, rufen Sie das Leinenkommando an Deck und den Oberbootsmann auf die Brücke!«

Der Smadding kam so schnell aus dem Turm gekrabbelt, als habe er direkt unter dem Turmluk bei den Rauchern gestanden und meinen Befehl gehört. »Melde mich zur Stelle, Herr Kapitän!«

»Erstaunlich, Nummer Eins! Augen wie 'ne Katze, was? Sonst hätten Sie mich in der Dunkelheit wohl kaum so schnell gefunden. Die werden Sie und das Leinenkommando jetzt brauchen. Mehr als der Strahl einer Klappbuchs ist nämlich nicht drin. Recht voraus treiben Schiffbrüchige, die Sie mit Ihren Männern an Bord holen werden, klar?«

»Völlig klar, Herr Kapitän!« Er blickte nach achtern, wo das Leinenkommando aus dem achteren Luk gekrochen kam. »Wenn wir das Achterschiff fluten, wird das keine Schwierigkeiten machen. Wie viele sind es denn?«

»Das versuche ich gerade selbst herauszufinden.« Wir waren inzwischen so dicht herangeschoren, daß ich drei oder vier in dem flackernden Licht zu erkennen glaubte. »Vielleicht drei, eher vier, wir werden sehen.«

Kruse nahm noch mehr Fahrt aus dem Boot und ließ Ruder legen, um die Schiffbrüchigen nicht über den Haufen zu kacheln. Wir hörten sie jetzt auch rufen. Aber es war ein solches Durcheinander von Stimmen, das über das Wasser scholl, so daß wir nicht verstehen konnten, was sie uns zuriefen. Deutsche Laute waren das jedoch nicht, dessen war ich mir sicher.

Mir fiel plötzlich siedendheiß ein, daß wir uns unter keinen Umständen verplappern durften, wenn wir sie an Bord nahmen. Unser Einsatzziel mußte geheim bleiben.

»BÜ, geben Sie mir mal Ihren Klimbim!« Ich stülpte mir den Hörer mit dem Mikrophon über den Kopf. »Achtung! Achtung! Alle Mann auf Manöverstation! Wir nehmen jetzt Schiffbrüchige an Bord und fluten dazu das Achterschiff! Kein Wort zu denen über unser tatsächliches Einsatzziel, klar? Wir sind auf dem Rückmarsch zu unserem Stützpunkt, wenn ihr gefragt werdet! Hämmert euch das ein! Ich wiederhole: Absolutes Stillschweigen über unser tatsächliches Ziel! Wir sind auf dem Heimmarsch, verstanden?« Ich gab dem BÜ das Gerät zurück. »Das gilt für alle! Blasen Sie das auch dem Leinenkommando ein, Oberbootsmann, damit es keine Pannen gibt! Wir gehen mit Steuerbord an die Schwimmer heran und fluten dann achtern.«

»Alles klar, Herr Kapitän!« Er salutierte und turnte zu seinen Männern hinunter.

»Beide Maschinen stopp!« befahl Kruse. »Ruder Steuerbord zehn! Signalmaat, machen Sie Ihre Klappbuchs klar! Scharfen Strahl, sobald wir dicht genug dran sind! Ruder recht so, komm auf!«

Geschickt nutzte Kruse die auslaufende Geschwindigkeit des Bootes auf den letzten zweihundert Metern aus, um sanft an die im Wasser Treibenden heranzuscheren. Im roten Fackellicht war nun auch zu erkennen, daß ich mich nicht getäuscht hatte. Es waren vier Personen mit gelben Schwimmwesten, die sich an irgend etwas klammerten, an eine Planke oder das Bruchstück eines Mastes.

»Jetzt kommt der Moment der Wahrheit, Herr Kapitän!« witzelte Kruse. »Licht, Signalmaat!«

Der gebündelte Strahl strich über das Wasser und tauchte die Schiffbrüchigen in sein grelles Licht. Mir fiel der Unterkiefer vor Überraschung herunter, denn ich traute meinen Augen nicht.

»Ich werd' verrückt, da sind ja zwei Frauen bei!« rutschte es mir heraus. »Zwei Frauen! Die haben uns gerade noch gefehlt!«

Kommandos kamen von achtern. Eine Wurfleine flog durch die Luft und platschte genau vor dem Mann mit der Fackel in die See. Der griff sofort zu und warf dann erst die Fackel weit von sich.

»Achterschiff fluten!«

Sacht senkte sich das Achterdeck.

Kruse griff zur Flüstertüte. »Na, dann man tau, Nummer Eins! Bringen wir es hinter uns!«

Er drehte sich zu mir herum. »Hat da nicht mal so ein neunmalkluges Arschloch behauptet, Frauen an Bord brächten Unglück? Ich sehe das jedenfalls nicht so. Das kann doch jetzt ganz amüsant werden.«

»Nehmen Sie sich zusammen, I WO!« Ich grinste trotzdem. »Wenn Sie und der LI wieder anfangen, um die Gunst dieser beiden Frauen zu buhlen, gibt's glatt 'nen negativen Eintrag in Ihrer beider Führungsbücher, klar? Dann ist das Deutsche Kreuz in Gold oder das Ritterkreuz Sense, Sie Schlitzohr!«

»Völlig klar, Herr Kapitän! Ich sehe schon, es gibt keine Liebe mehr unter den Menschen.«

»Spanier, Herr Kapitän!« meldete der Oberbootsmann von Deck zu uns herauf. »Zwei Frauen und zwei Männer, sind in halbwegs guter Verfassung. Sobald das Achterschiff aufschwimmt, bringen wir sie durch das achtere Versorgungsluk unter Deck und verpassen ihnen trockene Kleidung.«

»Einverstanden, Nummer Eins. Bringen Sie die vier zunächst einmal im Offizierslogis unter, damit sie sich erholen können. Der Smut' soll ihnen was zu trinken und zu essen anbieten. Später sehen wir dann weiter. BÜ, Achterschiff anblasen! Positionslichter löschen, Freiwächter wegtreten von den Manöverstationen!«

»Zwei Frauen und zwei Männer, die Gott danken werden, daß wir sie aufgefischt haben«, sagte Kruse nachdenklich.

»Und wir müssen jetzt sehen, daß wir sie möglichst schnell wieder loswerden, was?« ergänzte ich. »Das wollen Sie doch damit sagen – oder?«

Er lachte. »Nicht so direkt, Herr Kapitän. Aber mitnehmen können wir sie ja wohl kaum.«

Das konnten wir tatsächlich nicht. Darum mußten wir zunächst einmal herausfinden, wer diese Zivilisten nun eigentlich waren und was sie in diese Lage gebracht hatte.

»Ich hoffe, daß wir uns mit ihnen irgendwie verständigen können. Bis wir Vigo querab haben, müssen wir jedenfalls ’ne Lösung gefunden haben, sonst kriegen die ganz schnell mit, daß wir keineswegs auf dem Rückmarsch sind. Sie sind unser Sprachgenie, deshalb hätte ich Sie gern dabei, I WO. Ich schicke Ihnen den II WO als Ablösung rauf.« Ich rutschte in die Zentrale hinunter und schnappte mir den II WO. »Tut mir leid, Herr Werda, daß ich Ihnen die Freiwache vermasseln muß. Ich brauche unser Sprachgenie hier unten bei der Vernehmung der Schiffbrüchigen. Bitte, lösen Sie den I WO solange auf der Brücke ab. Schwenken Sie mit kleiner Fahrt auf unseren Generalkurs zurück. Wir brauchen Zeit zum Überlegen, wo und wie wir die vier an Land setzen können.«

Ich weiß nicht, was ich erwartet hatte, als ich mit Kruse zusammen das Offizierslogis betrat. Zumindest war ich überrascht, denn selbst die zusammengesuchten Klamotten aus unserer Kleiderlast und die müden Gesichter vermochten nicht den Eindruck zu vermindern, daß wir zwei ausgemacht hübsche, attraktive Frauen mittleren Alters aus dem Bach gezogen hatten.

Keine typischen Spanierinnen, wie wir Deutschen sie uns gemeinhin vorstellten. Jedenfalls die blondhaarige mit dem schmalen aparten Gesicht, die uns aus ihren blaugrauen Augen neugierig musterte, entsprach dem Bild nicht. Sie ähnelte vielmehr den Friesinnen, wie ich sie von Föhr kannte.

Die andere kam mit ihren dunklen Haaren und den ausdrucksvollen braunen Augen in ihrem feingeschnittenen, fast griechischen Gesicht unseren Vorstellungen dagegen schon näher. Das traf auch auf die beiden gutaussehenden, wettergebräunten, schlanken Männer zu, denen man die Sportsegler zehn Meilen gegen den

Wind ansah. Bei unserem Eintreten legten sie die Bestecke beiseite und standen höflich auf.

»Willkommen an Bord meines Bootes!« sagte ich. »Bitte, behalten Sie Platz. Spricht jemand von Ihnen deutsch oder englisch?«

Die vier blickten einander fragend an. Nach kurzem Zögern schüttelten sie die Köpfe. *»Sorry, Sir, only English or French, not German: We prefer English and I hope you will understand my poor English. My name is Manuel Zamosa«*, stellte sich der ältere der beiden Männer vor und deutete mit einer leichten Verbeugung auf die lächelnde blonde Frau. *»My wife Juanita. And the other two are our friends Jose Salaman and his wife Delila.«*

»Na prima, Herr Kapitän. Blamiere ich mich wenigstens nicht mit meinen paar Brocken Spanisch«, flüsterte mir Kruse erfreut zu und übernahm sofort seinerseits die Vorstellung. *»This is Commander Captain Thomsen, I am his First Officer Captain-Lieutenant Kruse. Welcome aboard. Please tell us, where are you coming from and what happened with your ship.«*

Ich hatte richtig vermutet. Sie waren erfahrene Sportsegler, die sich mit der hochseetüchtigen Ketsch *Juanita* auf dem Törn von Cadiz nach Villagarcia de Arousa befunden hatten, um an einer Medizinertagung in Santiago de Compostella teilzunehmen. Bevor sie die Segel hätten bergen können, seien die ihnen in den ersten Böen des Orkans davongeflogen. Dabei sei der Großmast gebrochen und von oben gekommen. Ehe sie recht begriffen hätten, wie ihnen geschah, sei das Boot von den turmhohen Brechern leckgeschlagen worden und gekentert. Es sei nicht sofort gesunken. Luftblasen unter Deck hätten es lange Zeit noch an der Oberfläche gehalten, so daß sie auf dem kieloben treibenden Wrack nach Hilfe hatten Ausschau halten können. Als es dann doch sank, sei die aus dem Cockpit aufgeschwommene Gräting zu ihrer letzten Rettung geworden, bis wir sie auffischten.

Ich dachte an *U-114* und *U-500,* deshalb fragte ich: »Und Sie haben keine Schiffe außer uns gesichtet?«

»Doch, am heutigen Tag. Nacheinander passierten uns weit entfernt zwei aufgetauchte U-Boote mit Südkurs. Wir schrien und winkten deshalb vergeblich. Sie sahen uns nicht, die See ging ja noch zu hoch.«

»Sie hatten doch aber die Seenotfackel. Warum haben Sie die denn nicht benutzt? Die hätte der Ausguck der Boote mit Sicherheit bemerkt.«

»Wir haben es ja versucht, aber wir bekamen das in den Wellen nicht hin. Alles war naß, selbst das Feuerzeug.«

»Das haben wir gemerkt«, brummte Kruse. »Sie haben großes Glück gehabt. Aber was machen wir jetzt mit Ihnen? Wir sind auf dem Rückweg zu unserem Stützpunkt in Frankreich.«

Die beiden Salamans zuckten bei seinen Worten wie unter einem Peitschenschlag zusammen. Fassungsloses Entsetzen zeichnete sich auf ihren Gesichtern ab.

»Nach Frankreich? Um Himmels willen, bloß das nicht!« schrie die Frau plötzlich auf. »Wir ...« Sie brach erschrocken ab und fuhr sich mit der Hand vor den Mund.

Mein Gott, was hat die denn, dachte ich. Selbst wenn wir wirklich auf dem Weg nach Brest wären, was war daran so schlimm? Von Frankreich nach Spanien zurück gab es doch nicht die geringsten Probleme. Doch halt mal ...

Eine plötzliche Erkenntnis bremste jäh meine Gedanken. Die hatte nicht englisch, die hatte ja deutsch aufgeschrien! Ich starrte sie konsterniert an. Das war ja unglaublich! Wir retteten ihnen das Leben, und die logen uns an, zwangen uns aus unerfindlichen Gründen, englisch mit ihnen zu sprechen. Verärgerung stieg in mir hoch.

»Sie sprechen deutsch? Das ist ja 'n Ding!« fuhr ich die Frau an. »Warum spielen Sie uns eine Komödie vor? Was versuchen Sie vor uns zu verbergen?«

Sie antwortete nicht, sondern schlug die Hände vor das Gesicht und schluchzte. Ihr Mann legte seinen Arm tröstend um sie und streichelte sie beruhigend.

»Ihre Verärgerung ist berechtigt, Herr Kapitän«, gestand er ein. »Wir sind Ihnen dafür selbstverständlich eine Erklärung schuldig und können nur hoffen, daß Sie die als Entschuldigung für unser Verhalten akzeptieren.«

Zu meiner größten Verblüffung sprach er ein erstklassiges Hochdeutsch, noch dazu mit einem Zungenschlag, wie er für Hamburger und Schleswig-Holsteiner typisch war. Diesen Akzent erlernte man nicht, den sog man mit der Muttermilch auf.

»Um es vorwegzunehmen – meine Frau und ich sind Juden, in Deutschland geboren und in Hamburg aufgewachsen. Wir haben Deutschland 1934 verlassen, weil wir weiteren Verfolgungen und Diskriminierungen entgehen wollten. Mir hat man damals aus rassischen Gründen meine Zulassung als Arzt entzogen, und meine Frau wurde aus den gleichen Gründen als Ärztin am Tropeninstitut Knall und Fall entlassen.« Er sah Kruse und mich fest an. »So wie uns erging es mehr oder weniger allen jüdischen Ärzten. Und jetzt müssen alle Juden in Deutschland auch noch mit einem gelben Davidstern herumlaufen. Ich bin sicher, daß Ihnen diese Drangsalierungen nicht unbekannt geblieben sind.«

Sie waren mir natürlich nicht unbekannt geblieben, und doch verschlug mir sein Geständnis glatt die Sprache. Es brachte Kruse und mich in Teufels Küche, wenn das in Deutschland publik wurde. Es wäre uns daher lieber gewesen, er hätte es uns verschwiegen. Trotzdem dachte ich keine Sekunde daran, ihnen unsere Hilfe aus Seenot zu verweigern. Schließlich hatten uns seinerzeit die Briten nach der Versenkung unseres Boo-tes auch aufgefischt, obwohl sie alle Deutschen für fanatische »Nazis« hielten, die man mit Stumpf und Stiel vernichten mußte. Ich schwieg zunächst und nickte nur. Das schien ihm zu genügen.

»Wir sind inzwischen Spanier geworden. Angesehene jüdische Ärzte, denen selbst das nationalistische Franco-Regime nicht zum Vorwurf macht, daß sie sich die falschen Eltern ausgesucht haben.« Er wischte seiner Frau zärtlich die Tränen aus dem Gesicht. »Und da ich gerade von unseren Eltern rede – wir haben seit Jahren kein Lebenszeichen mehr von ihnen bekommen, Herr Kapitän. Können Sie nun den entsetzten Aufschrei meiner Frau verstehen? Wir möchten unter keinen Umständen in den deutschen Machtbereich zurückgebracht werden, wo man Juden das Leben zur Hölle macht.«

»Das war und ist auch gar nicht unsere Absicht. Was interessiert uns denn Ihre Rasse oder Religion? Für uns sind Sie nach wie vor schiffbrüchige Spanier, die wir irgendwie irgendwo möglichst schnell wieder loswerden wollen, denn wir sind ein Kriegsschiff und auf Schiffbrüchige nicht eingerichtet. Dabei sollen Sie uns helfen. Deshalb hat Kapitänleutnant Kruse Sie überhaupt nur gefragt.«

Salaman atmete auf und lehnte sich erleichtert zurück. »Danke, Herr Kapitän. Meiner Frau und mir fällt ein Stein vom Herzen. Ich glaube, ich sollte jetzt unseren Freunden die Situation erklären. Die haben gar nicht mitgekriegt, um was es eben zwischen uns gegangen ist; die sprechen nämlich tatsächlich nicht deutsch.«

»Tun Sie das, Herr Salaman. Wir werden indessen nach einer Möglichkeit suchen, Sie irgendwo an Land zu setzen. Zuvor aber noch eine Sprachregelung: Nach Ihrem Geständnis stecken mein I WO und ich jetzt als Offiziere in einer gefährlichen Zwickmühle. Ein unbedachtes Wort kann uns in Deutschland Kopf und Kragen kosten. Deshalb dürfen die Zamosas unter keinen Umständen erfahren, daß Sie und Ihre Gattin sich uns gegenüber als Juden zu erkennen gegeben haben. Können wir uns darauf verlassen?«

»Sie haben mein Wort darauf, Herr Kapitän!«

Zwischen Kruse und mir war im Laufe der gemeinsamen Zeit ein so vertrauensvolles Verhältnis entstanden, daß ich kein Blatt vor den Mund zu nehmen brauchte, sobald wir allein waren. Schließlich hatte er sich oft genug über den Germanenkult und das überhebliche Gefasel von der Herrenrasse lustig gemacht.

»Kein Wort zu irgendwem, daß die Salamans Juden sind, Herr Kruse. Offiziell haben wir davon keine Ahnung, sonst sind wir als Offiziere erledigt. Sie sind schiffbrüchige Spanier, basta! Als solche werden ich sie auch in unserem Logbuch klarieren.«

Kruse nickte. »Völlig klar, Herr Kapitän. Wir können allerdings bloß hoffen, daß der Salaman sein Versprechen hält und daß nicht später irgendein rassebewußter Herrenmensch über den Namen Salaman stolpert und ihn als Salomon interpretiert.«

»Das wäre das kleinste Übel. Es ist nicht unsere Aufgabe, die Namen von Schiffbrüchigen dahingehend zu überprüfen, ob sie etwa jüdischen Ursprungs sind. Außerdem heißt einer unserer U-Bootkommandanten ebenfalls Salaman. Er ist meines Wissens Korvettenkapitän und dürfte trotz dieses Namens doch wohl kaum Jude sein.« Ich beugte mich nachdenklich über die Seekarte. »Die wollten also nach Villagarcia de Arousa. Das können sie haben.«

Kruse sah mich verständnislos an. »Wie wollen Sie das denn deichseln? Wieder als Kommandounternehmen wie vor Florida? Diesmal haben wir aber leider kein amerikanisches Schlauchboot an Bord.«

»Das brauchen wir ja auch gar nicht, wenn wir es richtig anpacken! Wir funken offen einen Notruf und lassen die vier abholen. Na, fällt der Groschen?«

Er fiel nicht so schnell, wie ich gehofft hatte, das sah ich seinem Gesicht an. Im Gegenteil, er fand ein Haar in der Suppe. »Sie wollen funken, Herr Kapitän? Na, da habe ich aber so meine Bedenken. Das kriegen doch die Tommies garantiert mit und werden ...«

»Aber, Herr Kruse«, unterbrach ich ihn, »doch nicht als *U-112!* Wir funken als in Seenot geratene Segelyacht *Juanita*, nennen Koordinaten außerhalb der Drei-Meilen-Zone und bitten dringend um Hilfe, weil uns die Yacht unter dem Arsch abzusaufen droht.«

»Ich merke schon, es ist heute wahrlich nicht mein Tag, Herr Kapitän. Mein Denkapparat macht offenbar Sendepause.« Er zog das Segelhandbuch für die iberische Halbinsel aus dem Regal und las die Angaben über Villagarcia nach. »Eine Marinebasis haben sie nicht, aber einen Hafenkapitän und eine Lotsenstation. Die dürfte durchgehend besetzt sein.«

»Prima!« Ich nahm die Entfernung zwischen unserem Standort und Villagarcia in den Zirkel. »Knapp dreißig Seemeilen. Machen wir es ordentlich dramatisch, dann sind wir unsere Gäste spätestens in zwei Stunden los. Ich werde Señor Salaman bitten, meinen Text ins Spanische zu übersetzen.«

»Hatten Sie eigentlich Funk an Bord?« war meine erste Frage an Salaman und Zamosa, bevor ich mit meinem Plan herausrückte.

»Aber ja! Schon zu unserer eigenen Sicherheit, sonst hätten wir beispielsweise mit der *Juanita* vor dem Krieg nicht an der internationalen Atlantikregatta teilnehmen können. Warum fragen Sie?«

»Weil das genau in meinen Plan paßt. Dann hatte die *Juanita* also auch ein internationales Rufzeichen?«

»Hatte sie, nämlich YJESP. Es hat uns diesmal nur nichts genützt, weil wir zum Funken gar nicht mehr gekommen sind.«

»Dafür wird es Ihnen und uns jetzt helfen.«

Die beiden begriffen sofort, was ich von ihnen wollte. Mehr noch, sie waren von meiner Idee nahezu begeistert, denn sie hatten im Yachtclub von Villagarcia de Arousa Freunde, die ihnen über ihre ersten Schwierigkeiten hinweghelfen konnten. Sie hatten ja mit ihrer Yacht praktisch alles verloren.

»Ich habe einen entsprechenden Notruf aufgesetzt. Bitte prüfen Sie ihn daraufhin, ob er der unter spanischen Seglern üblichen Form entspricht, und ändern Sie ihn gegebenenfalls. Unser Funker wird ihn absetzen, sobald Sie ihn ins Spanische übersetzt haben.« Ich wandte mich an Salaman: »Bisher weiß außer dem I WO und mir niemand an Bord, daß Sie und Ihre Gattin aus Deutschland stammen. Dabei soll es bleiben. Wir werden Sie nicht völlig gegenüber der Besatzung abschotten können. Darum vermeiden Sie alles, was Sie verraten könnte. Sprechen Sie nicht deutsch, heucheln Sie Unverständnis, wenn Sie auf deutsch angesprochen werden. Sie sind Spanier und verstehen nur spanisch oder englisch, klar?«

»Selbstverständlich, Herr Kapitän, wir werden Ihre Worte beherzigen.« Er machte sich über den Text her und sprach ihn mit Zamosa durch, ehe er die spanische Version zu Papier brachte und mir reichte. »Keine Änderungen, Herr Kapitän. Der Notruf entspricht genau dem, was auch wir gefunkt hätten.«

»Na, dann ist ja alles bestens.« Ich lächelte. »Sie sind schon jetzt berühmte Leute, denn von einem deutschen U-Boot wird man nicht alle Tage gerettet. Die Presse wird sich für Ihre Erlebnisse mit Sicherheit interessieren. Wie schon gesagt, es muß den Journalisten ja nicht unbedingt alles auf die Nase gebunden werden, nicht wahr?«

Wir verstanden uns. Er lächelte zurück und kniff verschwörerisch ein Auge zu. »Ganz Ihrer Meinung, Herr Kapitän. Wir werden unsere Zungen hüten.«

Unser Notruf schlug wie eine Bombe ein. Wir hatten plötzlich die halbe Welt in unserem Funkgerät: Küstenfrachter, Fischer und sogar einen spanischen Zerstörer. Huber, der sonst bevorzugt am GHG saß, übernahm es selbst, die eingehenden Hilfsangebote zusammen mit Obersteuermann Weiß auszuwerten.

»Der Zerstörer steht unserer angegebenen Position am nächsten, Herr Kapitän.« Weiß tippte auf die Seekarte. »Wir haben ihn auch schon im GHG. Er läuft mit fünfundzwanzig Knoten an, kann also früher als alle anderen an der angeblichen Position der Yacht eintreffen.«

»Los, Huber, machen Sie ihm Beine. Wir wollen ihn allein hier haben. Hämmern Sie den Notruf nochmals raus, aber nur bis zur Positionsangabe, dann brechen Sie ihn möglichst theatralisch ab. Stottern Sie, als klopfe Neptun schon an die Bordwand, das wirkt.«

Ich grinste, denn ich kannte Huber lange genug. Der war für solche Späße immer zu haben.

»Ist geritzt, Herr Kapitän. Die kriegen jetzt von mir so 'ne bildschöne Leiche serviert, daß denen der Arsch auf Grundeis gehen wird.« Er hackte den Notruf laut lachend im Stakkato auf seiner Taste herunter, brach ab, schickte noch ein paar Worte stoppelnd hinterher und lauschte grienend. »Er schnappt den Haken! – Hier, er ruft immer wieder nach *YJESP*.«

Er reichte mir seinen Hörer. Deutlich hörte ich aus dem spanischen Anruf immer wieder das internationale Rufzeichen der *Juanita* heraus. Ich gab ihm den Hörer zurück.

»Na bestens! Bleiben Sie weiter auf der Notrufwelle, Huber, falls sich noch jemand näher dran melden sollte. Vorsicht ist die Mutter der Porzellankiste. Ich bin auf der Brücke.«

Bevor ich jedoch aufenterte, stattete ich dem Offizierslogis noch schnell einen Besuch ab, um Kruse und unsere Gäste zu informieren.

»Ich denke, in spätestens einer Stunde haben Sie wieder spanische Planken unter Ihren Füßen. Ein spanischer Zerstörer läuft auf uns zu, um Sie aufzunehmen.« Ich schmunzelte. »Die werden Ihnen vermutlich über Ihren Aufenthalt auf meinem Boot Löcher in den Bauch fragen. Sie sind ja jetzt U-Bootexperten. Ich hoffe, Sie behalten diesen kurzen Aufenthalt in einem deutschen U-Boot, das von Feindfahrt zurückkehrt, in angenehmer Erinnerung. Wir wünschen Ihnen nach den ausgestandenen Widrigkeiten eine gute Heimkehr nach Spanien.«

Salaman machte sich zum Sprecher für die beiden Paare. »Wir sind Ihnen von Herzen dankbar für unsere Rettung und ihr Verständnis für unsere Sorgen, Herr Kapitän. Wir wünschen Ihnen und Ihrer Besatzung eine glückliche Heimkehr und ein baldiges Ende dieses unseligen Krieges. Sollte Sie dann der Weg einmal nach Spanien führen, würden wir Sie gern als unseren Gast begrüßen.«

Er riß ein Blatt von dem Notizblock ab, den ich ihm für die Übersetzung des Funkspruchs überlassen hatte, und reichte es mir. »Das sind unsere Adressen. Die Einladung gilt selbstverständlich auch für Herrn Kapitänleutnant Kruse.«

Es reichte gerade noch zu einem Dankeschön, mehr nicht; denn aus dem Lautsprecher quäkte die Stimme des BÜ: »Kommandant bitte auf die Brücke. Ich wiederhole: Kommandant bitte auf die Brücke.«

»Wir haben den Zerstörer schon in Sicht, Herr Kapitän«, meldete der wachhabende II WO. »Zwei Strich an Backbord zeichnen sich deutlich seine Positionslaternen ab, Entfernung etwa fünf Seemeilen. Kommt mit Brassfahrt auf.«

Ich lachte. »Den hat unser letzter Notruf gewaltig auf

Trab gebracht. Setzen Sie ebenfalls Positionslaternen, Herr Werda. Und Sie, Signalmaat, machen die Signalpistole mit einer roten Leuchtkugel klar und dann die Klappbuchs!«

Die Positionslaternen des Zerstörers kamen mit einer atemberaubenden Geschwindigkeit näher. Der lief Höchstfahrt und steuerte nach einer geringen Kurskorrektur unsere aufleuchtenden Positionlichter zielgenau an. Von seinem Signaldeck blitzte eine Klappbuchs zu uns herüber.

»Spanisch, Herr Kapitän, kann ich leider nicht übersetzen. Signalpistole und Klappbuchs sind klar.«

»Brauchen Sie auch nicht. Raus mit der roten Leuchtkugel, und dann werden wir ihm auf englisch kommen. Irgendwer wird das schon verstehen.«

Der Knall der Signalpistole wirkte in der spannungsgeladenen Stille wie ein Kanonenschuß. Mit einem langen Rauchschleier stieg die Leuchtkugel in den Himmel und tauchte uns und die See in ihr grellrotes Licht. Im gleichen Augenblick ging der Zerstörer mit der Fahrt herunter, seine Deckbeleuchtung sprang an.

»Donnerwetter, ist das ein schnittiger Eimer!« begeisterte sich der II WO. »Die Ähnlichkeit mit unseren ganz modernen Zerstörern ist ja geradezu frappierend, Herr Kapitän.«

»Wundert mich nicht, II WO. Vielleicht ist der in spanischem Auftrag in Kiel auf Stapel gelegt oder in Spanien nach deutschen Plänen gebaut worden. Signalmaat, Blinkspruch an den Zerstörer: *German submarine* U-50112, *sailing to Brest, calls the Spanish destroyer: Please send a boat to pick up the survivors of YJESP.*« Ich spürte, wie der Signalmaat zögerte. »Sie haben sich nicht verhört, Maat, *U-50112* auf dem Weg nach Brest. Geben

Sie das so rüber. Die sollen sich wundern, wie viele U-Boote die Deutschen haben. Ein bißchen Hochstapelei kann in unserer Situation schließlich nicht schaden.«

Die Brückenwache brach in lautes Gelächter aus. Den Spaniern verschlug es jedoch anscheinend die Sprache, sie schwiegen.

»Los, Signalmaat, wiederholen Sie. Irgendwer dort an Bord wird doch wohl mal Englischunterricht gehabt haben. BÜ, bitten Sie den I WO mit unseren Badegästen auf die Brücke und den Oberbootsmann mit dem Leinenkommando an Deck.«

Kaum war die Wiederholung heraus, blitzte drüben die Klappbuchs auf.

»Zerstörer Santander an U-50112: *Erfreut Sie zu sehen. Sie sind uns offenbar zuvorgekommen«*, las ich mit. »Ich werd' verrückt, die antworten ja deutsch!«

»Der Zerstörer schert mit Steuerbordseite heran und setzt ein Boot aus, um die Schiffbrüchigen abzuholen, Herr Kapitän«, vollendete der Maat den Blinkspruch.

»Danke. Die Beleuchtung am Turm einschalten, damit keiner von unseren Gästen auf dem glitschigen Deck fehltritt und in den Bach fällt! Ich hoffe, sie funktioniert überhaupt noch.« Sie funktionierte. In Ihrem Licht formierte sich das Leinenkommando unter dem Turm. »Achtung, Oberbootsmann, wir fluten das Vorschiff, damit unsere Gäste leichter übersteigen können!«

»Verstanden! Los, Schulte, Sie übernehmen die vordere Wurfleine und Becker die achtere! Fender am Vorschiff ausbringen!« Der Smadding plusterte sich wie ein Pfau auf, denn er bekam Zuschauer. Der I WO half nämlich hinter mir den beiden Paaren aus dem Turmluk. »Ich möchte ein absolut erstklassiges Manöver sehen!«

»Unser Oberbootsmann ist schon voll in Aktion!«

spottete Kruse auf Englisch. »Ein bißchen eng hier oben. Kommen Sie hier herüber an das Schanzkleid, dann sehen Sie besser, was sich auf See und an Deck abspielt.«

Der Zerstörer schor in einem weiten Bogen näher, um mit einem »Ententeich« die See zu beruhigen. Auf seinem Signaldeck flammte ein Artillerie-Scheinwerfer auf. In seinem scharfen Strahl wurde eine Barkasse zu Wasser gefiert. Ihr Motor sprang an. Das Boot setzte ab und nahm Fahrt auf. Auf der Back und auf dem Heck stand breitbeinig je ein Bootsgast in weißer Uniform und präsentierte den Bootshaken, als sei es eine Admiralsbarkasse.

»Da nehmt euch mal 'n Beispiel, ihr vergammelten Krücken! So müssen Seeleute aussehen!« hörte ich den Bootsmann sagen. »Front nach Backbord, die lahmen Knochen zusammen, die Hände auf den Rücken!«

Der II WO kicherte. »Fehlt bloß noch, daß er auch noch Seite pfeifen läßt, Herr Kapitän.«

»Keine schlechte Idee, Herr Werda. Wie Sie sehen, legt man Wert auf korrekte Formen«, erwiderte ich schmunzelnd und beugte mich über das Schanzkleid. »Oberbootsmann, lassen Sie Seite pfeifen, wenn unsere Gäste von Bord gehen.«

»Jawohl, Herr Kapitän, Seite pfeifen!«

Die Barkasse machte einen perfekten Aufschießer und schor langsam längsseits. Beim Anblick des Offiziers in seiner goldbetreßten weißen Uniform im Heck bedauerte ich, daß ich mich nur durch meine weiße Kommandantenmütze von dem Leinenkommando in den grauen Bordpäckchen abhob. Ich kam mir plötzlich wie der Hauptmann einer abgerissenen Räuberbande vor.

»Ich meine, als Wachhabender sollten Sie jetzt schleunigst an Deck jumpen und den spanischen Kameraden in Empfang nehmen, II WO!« mahnte ich leise. »Der sieht in seiner geschniegelten Aufmachung verdammt danach aus, als wolle er uns seine Aufwartung machen.«

Und tatsächlich! Während die Barkasse längsseits gezogen wurde, legte der Offizier salutierend die Hand an seine Mütze und schrie zu mir auf deutsch herauf: »Bitte gehorsamst, an Bord kommen zu dürfen!«

Verblüfft registrierte ich, daß der Spanier nicht nur akzentfrei deutsch sprach, sondern sich offensichtlich auch noch mit den Bräuchen der deutschen Kriegsmarine genau auskannte.

»Bitte ist gewährt!« rief ich zurück. »Oberbootsmann, Seite pfeifen lassen!«

Die Bootsmannsmaatenpfeife zwitscherte los, als der spanische Offizier an Deck sprang. Die Männer an Deck nahmen militärische Haltung an, wir Offiziere salutierten. Mit einem schwungvollen Abpfiff beendete der Maat das Begrüßungszeremoniell.

Der Spanier trat salutierend vor den II WO. »Oberleutnant zur See von Kiepenheuer meldet sich gehorsamst an Bord! Ich möchte Ihnen im Namen von Kapitän Carreras y Montana für die Rettung unserer Landsleute herzlich danken. Wir stehen tief in Ihrer Schuld.«

Ich verstand nicht, was der II WO erwiderte, wohl aber, was der I WO in seine Bartstoppeln brummte: »Wunder über Wunder! Ein Oberleutnant der spanischen Marine mit einem deutschen Namen. Nehmen die Überraschungen denn heute überhaupt kein Ende?«

»Es wimmelt hier in Spanien anscheinend von Deutschen, Herr Kruse.« Ich blickte auf das Leuchtzifferblatt meiner Armbanduhr. »Höflichkeit hin, Höflichkeit her – uns bleibt nicht mehr viel Zeit bis zum Morgengrauen. Dann müssen wir hier weg sein, um den Tommies nicht in die Fänge zu laufen. Tut mir leid, aber wir müssen die Übergabeprozedur abkürzen.«

Diese Eile war natürlich übertrieben, aber meine Worte waren ja auch nicht für Kruse, sondern für die Salamans bestimmt, und die verstanden jedes Wort. So auch die Alarmmeldung aus dem Horcherschapp.

»Achtung! Schraubengeräusche aus drei-eins-null! Mehrere schnelle Einheiten, noch nicht zu identifizieren! Entfernung etwa dreißig Seemeilen!«

Das kam uns wie gerufen. Kruse ergriff sofort die Initiative. *»Sorry, it's time to say good bye. May be a British submarinehuntergroup is coming. Now we are in hurry and have no time to loose. Please follow me down to the deck quickly!«* Er kletterte voran über die Reling des Wintergartens. *»Caution! Mind the steps!«*

Es war keine besonders feine Art der Verabschiedung, aber was zu sagen war, war schon gesagt. Noch ein paar schnelle Abschiedsworte und ein kräftiger Händedruck, dann kletterten die Paare hinunter an Deck.

Der spanische Offizier begriff sofort, daß wir keine Zeit verlieren wollten, wenn es wirklich Tommies waren, die sich da mit ihren Schraubengeräuschen ankündigten. Unter dem Zwitschern der Bootsmannsmaatenpfeife halfen seine Bootsgasten den Zamosas und den Salamans in die Barkasse, während er sich grüßend verabschiedete.

Das Boot warf los und schor von uns ab. Rufe hallten über das Wasser, ein letztes Winken. Unsere Diesel kamen auf Touren.

»Leinenkommando unter Deck. Positionslaternen und Deckbeleuchtung aus! Beide Maschinen voll voraus! Signalmaat, ein langer Abschiedsgruß mit dem Nebelhorn!«

Das Nebelhorn jaulte los. Dröhnend dankte das Typhon des Zerstörers. Uns verschlang die Dunkelheit.

»Ich glaube nicht, daß der Zerstörer sein Horchgerät besetzt hat. Trotzdem, man kann nie wissen«, sagte ich zum II WO. »Wir steigen auf die E-Maschinen um, sobald wir weit genug ab sind. Die sollen nicht mitkriegen, daß wir Kurs wechseln und wieder auf Südkurs gehen.«

Der II WO kicherte in sich hinein. »Der spanische Oberleutnant war ganz überrascht, als ihm der I WO die Entfernung der Schraubengeräusche nannte. Was denn, fragte er, so weit reicht Ihr Horchgerät? Mein lieber Mann, dann müssen Sie uns doch auch schon lange in Ihrem Gerät gehabt haben. Als wir ihm sagten, daß wir die ganze Zeit die Entfernung, den Kurs und die Geschwindigkeit seines Zerstörers gekannt haben, fiel ihm buchstäblich der Unterkiefer herunter.«

»Schade, daß wir so schnell die Kurve kratzen mußten. Ich hätte gern gehört, wie der in die spanische Marine gekommen ist. Der hatte doch nicht nur 'nen deutschen Namen, der sprach auch wie ein Deutscher. Auch wieder …« Ich biß mir auf die Zunge, denn beinahe wäre mir »ein Jude« herausgerutscht. »… ein Rätsel.«

»Gar kein Rätsel, nur eine ein bißchen undurchsichtige Geschichte«, meinte Werda arglos. »Der Zerstörer ist tatsächlich auf der Howaldt-Werft gebaut und den Spaniern überlassen worden. Der Kiepenheuer gehörte zur Besatzung, die das Schiff nach Cadiz überführt hat. Er ist dann in Cadiz geblieben, ausgeliehen an die Spanier, wie er sich lachend ausdrückte. Mehr habe ich in der Kürze der Zeit nicht herausgekriegt.«

»Ausgeliehen? Komisch, habe ich noch nie gehört. Aber wir wissen ja vieles nicht, was da höheren Ortes ausgekunkelt wird.« Ich blickte zurück zum Zerstörer, dessen Hecklicht tanzte schon in weiter Ferne. »Der läuft wieder in Höchstfahrt ab. Dann brauchen wir die E-Maschinen gar nicht. Gehen Sie auf Gegenkurs!«

»Meldung vom GHG, Herr Kapitän: Schiffsverband läuft von drei-eins-null nach drei-null-null! Entfernung gleichbleibend! Zerstörer entfernt sich schnell in null-neun-neun!«

»Danke, BÜ.« Während das Boot drehte, überschlug ich im Kopf die Peilungen. »Wir kommen mit dem Schiffsverband auf Parallelkurs, Herr Werda. Das kann nur heißen, daß die das gleiche Ziel wie wir haben, nämlich Gibraltar.«

»Da gibt's dann ja eigentlich nur zwei Möglichkeiten. Entweder Verstärkung für ihre Mittelmeerflotte oder Geleitsicherung für einen Konvoi von Gibraltar nach England.«

»Sie vergessen die dritte Möglichkeit: Geleitaufnahme vor Westafrika, vor Sierra Leone. Verstärkung für die britischen Truppen in der Cyrenaika durch südafrikanische Verbände.«

»Na bestens! Die laufen uns ja dann im Mittelmeer genau vor die Flinte.«

»Abwarten, II WO. Erst einmal müssen wir drin sein. Ich sehe mir das mal unten auf der Karte an. Wahrschau! Ein Mann von Brücke in Zentrale!« Ich sauste an den Leiterholmen hinunter in die Zentrale.

Obersteuermann Weiß stand am Kartentisch und trug die Kursänderung und die Peilungen in die Seekarte ein. Beides gab jedoch jetzt noch nichts her, ich brauchte eine Großraumkarte.

»Geben Sie mir mal den Übersegler für die spanische und afrikanische Westküste aus Ihrem Kartenschapp, Obersteuermann. Ich möchte mal 'n bißchen Hellseher spielen.«

Er kramte die Großraumkarte aus dem Kartenstapel hervor und grinste. »Ist das nicht noch ein bißchen zu früh dafür, Herr Kapitän?«

»Zu früh?« fragte ich verdutzt. »Wie meinen Sie denn das?«

»Der Schiffsverband auf Südkurs, Herr Kapitän. Um den geht es doch – oder?«

»Getroffen, Obersteuermann! Teufel, sind Sie jetzt unter die Gedankenleser gegangen?«

Er lachte. »Das weniger, Herr Kapitän. Man muß nur die Augen aufhalten und zwo und zwo zusammenzählen. Nach so vielen Feindfahrten kennen Sie doch auch jeden von uns hier ganz genau. Warum sollte das nicht auch umgekehrt möglich sein?«

»So leicht bin ich also zu durchschauen?« sagte ich amüsiert. »Und was ist dabei herausgekommen?«

»Sie versuchen herauszufinden, wohin der Schiffsverband unterwegs ist. Für Gibraltar und das Mittelmeer brauchen Sie keinen Übersegler. Da Sie Westafrika ins Auge gefaßt haben, kalkulieren Sie vermutlich ein, daß die dort vor Sierra Leone 'nen Konvoi übernehmen sollen. So einfach ist das, Herr Kapitän.«

Ich schlug ihm anerkennend auf die Schulter. »Mein lieber Mann, vor Ihnen muß ich mich ja in acht nehmen!«

»Holla, was ist das denn?« fragte ich erstaunt, denn Kruse saß in meinem Kabuff, eine Kaffeekanne und zwei Tassen vor sich. »Gibt's einen besonderen Grund?«

Er schüttelte den Kopf und deutete auf die Uhr. »Es lohnt nicht mehr, jetzt noch in die Koje zu jumpen. Und wie ich Sie kenne, werden Sie das jetzt wohl auch nicht mehr tun. Also dachte ich mir, ich leiste Ihnen bei einer Muck Kaffee noch ein bißchen Gesellschaft, wenn's Ihnen recht ist, Herr Kapitän.«

Ich nickte und lächelte. »Noch einer, der mich genau kennt und zwo und zwo zusammenzählt.«

Kruse schenkte uns die Tassen voll. »Und wer ist der andere?«

»Obersteuermann Weiß. Der hat mich damit verblüfft, daß er mir genau erläuterte, warum ich mir den Übersegler mit der westafrikanischen Küste geholt habe. Und er hatte recht!«

Er lächelte und trank einen Schluck. »Ist ja eigentlich auch nicht schwer. Außerdem ist der Weiß ein guter Mann, der hat das Zeug für einen guten Offizier.«

»Zu deutsch, wir sollten ihn für einen Offizierslehrgang vorschlagen, ja?« sagte ich schmunzelnd.

»Das haben Sie doch bei dem II WO auch getan und haben sich damit nicht blamiert. Und der Weiß verdient es ebenfalls. Außerdem hat Ihr Wort Gewicht.«

»So, so, mein Wort hat also Gewicht.« Ich blies in meine Tasse, denn der Kaffee war brühheiß. »Was den Weiß anbelangt, *d'accord!* Aber nun raus mit der Sprache: Warum den Übersegler?«

»Der Schiffsverband, Herr Kapitän. Sie vermuten, daß der vor der westafrikanischen Küste ...«

»Schon gut!« unterbrach ich ihn. »Ich sehe schon,

ich bin von lauter Gedankenlesern umgeben. Wechseln wir das Thema. Haben Sie mehr als der II WO über den deutschen Offizier in spanischen Diensten herausgefunden?«

Er schüttelte den Kopf. »Eher weniger. Er will ausgeliehen worden sein. Halten Sie das für möglich? Ich nicht.«

»Und warum nicht?«

»Ich habe keinen konkreten Grund, es ist nur so ein Gefühl.« Kruse griff in seine Hosentasche. Als die Hand daraus hervorkam, lag auf seiner Handfläche eine goldene Halskette mit einem Medaillon. »Das soll ich Ihnen von Frau Salaman mit allen guten Wünschen übergeben. Bitte.«

Vollkommen überrascht streckte ich die Hand aus. Er ließ es in meine Handfläche fallen.

»Warum ...« Ich war sprachlos.

»Das habe ich sie auch gefragt, als sie die Kette von ihrem Hals nestelte. Es sei ein altes Familienstück und habe ihr bisher Glück gebracht. Jetzt solle es Sie schützen und Ihnen und Ihrer Familie Glück bringen. Alle Deutschen würden dieses Glück noch brauchen.«

»Warum noch brauchen? Das haben wir doch bei unseren Feindfahrten – unberufen toi, toi, toi – bisher immer gehabt.«

Kruse zögerte. »Auch das habe ich sie gefragt. Erst wollte sie nicht mit der Sprache heraus, doch dann meinte sie, mit dem Eintritt Amerikas sei der Krieg für uns verloren. Niemand in Spanien glaube noch an einen deutschen Sieg, und die Rache der Sieger werde für Deutschland furchtbar ausfallen.«

»Nun ja, so viele Menschen, so viele Meinungen«, sagte ich leichthin, obwohl mir angesichts der wirtschaftlichen Übermacht Amerikas und der Menschenmassen in der Weite der Sowjetunion längst ähnliche Zweifel gekommen waren. »Ich werde trotzdem als Offizier meine Pflicht tun, um eine Niederlage abzuwenden.«

»Das tun wir doch alle, obwohl keiner mehr an diesen blöden Spruch ›Viel' Feind', viel' Ehr'!‹ glaubt.« Wieder fuhr seine Hand in die Tasche und kam mit einem goldenen Ring zum Vorschein. »Ein indischer Schlangenring, Herr Kapitän, den hat mir Herr Salaman geschenkt. Soll angeblich auch Glück bringen.«

Er ließ den Ring von oben in die andere Handfläche fallen. Beim Aufprall zerfiel der geflochtene Ring mit seinem Schlangenkopf in fünf ineinander verhakte einzelne Ringe.

»So etwas habe ich ja noch nie gesehen, Herr Kruse. Das ist doch ein ganz wertvolles Stück! Und so etwas gibt der Salaman so ohne weiteres weg?«

»Deshalb habe ich ihn ja auch zuerst abgelehnt, genau wie die Kette für Sie. Da wurden die beiden richtig ärgerlich. Was sei solcher Schmuck schon gegen ihrer beider Leben! Wir hätten sie gerettet, obwohl sie Juden seien. Das könne man uns gar nicht hoch genug anrechnen.« Er stockte und sah mich mit einem ganz eigenartigen Gesichtsausdruck an. »Das schlimmste ist, daß ich mich die ganze Zeit den beiden gegenüber dafür geschämt habe, was denen in Deutschland widerfahren ist.«

Ich legte ihm meine Hand auf den Arm. »Sie können beruhigt sein, I WO, mir ist es nicht anders ergangen. Es ist ja auch beschämend, denn wir haben uns darüber keine Gedanken gemacht, weil wir damit nicht direkt konfrontiert worden sind. Ich bin froh, daß die Salamans nun erfahren haben, daß nicht alle Deutschen dem Rassenwahn verfallen sind. Etwas, was uns in Deutschland das Genick brechen kann.«

Ich wog das Geschenk in meiner Hand. Es war ein wunderschön ziseliertes antikes Medaillon, sicher hundert Jahre alt und vom Tragen auf der nackten Haut blank poliert. Ich drehte und wendete es, um den Punkt zu finden, an dem man es öffnen konnte. Plötzlich sprang es von ganz allein auf und gab eine dunkle Haarlocke frei, dunkler als es die Haare Frau Salamans gewesen waren.

»Eine Haarlocke nur?« fragte Kruse erstaunt. »Kein Bild?«

»Kein Bild, aber auf der einen Innenseite ist ein siebenarmiger Leuchter und auf der anderen ein Datum eingraviert.« Das war allerdings künstlerisch so verschnörkelt, daß ich etwas Mühe hatte, es als 20. Mai 1792 zu entziffern. »Tatsächlich alter Familienschmuck mit einem Erinnerungsdatum, hundertfünfzig Jahre alt. Und sie hat Ihnen nicht gesagt, für wen das Datum einmal so bedeutsam gewesen ist, daß man es in diesem Medaillon zusammen mit einer Haarlocke festgehalten hat?«

Kruse schüttelte den Kopf. »Leider nicht. Sie kam nicht mehr dazu, wir wurden auf die Brücke gerufen.«

Ich ließ das Medaillon zuschnappen. »Was mach' ich jetzt damit? Um den Hals hängen kann ich mir so ein Medaillon nicht, das ist was für Frauen.«

»In den Brustbeutel stecken, damit es nicht verlorengehen kann. Da ist es am sichersten. Ich mache das mit meinem Ring auch, denn den kann ich an Land tragen, aber nicht hier an Bord.« Kruse sah auf die Uhr und stand auf. »Wachwechsel, Herr Kapitän, ich muß auf die Brücke. Ich muß Ihnen gestehen, daß ich nach unserem Gespräch richtig erleichtert bin.«

Unser Treffpunkt mit den beiden anderen Booten war gut gewählt. Er lag weit genug ab von der spanischen Küste, unberührt vom dortigen Schiffsverkehr und doch genau am Rand der Route, die britische Geleite zwischen Gibraltar und England benutzten.

Lange vor uns hatte der Schiffsverband *U-114* und *U-500* in Torpedoschußweite passiert. Trotzdem hatten sie ihn weisungsgemäß nicht angegriffen. Zum einen bestand der Verband aus zwölf Zerstörern und Fregatten, gegen deren Kampfkraft sie einfach keine Chance gehabt hätten. Zum zweiten hätten sie damit nur die Sicherungseinheiten vor Gibraltar alarmiert, und das hätte uns den bevorstehenden ohnehin schwierigen Durchbruch ins Mittelmeer noch zusätzlich erschwert. Außerdem hatten beide Boote noch genug mit sich selbst zu kämpfen gehabt.

Zwar traten bei allen Booten nach längerem Seetörn immer irgendwelche Pannen auf, aber ausgesprochen selten nach so wenigen Seetagen. Jedenfalls waren auf *U-500* plötzlich die Lenzpumpen ausgefallen, und auf *U-114* hatte die Tiefensteuerung Probleme bereitet. Beide Besatzungen doktorten noch immer daran herum.

Einerseits war das ärgerlich, andererseits waren wir nicht unter Zeitdruck. Wir konnten den Durchbruch durch die Meerenge von Gibraltar ohnehin nur bei Nacht wagen. So drehten wir indessen mit kleinster Fahrt eine Warteschleife nach der anderen, auf die optimistische Prognose unseres LI vertrauend.

»Nicht die Werft hat geschludert, Herr Kapitän, im

Gegenteil. Der Strübing ist hinter den Werftgrandies wie der Teufel hinter den armen Seelen her gewesen. Die beiden Kommandanten sollten den verantwortlichen Maschinisten und Maaten mal gewaltig den Marsch blasen. Die haben den Scheiß verzapft. Alle drei Boote haben ja schon einiges auf dem Buckel, da verschleißt so manches Teil schnell, wenn es nicht täglich eingehend kontrolliert und sorgfältig gewartet wird.«

»Was bei uns selbstverständlich nicht passieren kann, stimmt's?« stichelte Kruse mit einem ironischen Unterton.

Der LI zog grinsend sein öliges Twistknäuel aus der Tasche. »Wollen wir wetten? Wenn's bei uns passiert, fresse ich dieses Twistknäuel, wenn nicht, dann sind Sie dran. Nehmen Sie an?«

Kruse verzog angewidert das Gesicht und schüttelte sich. »Pfui Deibel! Auf so eine Wette kann doch nur jemand kommen, der auch so schon alles wie eine gefräßige zehnköpfige Raupe in sich hineinstopft, was auf die Back kommt! Finden Sie nicht auch, Herr Kapitän?«

Ich mußte unwillkürlich lächeln. Mit solchen Frotzeleien zogen sich die beiden bei jeder sich bietenden Gelegenheit gegenseitig auf. Unser rank und schlanker LI besaß die beneidenswerte Fähigkeit, noch ohne Punkt und Komma weiter essen zu können, wenn wir anderen längst die Waffen gestreckt hatten. Wie er selbst sagte, kenne er beim Essen nur zwei Gefühle: Entweder habe er Hunger oder ihm sei schlecht, dazwischen gebe es nichts. Außerdem habe sein Arzt ausdrücklich gesagt, er könne so viel essen, wie er wolle, er werde davon nicht dünner. Prompt hatte ihm Kruse die »gefräßige zehnköpfige Raupe« angehängt.

»Feigling!« schlug der LI zurück, ehe ich antworten

konnte. »Bietet man dem Deckhengst von Brest mal 'ne richtige Männerwette an, kneift er.«

»Ist das nicht verständlich, Herr Lietz?« machte ich das Spielchen mit. »Er fürchtet um seinen guten Ruf bei den Marinehelferinnen. Heißt es doch, dieselölige Twistknäuels machten Seeoffiziere impotent, wohlgemerkt nur Seeoffiziere. Deshalb kneift er.«

»Typisch für diesen Kahn, immer auf die Kleinen! Ich glaube, wir sollten das Thema wechseln«, knurrte Kruse und ging es sofort an. »Sie haben also wieder einmal richtig vermutet, Herr Kapitän. Der Verband ist tatsächlich nicht auf Gibraltar eingeschwenkt, sondern ist weiter auf Südkurs gelaufen. Also Geleitaufnahme vor Westafrika. Sollen wir eine entsprechende Meldung absetzen?«

Ich schüttelte den Kopf. »Nichts dergleichen. Jede codierte Meldung erregt die Aufmerksamkeit der Tommies, die peilen sie ein, und schon haben wir ihre Fernaufklärer, wenn nicht Bomber auf der Pelle. Mich wundert sowieso, daß die sich bei diesem schönen Wetter nicht schon längst eingestellt haben.«

»Blinkspruch von *U-114,* Herr Kapitän!« unterbrach der Signalgast unser Gespräch. »*U-114* wieder voll einsatzbereit.«

»Bestätigen! Fragen Sie bei *U-500* an, ob sie Hilfe brauchen.«

»Und ob die Hilfe brauchen! Und das kann auch noch dauern, Herr Kapitän«, unkte der LI. »Was wiederum beweist, daß die Panne hausgemacht ist. Wer kraucht denn schon gern in die Bilge?«

Aber diesmal irrte er.

»Danke, wir brauchen keine Hilfe. Boot ist spätestens in zwanzig Minuten wieder flott!« kam es zurück.

»Hoffentlich«, meinte Kruse und blickte auf die Uhr. »Zeit für die Horchrunde. Ist vermutlich überflüssig, denn bei dieser phantastischen Sicht müßten wir selbst Mastspitzen an der Kimm ausmachen können. Aber man kann ja nie wissen. Beide Maschinen stopp! Ruhe im Boot.«

Das GHG war zwar laufend besetzt und lauschte in die Runde. Trotzdem behielten wir die Horchrunden bei gestoppten Maschinen bei, um mit unserem hochempfindlichen Gerät auch extrem weit entfernte Schraubengeräusche erfassen zu können.

»Meldung vom Horchgerät: Schraubengeräusche in drei-fünf-null und zwo-sieben-fünf. Das sind die beiden anderen Boote. Aber da ist noch etwas in null-zwo-sieben, klingt nach E-Maschinen. Wandert langsam nach null-drei-null aus, Entfernung etwa tausend Meter.«

Tausend Meter und E-Maschinen? Kruse und ich fuhren alarmiert in die Peilungsrichtung herum. Das klang verdammt nach einem U-Boot, das sich auf Torpedoschußweite heranpirschte, und zwar nach einem britischen, denn ein deutsches hätte uns längst identifiziert und wäre aufgetaucht.

Ein Lichtblitz zuckte in meinem Fernglas auf und brachte die Bestätigung: Ein U-Boot! Tatsächlich ein getauchtes U-Boot, in dessen Sehrohrkopf sich die Sonne widerspiegelte!

»U-Bootalarm! Sehrohrkopf in null-zwo-acht, Entfernung tausend Meter! Feuer frei für alle Waffen!« schrie ich und gab mit dem Nebelhorn U-Bootalarm. »Auf Torpedolaufbahnen achten!«

Der Sehrohrkopf verschwand in den aufspritzenden Einschlägen der 2 cm- und 3,7 cm-Granaten, die sofort deckend lagen. Sie konnten allerdings nur eine mehr oder weniger demoralisierende Wirkung haben, mehr nicht. Ihre Splitter mochten zwar die Optik zerschlagen und den Kommandanten des Bootes am Torpedoschuß hindern, den Turm des Bootes oder gar das Boot selbst konnten sie jedoch nicht erreichen. Das vermochten höchstens die schwereren Granaten unserer 10,5cm-Kanone, weil ihre Zünder sie nach dem Einschlag erst mit Verzögerung detonieren ließen.

»Verflucht, haut endlich richtig drauf, bevor der Tommy in die Tiefe entwischen kann!« Kruses Worte gingen in den Abschüssen der Kanone unter. Hohe Wassersäulen stiegen mitten aus der von den leichteren Geschossen aufgewühlten See auf. »Recht so! Streufeuer!«

Aber der Geschützführer der 10,5 cm-Kanone, Obermaat Käsler, brauchte Kruses Befehl nicht. Er gabelte das Zielfeld mit seinem Schnellfeuer ein. »Fünf vor! – Zehn zurück! – Links fünfzehn! – Rechts fünfzehn!«

Er bekam Verstärkung. Die anderen Boote schlossen zu uns heran. Auch bei ihnen blitzten die 10,5cm-Kanonen auf und weiteten mit ihrem Feuer das Zielgebiet kontinuierlich nach allen Seiten aus. Die See kochte unter dem Granatfeuer.

»Der entkommt«, flüsterte Fähnrich Brückner dem Signalmaat zu. Der I WO hörte es trotzdem.

»Auch wenn er uns entkommt, ist der vorläufig bedient!« belehrte er ihn. »Zwo-Zentimeter und Drei-Komma-sieben-Feuer einstellen!«

Er entkam dem geballten Feuer nicht. Inmitten den aufsteigenden Wassersäulen veränderte sich die Szene dramatisch. Der fremdartige Turm eines U-Bootes brach plötzlich schäumend durch die Oberfläche, und der offensichtlich angeschlagene Bootskörper schwamm in einem brodelnden Schwell auf. Ein Brite, und der hatte Probleme!

Sofort schlugen die Geschütze zu, schossen sich auf das wehrlose Ziel ein. Wassersäulen aufwerfend, tasteten sich die Granateneinschläge an ihr Opfer heran. Dann geschah es: Der Bug des U-Bootes hob sich für Sekundenbruchteile wie von Geisterhand getragen aus dem Wasser. Mit einer gigantischen Feuersäule riß eine gewaltige Explosion das stählerne Vorschiff donnernd auseinander, als wäre es aus dünnem Blech. Das Boot verschwand in einer dichten schwarzen Qualmwolke, aus der riesige Teile hoch durch die Luft wirbelten und weit verstreut in die aufspritzende See fielen.

Die Waffen schwiegen. Lauter Jubel brach los. Der leichte Wind packte die träge Qualmwolke und trieb sie langsam zerfasernd auseinander. Wo eben noch das U-Boot aufgeschwommen war, stieg Treiböl auf und breitete sich mit der kreisförmig auslaufenden Druckwelle an der Oberfläche aus. Luftblasen wölbten blubbernd die Ölschicht auf und zerplatzten mit einem widerlichen Schmatzen.

»Volltreffer in die scharfen Torpedos!« stellte der I WO sichtlich erschüttert fest. »Das kann keiner überlebt haben. Das Wrack hat sie alle mit in die Tiefe genommen.«

»Trotzdem, I WO, nehmen Sie Kurs auf die Untergangsstelle. Und wenn wir nur ein paar Reste auffischen können, aus denen sich die Identität unseres Opfers ablesen läßt.«

Es war ein makabres Unterfangen, das allen von uns vor Augen führte, was uns geblüht hätte. Es war stumm geworden an Bord. Betreten suchten wir das Wasser ab, während das Boot mit Kleiner Fahrt über die Untergangsstelle glitt. Aber was dort in der dicken Ölschicht aufschwamm – Holzstückchen, Matratzen und Polster von Backskisten –, lieferte uns nicht den geringsten Aufschluß über die Identität des mit Mann und Maus versunkenen britischen U-Bootes.

»Genug des grausamen Spiels, Herr Kruse.« Ich schüttelte mich. »Weiß der Teufel, wie und wann der Tommy uns ausgemacht hat und ob er am Ende nicht gar noch gefunkt hat. Signalmaat, Winkspruch an die beiden anderen Boote: *Entlassen aus dem Rudel, Durchbruch…*«

»Ein Funkspruch, Herr Kapitän!« Der II WO krabbelte aus dem Turmluk und reichte mir das Formular. »Eine Fühlungshaltermeldung an alle U-Boote im Raum Gibraltar. Ich habe ihn bereits entschlüsselt.«

Der Text war kurz und knapp. *»06 Uhr GMT: Stark gesicherter Konvoi 10° West, 34° 30'Nord, Generalkurs 50°, Geschwindigkeit 12 Knoten.«*

»Das ist querab von Rabat, Herr Kapitän. Ziel ist offensichtlich Gibraltar. Hat dann noch etwa zwohundertsechzehn Seemeilen vor sich.«

»Danke, Herr Werda.« Ich gab das Blatt an den I WO weiter. »Ein stark gesicherter Geleitzug, vermutlich durch die Zerstörer und Fregatten, die uns passiert haben. Dem Kurs nach für Gibraltar und das Mittelmeer bestimmt.«

Ich machte einen kurzen Zeitüberschlag. Es war eine einfache Kreuzeraufgabe, die jeder Fähnrich auf der Marineschule zu lösen lernte. Behielt der Konvoi seine Geschwindigkeit bei, traf er gegen Mitternacht vor Gibraltar ein. Nicht schlecht, der kam uns gerade recht. Der Lärm seiner Schrauben würde den Horchern der

Geleitsicherung eine Ortung unserer Diesel unmöglich machen, und aufgetaucht bekam auch ihr ASDIC keine Kontakte.

»Signalmaat, Winkspruch an *U-114* und *U-500: Fühlungshaltermeldung von null-sechs Uhr GMT paßt genau in unseren Plan. Nicht angreifen, Durchbruch in seinem Schutz auf eigene Faust, dann Angriffsaufstellung Raum 36° 40'Nord, 3° 25' West.* Haben Sie das, Mendel?«

Getreulich wiederholte der Maat den Text und schickte ihn blitzschnell auf den Weg. »Bestätigung, Herr Kapitän. Beide Kommandanten wünschen viel Glück und Mast- und Schotbruch.«

»Danken und erwidern Sie die Wünsche, Mendel! Dann wollen wir uns das mal unten auf der Karte genauer ansehen, Herr Kruse. Übernehmen Sie mal bitte, Herr Werda? Kurs null-neun-null, beide Maschinen Umdrehungen für zwozehn Knoten.«

Kruse legte das astronomische Jahrbuch zur Seite. »Das paßt wie der A... entschuldigung, Herr Kapitän, wie die Faust aufs Auge. Neumond, eine geschlossene Wolkendecke und Regenschauer, besser können wir es uns doch gar nicht wünschen.«

»Gott erhalte Ihnen Ihren Optimismus, Herr Kruse. Es paßt zwar alles, aber die Briten haben die Fühlungshaltermeldung unter Garantie eingepeilt. Auch wenn sie den Code nicht brechen können, wissen sie, für wen der Text bestimmt ist. Sie rechnen mit deutschen U-Booten und bereiten sich entsprechend vor. Das gilt für das Geleit und noch mehr für die Sicherungskräfte beiderseits Gibraltar. Es wird also eine harte Nuß.«

»Darum ist es nur gut, daß wir uns getrennt haben und jeder auf eigene Faust handeln kann, Herr Kapitän. Wie sehen die Strömungsverhältnisse an der Meerenge aus, Schneider?«

Obersteuermann Schneider legte uns seine Strömungsberechnung vor. »Wenn der Zeitplan stimmt, dann treffen wir zwo Stunden vor Hochflut auf das Geleit, Herr Kaleu. Das heißt, daß die Strömung, die ohnehin vom Atlantik ins Mittelmeer drängt, in der Meerenge durch die Flut noch verstärkt wird. Keine Springtide, aber der Mensch freut sich. Kleinvieh macht bekanntlich auch Mist.«

»Klingt alles sehr positiv.« Ich verzog das Gesicht. »Trotzdem wird mir langsam mulmig. Das ist ja beinahe zuviel des Guten, irgendwo ist da bestimmt der Wurm drin.«

Kruse grinste. »Wie war doch Ihr Spruch? Glück hat nur der, der kein Pech hat? War dem nicht so? Bis jetzt hatten wir doch immer Glück.«

»Mann, Kruse, fordern Sie das Schicksal mit solchen Sprüchen nicht heraus!« Der Obersteuermann und ich waren zwar Protestanten, trotzdem bekreuzigten wir uns. »Wir werden sehen!«

Es saß tatsächlich ein Wurm drin. Nicht in unserer Planung, die schien aufzugehen. Der dicke fette Wurm saß im Mittagessen und schlug voll und ohne Ansehen des Dienstgrades zu. Kaum hatte nämlich die Freiwache die fette Hühnerbrühe intus, sorgte sie für »eilige Hosen«, wie wir das explosionsartige Drängen in unserem Innenleben zu Anfang noch schamhaft umschrieben. Der Wurm verschonte lediglich einen, nämlich seinen Artverwandten, die gefräßige zehnköpfige Raupe.

Mit der Scham war es jedoch ganz schnell vorbei. Wir hatten zwar zwei Bordtoiletten, nur war eine davon vom

Smutje okkupiert und mit Konservendosen für sechs Wochen auf See vollgestopft worden. Der Stapelraum im Boot war eben denkbar knapp. Diese Zweckentfremdung war schon so ein ständiges Ärgernis, weil lange Zeit für die fünfzig Mann nur ein Klo zur Verfügung stand. Jetzt aber wuchs sich diese nur schwierig zu beseitigende Zweckentfremdung zu einer mittleren Katastrophe aus.

Die obszönen Flüche der Mühseligen und »Geladenen« galten dem Smutje darum nicht allein wegen der heimtückisch durchschlagenden Wirkung der Hühnerbrühe, sondern zugleich auch wegen der beiden blockierten Klos. Denn wer aus der endlosen Warteschlange endlich glücklich auf dem einen Klo saß, der kam so schnell nicht wieder herunter, und aus dem anderen konnten die verfluchten Konservendosen gar nicht so schnell ausgeräumt werden, wie es das revoltierende Innenleben der Freiwache verlangte.

Prompt enterten die ersten Männer zum Turmluk auf, um sich nach außenbords Erleichterung zu verschaffen. Nur einer blieb von allem ungerührt, unser LI. Er wurde dem ihm von Kruse verpaßten Spottnamen voll gerecht.

»Ich weiß gar nicht, was die alle haben. Die Suppe ist doch köstlich.« Er füllte seinen Teller zum dritten Mal bis zum Rand, während ich verzweifelt meinen renitenten Darm mit stillen Gebeten zur Vernunft zu bringen versuchte. »Irgendwie sehen Sie allerdings auch ganz schön grün im Gesicht aus, Herr Kapitän.«

»So, sehe ich?« brachte ich mühsam über die Lippen, weil mein Innenleben wieder den Aufstand probte. »Dagegen läßt sich was tun.«

Der Smut' kam nämlich mit verkniffenen Lippen

selbst in das Offizierslogis herein und nahm mit einem schuldbewußten Hundeblick die halbvolle Terrine von der Back. Er hatte offenbar sein Fett schon gründlich abbekommen.

»'tschuldigung, Herr Kapitän, die Suppenwürfel waren wohl nicht mehr ganz astrein. Man steckt ja in dem Scheiß nicht drin.«

»Schon gut, Ramlow. Über Bord damit, auch wenn der LI blutige Tränen weinen wird! Für die Freiwache geben Sie je einen doppelstöckigen Rum aus, der bringt deren Innenleben unter Garantie wieder auf Vordermann. Für die Wache lassen Sie sich ein weniger durchschlagendes Essen einfallen.« Ich blickte auf die Uhr. »Sie haben ja dazu noch genügend Zeit. Dem LI brauchen Sie übrigens keinen Rum zu bringen, der hat anscheinend 'nen Darm aus Beton.«

»Schon gebongt, Herr Kapitän.« Ramlow strahlte mich an. »Die Bratkartoffeln schmurgeln schon in der Pfanne, dazu gibt's Sülze mit Remoulade, das haut hin!«

Erleichtert schob er ab.

Der LI warf mir einen mißbilligenden Blick zu. »Das mit dem Beton war 'ne Gemeinheit, Herr Kapitän. Gegen Rum hätte mein Darm nämlich auch nichts.«

Querab von Cadiz vertrieben uns zum ersten Mal Flugzeuge von der Wasseroberfläche.

»Eindeutig Tommies, die in Sichtweite der spanischen Küste in einem breiten Suchstreifen patrouillieren. Ein Glück, daß die nicht viel früher aufgekreuzt sind. So schnell wie eben hätten wir nämlich nicht wegtauchen können«, meinte der II WO, als wir auf vierzig Meter einpendelten. Er grinste. »Andererseits hätten die da oben uns nichts getan. Die hätten den Anblick der an Oberdeck abprotzenden nackten Ärsche glatt für 'ne Fata morgana gehalten.«

»Hmmm, Sie können gut reden. Sie sind ja davon verschont geblieben, weil Sie Wache hatten«, knurrte ich, denn ich fand die Erinnerung daran gar nicht so lustig. »Die Fühlungshaltermeldung hat die Briten aufgescheucht. Für einen Aufklärungsstreifen ihrer Überwasserstreitkräfte ist das noch zu weit von Gibraltar ab. Die werden uns vermutlich erst auf der Linie zwischen dem spanischen Tarifa und dem afrikanischen Tanger auf die Hörner zu nehmen versuchen. Das heißt ...«

Der Name Tarifa hatte auf einmal eine ganz seltsame Wirkung. Tarifa erwies sich als Schlüsselwort, das sofort die Assoziation Cabo Trafalgar auslöste. Ich erinnerte mich plötzlich wieder an das, was Fregattenkapitän Roloff uns mit deutlichem Zweifel in der Stimme mitgeteilt hatte, bevor wir zur »Operation Trommelwirbel« in die Karibik aufgebrochen waren.

Die beiden U-Bootkommandanten Suhren und Schnee hatten im August 1941 zwischen Tarifa und Kap Trafalgar nachts einen Gibraltar-Geleitzug erfolgreich angegriffen. Dabei hatte Oberleutnant zur See Suhren eine höchst bedeutsame Entdeckung gemacht. Er war vom RADAR der Zerstörer und Fregatten nicht erfaßt worden, obwohl er sich ihnen in der Dunkelheit auf zweitausend Meter und weniger genähert hatte.

Das legte den Schluß nahe, daß das britische RADAR anscheinend einen toten Winkel hatte, den man ausnutzen konnte. Der Beweis fehlte allerdings noch. Bisher war noch kein anderes aufgetauchtes U-Boot unentdeckt an ein Geleit so dicht herangekommen. Trotzdem, ich sah auf einmal Licht am Ende des Tunnels. Zugleich hoffte ich, daß sich auch Hagen und Wildenow an Roloffs Information erinnerten.

Der II WO sah mich fragend an. »Sie sagten: Das heißt ...?«

»Nun ja, mir kam da eben so ein Gedanke.« Es war noch nicht Zeit, die Katze aus dem Sack zu lassen. »Horchgerät, was erzählen die Fische?«

»Nur kleine Kolcher, Herr Kapitän, Fischer und Kümos vor der Küste. Aus zwo-vier-fünf kommen allerdings Schraubengeräusche auf, mehrere Schiffe, Entfernung noch schwer zu schätzen, klingen aber hochtourig.«

Hochtourig? Das konnte vieles bedeuten. Wir beugten uns über die Karte.

»Peilung zwo-vier-fünf ... die Bucht von Cabo Trafalgar, rund sechsundzwanzig Seemeilen vor der Meerenge. Cadiz hat einen Marinestützpunkt, es könnten also Spanier sein, die von dort aus entlang ihrer Drei-Meilen-Zone nach Süden patrouillieren, Herr Werda.«

»Oder auch Briten. Eine Jagdgruppe, die hofft, dort deutsche U-Boote aufstöbern zu können, Herr Kapitän.«

Ich nickte, denn ich dachte an die Warnungen in unseren Einsatzbefehlen. Seit dem Durchbruch deutscher U-Boote in das Mittelmeer waren die Briten zu einer ähnlich starken Überwachung der Meerenge durch Luft- und Seestreitkräfte wie vor den deutschen Stützpunkten an der Biskaya übergegangen. Das hatte schon zu erheblichen deutschen Verlusten geführt.

Hinzu kam, daß sie den Spaniern mißtrauten. Die warfen nämlich allein schon aus traditionellen Gründen scheele Blicke auf die Festung Gibraltar, die sie wie einen Pfeil in ihrem Fleisch empfanden. Die Hilfe

Deutschlands im spanischen Bürgerkrieg war bei den Briten unvergessen. Die Erinnerung daran tat ein übriges, um ihren Verdacht zu verstärken, deutsche U-Boote könnten sich mit spanischer Duldung, wenn nicht gar mit deren massiver Unterstützung an Gibraltar heranmogeln.

»Ob Spanier oder Briten – wir werden sie im Auge behalten. Horchgerät, versuchen Sie herauszufinden, was das für Vögel sind, die da in zwo-vier-fünf aufkommen. Wo steckt eigentlich der I WO? Ich weiß, er ist noch wachfrei; aber der wieselt doch sonst trotzdem immer in der Zentrale herum.«

Oberleutnant Werda verzog das Gesicht. »Er hat noch immer Probleme mit seiner Verdauung, dabei ist die vermaledeite Hühnerbrühe doch längst raus. Wußte gar nicht, daß Kaleu Kruse so ein empfindliches Innenleben hat. Das tut so, als habe er einen ganzen Liter Rizinusöl verkasematuckelt. Der Rum hat bei ihm überhaupt keine Wirkung gezeigt, darum habe ich ihm eine Portion Kohlekompretten aus der Bordapotheke verpaßt.«

Ich legte den Stechzirkel auf den Kartentisch zurück und lächelte. »Haben Sie das Abschiedsbesäufnis in Brest vergessen? Vielleicht war der Rum zu knapp bemessen? Kruse ist eben stärkere Geschütze gewöhnt. Ich schau' mal zu ihm rein.«

Bevor ich das jedoch tat, schlüpfte ich in mein Kabuff und holte die Flasche »Ochsentritt« aus der Backskiste hervor. Wenn irgend etwas Kruses Innenleben wieder auf Zack bringen konnte, dann war es dieser hochprozentige friesische Kräuterlikör, der laut Etikett seine wohltuende Wirkung besonders bei »Lahmheit, Darmreißen, Seehundsbiß und Ochsenschiß sowie nach durchzechter Nacht, bei Seekrankheit, Sturmflut und Land unter« entfaltete.

Das Etikett versprach nicht zuviel. Das mit der wohltuenden Wirkung stimmte jedenfalls, wie Anke und ich während meines letzten Fronturlaubes auf Föhr festgestellt hatten. Das hatte uns bewogen, einen ganzen Karton davon mitzunehmen. Voller Zuversicht marschierte ich daher mit meinem Lebenswecker hinüber ins Offizierslogis.

Mein Optimismus schwand jedoch ganz schnell, als ich Kruse bleich und ganz grün um die Mundwinkel in seiner Koje liegen sah. Er fror offensichtlich, denn er hatte sich bis an den Hals zugedeckt und klapperte mit den Zähnen.

»Du lieber Himmel, I WO, was machen denn Sie für Geschichten? Noch immer eilige Hosen?«

»Nicht nur, Herr Kapitän«, schnatterte er, vom Schüttelfrost gejagt. »Diese blöden Kohlekompretten sind gleich wieder im hohen Bogen rausgeflogen. Ich fühle mich wie eine ausgenommene Gans. Der Smut', dieser Lumpenhund, kann was erleben! Der muß Rattengift in die Suppe gestreut haben!«

»Nicht doch, der doch nicht!« Trotzdem klingelten in meinem Kopf plötzlich die Alarmglocken. Ein Verdacht, dem ich nachgehen mußte. Zunächst war jedoch Kruse wichtiger. »Verdorbene Suppenwürfel, nehme ich an. Dafür kann der nichts, der steckt ja in den Dingern nicht drin. Dafür habe ich hier etwas, was Sie wieder auf die Beine bringen wird.« Ich hielt ihm die offene Flasche so hin, daß er das Etikett lesen konnte.

»Teufel, zwoundfünfzig Prozent! Und das auf leeren Magen? Da bin ich ja schon nach einem Schluck dun.«

»Ach was! Los, I WO, ein ordentlicher Schluck aus

der Pulle! Dies ist ein dienstlicher Befehl, klar? Danach sehen wir weiter.«

»Jawohl, Herr Kapitän! Auf ihre Verantwortung!« Er nahm tatsächlich einen gewaltigen Schluck und schnappte postwendend nach Luft. »Deibel einer Sau, der ›Ochsentritt‹ brennt einem ja Löcher in den Magen!«

Ich griente. »Gut, was? Und – kommt er auch wieder hoch? Nicht? Na, dann noch einen hinterher! Auf einem Bein kann man nicht stehen.«

Kruse nahm einen solchen Schluck, daß ich um den Flascheninhalt zu fürchten begann. Ich entriß ihm den »Ochsentritt« und schraubte schleunigst die Kappe drauf. »Einen Schluck habe ich gesagt, nicht die ganze Flasche, Mensch! Horchen Sie lieber mal in sich hinein, was Ihr Darm dazu sagt.«

»Der?« Kruse tat so, als horche er in sich hinein. Der Schüttelfrost war weg, sein Gesicht bekam wieder Farbe. Er grinste. »Mehr, schrie der kleine Häwelmann, viel mehr!«

»Nichts da, mein Lieber! Ich kann keinen besoffenen I WO gebrauchen! Raus aus der Koje! Machen Sie gefälligst, daß Sie wieder auf die Beine kommen!«

Es gab noch zwei weitere Männer, an denen der II WO wegen der Nachwirkungen der durchschlagenden Hühnerbrühe mit Kohlekompretten herumlaborierte, wie er mir bei meiner Rückkehr in die Zentrale meldete. Sie waren nicht ganz so anhaltend wie beim I WO, aber immerhin den Versuch wert, auch die beiden mit einem friesischen »Ochsentritt« wieder dienstfähig zu machen.

»Oooch«, meinte der eine und leckte sich grienend

den kümmerlichen Rest von den Lippen, »von so einem Ochsentritt könnte ich glatt noch einen vertragen, Herr Kapitän. Der macht die eiligen Hosen ja direkt zu einem freudigen Ereignis.«

»Das könnte Ihnen so passen, Sie Schlitzohr! Aber keine Chance!« Ich hielt die Flasche gegen das Licht und prüfte den Pegelstand. »Noch so einen Kuhschluck und für mich bleibt für den Notfall nur noch ein kläglicher Rest.«

Unter ihrem Gelächter wandte ich mich zur Kombüse, um meinem Verdacht nachzugehen. Ich platzte genau in die Vorbereitung des Abendessens hinein. Der Smutje und sein Helfer Brümmer erstarrten bei meinem Erscheinen zu Salzsäulen, denn ihnen schwante nichts Gutes.

»So, Smut', nun schenken Sie mir mal reinen Wein ein. Was war das da heute mit der Hühnerbrühe, die der halben Besatzung eilige Hosen verpaßt hat? Sie sagten was von vergammelten Suppenwürfeln. Was war das für ein Zeug?«

»Nun«, stotterte Ramlow und bekam einen roten Kopf, »die Suppe ... die hat so 'n bißchen fade geschmeckt, Herr Kapitän, da haben wir nachgewürzt. Das muß es wohl gewesen sein; denn der Brümmer und ich hatten ja davor von der Brühe gegessen und keine Scheißerei ... 'tschuldigung ... eiligen Hosen gekriegt.«

»So, so, nachgewürzt. Und was war das für 'ne Würze? Suppenwürfel von Knorr oder Maggi?«

»Nein, Herr Kapitän«, meldete sich Brümmer zu Wort. »Diese hier.«

Er holte eine offene Großpackung aus dem Schapp und hielt sie mir hin. Verlegen trat er dabei von einem Bein auf das andere.

»Und? Was ist das für 'n Zeug? Warum hampeln Sie überhaupt so rum? Drückt Sie die Blase?«

»Nein, Herr Kapitän. Das ist eine französische Hühnerbouillon, etwas ganz Feines, hat der Inspektor im Verpflegungsamt behauptet. Das sei für den Stab und nichts für uns. Für uns täten es auch die altbewährten deutschen Würfel«, druckste er herum. »Und da ...«

»... und da habt ihr euch die Packung in einem günstigen Augenblick unter den Nagel gerissen, was?« setzte ich den Satz fort, weil er schwieg. »Geklaut also?«

»Nicht so direkt, Herr Kapitän«, versuchte Ramlow zu retten, was noch zu retten war. »Der Karton stand da so ein bißchen verloren rum. Und da dachten wir, warum soll nur der Stab so 'was Feines essen? Schließlich halten wir doch den Kopf hin und ... und ...«

Ich unterdrückte nur mühsam ein Lächeln. Das kannte ich noch aus meiner Seekadettenzeit; denn das war auf allen Schiffen gängige Praxis, wenn die Verpflegungslasten aufgefüllt wurden. Vor den besitzergreifenden Händen einer jeden damit betrauten »Verpflegungsgäng« war in den Magazinen nichts sicher. Es wurde hemmungslos »organisiert« oder »abgestaubt«, wenn sich dazu auch nur die kleinste Gelegenheit ergab. Besonders verlockend war es dann natürlich, wenn dort etwas angeblich so besonders Feines »so ein bißchen verloren« herumstand.

Ich sah zugleich meinen Verdacht bestätigt. Der Werftingenieur Strübing hatte die französischen Arbeiter nicht mehr an Bord der Boote gelassen, um jede Sabotage auszuschließen. Er hatte nur nicht mit der Findigkeit der Résistance gerechnet. Die hatte Lebensmittel in das Verpflegungsmagazin geschmuggelt, mit denen man – wie unser Fall bewies – ein Besatzungen zumindest zeit- oder teilweise außer Gefecht setzen konnte.

»Den Kopf hinhalten, Ramlow? Haben Sie sich da nicht in der Richtung geirrt? Es war doch wohl eher der Hintern, den die Freiwache hinhalten mußte. Ist das die einzige Packung, die ihr ... hmm ... organisiert habt?«

»Jawohl, Herr Kapitän!« Er klappte die Hacken zusammen, um seine Worte zu unterstreichen. »Die einzige französische.«

»So, so, die einzige französische! Nach den anderen Unterschleifen frage ich wohl lieber nicht, was?«

Die beiden schwiegen. Sie grinsten nur, das sprach Bände.

»Schmeißen Sie den französischen Mist über Bord, sobald wir wieder auftauchen. Haben wir noch andere französische Lebensmittel an Bord?«

»Nein, Herr Kapitän!«

»Schauen Sie sich trotzdem alles zweimal an, was Sie da in Ihren Kessel schütten, Ramlow! Im übrigen wird sich künftig einer der Fähnriche um die gesamte Menage kümmern. Ich möchte nicht noch einmal solche Panne erleben, klar?«

»Jawohl, Herr Kapitän!« Die beiden atmeten auf, froh darüber, noch einmal glimpflich davonzukommen.

In der Zentrale schnappte ich mir den Fähnrich Teichmann. »Sie haben das mit der verdammten Hühnerbrühe ja selbst erlebt, Fähnrich. Französische Suppenwürfel waren daran schuld. Nach diesem Vorfall werden Sie sich künftig um die gesamte Menage kümmern. Ich erwarte, daß Sie dem Smutje und dem Brümmer auf die Finger sehen, den Speiseplan gründlich mit ihnen durchsprechen und vor allen Dingen kontrollieren, was die beiden dafür zu verwenden gedenken. Durchforsten Sie deshalb zusammen mit dem Smut' unseren gesamten Lebensmittelbestand. Keine französischen Produkte mehr, die man eventuell irgendwie präpariert haben könnte.«

Ich notierte mir den Namen und den Produzenten der französischen Suppenwürfel und rief dann meine Offiziere und die WO-Schüler im Offizierslogis zu einer Besprechung zusammen

»Wir haben die Ursache für die heimtückische Hühnerbrühe gefunden, meine Herren.« Ich informierte sie über das Ergebnis meiner Recherche. »Damit das nicht wieder passiert, wird sich Fähnrich Teichmann um die Menage kümmern.«

»Ganz schön raffiniert eingefädelt, Herr Kapitän«, meinte der II WO. »Suppenwürfel! Auf so was muß man erst mal kommen.«

»Diese Froschfresser lassen sich eben immer wieder was Neues einfallen. Das wird kein Einzelfall sein. Deshalb habe ich mir entsprechende Notizen gemacht. Vielleicht kommt die Abwehr dadurch den Urhebern auf die Spur. Leider können wir nicht funken. Das hier geht vor.« Ich breitete die Seekarte auf der Back aus. »Wie ist es um die Kapazität unserer Batterien bestellt, Herr Lietz?«

Lietz holte sein Notizheft aus der Brusttasche. »Wir haben noch Saft für achtundfünfzig Seemeilen bei vier Knoten, Herr Kapitän.«

»Das dürfte reichen.« Ich blickte auf meine Notizen. »Die Meerenge ist im Schnitt über dreihundert Meter tief und rund vierzehn Kilometer breit, wir haben also auf dem Papier genügend Spielraum. In der Praxis sieht das jedoch ganz anders aus. Tauchen wir zu tief, kommen wir nicht gegen die Bodenströmung an, die aus dem Mittelmeer in den Atlantik drückt. Tauchen wir nicht tief genug, erfaßt uns das ASDIC der Sicherungskräfte. Dafür schiebt uns aber die Oberflächenströmung ins Mittelmeer hinein. Was bleibt also? Na, was meinen die Herren Fähnriche dazu?«

Kruse wußte, was ich vorhatte, und Werda ahnte es vielleicht schon. Wir hatten Zeit, deshalb sprach ich die beiden Fähnriche an. Es konnte nicht schaden, wenn sich die Wachoffizierschüler auch mal den Kopf über unser weiteres taktisches Vorgehen zerbrachen. Im stillen hoffte ich natürlich, daß sich wenigstens einer von ihnen an die Mona-Passage in der Karibik erinnerte, wo wir vor einem ähnlichen Problem gestanden hatten.

Fähnrich Brückner hob die Hand. »Wir könnten das Geleit bereits weit genug vor der Straße von Gibraltar getaucht abfangen, wo noch niemand mit uns rechnet, und dann mit ihm Gibraltar passieren.«

»Mit vier Knoten gegen zwozehn des Geleits?« fragte Teichmann, der bessere Praktiker, ironisch. »Das klappt nicht.«

»Na, dann sagen Sie uns doch, wie es klappen könnte«, nahm ihn der durch den »Ochsentritt« wieder genesene Kruse auf die Hörner.

»Wir müssen versuchen, rechtzeitig vor dem Geleit an der engsten Stelle der Meerenge zu sein.« Er tippte auf die Karte. »Hier, vor Pundo Marroqui, dort fällt der Meeresboden bis auf sechshundert Meter ab und mit ihm auch die Bodenströmung dank des größeren Salzgehaltes. Dort können wir so tief tauchen, daß uns das ASDIC der Außensicherung nicht mehr erfassen kann, weil der Ortungswinkel zu groß ist oder der höhere

Salzgehalt in dieser Tiefe Geisterechos in ihren Geräten fabriziert. Unter dem Geleit könnten wir dann in mittlerer Tiefe mit ins Mittelmeer flutschen.«

»Vorausgesetzt, es gibt in dem Geleit keine Kolonnenfeger, die uns dann doch aufstöbern, Teichmann«, hielt Werda dagegen. »Ein ziemliches Risiko, was?«

Teichmann gab sich nicht geschlagen. »Das ist es doch in jedem Fall, Herr Oberleutnant.«

»Richtig, Fähnrich«, pflichtete ich ihm bei. »In Ihrer Rechnung ist jedoch der gleiche Denkfehler wie bei Brückner. Ins Mittelmeer flutschen können wir nur, wenn wir mit dem Geleit die gleiche Geschwindigkeit laufen, und das sind zwozehn Knoten. Ansonsten ist Ihr Vorschlag nicht schlecht.«

»Trotzdem ist da noch ein Haar in der Suppe, Fähnrich«, hakte Kruse nach, dem diese Art von Taktikunterricht ebenfalls Spaß machte. »Sie haben nur das ASDIC der Außensicherung erwähnt, da sind aber noch die Feger vor dem Geleit. Fällt Ihnen dazu auch was ein?«

»Jawohl, Herr Kaleu! Die habe ich ebenfalls zur Außensicherung gezählt. Die könnten wir außerdem mit einem Bold narren, wenn sie uns wider Erwarten doch entdecken sollten.«

»Gut, Fähnrich«, nahm ich meinen Faden wieder auf. »Bleibt noch die Frage der Geschwindigkeit. Dafür gibt's nur eine Lösung: Wir müssen mitten im Geleit auftauchen und mit ihm vorgeflutet mitlaufen.«

Damit war die Katze aus dem Sack. Kruse schmunzelte, den anderen verschlug es die Sprache. Sie starrten mich ungläubig an.

»Aber … aber dann …«, setzte der II WO an. »Das geht doch gar nicht! Deren RADAR …«

»Stopp, Herr Werda! Es ist natürlich ein Risiko, aber es kann gehen. Wir haben Neumond, der spanische Wetterbericht sagt hohe Bewölkung und Regenschauer voraus, aufgetaucht brauchen wir das ASDIC nicht zu fürchten. Auch die Horchgeräte nicht, denn unsere Schraubengeräusche gehen in dem allgemeinen Gerumpel glatt unter. Und das RADAR? Vorgeflutet bieten wir eine so schmale Silhouette, daß wir uns von den Transportern überhaupt nicht abheben, denke ich. Außerdem rechnet keiner mit so viel Kühnheit – oder sagen wir lieber Frechheit.«

Ich machte eine Pause, um meine Worte erst einmal wirken zu lassen. Kruse, dieser Fuchs, betrachtete angelegentlich seine Fingernägel und tat so, als ginge ihn das alles gar nichts an. Die Fähnriche nahmen es hin, weil sie dem nichts entgegensetzen konnten. Nur der II WO kaute noch auf meiner Begründung herum, schwieg jedoch ebenso wie der LI.

»Da gibt es noch etwas, was Sie wissen sollten.« Ich schilderte ihnen kurz, was der Kommandant von *U-564,* Oberleutnant z. See Suhren, über das britische RADAR herausgefunden hatte. »Bewiesen ist das noch nicht. Aber wenn das stimmt, brauchen wir Entdeckung nicht zu fürchten. Wir schippern ganz friedlich im Geleit mit. Es gehört natürlich auch 'ne ordentliche Portion Glück dazu. Aber Glück hat immer nur der, …«

»… der kein Pech hat!« fiel mir Kruse ins Wort. »Und das stimmt ja letztlich immer.«

Es wurde doch noch ein Wettlauf mit der Zeit. Was wir anfangs nur für Schiffe der spanischen Marine gehalten hatten, entpuppte sich vor Trafalgar als ein Verband spanische Zerstörer, der dort eine britische Jagdgruppe belauerte, die vor der spanischen Drei-Meilen-Zone kreuzte.

»Deren Anwesenheit gilt ganz sicher nicht uns, dafür stehen sie zu weit von uns ab.« Ich fuhr das Sehrohr trotzdem wieder schleunigst ein. »Aber man kann nie wissen. Das kann sich ganz schnell ändern; denn sie haben Flugzeuge dabei, die in ihrer Nähe kreisen. Gehen wir den Brüdern lieber aus dem Weg. Neuer Kurs zwo-drei-null! Auf fünfzig Meter einpendeln.«

»Vermutlich liegt da irgendwo 'nen Frachter, den die Tommies für 'nen deutschen U-Bootversorger halten, Herr Kapitän«, bemerkte der LI so ganz nebenbei. »Die haben ja überall ihre Spitzel.«

Ich sah ihn verblüfft an. »Wie kommen Sie denn darauf, Herr Lietz?«

»Im Offizierskasino in Brest wurde ganz offen darüber gesprochen. Einer der angeteerten Offiziere behauptete sogar, sein Boot sei in Cadiz von einem solchen Versorger beölt worden. Die spanischen Hafenbehörden seien in dieser Beziehung blind. Die Nummer seines Bootes habe ich mir leider nicht gemerkt, ich hatte ja selbst schon ein ganz schönes Ding in der Krone.«

»Von diesem Gerücht habe ich auch gehört«, bestätigte Kruse. »Da war allerdings wohl noch mehr der Wunsch der Vater des alkoholisierten Geredes.«

»Was wiederum heißt, ich sollte wohl auch öfter ins Casino gehen und einen zur Brust nehmen, um die neuesten Gerüchte aufzuschnappen, was?«

Kruse grinste. »Schaden kann es jedenfalls nicht, Herr Kapitän. Sie würden auf diese Weise von den kontaktfreudigen Marinehelferinnen mitunter auch so manches Interessante aus dem Flottillenstab erfahren.«

Ich lachte. »Kontaktfreudige Marinehelferinnen, was

für eine dezente Umschreibung! Ein Glück, daß meine Frau Ihren Ratschlag nicht gehört hat, I WO. Aber interessant ist das schon, wenn Ihre Vermutung stimmt, LI. Ich befürchte jedoch etwas ganz anderes.«

Der II WO, der bisher geschwiegen hatte, nickte zustimmend. »Ich auch, Herr Kapitän. Die Flugzeuge haben möglicherweise *U-114* oder *U-500* entdeckt und angegriffen, vielleicht auch beide. Die beiden sind dann vor der herbeigeeilten Jagdgruppe in die nahe spanische Drei-Meilen-Zone geflüchtet. Die spanischen Zerstörer sind vermutlich durch das Verhalten der Flugzeuge aufmerksam geworden und hindern die Briten jetzt daran, in ihr Hoheitsgebiet einzudringen.«

»Genau, Herr Werda! Ein Grund mehr, ihnen aus dem Weg zu gehen.« Ich nahm die Entfernungen in den Zirkel. »Der Schlenker nach Südwest kostet uns Zeit. Ich hoffe nur, wir holen sie wieder auf.«

Wir holten den Zeitverlust auf. Als unser GHG die ersten noch weit entfernten Schraubengeräusche des Konvois auffing, standen wir schon vier Seemeilen südlich Tarifa auf Position, wo der Meeresboden bis auf eine Tiefe von sechshundert Metern abfiel. Über uns ging es wie in einem aufgescheuchten Bienenschwarm zu. In kurzen Abständen überliefen uns Korvetten, Sloops und andere kleinere Patrouillenboote mit wechselnden Kursen, ohne uns zu orten.

Zwar griff immer wieder ein vereinzelter Ortungsstrahl nach uns, aber wir hatten uns in hundertfünfzig Meter Tiefe angeschlichen und befanden uns ganz offensichtlich in einer der dichteren Salzwasserschichten, die ihr ASDIC reflektierte und mit Geisterechos irritierte.

»So kann es bleiben«, frohlockte der II WO. »Ein Schnellgeleit, 'ne gewaltige Armada, die da mit zwölf Knoten aufkommt.«

Ich nickte. Huber schätzte sie nach dem Lärm ihrer Schrauben auf weit über vierzig Schiffe. Mit dieser Schätzung mußten wir uns wegen der hektischen Betriebsamkeit der Bewacher der Meerenge begnügen. Es war einfach zu riskant, die schützende Schicht zu verlassen und auf Sehrohrtiefe anzublasen, bloß um zu versuchen, einen Blick auf das herandampfende Geleit zu werfen. Außerdem war es oben stockdunkel, und es regnete vermutlich. Anblasen konnten wir erst, wenn die Geleitsicherung über uns hinweg war und die Transporter uns einen gewissen Schutz boten.

Der lärmende Konvoi kam schnell auf. Bald hörte ihn nicht nur das GHG, und mit jeder Seemeile, die er näher kam, wuchs die Spannung im Boot und auch in mir. Doch ich durfte mir nicht anmerken lassen, daß ich mir den Kopf damit zermarterte, was möglicherweise alles schiefgehen konnte. Ich entdeckte nämlich in meinem Plan auf einmal überall Haken und Ösen.

Kamen wir schnell genug hoch, um einer genauen ASDIC-Ortung zu entgehen? Und wie sicher waren wir dann wirklich vor dem RADAR? Was, wenn der Suhren nur deshalb unentdeckt geblieben war, weil die Geleitsicherung noch gar nicht mit RADAR-Geräten ausgerüstet gewesen war? Verdammt, dann liefen wir den Tommies genau ins Messer!

Eine Vorstellung, die mir den Schweiß auf die Stirn trieb und meine Handflächen feucht werden ließ. In meinen Ohren schwollen die Schraubengeräusche, die der Bootskörper wie ein Resonanzboden aufnahm und weiterleitete, plötzlich zu einem wahren Höllenkonzert an, mit dem sich möglicherweise schon das vernichtende Desaster ankündigte. Nur zu deutlich hob sich darin das gefürchtete helle, hochtourige Sirren der Zerstörer- und Fregattenschrauben vom Chor der rumpelnden und stampfenden Transporter ab.

»Der Konvoi verliert Fahrt und formiert offenbar neue Kolonnen!« Die Stimme Hubers riß mich aus meinen quälenden Gedanken. »Entfernung der Feger weniger als vier Seemeilen, Fahrt etwa sieben Knoten.«

Neue Kolonnen? Warum das denn? Machten die einem entgegenkommenden Geleit Platz? Egal, warum auch immer, das war das Signal. Mit einem Schlag fielen alle Bedenken von mir ab. Jetzt galt es nur noch, einen klaren Kopf zu bewahren und das entstehende Durcheinander, bis jedes Schiff wieder seinen Platz im Konvoi gefunden hatte, zu nutzen.

»Klar zum Auftauchen! Brückenwache in den Turm! Es muß schnell gehen!« erinnerte ich den LI unnötigerweise. »Aber nicht so schnell, daß wir oben aus dem Wasser katapultiert werden.«

Der grinste und ballte zuversichtlich eine Faust, den Daumen nach oben gestreckt. *»Aye, aye, Captain!«*

Ich grüßte mit genauso geballter Faust zurück. Über uns kamen die Feger auf, liefen sirrend über uns hinweg, eilten weiter. Kein ASDIC-Strahl, nichts! Ich atmete auf. Die erste Kolonnenreihe rumpelte heran.

»Mitlaufen, LI! Beide Maschinen Umdrehungen für sieben Knoten, sobald die ersten Transporter über uns hinweg sind!«

Ich lauschte nach oben, versuchte herauszufinden, welche Abstände die Schiffe voneinander einhielten. Schließlich wollte ich nicht beim Auftauchen von so einem Koloß über den Haufen gekachelt werden.

»Ruder Steuerbord fünf!« Jetzt kam sie, die Stunde der Wahrheit. »Recht so! Achtung! Boot läuft vorgeflutet mit dem Geleit mit und bleibt klar zum Alarmtauchen! Anblasen!«

Prompt nahm Obersteuermann Weiß seine Mütze ab und strich sich mit einer gezierten Handbewegung über sein vom frühen Haarausfall bloßgelegtes Schädeldach. »O Gott, hoffentlich zieht mir jetzt nicht gleich so'n Arsch mit seinem Steven 'nen entstellenden Scheitel durch meine Lockenpracht!«

Ich mußte lächeln, obwohl mir im Augenblick gar nicht danach zumute war.

»Scheitel? Wie das denn bei deiner kahlen Atta?« lästerte der Smadding. »Darauf rutschen doch selbst deine Kopfläuse aus.«

Das laute Gelächter, mit dem sich die allgemeine Spannung löste, ging in einem gewaltigen Donnerschlag unter und ließ uns erschrocken aufhorchen. Eine ganze Serie von Detonationen an Backbord, etwa zwei Strich achterlicher als dwars, folgte wenig später.

»Wasserbomben! Da belegen sie in eins-fünf-sieben einen von uns mit Wasserbomben!« meldete Huber mit überschnappender Stimme. »Außensicherung von eins-drei-null bis eins-sechs-fünf schert aus!«

Meine erste Reaktion auf die anhaltenden Wasserbombenexplosionen war, das Auftauchen zu stoppen. Doch die Bewegungen des Bootes und das bullernde Rumpeln von Kolbenmaschinen überzeugten mich, daß es dazu schon zu spät war. Wir schwammen im strudelnden Kielwasser oder in der Bugwelle eines in unmittelbarer Nähe dampfenden Transporters auf. Der darin schwankende Turm brauchte nur noch wenige Meter, um aus der Oberfläche zu brechen. Außerdem galt der Angriff ja gar nicht uns. Wichtiger war, von den stur durch die nächtliche See furchenden Frachtern genügend Abstand zu halten.

»Achtung! Turmluk kommt frei! Boot ist aufgetaucht!«

Die Diesel sprangen an. Im gleichen Augenblick packte uns eine Welle und warf das Boot stark krängend nach Steuerbord. Ein Brecher schwappte durch das offene Turmluk und riß mich beinahe von der Leiter.

»Ruder hart Steuerbord!« schrie der wachhabende I WO auf der Brücke. »Beide Maschinen voll voraus! Weiter weg von dem Pott!«

Der Turm pendelte zurück. Ich nutzte den Schwung des abdrehenden Bootes und war mit einem gewaltigen Satz aus dem Turmluk heraus. Ich spürte nicht den prasselnden Regen auf der Haut, ich starrte nur entgeistert auf die in gefährlicher Nähe schattenhaft aufragende Bordwand eines Frachters. Überlaut dröhnte das Stampfen seiner Maschinen in meinen Ohren und übertönte das Hämmern unserer Diesel, mit denen wir uns aus dem gefährlichen Sog des großen abgedunkelten Schiffes zu lösen versuchten.

»Lieber Himmel, da haben wir ja noch einmal Schwein gehabt, I WO!« entfuhr es mir leise. »So dicht hat sich das doch unten gar nicht angehört.«

»Glück hat eben nur der, der ...«

»Hören Sie auf damit, Herr Kruse, ich weiß!« fuhr ich ihm dazwischen und versuchte vergeblich, Einzelheiten an Deck und auf der Brücke des Frachters zu erkennen. »Wir sind aus seiner Bugwelle raus. Gehen Sie mit der Fahrt herunter und halten Sie mit ihm Kurs, damit wir in seinem ...«

»FuMB hat RADAR-Kontakt aus eins-acht-null!« meldete der BÜ leise, als fürchte er, auf dem Frachter gehört zu werden. »Kein fester Kontakt, ab und an wiederkehrend.«

Die achtere Sicherung, schoß es mir durch den Kopf, die ist weiter als zweitausend Meter ab. »Der tut uns nichts. Wir schwimmen mitten im Konvoi, da vermutet uns niemand.«

»Dafür haben sie den anderen oder seinen Bold ganz schön beim Wickel, Herr Kapitän«, raunte Kruse zurück, als erneut Wabo-Detonationen durch die Nacht donnerten. »Die besorgen es ihm aber gründlich. Wer mag das arme Schwein sein?«

Ich zuckte die Schultern, obwohl er das in der Dunkelheit gar nicht sehen konnte. »Keine Ahnung. Ich hoffe bloß, daß es nicht Wildenow oder Hagen ist.«

Das war leicht gesagt. Während wir neben dem Frachter unentdeckt weiter und weiter in die Meerenge hineinliefen, wanderten meine Gedanken in eine ganz andere Richtung. Ich versuchte, ihre Situation zu analysieren. Der erste Donnerschlag war ohne jeden Zweifel ein Torpedotreffer gewesen. Hatte irgendein Sicherungsfahrzeug Hagen oder Wildenow entdeckt und sie dazu gezwungen, sich – trotz meines gegenteiligen Befehls – mit einem Torpedo von dem Verfolger zu befreien?

Das mochte Erfolg gehabt haben, aber sie hatten damit die Geleitsicherung alarmiert, und die fuhr verbissen noch immer neue Wabo-Angriffe, obwohl sich das Geleit längst von ihr entfernt hatte. Das wiederum sprach dafür, daß die auf einen Bold hereingefallen war, denn von dem stiegen keine Trümmer auf, die eine erfolgreiche Vernichtung signalisiert und so das Bombardement beendet hätten.

»Wir verlieren Fahrt, Herr Kapitän!« unterbrach Kruses Stimme meine Gedankenflut. »Hat das Geleit die Fahrt erhöht?«

Tatsächlich! Die schützende Bordwand des Frachters glitt an uns vorbei und ließ uns in den Wellen seines sprudelnden Kielwassers zurück. Geschrei drang aus dem Turm zu uns herauf.

»Was ist los da unten? Seid ihr verrückt geworden?« rief ich alarmiert in den Turm hinunter; denn achteraus tauchte bedrohlich der Schatten des nächsten Frachters aus dem dichten Regenschauer auf. »Geht sofort wieder mit der Fahrt rauf!«

»Die Kühlwasserleitung der Steuerbordmaschine ist gerissen, Herr Kapitän«, meldete der BÜ nach einem Augenblick bestürzten Schweigens. »Muß geschweißt werden. Wir fahren nur mit der Backbordmaschine.«

Das verschlug mir zunächst die Sprache, doch dann ging es mit mir durch. »Dann soll der LI diese Scheißbackbordmaschine gefälligst auf AK hochziehen, verdammt noch mal! Sonst gehen wir alle baden!«

Unser Kielwasser schäumte hell auf. Trotzdem, es reichte nicht. Der nächste Frachter in der Kolonne kam schneller auf. Es gab nur eine Möglichkeit, der Gefahr einer Entdeckung durch seine Brückenwache zu entgehen und die Deckung durch den Frachter vor uns zurückzugewinnen.

»BÜ, die sollen die E-Maschine auf die Steuerbord-Welle kuppeln, aber dalli! Der Pott achtern rennt uns glatt über den Haufen oder zieht uns in seinen Sog!«

Letzteres war gleich schlimm für so ein kleines Boot wie wir es waren. Jeder Marineoffizier wußte, daß Schiffe in voller Fahrt einander unweigerlich ansogen, wenn sie sich zu nahe kamen. Dabei zog das kleinere immer den kürzeren. Das hatten wir schon als Kadetten eingehämmert und praktisch demonstriert bekommen. Hatte der LI das vergessen?

»E-Maschine ist eingekuppelt, Herr Kapitän!« Dem BÜ war die Erleichterung in der Stimme anzumerken. »Sie läuft voll mit!«

»Na endlich! Das hätte verdammt ins Auge gehen können, I WO. Warum ist der LI eigentlich nicht von allein darauf gekommen? Dreht der etwa durch?«

Die Gräting unter unseren Füßen vibrierte im Takt der Maschinen. Dennoch blieb der schäumende Bug achteraus nur beklemmend langsam hinter uns zurück. Ebenso langsam verminderte sich der Abstand zu dem Heck vor uns. Oder erschien mir das in der nervlichen Anspannung nur so?

Kruse plagte eine andere Sorge. »Hoffentlich halten die Maschinen durch, Herr Kapitän. Noch so eine Panne und wir sehen ganz schön blaß aus.«

»Bloß nicht!« Ich hielt die Hand in den Regen. »Scheint nachzulassen. Schmeckt mir gar nicht.«

Ich schätzte den Abstand zu dem schäumenden Kielwasser vor uns und stutzte. Der Schatten schien auf einmal nach Backbord auszuwandern. Lief der Frachter nur aus dem Kurs, weil der Rudergänger gewechselt hatte und der neue noch nicht das Gefühl für das Ruder bekommen hatte? Oder lag es an uns? Hatten wir jetzt etwa auch noch Probleme mit dem Ruder?

Auch Kruse schien irritiert. Er beugte sich über den Kompaß. Ich sah, wie er in dessen mattem Licht den Kopf schüttelte.

»Gott sei Dank, das sind nicht wir, Herr Kapitän! Das Geleit wechselt Kurs.«

Ich warf einen Blick nach achtern. »Auch der andere

wandert nach Backbord aus! Dann sind wir durch, das Geleit nimmt Kurs auf Gibraltar.«

Er visierte den Frachter vor uns mit dem Peildiopter an. »Tatsächlich, Herr Kapitän, das kann es nur sein. Er steuert jetzt null-zwo-zwo. Das kann nur die Reede von Gibraltar sein.«

Ich blickte hinüber zur Nachbarkolonne an Steuerbord. Die machte die Kursänderung auch mit und kam näher. »Dann wird's jetzt spannend. Wir müssen ...«

Ich stockte. Der nächste Frachter in der Nebenkolonne war nicht allein! Zwischen ihm und seinem Vordermann in der Kolonne zeichnete sich ein viel schmalerer und niedrigerer Schatten ab, der noch dazu schneller aufkam. Verflucht, ein Wachboot!

»FuMB-Kontakt und Anlauf aus eins-zwo-sieben!« Damit nicht genug. »Es wird gefunkt, Herr Kapitän!«

»Alarm! Auf Tauchstation! Alarmtauchen!«

Blitzschnell verschwand die Brückenwache im Turmluk, jedoch nicht schnell genug. Der Bug schnitt zwar bereits unter, aber das Wachboot hatte uns offensichtlich schon in seinem Artillerierechner. Ein Abschuß blitzte auf dem schmalen Schatten auf. Noch ehe ich das Turmluk zuknallte, krepierte hoch über uns eine Leuchtgranate und tauchte die See, das Geleit und uns in ein blendend grelles Licht.

»Turmluk ist dicht! Fluuten!«

Schnellfeuer ging auf unseren Tauchpunkt nieder. Die Explosionen der Granaten klangen gefährlich dicht. Bloß weg vom Tauchwirbel! Aber tauchten wir schnell genug, um den Einschlägen zu entgehen?

»Alle Mann voraus!« schrie Kruse. »Beide Maschinen dreimal AK voraus! Ruder hart Backbord! Achterer Torpedoraum klar bei Bold!«

Wir schoren in die Tiefe und flüchteten in das Geleit hinein, um dem Angreifer so für eine gewisse Zeit die Möglichkeit zu nehmen, uns ungehindert verfolgen zu können. In das hochtourige Sirren mischte sich über uns das Rumpeln eines nahenden Transporters. Alle Aufmerksamkeit in der Zentrale richtete sich nach oben. Schafften wir es, oder war der Tommy schneller? ASDIC griff nach uns, hielt uns fest

»Was ... Hmm! Geht durch, LI?« Ich mußte mich räuspern, um den Kloß in meinem Halse los zu werden.

»Siebzig Meter gehen durch! Boot fällt schnell!«

»Stark aufkommende Schraubengeräusche aus drei-null-neun!« meldete Huber vom GHG. »Ein anlaufender Frachter!«

»Genau das, was wir jetzt brauchen! Ruder komm auf!« Kruse war die Ruhe selbst. »Recht so!«

Das widerlich nachhallende Auftreffen des ASDIC-Strahles gellte in unseren Ohren und zerrte an den angespannten Nerven. Wir mußten sehen, daß wir ihn loswurden, bevor die Meerestiefe weiter abnahm.

»Wenn wir unter dem Transporter durch sind, müßten wir genügend Tiefe haben, um ihn mit dem Bold narren zu können, Herr Kapitän. Frage Tiefe!«

»Hundert Meter gehen durch! Boot fällt weiter!«

Achtern schwoll das Sirren gefährlich laut an.

Kruse grinste. »Der ahnt, daß die Zeit für ihn knapp wird, um uns noch vor dem Frachter zu erwischen.«

»Ein Glück, daß er noch allein ist, I WO! Wenn der Bold raus ist, können wir vielleicht anblasen, um ihn mit einem Torpedo unschädlich zu machen«, schlug ich vor.

»Daran dachte ich auch schon, Herr Kapitän.« Kruse war eben längst reif für ein eigenes Boot. »Stopp Tiefe! Alle Mann zurück auf Station! Achterer Torpedoraum ... Achtung! Rohr fünf und sechs klar zum Unterwasserschuß!«

»Achtung! Überlauf steht unmittelbar bevor!« meldete Huber den Transporter an. »Verfolger in einsacht-null dreht ab nach zwo-null-null!«

»Nicht dumm der Mann! Will den Frachter achtern umgehen, um uns auf der anderen Seite zu schnappen! Aber nicht mit uns.«

Über uns schwoll das Rumpeln des Frachters überlaut an. Das war's, was der I WO nutzen mußte.

»Ruder hart Steuerbord! ... Achterer Torpedoraum ... Bold raus! Ruder komm auf! ... Recht so! Maschine Umdrehungen für sieben Knoten«

»Rohr fünf und sechs sind klar! Bold ist raus!«

Kruse hatte den richtigen Augenblick abgepaßt. Wir liefen unter dem Transporter mit ihm mit. In seinem Kielwasser breitete sich der Bold aus und tat seine Pflicht. Nach einem kurzzeitigen Stottern verlor uns der Ortungsstrahl und blieb endlich ganz aus.

»Schon eine tolle Erfindung!« Kruse rieb sich triumphierend die Hände. »Fängt das ASDIC ab und gaukelt dem Tommy einladend ein wunderschönes U-Boot vor. Gleich nimmt er es Maß.«

Die erste Wabo-Serie ließ nicht lange auf sich warten. Sie klang, als risse sie uns den ganzen Achtersteven weg. Dann ging es Schlag auf Schlag. In unablässiger Folge detonierten Wabos in unserem Kielwasser.

Kruse und ich grinsten einander an.

»Der wird ihn eine Weile beschäftigen, I WO. Ich glaube, wir verkneifen uns das Anblasen lieber. Am Ende locken wir damit nur noch andere Tommies herbei, und darauf ist ja wohl bei der Menge keiner von uns versessen.«

Er nickte. »Wird Zeit, aus dem Kurs des Frachters zu scheren, damit wir im Schatten des Bolds bleiben. Rudergänger, neuer Kurs null-neun-null! Vielleicht reicht die Tiefe, um von der Außensicherung nicht entdeckt zu werden.«

Wir waren an einen Anfänger geraten, der offenbar unter Erfolgszwang stand. Unermüdlich und nur durch die Wendemanöver und die Suche nach aufsteigendem Öl, blubbernden Luftblasen und kreisenden Trümmern unterbrochen, überlief er immer wieder die Stelle, wo ihm der Bold ein U-Boot vorgegaukelt hatte. Er deckte das »U-Boot« mit unzähligen Wasserbomben ein, obwohl sein ASDIC garantiert keine Echos mehr auffing; denn so ein anhaltendes Bombardement konnte kein Bold so lange überstehen. Spätestens beim fünften Überlauf hätte dem Tommy eigentlich dämmern müssen, daß da irgend etwas nicht stimmte.

Das Gegenteil war der Fall. Die erfolglose Verfolgung trieb ihn zu immer neuen Angriffen an. Feixend verfolgten Huber und ich am GHG, wie er endlich anfing, um die längst verlorene Ortung größere Kreise zu ziehen und Schreckbomben zu werfen, um uns damit aufzuscheuchen. Mit seinem Geballer jagte er jedoch lediglich die Kolonnen auseinander und brachte das Geleit gründlich durcheinander.

Mir war das nur recht. Im Schutz dieses lärmenden Durcheinanders konnten wir nach einiger Zeit sogar mit der Geschwindigkeit heruntergehen, um die Batterien zu schonen und uns lautlos davonzuschleichen.

»Wenn auch die anderen solche blutigen Anfänger sind, kann uns ja eigentlich nichts mehr einfrieren, Herr Kapitän«, frohlockte Huber und lauschte angestrengt in die Runde. »Hört sich an, als formiere sich in drei-null-null ein neuer Konvoi. Kann das sein?«

»Ein neuer Konvoi? Sind Sie sicher, Huber?« horchte ich auf.

»Möglich ist das schon, denn das in drei-null-null ist die Reede von Gibraltar. Der Hafen ist ja sowieso nicht groß genug, um alle Schiffe des Geleits aufzunehmen. Vielleicht ist ein Teil davon ohnehin für Malta oder gar Tobruk bestimmt?«

Ein neuer Konvoi, möglicherweise für Malta oder Tobruk bestimmt – das lag nahe. Dann waren die Wachhunde der Geleitsicherung jetzt vollauf damit beschäftigt, ihre neue Herde zusammenzutreiben. Diese Vorstellung elektrisierte mich, denn das war erfahrungsgemäß ein schwieriges Geschäft, das ihre volle Aufmerksamkeit erforderte.

Im Dienst ergraute Handelsschiffskapitäne waren nun einmal Individualisten, die sich trotz der kriegerischen Bedrohung nur höchst widerwillig der militärischen Bevormundung durch die meist viel jüngeren Marineoffiziere unterwarfen.

Für uns war es die Chance, unbemerkt aus dem Sicherungsbereich für Gibraltar schlüpfen zu können. Ich mußte in die Zentrale, um diese neue Situation anhand der Karte auszuloten. Aber dazu reichte die bloße Vorstellung noch nicht aus.

»Mehr, Huber! Was heißt, ›hört sich an, als formiere sich‹? Ist ein bestimmtes Schema erkennbar? Was macht die bisherige Geleitsicherung? Hat die sich aufgelöst?«

»Nicht direkt aufgelöst, Herr Kapitän. Ein Teil fuhrwerkt in drei-null-null herum und scheucht die Frachter anscheinend auf ihre neuen Positionen. Jedenfalls hört sich das für mich so an. Und die anderen?« Er zögerte und wiegte bedächtig den Kopf. »Ich bin mir nicht sicher, weil sie nur geringe Fahrt machen. Wenn das in drei-null-null die Reede von Gibraltar ist, dann schirmen die die ganze Bucht ab.«

»Also ein Sperrgürtel?«

Er nickte. »Eine Art Sperrgürtel aus dem Rest der bisherigen Außensicherung von drei-sechs-null bis eins-acht-null, aber einer mit ziemlichen Lücken, Herr Kapitän.«

»So, so, mit ziemlichen Lücken«, wiederholte ich nachdenklich. »Das sind dann auch Lücken in der ASDIC-Reichweite. Bleiben Sie dran, Huber, damit wir eine der Lücken erwischen. Tief genug dafür müßten wir eigentlich sein. Noch sind wir nämlich nicht aus dem Schneider.«

Ich jumpte durch das Mannloch in die Zentrale und prallte fast mit dem LI zusammen. »Was ist los, Herr Lietz? Was machen Sie für ein Gesicht?«

»Ich wollte eben zu Ihnen, Herr Kapitän. Die Kapazität der Batterien setzt uns Grenzen.« Der LI wies auf die Borduhr. »In Kürze wird es oben hell, da ist an ein Auftauchen in so unmittelbarer Nähe Gibraltars nicht zu denken. Wir können sie also vorläufig nicht aufladen. Da wird es für uns verdammt knapp.«

»Und was heißt das?«

»Mit Schleichfahrt kommen wir möglicherweise über die Runden. Hohe Unterwassergeschwindigkeiten können wir uns jedoch nicht mehr leisten, sonst ist der Ofen ganz schnell aus.«

Ich kannte den LI lange genug, trotzdem fragte ich: »Und das ist nicht wieder das übliche Klagelied, LI?«

Lietz holte sein Notizbuch aus der Tasche, schlug es auf und hielt mir seine Berechnungen unter die Nase. Ich schob seine Hand mit dem Buch zurück.

»Schon gut, Herr Lietz. Sie wissen, daß Ihre Zahlenkolonnen für mich ein Buch mit sieben Siegeln sind. Übersetzen Sie mir die mal.«

»Die Panne mit dem gerissenen Kühlrohr hat uns Batteriekapazität gekostet, die wir nicht mehr aufladen konnten. Das schlägt jetzt zu Buche, Herr Kapitän. Wir müssen sparsam mit den Batterien umgehen. Am besten wäre, wir legten uns irgendwo auf Grund und warteten ab, bis es wieder dunkel wird und wir aufgetaucht abhauen können.«

»Sie haben Nerven, Herr Lietz«, mischte sich der I WO ein. »Sehen Sie sich mal die Wassertiefen vor Gibraltar auf der Karte an. Wo sollen wir uns da auf Grund legen?«

»Ich denke ja nicht an Gibraltar, Herr Kaleu. Man könnte ... »

»Wir sollten uns wirklich erst mal die Karte ansehen, bevor wir weiter diskutieren, meine Herren«, schnitt ich dem LI das Wort ab und trat an den Kartentisch. »Wir können uns nicht vor Gibraltar auf Grund legen, wohl aber vor der spanischen Küste. Dazu müßten wir aber erst einmal aus dem Sicherungsschirm heraus sein, mit dem die Briten die Bucht abriegeln, um in Ruhe ihren neuen Konvoi zusammenstellen zu können. Huber meint, der Sperrgürtel habe Lücken. Wir müßten also ...«

Ich stockte und lauschte alarmiert nach oben. Deutlich hob sich von dem ferneren Lärm der Frachterschrauben plötzlich das Plitschplitschplitsch ganz langsam drehender Zerstörer- oder Fregattenschrauben ab.

»Achtung! Langsamer Anlauf aus drei-zwo-sieben! Entfernung etwa eine Seemeile!« meldete Huber vom GHG. »Kann ein Zerstörer sein, macht kleinste Fahrt.«

Eine Seemeile entfernt, und man hörte ihn trotzdem so deutlich? Warum hatte ihn Huber dann nicht schon früher mit seinem GHG entdeckt? Das war ungewöhnlich. Noch ungewöhnlicher aber war, daß trotz dieser geringen Entfernung sein ASDIC ausblieb. Warum benutzte er es nicht? Oder trieben wir wieder in einer reflektierenden Salzwasserschicht, die sein ASDIC narrte?

Mein Blick ging zum Umdrehungsmesser und zur Tiefenanzeige: Umdrehungen für vier Knoten in hundert Metern Tiefe, also fast Schleichfahrt, aber nicht tief genug, um vor seinem ASDIC sicher sein zu können. Irgend etwas stimmte nicht, aber was?

In meinem Nacken begann es zu kribbeln. Ich hatte auf einmal ein ganz flaues Gefühl im Magen. Meinen Offizieren erging es nicht anders, das sah ich ihren ratlosen Mienen an.

»Warum hören wir den erst jetzt?« flüsterte Kruse. »Der Kerl da oben erinnert mich verdammt an eine Katze, die sich an eine Maus anschleicht.«

Anschleicht! Blitzartig zuckte eine Erkenntnis durch meinen Kopf: Der Tommy hier war kein blutiger Anfänger! Das war ein ganz gewitzter Hund, der in Lauerstellung gelegen hatte. Er hatte uns jetzt in seinem Horchgerät und schlich sich an, um überraschend zuzuschlagen! Darum benutzte er sein ASDIC nicht, weil er uns sonst vorzeitig warnte! Wir mußten aus seinem Anlauf raus, selbst auf die Gefahr hin, daß er sich dadurch entdeckt sah und sofort reagierte.

»Schnell ab in große Tiefe, LI! Tauchtanks voll auf! Tiefenruder maximal! Absolute Ruhe im Boot!«

Die Männer reagierten sofort. Das Boot kippte ab, aber nicht genug, um schnell Tiefe zu gewinnen.

»Alle Mann voraus! Ruder hart Steuerbord!«

Egal, ob der Tommy jetzt die Männer nach voraus eilen hörte. Wir mußten mehr Tiefe gewinnen, ehe die ersten Wasserbomben fielen, die erfahrungsgemäß flach eingestellt waren. Flach deshalb, weil er unsere genaue Tiefe nicht kannte. Erst wenn sein ASDIC zugriff, wurde es für uns kritisch.

»Was geht durch?« Ich verfolgte den Kurswechsel an der Kompaßrose. »Ruder komm auf! Recht so!«

»Hundertdreißig gehen durch, Boot fällt schnell weiter.«

Noch immer keine Reaktion oben. Das gleichmäßige Plitschplitschplitsch der Schrauben ließ meine Zuversicht wachsen. »Huber, was erzählen die Fische?«

»Anlaufender Gegner wandert nach zwo-neun-null aus, Kurs und Geschwindigkeit gleichbleibend!«

Ich nickte befriedigt. Es schien zu klappen. Die hatten unseren Kurswechsel nicht mitgekriegt. Auch ein gewitzter Hund war eben nur so gut wie seine Horcher. Oder lag es an seinem Horchgerät, das sich mit dem unseren nicht messen konnte? Optimistisch wies ich meinen Offizieren die geballte Faust, mit dem Daumen nach oben zeigend.

Unsere Augen fraßen sich an der Tiefenanzeige fest. Hundertsechzig Meter gingen durch, das Boot fiel weiter. Noch zwanzig Meter tiefer, das sollte wohl zunächst reichen.

»Alle Mann wieder auf Station! Stopp Tiefe! Auf hundertachtzig Meter einpendeln, auf Schleichfahrt umkuppeln!«

»Achtung! Schraubengeräusche in null-vier-fünf

schnell aufkommend!« Wie ein Trompetensignal durchdrang Hubers Stimme die spannungsgeladene Stille in der Zentrale. »Zerstörer oder Fregatte, Entfernung etwa vier Seemeilen.«

Noch so ein raffinierter Kerl, der in Lauerstellung gelegen hatte und jetzt zur Unterstützung herbeieilte. Da gab es nur eins, wir durften nicht warten, bis die uns in die Zange nahmen.

»Ruder hart Steuerbord! Neuer Kurs eins-eins-zwo!«

Kaum war mein Ruderkommando heraus, war es oben mit dem Anschleichen vorbei. Der Tommy wartete nicht auf die Verstärkung. Lautstark sprangen seine Maschinen an, machten aus dem geruhsamen Plitschplitsch-plitsch-Getucker das entnervende hochtourige Sirren der Schrauben eines angreifenden Zerstörers.

»Belege Tauchtiefe!« reagierte ich sofort. Der Kerl war doch gewitzter, als ich gedacht hatte. »Auf zwohundert Meter gehen!«

»Achtung! Anlauf aus zwo-acht-fünf!« humpelte Hubers Meldung dem Geschehen hinterher. »Kommt schnell ...«

Der auftreffende ASDIC-Strahl ließ ihn verstummen. Er glitt über uns hinweg, kam aber sofort wieder zurück und hielt uns fest. Drohend schwollen die Schraubengeräusche an, dröhnten in unseren Ohren.

»Tiefer runter, LI! Wir müssen raus aus seiner Ortung!«

Der Tommy ließ uns keine Zeit dazu. Ohrenbetäubend detonierte achteraus die erste Bombenreihe, schüttelte das Boot mit ihren Druckwellen durch. Zu flach noch, doch die nächste ging in seinem Kielwasser schon tiefengestaffelt hoch.

Das war jedoch nur der Auftakt. Ohrenbetäubend

explodierte in schneller Folge eine Bombenserie nach der andern, kam näher und näher. Um uns herum tat sich die Hölle auf. Von einer Druckwelle in die nächste taumelnd, dröhnte der Bootskörper wie eine riesige Glocke und übertönte zusammen mit den nicht abreißenden Detonationen jedes andere Geräusch.

Eines war jedoch aus den Detonationen herauszuhören: Die Gefahr eines Überlaufes stand unmittelbar bevor. Ich blickte auf die Tiefenmesser und erschrak. Zweihundertvierzig Meter – und das Boot strebte weiter in die Tiefe, um den Wasserbomben zu entgehen. Mit jedem weiteren Meter in die Tiefe aber nahm der Außendruck zu.

Der Druckkörper hatte zwar schon mehrfach unbeschadet dem enormen Außendruck in dieser Tiefe standgehalten, obwohl er dafür gar nicht konstruiert worden war. Er war dabei jedoch noch nie den Druckwellen detonierender Wasserbomben gleichzeitig ausgesetzt gewesen, und die explodierten jetzt sogar unter unserer Tiefe! Eine solche Wabo genügte für unser Ende.

»Stopp Tiefe!« schrie ich und machte dem LI unmißverständliche Zeichen, denn meine Stimme kam gegen die Detonationen nicht an.

Der verstand sofort. Der Tiefenmesser kam in zweihundertfünfzig Metern Tiefe zum Stillstand. Im gleichen Augenblick brach der Wasserbombenregen mit einem so gewaltigen Donnerschlag über uns ab, daß mir bald der Schädel platzte und das Trommelfell zerriß. Sicherungen sprangen funkensprühend heraus, das Licht fiel aus.

Die Druckwelle packte das Boot achtern und drückte es in die Tiefe. Das Deck unter meinen Füßen wurde zu einer gefährlichen Rutschbahn. Völlig taub griff ich haltsuchend in die Dunkelheit und bekam Leitersprossen zu fassen.

Aus, dachte ich, jetzt hat's uns erwischt. Dieser Gedanke paralysierte mich regelrecht, lähmte für ein paar Sekunden mein Denken. Doch dann diktierte mir der Überlebenswillen das Handeln. Jetzt bloß nicht aufgeben!

»Schotten dicht! Schadensmeldungen an Zentrale! Licht!«

Überrascht spürte ich, wie das Achterschiff aufschwamm und das Deck unter meinen Füßen zur Ruhe kam. Die Zentrale erwachte zum Leben. Handleuchten flammten auf, geisterten mit ihrem Schein durch die Zentrale, erfaßten den Zentralemaat und den LI, die an den Sicherungskästen hantierten, und strichen über die Meßinstrumente in der Zentrale. Gott sei Dank, die schienen intakt zu sein.

Mein Gehör kehrte zurück. Ich hörte die Schrauben der heranstürmenden Verstärkung, die Schraubengeräusche über uns waren jedoch verstummt. An ihre Stelle war ein eigenartiges Brausen und Bullern getreten. Ich brauchte einen Augenblick, bis mir aufging, daß das eine neue Gefahr für uns bedeutete.

»Den Tommy hat's erwischt! Ein Torpedo oder 'ne Mine! Jetzt nischt wie weg, sonst fällt der uns mit seinen scharfen Wasserbomben auf den Kopf! LI, beide Maschinen voll voraus!« Mir war egal, ob der andere Tommy uns dann hörte. »Wo bleiben die Schadensmeld...«

Meine Stimme ging in einem zweiten Donnerschlag unter. Eine Schreckbombe? Unbewußt schüttelte ich den Kopf. Die hörten sich anders an. Ich lauschte nach oben. Vergeblich, die Schraubengeräusche des anderen waren ebenfalls verstummt. Das konnte nur heißen …

»Ich werd' verrückt – Torpedos! Jetzt hat's auch den zweiten erwischt! Da putzt einer die Tommies der Reihe nach wie die Tontauben weg!«

Ein Augenblick verblüfften Schweigens folgte meinen Worten, dann brach lauter Jubel los. Ich schrie lauthals mit und genoß dieses herrliche Gefühl, mit dem sich meine innere Anspannung löste und einer grenzenlosen Erleichterung wich.

Doch dieser Erleichterung war nur eine kurze Dauer beschieden. Huber holte mich ganz schnell wieder auf den Boden der Tatsachen zurück und brachte auch den Jubel in der Zentrale zum Schweigen.

»Achtung! Hochtourige Schraubengeräusche aus eins-acht-null, zwo-vier-vier und null-zwo-zwo im Anlauf! Schnell näherkommend!«

Das Licht sprang endlich an.

Ich blickte in erschrockene Gesichter. »Bloß keine Panik, Männer! Sind wir über den Hund gekommen, kommen wir auch noch über den Schwanz! Huber, was macht der Tommy, der uns beharkt hat?«

»Dem Blubbern und Brausen nach muß der ein mächtiges Loch im Bauch haben, Herr Kapitän! Aber jetzt ist kein Wassereinbruch mehr zu hören, auch keine Sinkgeräusche.«

»Der schwimmt also noch. Und der zweite Tommy?«

»Scheint einen Treffer in die Maschine bekommen zu haben, denn ich höre keine Maschinengeräusche, nichts.«

»Die schwimmen demnach beide noch«, sagte ich nachdenklich.

Wir konnten also wieder mit der Fahrt heruntergehen, denn von denen ging keine unmittelbare Gefahr mehr aus. Aber um uns herum schwollen die sirrenden Schraubengeräusche an.

Ich grinste. »Da spielen wir wohl lieber scheues Kaninchen, was? Beide Maschinen stopp! Wieder auf Schleichfahrt umkuppeln, Herr Lietz. Absolute Ruhe im Boot! Frage Schadensmeldungen.«

Ich war zuversichtlich. Wir brauchten die herbeijagende Sicherung nicht zu fürchten, weil ihr ASDIC uns erfahrungsgemäß in zweihundertfünfzig Meter Tiefe erst orten konnte, wenn sie über uns bis auf etwa sechshundert Meter herangekommen waren und die dichteren Salzwasserschichten ihnen nicht Geisterechos lieferten. Außerdem schwammen dort oben zwei torpedierte Schiffe, bei denen jeden Moment die Schotten brechen konnten. Da ging die Rettung der Besatzungen allem anderen vor.

Der II WO, zuständig für die Schadensmeldungen, machte dem Zentralemaat ein Zeichen.

»Keine gravierenden Schäden, Herr Kapitän!« meldete der in strammer militärischer Haltung. »Herausgesprungene Sicherungen, die üblichen Glühbirnen, geplatzte Standgläser, alles nur Kleinkram. Und dann natürlich diverse Beulen und blaue Flecke.«

Der Zentralemaat kam aus Neustadt in Westpreußen und war der Spaßvogel der Besatzung, der mit Vorliebe den Zungenschlag seiner kaschubischen Heimat karikierte. Ich wußte, was jetzt kam, als er grinste und die Hände wie ein arabischer Basarhändler hob.

»Nu, Herr Kapitän, ist uns gegangen das Gatjen eins zu finfhunderttausend. Mechte sein, daß dabei auch ist geworden so manche Hose feucht oder ein Schuß gegangen ist in die falsche Richtung. No na, gibt sich allgegenwärtiges Hilfsmittel dagegen, mechte sagen Arznei. Heißt sich – schwör ich bei Mutter meiniges selig – Besanschot an!«

»No na, Herr Kapitän«, sprang ihm unser Sprachgenie, der I WO, mit dem gleichen Zungenschlag bei, »is sich Notschrei der getretenen Seele. Mechte fragen, soll sie haben die Labung?«

Ich lachte. »Aber erst, wenn Sie uns alle glücklich hier herausgebracht haben, I WO.«

»Nu ja, Glick hat immer nur der ...«, er hob dirigierend die Hand.

»... der kein Pech hat!« kam das laute Echo aus den Mündern in der Zentrale. Die ganze Bande kannte den Lieblingsspruch meiner Frau, den ich inzwischen auch zu meinem eigenen gemacht hatte.

Achtzehn Stunden später atmeten wir erleichtert auf und »feierten« unseren geglückten Durchbruch ins Mittelmeer mit *Besanschot an!* »Feierten« war in diesem Zusammenhang allerdings reine Hochstapelei. Statt der üblichen Buddel Bier gab es nämlich diesmal für jeden lediglich einen Fingerbreit Rum aus dem Seenotvorrat des Bootes. Für die ausgepichten Seemannskehlen nur ein Tropfen auf den heißen Stein, aber man freute sich. Wir hatten auch allen Grund dazu.

Die Torpedierung der beiden Tommies hatte die Flottenbasis Gibraltar in helle Aufregung versetzt; denn daß es nichts anderes als eine Torpedierung gewesen sein konnte, daran gab es für uns angesichts der Reaktion der Briten keinen Zweifel. Aus den drei Kriegsschiffen, die anfangs Kurs auf die leck geschossenen Boote genommen hatten, waren nämlich schnell acht Einheiten geworden, die in Suchformation rachedurstig durch die See furchten und Schreckbomben warfen. Ihr Ziel war es, uns oder den Urheber dieses Debakels damit aufzustöbern und zu unüberlegten Handlungen zu verleiten.

Es gelang ihnen weder das eine noch das andere. Wir ließen sie ballern und schlichen schön brav in zweihundertfünfzig Metern Tiefe aus ihrer Reichweite. Der unbekannte Schütze ging ihnen ebenfalls nicht auf den Leim, was wiederum unsere Vermutung zu bestätigen schien, daß er ein genauso erfahrener Fuchs wie wir war.

Bis in den Nachmittag hinein fingen wir mit unserem GHG die Schraubengeräusche der U-Jagdgruppen auf, die immer wieder vergeblich das Seegebiet vor der Reede Gibraltars nach verborgenen U-Booten absuchten. Als sie dann endlich ausblieben, überließen sie den zahlreichen Flugzeugen die Suche. Die kämmten weiträumig die See ab und zwangen uns jedesmal zum Tauchen und zu Kurswechseln, sobald wir die Nase auch nur kurzzeitig aus dem Wasser zu stecken wagten. Wir kamen deshalb nur langsam voran.

Das war jedoch nicht das einzige Problem. Unsere Batteriekapazität schmolz dabei so erschreckend schnell wie Butter in der Sonne dahin, und die Luft im Boot wurde immer schlechter. Sauerstoffmangel breitete sich aus, ergriff mit zunehmender Müdigkeit und alles lähmender Gleichgültigkeit die Besatzung. Das einzige eindringliche Warnsignal vor dem schleichenden Tod unter Wasser, dem drohenden Hinüberdämmern in die Ewigkeit. Alle naselang rückte mir deshalb der LI auf die Pelle und hielt mir mit Leichenbittermiene seine Berechnungen stumm unter die Nase.

»Machen Sie mich nicht wahnsinnig, LI!« platzte mir beim x-tenmal der Kragen. »Ich weiß! Irgendwann werden wir oben bleiben und unsere Haut so teuer wie möglich verkaufen müssen. Bis dahin lassen Sie mich gefälligst mit Ihrem Tüdelkram in Ruhe!«

Aber erst der Einbruch der Dunkelheit machte diesem entnervenden Spuk ein Ende. Wir konnten endlich auftauchen. Dem Ersticken nahe, stürmte die Brückenwache nach oben.

Gierig sogen wir die wundervoll saubere und frische Seeluft in uns hinein. Nach der völlig verbrauchten Atemluft, die wir zuletzt nur noch durch Kalipatronen einzuatmen gewagt hatten, wirkte die reine Nachtluft herrlich belebend wie ein Glas eisgekühlten Champagners.

Es regnete noch immer oder schon wieder. Aber das tat unserer aufgekratzten Stimmung keinen Abbruch. Es waren außerdem nur kurze Schauer, die der warme Südwind über die dunkle See trieb, wie wir alsbald feststellten.

Mit bullernden Dieseln nahmen wir Kurs auf 36° 40' Nord, 3° 25' West, auf den Treffpunkt mit den beiden anderen Booten. Die Entlüfter heulten auf, schaufelten die mit dem tödlichen Kohlendioxyd gesättigte Luft aus dem Boot und ersetzten sie durch frische sauerstoffreiche. Wir hatten es hinter uns.

Für den Smut' war es das Signal, mit der Rumbuddel umherzuwandern und jedem, ganz gleich ob Wache oder Freiwache, einen Finkennapf Rum als *Besanschot an!* zu verabreichen. Obersteuermann Weiß und Fähnrich Brückner kamen auf die Brücke, beide mit Sextanten bewaffnet. Optimistisch hielten sie nach Wolkenlücken Ausschau, um nach der wilden Umherkurbelei unter Wasser unseren wahren Standort bestimmen zu können.

»Schietwetter, duster wie im Sack«, brummte Weiß enttäuscht. »Sieht nicht so aus, als bekämen wir auch nur einen Stern zu Gesicht, Herr Kapitän.«

»Nur Geduld, Obersteuermann, das sind nur kurze Schauer. Irgendwann gibt's bestimmt 'ne Wolkenlücke«, vertröstete ich ihn. »Sie und Schneider haben doch mitgekoppelt. Wie sieht's denn da mit dem gegißten Standort aus?«

»Nach den vielen Kursänderungen wüst, Herr Kapitän. Ein Glück, daß wir weit genug von Land ab sind, sonst sträubten sich mir die Haare, weil wir jeden Augenblick aufbrummen könnten. Vielleicht noch neunzig Seemeilen bis zum vereinbarten Treffpunkt. Meine Hand möchte ich dafür allerdings nicht ins Feuer legen. Es können auch wesentlich mehr sein.«

»Warum machen Sie dann nicht einfach 'ne Funkpeilung, Obersteuermann?« fragte der II WO indigniert. »Die Funkfeuer von Marbella und Ceuta bieten sich doch dafür geradezu an.«

Ich hörte, wie sich Schneider mit der flachen Hand gegen die Stirn klatschte. »Ich Trottel! Natürlich, die Funkfeuer! Danke, Herr Oberleutnant! Vollkommen vergessen, daß es ja in diesem Krieg in Europa noch immer neutrale Länder gibt, in denen das Leben in ganz normalen Bahnen abläuft. Kommen Sie, Fähnrich, jetzt lernen Sie was hinzu!«

Unwillkürlich mußte ich über diese Antwort lächeln, hatte doch selbst ich längst vergessen, daß es noch so etwas wie Funkfeuer gab. Der I WO natürlich nicht, der war ja lange genug Obersteuermann gewesen, bis ich ihn für die Offizierslaufbahn vorgeschlagen hatte.

Die beiden verschwanden durch das Turmluk und machten dem I WO Platz, der einen Augenblick brauchte, bis sich seine Augen an die Dunkelheit angepaßt hatten.

»Was denn, doch nicht schon Wachwechsel, Herr Kruse?«

»Nein, Herr Kapitän, zwei Funksprüche, an denen Sie Ihre helle Freude haben werden.«

»Dann schießen Sie man los! Ist der Friede ausgebrochen?«

Er lachte. »Leider nicht! Eine Sichtmeldung von zwanzig Uhr MGZ. Der Konvoi hat Gibraltar verlassen, steuert null-neun-null, etwa zweiundzwanzig Transporter, Sicherung zwei Zerstörer, fünf Korvetten, ein Kanonenboot oder Sloop. Geschwindigkeit acht Knoten. Das ist der eine Funkspruch.«

»Sichtmeldung, keine Fühlungshaltermeldung? Hmm, das klingt nach einem Agenten in Spanien, der sich auskennt. Das bedeutet Einsatz, was? Wir sehen uns das gleich mal unten auf der Karte an. Und der zweite?«

»Der übliche Scheiß, eine Aufforderung zur Standortmeldung.«

»Wie bitte, eine Standortmeldung? Doch nicht im Zusammenhang mit dem Konvoi?«

»Doch, Herr Kapitän! Deshalb habe ich ja von Scheiß gesprochen. Die Aufforderung folgte dem ersten Funkspruch unmittelbar.«

»Sind die an Land denn von allen guten Geistern verlassen?«

Ich kniff die Lippen zusammen, um nicht lauthals zu fluchen, obwohl ich mir vor meinen Offizieren nicht den geringsten Zwang anzutun brauchte. Die kannten nämlich den Grund für meine Abneigung gegen solche verräterischen Standortmeldungen und teilten sie mit mir.

Kein Wunder. Längst hatten die bitteren Erfahrungen einer Reihe von Kommandanten die anfänglich vagen Vermutungen unter uns zur Gewißheit werden lassen, daß die Briten über ein Gerät verfügten, mit dem sie selbst die kürzesten Funksignale einpeilen und blitzschnell den genauen Standort des Senders ermitteln konnten.

Wie anders wäre sonst das plötzliche Auftauchen von U-Jagdgruppen zu erklären, die zielgenau die Stelle ansteuerten, wo kurz zuvor ein Kurzsignal abgesetzt worden war? Wir Kommandanten liefen daher gegen diese aus unserer Sicht völlig überflüssigen und höchst gefährlichen Standortmeldungen Sturm.

Doch es war ein Kampf gegen Windmühlenflügel. Die technischen Experten in den höchsten Stäben waren anderer Meinung. Sie behaupteten, solche zielgenauen Angriffe seien reine Zufälle oder – wenn überhaupt – bestenfalls auf die Peilstationen an Land zurückzuführen gewesen. An Bord einer Korvette oder Fregatte wären jedoch solche Geräte allein schon aus Platzgründen nicht unterzubringen. Außerdem sei es nicht einmal erwiesen, ob die Briten solche Geräte überhaupt entwickelt hätten, basta!

Keiner von uns wollte Opfer solcher inkompetenten Ignoranz werden. Folglich blieb nur eins: diese Aufforderungen unsererseits genauso zu ignorieren.

»Den Teufel werden wir tun! Die können sich ihre Standortmeldung sonst wohin stecken, I WO!« knurrte ich. »Ich bin sicher, die beißen auch bei Hagen und Wildenow auf Granit. Gehen wir runter an den Kartentisch und peilen die Lage!«

Fähnrich Brückner war gerade dabei, die Funkpeilung in die Karte zu übertragen. Er und der Obersteuermann machten sofort Platz, als wir an den Kartentisch traten.

»Na also, Obersteuermann! Wie sieht's denn jetzt aus?«

»Wahrer Standort 36° 25'Nord, 5° 05'West, Herr Kapitän. Neuer Kurs zu unserem Treffpunkt eins-eins-null.« Weiß nahm den Abstand zu unserem gekoppelten Standort in den Zirkel und trug ihn auf dem Kartenrand ab. »Versetzung neun Seemeilen nach Norden.«

»Donnerwetter!« stellte Kruse nach einem Blick auf die Karte fest. »Auf der Höhe von Estepona? So weit nördlich von Gibraltar haben wir uns verkrümelt? Da wird uns kaum jemand vermuten.«

»Neuer Kurs eins-eins-null – fast parallel zum Kurs des Konvois, nur weiter nördlich. Da können wir uns ungehindert vor ihn setzen«, spann ich den Faden weiter. »Hier, Fähnrich, setzen Sie mal den Konvoikurs mit allem Drum und Dran auf der Karte ab. Sie kennen ja den Treffpunkt mit den anderen Booten.«

Ich reichte ihm den Funkspruch. Es war eine reine Kreuzeraufgabe, für ihn ein Klacks, den Abfangkurs und die entsprechenden Geschwindigkeiten zu berechnen. Entsprechend schnell löste er die Aufgabe.

Kruse kontrollierte Kurs und Gegnerkurs und nickte anerkennend. »Wir sind besser dran, können also noch vor dem Morgenalarm am Treffpunkt sein. Dann sind die Batterien für einen Unterwasserangriff voll aufgeladen. Der Konvoi dürfte fast zwölf Stunden brauchen. Und was lernt uns das, Fähnrich?«

Jeder von uns hatte irgend so einen blöden Spruch drauf. Wer wußte das besser als ich? »Und was lernt uns das?« war einer davon. Von Kruse in der Rekrutenkompanie auf dem Dänholm aufgeschnappt, wo einer der Maate zum allgemeinen Gaudi der Offiziersanwärter mit »lehren« und »lernen« ständig seine Schwierigkeiten gehabt hatte.

»Wie wir's auch drehen oder wenden, Herr Kaleu, der Konvoi platzt uns dann genau ins Mittagessen rein«, ging Brückner prompt auf den lockeren Ton ein. »Mit leerem Magen kämpft sich's nicht gut, also sollten wir noch ein paar Seemeilen nach Osten laufen, ehe wir angreifen.«

Kruse quittierte die Antwort mit einem Schmunzeln. »Der LI färbt ab. Noch so ein Gastropode, so ein Magenfüßler, der nur ans Fressen denkt. Aber schlecht ist der Vorschlag nicht, Herr Kapitän.«

Der LI, der bisher schweigend zugehört hatte, lachte höhnisch auf und schürzte verächtlich die Lippen. »Paah! Gastropode – das muß ausgerechnet einer sagen, dem schon so 'ne Säuglingsnahrung wie unlängst die köstliche Hühnerbrühe eilige Hosen verpaßt! Essen und Trinken hält nun mal Leib und Seele zusammen!«

»Letzteres stimmt, Herr Lietz. Wir werden uns nördlich der spanischen Alborán-Insel auf die Lauer legen. Der Smut' wird dann beide Wachen so rechtzeitig abfüttern, daß die Briten uns nicht ins Mittagessen platzen können«, entschied ich, konnte mir jedoch einen Seitenhieb nicht verkneifen: »Allerdings ohne Ihre geliebte Hühnerbrühe, LI.«

Die Zuhörer in der Zentrale grinsten. Die liebten diesen lockeren Ton, diese Frotzeleien unter den Offizieren, die der Autorität keinen Abbruch taten. Ich spürte, wie die innere Anspannung endlich von mir abfiel. Ich war auf einmal nur noch müde.

»So, dann machen wir mal Nägel mit Köpfen.

Marschgeschwindigkeit sechzehn Knoten, meine Herren, Horchrunden wie üblich.« Ich blickte auf die Uhr. »Ich hau' mich jetzt für eine Weile aufs Ohr, mein Körper verlangt sein Recht.«

Eine Hand holte mich aus dem Tiefschlaf. Unwillig brummend, drehte ich mich zur Seite. Doch die Hand ließ sich nicht abschütteln. Ich rollte mich zurück. Nur mit Mühe bekam ich die schlafverklebten Augen auf.

»Tut mir leid, Herr Kapitän.« Kruse zuckte bedauernd die Achseln. »Es ist zwar noch 'ne halbe Stunde bis zum Morgenalarm, aber Huber glaubt, die Schraubengeräusche der beiden anderen Boote im GHG zu haben. Sonst ist die Nacht ohne besondere Vorkommnisse verlaufen.«

Ich rieb mir den Schlaf aus den Augen und schwenkte die Beine aus der Koje. »Verdammt, ich bin noch gar nicht ganz wach. Eine halbe Stunde vor dem Morgenalarm? Wie kann Huber so sicher sein, daß es die beiden anderen Boote sind?«

»Die fahren Diesel, meint Huber. Es könnten natürlich auch zwei Fischer von Alborán oder von der nur vierzig Seemeilen entfernten spanischen Küste sein. Aber zwei allein hier draußen? Die würden außerdem Positionslaternen führen. Und dann – fahren Fischerboote Diesel?«

»Auch wieder richtig, I WO.« Ich stand auf. »Noch keinen Kontakt aufgenommen?«

Kruse schüttelte den Kopf. »Der Abstand ist noch zu groß. Wir müßten sie anblinken, und das schien mir noch zu gefährlich. Übrigens hat der Funkschlüsselkreis gewechselt, ebenso der Tagesschlüssel. Für uns gilt jetzt der Mittelmeerschlüssel MEDUSA. Wir haben entspechend umgestellt. Ach, noch etwas. Die Bedienungen von Rohr eins bis vier sind auf Station, und der II WO hat das Zielgerät schon auf der Brücke, falls ...«

Er ließ den Rest des Satzes offen. Ich wußte auch so, was er damit meinte. Daß wir Briten vor uns hatten, war zwar unwahrscheinlich, aber Vorsicht war nun einmal die Mutter der Porzellankiste. Und diese Vorsicht ging wieder einmal auf sein Konto, und das freute mich.

Ich grinste. »Wir passen zusammen wie zwei linke Latschen, was, Herr Kruse?«

Er lächelte zurück. »Ist das ein Wunder, Herr Kapitän?«

Erstaunlich warm wehte der frische Fahrtwind über den Turm und blies den letzten Schlaf aus meinem Gehirn, als ich hinter Kruse aus dem Luk krabbelte. Es hatte aufgehört zu regnen. Durch die Wolkenlücken blinkten und blitzten die Sterne wie riesige Diamanten auf uns herab. Aufgischtend schnitt der Bug in die nur leicht bewegte See.

»Guten Morgen, Herr Kapitän!« begrüßte mich der II WO auf der noch nachtdunklen Brücke. »Beide Maschinen machen Umdrehungen für sechzehn Knoten. Kurs eins-eins-null. Torpedobedienungn Rohre eins bis vier auf Gefechtsstation, Zielgerät auf der Brücke. Schraubengeräusche etwa fünf Seemeilen rechtvoraus, Entfernung abnehmend. Keine Positionslaternen. Vermutlich *U-114* und *U-500.* Sonst keine besonderen Vorkommnisse.«

»Guten Morgen, Herr Werda«, dankte ich. »Wenn das tatsächlich Wildenow und Hagen sind, dann haben die die Kurve schneller als wir gekriegt, was?«

In der Hoffnung, von den beiden Booten wenigstens

das schäumende Kielwasser sehen zu können, suchte ich mit dem Nachtglas die ruhige See vor uns ab. Vergeblich, kein Kielwasser, keine Konturen.

Ich ließ das Glas sinken. »Mist, noch schluckt die Dunkelheit alles. FuMO müßte man haben, denn wären wir jetzt klüger.«

Das war ein Wunschgedanke, dessen Erfüllung in den Sternen stand. Zu unförmig und starr war die einer Federkernmatratze ähnliche Antenne, als daß man sie auf einem U-Bootturm hätte unterbringen können. Hinderlich beim Tauchen und leicht zu beschädigen. Bereitete uns doch allein schon die FuMB-Antenne, dieses primitive Kreuz, jedesmal Probleme.

»Horchkontakte vermindern Fahrt!« meldete der BÜ. »Klingt so, als drehten sie bei.«

»Das kann vieles bedeuten, meine Herren. Hoffen wir, daß es tatsächlich die beiden anderen Boote sind. Doch man weiß nie.« Ich nahm mein Fernglas an die Augen und suchte die See ab. Wiederum vergeblich. »Nichts. Das spricht eigentlich dafür, daß es die beiden Boote sind. Trotzdem! Gehen Sie mit der Fahrt herunter, II WO, und lassen Sie vorfluten! Klar zum Alarmtauchen!«

Im Boot schrillten die Alarmglocken, jagten die Männer auf die Stationen. Wir verloren Fahrt, zugleich schnitt der Bootskörper unter. Nur der Turm ragte noch aus dem Wasser, umspült von den überkommenden Wellen, und verschmolz dank seiner schmalen Silhouette und seiner dunklen Außenhaut mit der See zu einem nicht auszumachenden Ziel.

Die Spannung auf der Brücke stieg spürbar. Immer wieder sah der I WO auf das Leuchtzifferblatt seiner Uhr, hoffte auf die Morgendämmerung. Doch die ließ sich Zeit.

»Möchte mal wissen, warum nur im Urlaub die Zeit so irrsinnig schnell verrinnt«, knurrte er ungeduldig. »Eine halbe Stunde kann doch nicht so lang sein!«

»Nur die Ruhe, Herr Kruse. Wer immer die da voraus auch sind, die warten genauso sehnsüchtig auf den Anbruch der Dämmerung, um endlich zu sehen, wen sie da in ihrem Horchgerät haben.« Das klang so, als sei ich die Ruhe selbst. Dabei wurde ich zunehmend kribbeliger, obwohl sich die Ostkimm merklich abzuzeichnen begann. »In dem Fall sind wir sogar besser dran. Vor der helleren Ostkimm sehen wir sie bald viel früher als sie uns.«

»Und da hat man uns mal eingetrichtert, die Dämmerungsphase sei hier im Süden viel schneller als im Norden«, motzte nun auch der II WO. »Alles Quatsch. Oder merken Sie was davon, Herr Kaleu?«

»Hören Sie mit dem Kaleu auf, Herr Werda! Ich heiße Kruse.« Der I WO wandte sich an den Ausguck. »Eine Buddel Bier für den, der die beiden Vögel da vorn zuerst ausmacht!«

Ein verlockendes Angebot, aber es nutzte nichts. Unendlich langsam verstrich die Zeit, summierten sich die Sekunden zu zähen Minuten, spannte uns die Morgendämmerung auf die Folter.

»Wie eine abgetakelte Hure, die sich erst noch schminken muß, damit man die Falten nicht sieht, wenn sie endlich bereitwillig die Beine breit macht«, flüsterte der Steuerbord-Ausguck seinem Nachbarn zu.

Nicht leise genug, alle hörten mit. Prompt kam die Antwort vom achteren Ausguck: »Frau Wirtin hatt' auch eine Fose, die trug 'ne quergestreifte Hose, drin schlummerte ...«

»Schluß mit der Ferkelei!« fuhr ich dazwischen. »Alles zu seiner Zeit, aber nicht jetzt! Die Augen sollt ihr aufmachen und euch nicht an Frau Wirtins Weibern ergötzen, ihr Himmelhunde!«

Verhaltenes Gelächter klang auf. Es verstummte sofort, als vor uns ein paar Lichtblitze aus einer stark abgeblendeten Klappbuchs über die See zuckten, ganz kurz nur und fast miteinander verschmelzend.

Für den Signalmaat dennoch unmißverständlich. »Dort wird das taktische Rufzeichen gefordert, Herr Kapitän. Soll ich antworten?«

Uns allen fiel hörbar ein Stein vom Herzen. Ein Deutscher, war mein erster Gedanke, denn der kannte die bei uns übliche Buchstabenkombination. Doch dann zögerte ich einen Moment. Was, wenn auch die Tommies das Signal kannten? Schließlich hatten sie inzwischen genügend deutsche Seeleute gefangengenommen, von denen der eine oder andere durchaus gequatscht haben konnte.

»Nehmen Sie den neugierigen Knaben genau vor den Bug, II WO, und machen Sie 'ne Zielansprache für Rohr eins und zwo. Man kann nie wissen«, beugte ich vor und wartete, bis der Bug noch ein bißchen herumgekommen war. »Los, Signalmaat, genauso schnell und knapp unser taktisches Rufzeichen.«

Kaum war die Kennung heraus, blitzte es voraus erneut stark abgeblendet auf.

»Die Antwort, Herr Kapitän. Es sind die Rufzeichen von *U-114* und *U-500.*«

»Danke, Signalmaat!« Ich atmete erleichtert auf. Sie waren also auch glatt durchgekommen. »Lassen Sie voll anblasen, Herr Werda. Beide Maschinen acht Knoten.«

»Alarmzustand beenden, Herr Kapitän?«

Ich blickte zum Osthimmel. »Im Gegenteil, II WO,

Flakbedienungen auf Gefechtsstationen! Die Ostkimm zeichnet sich ja bereits ab. Jetzt kann's ganz schnell hell werden.«

Und damit wurde es kritisch. Wir mußten die kurze Dämmerungsphase nutzen, um unser taktisches Vorgehen gegen den nahenden Konvoi abzusprechen. Kam erst einmal die Sonne heraus, war es dazu zu spät. Wenn sie nicht schon jetzt in der Luft waren, flogen spätestens dann dem Geleit Flugzeuge voraus und kämmten weiträumig die See ab. Dessen war ich absolut sicher.

»Paßt mir jetzt ja doppelt gründlich auf, Männer!« ermahnte ich den Ausguck. »Die Tommies haben inzwischen hinzugelernt. Lieber ein Fehlalarm als 'ne tödliche Überraschung!«

Oft genug hatte ich nämlich erlebt, daß die Flugzeuge bereits überfallartig zuschlugen, wenn wir noch auf den Schutz der Dämmerung vertrauten.

Während wir die beiden anderen Boote ansteuerten, begann der nahe Sonnenaufgang den Osthimmel über der Kimm mit einem tiefen Dunkelrot zu überziehen. Sekundenlang vergaß ich Zeit und Raum, überwältigten mich die Erinnerungen an meinen letzten Fronturlaub mit meiner Familie in Oldsum auf der friedlichen Insel Föhr. Dort hatten Anke und ich wiederholt eng aneinandergekuschelt den Sonnenaufgang über der See beobachtet, während nebenan die Kinder schliefen. Das schien Jahrhunderte zurückzuliegen.

»Die haben auch die Flak besetzt, Herr Kapitän«, holte mich Kruse mit leiser Stimme wieder in die rauhe Wirklichkeit zurück. »Die sehen beide nicht so aus, als hätten sie vor Gibraltar Dresche bezogen.«

Das stimmte. Beide Boote wiesen äußerlich nicht die

geringsten Beschädigungen auf. »Das Morgenlicht kann täuschen, Herr Kruse. Warten wir ab, was sie zu berichten haben.«

Unser gemeinsames Vorgehen bedurfte keiner langwierigen Absprachen. Wir drei Boote verteilten uns auf einen Aufklärungsstreifen nordöstlich der spanischen Insel Alborán. Nach den Berichten der bereits im Mittelmeer operierenden Boote hatten alle britischen Konvois bisher die Insel nördlich passiert. Das kam uns sehr entgegen, denn hier betrug die Meerestiefe tausendsiebenhundert Meter, mehr als wir brauchten, um dem ASDIC ein Schnippchen schlagen zu können.

Behielt der Konvoi seinen Kurs bei, dann passierte er Alborán in einem Abstand von ungefähr achtzehn Seemeilen und lief voll in unseren Aufklärungsstreifen hinein, in dem *U-112* am weitesten südlich patrouillierte. Lange bevor wir ihn im GHG hörten, würden ihn schon die umherstreifenden Flugzeuge ankündigen. Das war im Atlantik immer so gewesen. Warum sollte es ausgerechnet hier anders sein?

Je länger jedoch der Vormittag ereignislos verstrich, desto nervöser wurden wir. Leichter Dunst war aufgekommen und schränkte die Sichtweite ein. Auch der bewölkte Himmel war nicht gerade das Gelbe vom Ei, was wir uns jetzt wünschten.

»Gleich Mittagswachwechsel, Herr Kapitän«, ging es mit dem I WO durch. »Noch immer kein GHG-Kontakt und keine Flugzeuge, nicht mal 'n neugieriger Charly. Ungewöhnlich!«

»Auf die kann ich gern verzichten, Herr Kruse.« Auch mir ging die Warterei auf die Nerven, denn die Wolkendecke war zunehmend dichter geworden.

Schlich sich in ihrem Schutz jemand an, nutzte die Flak gar nichts. »Lassen Sie die Flakbedienungen abtreten und vorfluten. Klar zum Alarmtauchen! BÜ, Frage Horch- oder FuMB-Kontakt.«

Die Antwort war niederschmetternd. Weder das eine noch das andere, der Konvoi schien sich in ein Nichts aufgelöst zu haben.

»Hat der einen Zack nach Süden gemacht, weil er wieder von dem unbekannten Boot angegriffen worden ist, das uns und davor auch Wildenow und Hagen vor Gibraltar aus der Klemme geholfen hat?« zerbrach sich Kruse den Kopf.

»Wegen eines einzelnen Bootes?« Ich schüttelte den Kopf, denn bei mir meldete sich plötzlich die Erinnerung. »Ich habe einen ganz anderen Verdacht, und zwar nicht erst seit heute. Der Konvoi ist umgelenkt worden.«

Kruse schaute mich verblüfft an. »Sie meinen, der sei gewarnt worden? Wodurch denn, durch den Funkspruch? Das würde ja bedeuten, daß die Briten den Code geknackt hätten, Herr Kapitän.«

»Halten Sie das für unmöglich? Ich nicht! Ich erinnere mich noch sehr gut daran, daß ich mit meinem alten Boot so ein plötzliches Verschwinden schon ein paarmal im Atlantik erlebt habe. Da sind wir auf gesichtete Konvois angesetzt worden, die auf einmal unauffindbar waren. Ja, ja, ich weiß«, wehrte ich seinen Einwand ab, »diese blöden Standortmeldungen. Die hat bloß diesmal keiner von uns gefunkt. Also?«

Kruse kaute nachdenklich auf seiner Unterlippe herum. »Wenn Ihr Verdacht zutrifft, dann müssen die Briten ja in den Besitz geheimer Schlüsselunterlagen gekommen sein. Mit denen könnten sie allerdings nur etwas anfangen, wenn sie auch noch die Schlüsselmaschine besäßen. Da der Tagescode immer wieder wechselt, wäre das nur ein kurzes Vergnügen.«

»Für Fachleute sicher nicht zu kurz, um hinter das Prinzip zu kommen, finden Sie nicht?« Ich fand auf einmal noch ein plausibleres Argument für meinen Verdacht. »Wir haben inzwischen eine ganze Menge Boote verloren, von denen wir nicht wissen, auf welche Art und Weise. Möglicherweise ist darunter auch eins gewesen, das geentert wurde und den Briten unversehrt mit allem Geheimmaterial in die Hände gefallen ist.«

Während ich noch argumentierte, wurde mein Verdacht in mir zur Gewißheit. Verdammt, warum hatten wir diese Möglichkeit nicht einkalkuliert? Wir standen auf verlorenem Posten. Der Konvoi war umgelenkt worden, er umging die Alborán-Insel südlich und entwischte uns.

»Wir vertun hier unsere Zeit, Herr Kruse. Wir müssen ...«

»Schraubengeräusche aus eins-acht-null, Herr Kapitän!« unterbrach mich der BÜ. »Kein Konvoi, Einzelfahrer.«

Wir fuhren herum und richteten die Gläser in die Peilung. Zunächst sahen wir nichts.

»Schiet! Dieser verdammte Dunst!« knurrte Kruse. »Wenn das Tommies sind, sind wir echt angeschissen. Da reicht's bald nicht mehr zum schnellen Wegtauchen. Vielleicht sollten wir vorsichtshalber ...?«

Er verstummte, denn aus dem leichten Dunst lösten sich die uns allen vertrauten Konturen zweier U-Boote. Ihre markante Turmform beseitigte die letzten Zweifel. Es waren deutsche Boote, die sich mit schäumenden Bugwellen näherten.

»Zwo aufgetauchte U-Boote achteraus!« meldete der Ausguck überflüssigerweise. »Kommen mit Brassfahrt auf uns zu.«

»Sie kommen aus dem Mustopf, Schulte«, sagte der I WO spöttisch. »Das sehen wir doch längst selber.«

»Das sind garantiert Wildenow und Hagen. Denen ist – Gott sei Dank! – der Geduldsfaden gerissen, I WO.«

Sie waren es tatsächlich, und Wildenow ließ keinen Zweifel daran, daß er das erfolglose Patrouillieren satt hatte. Eine Klappbuchs blitzte auf seinem Turm auf.

»K an K!« las der Signalmaat laut mit. »Der Konvoi geht uns durch die Lappen, Arne, wenn wir ihn noch länger nördlich erwarten. Der ist umdirigiert worden, weiß der Teufel, warum! Wir müssen sehen, daß wir uns südöstlich vor ihn setzen können, damit wir noch vor Anbruch der Dunkelheit zum Schuß kommen.«

»K an K, Signalmaat, ganz deiner Meinung, Kuddel! Auf denn!«

Fünf Stunden später bestätigten Flugzeuge unseren Verdacht. Sie flogen dicht über der Wasseroberfläche an. Wir entdeckten sie aber so rechzeitig, daß wir vor ihnen wegtauchen konnten.

»Es hat gereicht, Herr Kapitän«, triumphierte Kruse, als das GHG auch die ersten, noch schwachen Schraubengeräusche auffing. »Wir haben ihn nicht nur eingeholt, sondern auch überholt.«

Ich war skeptisch. »Abwarten, ob es was nutzt, I WO.«

Das Mittelmeer war nicht der Atlantik. Es fehlte die lange Dünung mit ihren Kabbelwellen, die es Flugzeugen sehr schwer machten, das Sehrohr eines getauchten Bootes auszumachen. Die See war hier viel glatter, so daß das Periskop ein verräterisches Kielwasser nachzog. Außerdem sorgte der höhere Salzgehalt des Mittelmeeres für so klares Wasser, daß damit die Gefahr in Sehrohrtiefe einer Entdeckung aus der Luft durchaus gegeben war.

Ich wagte es daher immer nur für Sekunden, das Luftzielsehrohr auszufahren, um die Anzahl der Flugzeuge abzuschätzen, die das Geleit sicherten. Ihre Anzahl war größer, als wir sie aus dem Atlantik und der Karibik gewohnt waren.

»Geleit kommt schnell auf«, meldete Huber. »Unverändert Generalkurs null-sechs-acht, Geschwindigkeit acht Knoten! Peilt drei-drei-sieben, Entfernung etwa zwölf Seemeilen.«

Wir horchten auf, weil Huber jetzt sogar den Kompaßkurs des Geleits nannte.

»Aha, Huber hat dazugelernt!« spöttelte der II WO nach einem Blick auf den Kompaß. »Hat der jetzt 'nen Tochterkompaß in seinem Schapp?«

»Kein schlechter Gedanke, Herr Werda, aber leider nicht«, entgegnete ich lächelnd, denn bei mir fiel der Groschen. »Der hat nur gute Ohren und gehört, wie der Obersteuermann den Gegnerkurs genannt hat. Zwölf Seemeilen, also noch eine Stunde, dann kommt der Augenblick der Wahrheit.«

Ich sollte mich gründlich irren, der kam viel früher mit einem gewaltigen Donnerschlag. Es hagelte plötzlich Wasserbomben, die um und unter uns ohrenbetäubend detonierten. Die See geriet in Aufruhr. Prompt fiel das Licht aus.

Gepackt von der Wucht der nahen Detonationen, führte das Boot in ihren Druckwellen einen wahnsinnigen Höllentanz auf. Das kam so überraschend, daß wir einen Augenblick wie gelähmt waren, unfähig, sofort darauf zu reagieren.

Wer keinen festen Stand hatte, wurde durch die dunkle Zentrale geschleudert.

Ich prallte gegen den I WO und ging mit ihm zu Boden. Das bewahrte uns davor, mit dem Kopf voran gegen das Stahlschott mit seinen Armaturen katapultiert zu werden.

»Alarmtauchen!« schrie ich, während ich auf die Beine zu kommen versuchte. »Runter in die Tiefe, LI! Dreimal AK voraus! Ruder hart Backbord!«

Die Routine siegte über den Schock. Die Schnellentlüftung wurde aufgerissen. Bullernd schoß das Wasser in die Tauchtanks. Der Druck der mit äußerster Kraft rotierenden Schrauben auf das hartgelegte Ruder ließ das wild in den Detonationswellen tanzende Boot aus der Bombenreihe scheren. *U-112* glitt hinab in die rettende Tiefe.

Abrupt verstummten die Detonationen. Der Angreifer war über uns hinweg. Schlingernd kam das Boot zur Ruhe. Flackernd ging das Licht an, erhellte aber nur unzureichend die Zentrale, weil ein Teil der Glühbirnen durchgeknallt war.

»Verflucht, Fliegerbomben! Genau das, was ich die ganze Zeit befürchtet habe. Die Mistbiene hat uns in Sehrohrtiefe ausgemacht! Ruder, komm auf! Recht so!« Das Boot strebte noch immer mit abwärts geneigtem Bug in die Tiefe. »Was geht durch, LI?«

»Achtzig Meter gehen durch, Herr Kapitän! Boot fällt schnell weiter!«

»Abfangen! Auf neunzig Meter einpendeln! Schadensmeldungen an Zentrale!«

Der I WO rappelte sich von den Flurplatten auf und

rieb sich den Rücken. »Teufel, das hätte aber ins Auge gehen können! Hätte nie geglaubt ...

Seine Worte gingen in der Bombenserie unter, die in unserem Kielwasser detonierte. Ihre Druckwellen packten das Boot von achtern und schüttelten es durch, aber weitaus geringer als beim ersten Mal. Ich registrierte es erleichtert. Wir waren also nach der richtigen Seite weggeschoren.

»Mit den Knallfröschen müßte eigentlich Schluß sein. Der wird jetzt kreisen und nach Beweisen suchen, daß er uns erwischt hat«, meinte der II WO hoffnungsvoll, als die Detonationen verstummten. »Mehr Bomben hat der Fuzzi bestimmt nicht mitgeführt.«

»Lieber nicht beschreien, Herr Werda«, beschwor ihn Kruse. »Am Ende ruft der jetzt Hilfe herbei.«

»Da sei Gott vor! Mir hat's schon so gelangt!« Erregtes Geflüster ließ mich zu den Rudergängern blicken. »Was ist los bei euch?«

»Boot läßt sich nicht abfangen, sackt regelrecht durch, Herr Kapitän! Hundert Meter gehen durch, und das Boot fällt weiter!« antwortete der LI mit belegter Stimme. »Die achteren Tiefenruder sind elektrisch ausgefallen.«

»Ja und? Runter mit der Fahrt, Herr Lietz! Blasen Sie leicht an, und steuern Sie mit den vorderen gegen, bis die achteren auf Hand umgekuppelt sind!«

Ich erlebte als U-Bootoffizier nicht zum ersten Mal, daß nach einem Wabo-Regen irgendwelche elektrischen Funktionen dieser Art ausfielen. Deshalb begriff ich nicht, warum der LI nicht sofort selbst auf diese Gegenmaßnahmen kam. Ich sah ihn mißtrauisch von der Seite an. Drehte der etwa wie sein Vorgänger durch?

Meine Sorge war unbegründet, der war voll bei der

Sache. Seine Befehle klangen ganz normal. Ebenso normal reagierten seine Männer. Für die war es Routine, die wußten genau, was sie zu tun und zu kontrollieren hatten. Oft genug hatten wir solche gefährlichen Situationen schließlich durchgespielt.

Doch mir genügte das nicht. Ich brauchte einen Gesamtüberblick über die Schäden. »Wo bleiben die Meldungen?«

»Achtere Tiefenruder sind auf Hand umgekuppelt! Lassen sich per Hand bewegen! – Wassereinbruch im achteren Torpedoraum. E-Maschinen-Hauptschalter war kurzfristig herausgesprungen, ist wieder eingelegt. Beide E-Maschinen laufen wieder voll und machen Umdrehungen für vier Knoten. Boot pendelt auf hundertzwanzig Meter ein«, meldete der Zentralemaat.

Ausgefallene Regler, herausgesprungene Sicherungen, geplatzte Standgläser und … und … und, so ging es noch eine Weile weiter. Ich atmete trotzdem auf. Es waren alles Schäden, die nicht ins Gewicht fielen, sie ließen sich mit Bordmitteln beheben.

Der LI und der Chief trieben ihre Leute an, aber die Beseitigung kostete Zeit.

Kostbare Zeit, die wir brauchten, um auf Angriffsposition zu laufen. Ich wurde nervös. Mir brannte die Zeit auf den Nägeln; denn der Konvoi kam näher und näher. Bald hörte ihn nicht nur Huber in seinem GHG heranrumpeln.

Wenn wir überhaupt noch bei Licht zum Schuß kommen wollten, durften wir nicht länger lahm durch die Gegend schleichen. Wir mußten uns vor den Konvoi setzen und vor ihm herlaufen, damit er nicht so schnell aufkam.

»Wo bleiben die Rückmeldungen? Was ist mit den

Tiefenrudern? Läßt sich das Boot halten, wenn wir höhere Fahrt laufen?«

Der LI wischte sich mit seinem berühmt-berüchtigten Twistkäuel den Schweiß von der Stirn. »Boot läßt sich halten, Herr Kapitän. Der Fehler an der elektrischen Steuerung ist gefunden. Kann sich nur noch um wenige Minuten handeln, dann kuppeln wir um.«

»Gut! Ruder zwei Dez Steuerbord! Beide Maschinen langsam auf Umdrehungen für sieben Knoten hochziehen! Horchgerät, was erzählen die Fische?«

»Konvoi steuert seinen Kurs unverändert weiter. Peilung eins-fünf-acht, Entfernung sechs Seemeilen.«

In das Rumpeln der Frachter mischten sich die Schraubengeräusche der Sicherung. Eins-fünf-acht, das heiß an Steuerbord achteraus, genau im richtigen Winkel für einen Angriff. Das konnte hinkommen, wenn der LI die Schäden endlich in den Griff bekam. Ich wollte das praktizieren, was vor mir schon den Kommandanten Kretschmer, Lüth und Suhren gelungen war, nämlich die Sicherung zu durchbrechen und in den Konvoi selbst einzusickern.

Dazu mußten wir näher heran und die Außensicherung so tief unterlaufen, daß uns ihr ASDIC nur schwer zu orten vermochte. Das wiederum war nur mit voll funktionsfähigen Tiefenrudern möglich. Doch die vom LI so optimistisch versprochenen »wenigen Minuten« wurden zweistellig, und mit jeder weiter verstreichenden Minute holte der Konvoi auf. Er kam näher und näher.

Ich stand neben dem Kartentisch wie auf glühenden Kohlen. Die Schraubengeräusche dröhnten lauter und lauter in unseren Ohren und überlagerten als vielstimmiger Chor bald alle anderen Bordgeräusche. Es war ein

Wettlauf mit der Zeit, denn die Stoker murksten noch immer an der Elektrik der achteren Tiefenruder herum.

»Achtung! Geleit holt mehr und mehr auf! Zwo Feger vor dem Konvoi! Entfernung knapp zwoeinhalb Seemeilen! Überlaufgefahr!« brachte es Huber auf den Punkt.

»Aus! Wir müssen abdrehen und tiefer runter, sonst haben uns die Feger schneller am Arsch, als uns lieb sein kann, Herr Kruse!« gab ich zähneknirschend auf.

Es reichte nicht mehr, um mit den Bugrohren in die richtige Schußposition zu kommen.

»Ruder hart Backbord! Tiefer runter, LI! Auf hundertachtzig Meter gehen!«

»Ich weiß nicht, ob wir ...«, setzte Lietz an und hob abwehrend die Hände.

»Ich auch nicht!« schnitt ich ihm das Wort grob ab. »Reden Sie nicht, LI! Bringen Sie uns mit Ihren Scheißtiefenrudern per Hand so tief runter, daß uns das ASDIC nicht fassen kann, verdammt noch mal! Wir müssen es riskieren! Keiner von uns möchte nämlich vorzeitig den Löffel abgeben!«

Es kam selten vor, daß ich meine Offiziere so rüde anfuhr. Aber jetzt zählte jede Sekunde, wollten wir nicht alle ins Gras beißen. Da blieb keine Zeit mehr zu Diskussionen. Das wußte auch Lietz.

»Ruder komm auf! Neuer Kurs null-drei-null!«

Haltsuchend griff ich nach der Leiter, denn die Flurplatten neigten sich unter meinen Füßen stark bugwärts. Die Tiefenrudergänger hatten offensichtlich mit dem Handbetrieb ihre Schwierigkeiten, sie stellten das Boot fast auf den Kopf.

»Nicht so steil, Herr Lietz! Flacher den Winkel, damit wir dabei auch vom Geleit wegkommen!«

Sirrend hob sich das Schraubengeräusch der Feger vom Grummeln des Konvois ab und schwoll laut und lauter an. Das klang, als stehe der kritischste Augenblick, der Überlauf, unmittelbar bevor. Unwillkürlich zogen wir die Köpfe ein.

Mein Blick ging zum Tiefenmesser, der unterschritt gerade die 150-Meter-Marke. Verdammt, zu wenig und zu langsam, fluchte ich still in mich hinein, wir mußten tiefer runter. Packte uns ihr ASDIC und hielt sich an uns fest, dann regnete es Wasserbomben.

Der Gedanke war noch gar nicht ganz zu Ende gedacht, als ein ASDIC-Strahl widerlich nachhallend in die Totenstille der Zentrale schlug. Er glitt zwar über uns hinweg, kam jedoch sofort wieder zurück und ließ uns nicht mehr los.

Aber noch bevor der Feger auf seinen Kontakt eindrehte, überschlugen sich Steuerbord achteraus die Ereignisse. Vier schwere Detonationen dröhnten durch die Tiefe, unverkennbar Torpedotreffer. Sekunden später folgten in kurzen Abständen vier weitere Explosionen an Backbord achteraus.

Trotzdem kam kein Jubel auf, denn die Schrauben der Feger über uns heulten auf. Ein Geräusch, das jeder von uns kannte und fürchtete. Aus, dachte ich, jetzt haben sie uns! Sie backsen, drehen auf dem Teller, um uns auf die Hörner zu nehmen.

»Achterer Torpedoraum, klar bei Bold!« griff ich nach dem rettenden Strohhalm.

Der half jetzt allerdings nur noch, wenn er schnell genug ausgestoßen wurde und sich noch rechtzeitig ausbreiten konnte. Ungeduldig wartete ich auf die Klarmeldung, doch die kam nicht!

»Was ist da los achtern? Wo bleibt die Klarmeldung?«

Erst kam nur Schweigen.

Dann die niederschmetternde Meldung: »Boldgerät ist unklar!«

Mir verschlug es die Sprache. Mit allem hätte ich gerechnet, nur damit nicht. Meinen Offizieren erging es nicht anders, sie starrten mich entgeistert an. Über uns kamen die Schrauben auf Hochtouren.

»Achtung! Anlauf aus eins-sieben-fünf!« schrie Huber aus dem Horcherschapp. »Zwo ...«

Seine Worte gingen in Wasserbombendetonationen unter. Zugleich rutschte der ASDIC-Strahl von uns ab, kam stotternd noch einmal zurück und blieb dann ganz weg.

Wieder gingen Wasserbombenserien in schneller Folge nieder, dröhnten ihre Explosionen in unseren Ohren. Dennoch empfand ich das Donnern nur wie ein lästiges Insekt, das mich in meinen Gedanken störte. So sehr war mein ganzen Denken auf den angreifenden Feger fixiert und wie ich seinem Angriff begegnen konnte, daß mir erst reichlich verspätet bewußt wurde, daß die Druckwellen ausblieben.

»Mensch, die Wabos gelten ja gar nicht uns! Sie fallen ja viel weiter achteraus, sonst hätten uns längst ihre Druckwellen erfaßt!« entfuhr es mir unwillkürlich.

Ich erntete für diese späte Erkenntnis von Kruse einen verständnislosen Blick. Das hat doch längst jeder gemerkt, hieß das.

Und noch etwas anderes ging mir in diesem Zusammenhang auf. Die Schraubengeräusche der Feger klangen auf einmal so, als liefen die von uns ab. Ungläubig schüttelte ich den Kopf. Die hatten uns mit ihrem ASDIC aufgestöbert und griffen nicht an? Das gab's doch nicht.

»Horchraum, wo bleiben die Meldungen? Was ist da oben los?«

»Ich war mir zuerst nicht sicher, Herr Kapitän! Die Feger drehen tatsächlich ab und nehmen Kurs auf das Geleit! Wabo-Verfolgung in eins-drei-fünf und zwo-null-zwo hält an«

Die Feger liefen ab. Dann hielten sie den ASDIC-Kontakt für ein Geisterecho. Sofort machte mein ganzer Denkapparat eine Kehrtwendung, schaltete von Flucht oder Verteidigung auf Angriff um. Vielleicht kamen wir jetzt doch noch zum Schuß? Aber dann mußten wir nach oben!

»Stopp Tiefe!« Ich fuhr auf den LI los. »Was ist nun mit der Elektrik der Tiefenruder, schalten Sie nun endlich um? Und was ist das da achtern für eine Schluderei mit dem Boldgerät?«

Der blieb ganz ruhig. »Das Boldgerät war verklemmt, Herr Kapitän, ist jetzt wieder klar. Sobald wir eingependelt sind, kuppeln wir um.«

Ich nahm seine Antwort schweigend zur Kenntnis. Was zu dem Boldgerät zu sagen war, hatte Zeit bis später. Mein Interesse galt der Seekarte und den Kursen, die der Obersteuermann mitgekoppelt hatte. Wir schoren noch immer vom Geleit weg, das trotz der Torpedoangriffe und der lautstarken U-Bootjagd unbeirrt seinen Generalkurs beibehielt.

»Hmmm«, brummte ich enttäuscht, »kein Zick, kein Zack. Selbst mit sieben Knoten haben wir keine Chance, doch noch in eine halbwegs erfolgversprechende Schußposition zu gelangen, I WO. Das Geleit läuft uns davon.«

Er nickte. »Das sehe ich auch so. Wir können uns nur anhängen und Fühlung zu halten versuchen, bis es dunkel wird und die Flugzeuge verschwinden. Dann können wir auftauchen und dem Konvoi nachjagen.«

»Das ist in drei Stunden«, stellte ich nach einem Blick auf die Borduhr fest. »Vorausgesetzt, die Flugzeuge kehren tatsächlich zu ihrem Stützpunkt zurück.«

Mir kam der Aufschub nicht ungelegen. Wir hatten so Zeit, alle technischen Funktionen noch einmal gründlich zu überprüfen. Das erschien mir nach der Panne mit dem Boldgerät dringend notwendig. Möglicherweise gab es da auch noch andere Schwachpunkte, die wir noch nicht herausgefunden hatten.

»Boot pendelt auf hundertfünfundsechzig Meter ein. Achtere Tiefenruder sind wieder elektrisch geschaltet, Herr Kapitän.«

»Gut, Herr Lietz. Ihre Stoker haben drei Stunden Zeit, alle Funktionen des Bootes noch einmal zu überprüfen, aber gründlich, damit es nachher nicht wieder Pannen gibt.« Ich wandte mich an den wachhabenden II WO. »Alarmzustand bleibt bestehen, bis wir weit genug vom Geleit ab sind. Dann blasen wir auf vierzig Meter an! Neuer Kurs null-vier-fünf, Marschgeschwindigkeit sieben Knoten. Ich bin in meinem Kabuff und möchte dann gewahrschaut werden.«

»Das Boldgerät, Herr Kapitän«, erinnerte mich Kruse. »Verantwortlicher Maat ist der Lindner. Rapport?«

»Der Lindner?« Ich kramte in meinem Gedächtnis. »Der Kampfschwimmer?«

Maat Lindner war in Brest neu zu uns an Bord gekommen. Ein alter Hase mit der Brust voller Orden, erinnerte ich mich, und von den Mätzchen des Smaddings hatte er sich auch nicht beeindrucken lassen. Er hatte sich nahtlos eingefügt und meines Wissens den Heckraum fest im Griff.

»Ich dachte, der Maat sei ganz in Ordnung, Herr Kruse?«

»Der ist auch ganz in Ordnung. Vermutlich hat da einer seiner Leute geschludert, und er hat das nicht gemerkt. Bisher hat es mit ihm jedenfalls keine Anstände gegeben.«

»Ein guter Mann also. Dann sollten wir nicht gleich mit Kanonen auf Spatzen schießen, durchgehen lassen dürfen wir das allerdings auch nicht. Ich meine, es genügt, wenn Sie ihn sich zur Brust nehmen und vergattern. Der Schluderjan sollte allerdings gewaltig eins auf den Deckel kriegen. Einverstanden?«

»Sehr, Herr Kapitän! Das bekommt er, aber deftig«, er schmunzelte. »Anschließend wird sich ihn der Smadding vorknöpfen, und das dürfte der dann bestimmt nicht so schnell vergessen.«

Kaum brach die Dunkelheit herein, schwirrten die Flugzeuge ab. Wir tauchten auf und jagten dem Konvoi mit achtzehn Knoten hinterher. Daher war es überhaupt kein Problem, zu ihm aufzuschließen, um zum Überholen anzusetzen. In einem gebührenden Abstand, verstand sich, damit wir wegtauchen oder mit dreimal AK flüchten konnten, falls uns die Eskorte entdeckte. Zunächst aber gab die uns Rätsel auf.

»Ungewöhnlich, Herr Kapitän. Wir haben jetzt die achtere Sicherung vor uns. Abstand fünf Seemeilen, behaupten die Horcher, und noch immer fängt das FuMB keinen RADAR-Kontakt auf«, berichtete mir der I WO, als ich auf die nächtliche Brücke kam. »Entweder haben die kein RADAR, oder es ist nicht besetzt.«

»An unserem FuMB kann's nicht liegen? Führt es Strom?«

»Es führt Strom, das habe ich gleich zuerst kontrollieren lassen, und das primitive Kreuz ist auch in Ordnung. Das behandeln unsere Leute ja ohnehin wie einen Haufen roher Eier.«

»Dann kann's doch nur noch an dem Gerät unter Deck liegen. Ist das überprüft worden?«

»Aber ja! Die FuMB-Leute schwören Stein und Bein, daß es nicht an dem Gerät liegen kann, Herr Kapitän.«

»Merkwürdig, denn daß die kein RADAR haben oder es nicht besetzt haben, kann ich mir eigentlich nicht vorstellen. Aber uns kann's nur recht sein. Gehen Sie auf Überholkurs. Wir werden das Geleit trotzdem in dem vorgesehenen Abstand passieren. Vorsicht ist besser als hinterher gejammert.«

Kruse gab die entsprechenden Kommandos. »Sollten wir nicht Kontakt mit den beiden anderen Booten aufzunehmen versuchen, damit wir uns nicht gegenseitig in die Quere kommen?«

»Damit die Tommies gewarnt werden? Nur über meine Leiche!«

Ich verließ die Brücke, um mit dem Obersteuermann in aller Ruhe den Angriffskurs und den Punkt in der Seekarte abzusetzen, an dem ich den Konvoi anzugreifen gedachte.

Der Smut' wanderte mit dem üblichen Mittelwächter-Kaffee durch das Boot und goß auch uns die Tassen voll.

Doch ich kam nicht mehr dazu, in Ruhe auch nur einen Schluck von dem Lebenswecker zu trinken. Aus dem FuMB drang das Zirpen und Pfeifen einer aufgefangenen RADAR-Ortung bis zu uns in die Zentrale. Schwach noch, aber trotzdem alarmierend.

Ich schlüpfte durch das Mannloch und war mit ein

paar Schritten am Horcherschapp. »Wo kommt das her?«

»Aus der gleichen Richtung wie die Schraubengeräusche, Herr Kapitän. Aus null-vier-fünf, zunehmend jetzt auch aus null-vier-null.«

Also vom Konvoi, Steuerbord voraus von uns. »Entfernung?«

»Schwer zu bestimmen, etwa zehn Seemeilen den Schraubengeräuschen nach. Die der Eskorte heben sich darin allerdings noch nicht ab, alles wird noch von denen der Frachter überlagert.«

Das machte die aufgefangene Ortung noch gefährlicher. Einer Korvette konnten wir auf diese Entfernung noch entkommen, die war in der Regel nicht so schwer bewaffnet und langsamer als wir. Für einen Zerstörer waren zehn Seemeilen jedoch ein Klacks, wenn der aufdrehte, um der Ortung nachzuspüren. Außerdem waren seine schweren Waffen nicht zu unterschätzen.

Eine Überlegung, die mir Beine machte. Ich mußte sofort auf die Brücke. Noch bevor ich aufenterte, löste ich Alarm aus. Wir durften uns nicht überraschen lassen.

»Also doch RADAR!« sagte der I WO, als ich aus dem Luk krabbelte. »Aber warum haben wir das nicht schon viel früher mitgekriegt, Herr Kapitän?«

»Keine Ahnung. Vielleicht ist nur ein Teil der Eskorte mit RADAR ausgerüstet? Lassen Sie vorfluten. Wir werden dadurch zwar etwas langsamer, sind dann jedoch schwerer genau zu orten und können schneller in den Keller verschwinden. Drehen Sie ab, I WO. Neuer Kurs null-null-fünf!«

Der Bug kam schnell herum. Wir boten so dem RADAR nur eine ganz schmale Silhouette, erfahrungsgemäß schwierig zu erfassen, zumal wir mit bullernden

Dieseln vom Geleit abliefen. Selbst wenn wir tauchen mußten, war der verräterische Tauchwirbel längst verschwunden, bevor ihn eventuelle Verfolger erreichten.

Aber noch klangen die Meldungen vom FuMB und vom GHG nicht beunruhigend. Die RADAR-Ortung, nunmehr aus eins-acht-null, blieb konstant. Trotzdem traute ich dem Frieden nicht so recht. Aus dem Kontakt des FuMB ließ sich zwar die Richtung und Stärke ableiten, nicht jedoch die genaue Entfernung. Auch für das GHG wurde es zunehmend schwieriger, aus unseren eigenen hochtourigen Schraubengeräuschen die eines anlaufenden Verfolgers rechtzeitig herauszufiltern.

Kruse war nicht minder mißtrauisch. »Eine kurze Horchpause, Herr Kapitän?«

»Einverstanden! Stoppen Sie die Maschinen, aber nur ganz kurz.«

»Achtung! Kurze Horchpause! Beide Maschinen stopp!«

Das Vibrieren der Gräting unter unseren Füßen erstarb, das Boot verlor langsam Fahrt. Im gleichen Augenblick blitzte achteraus Mündungsfeuer auf. Noch ehe uns der Knall erreichte, krepierte hoch über uns eine Leuchtgranate und tauchte die See in ein gleißendes Licht. Mündungsfeuer blitzte erneut auf.

»Alarmtauchen!«

Blitzschnell leerte sich die Brücke. Eine Granate heulte heran und detonierte sofort beim Aufschlag auf die Wasseroberfläche. Die Luft war plötzlich von ihren jaulenden Splittern angefüllt. Ich knallte schleunigst das Luk zu und trieb die Vorreiber vor.

Während das Boot in die Tiefe schoß, dröhnten die Explosionen der um unseren Tauchpunkt einschlagenden Geschosse in unseren Ohren. Wir gewannen schnell Tiefe und schoren aus unserem Tauchwirbel, so daß sie für uns zunächst zunehmend an Gefahr verloren. Das änderte sich jedoch sehr schnell.

»Anlaufender Zerstörer aus zwo-null-zwo, schnell näherkommend!« meldete Huber, der seine Alarmstation sofort besetzt hatte. »Entfernung schwer zu bestimmen!«

Kein Wunder, der heranbrausende Zerstörer schoß mit Zeitzündern, um uns eventuell doch noch mit einem Glückstreffer zu erwischen und so zum Auftauchen zu zwingen. Die immer später nach dem Aufschlag in der Tiefe explodierenden Granaten überdeckten seine Schraubengeräusche und machten Hubers Entfernungsangaben schwierig, wenn nicht gar unmöglich.

»Na, einen Vorteil hat das auch für uns«, brummte ich. »Er hört uns auch nicht. Frage Tiefe.«

»Sechzig Meter gehen durch, Boot fällt schnell weiter!«

In meinem Kopf ratterte die Rechenmaschine. Es war diesmal eine einfache Rechnung, allerdings mit mehreren Unbekannten. Wir stießen mit sieben Knoten in die Tiefe, der Zerstörer dagegen mochte seine Leuchtgranate aus einer Entfernung von acht Seemeilen abgeschossen haben und lief sicher seine dreißig Knoten. Da blieb nicht viel Luft. Wir sanken zu langsam, um seinem ASDIC zu entgehen. Es sei denn …

»Ist das Boldgerät klar, I WO?«

Der lächelte. »Ist klar, Herr Kapitän. Der Lindner hat seine Lektion gelernt und zusammen mit dem Smadding dem Gefreiten Streu Feuer unter dem Arsch gemacht. Der spurt jetzt.«

Der Beschuß setzte abrupt aus. Überlaut sägten sich die Zerstörerschrauben näher. Noch immer kein ASDIC. Wir sahen uns irritiert an.

»Ist der zu schnell für sein ASDIC?«

»Keine Ahnung, I WO. Ich hab' das bisher noch nie erlebt. Vielleicht ist das ein alter Zosse, der in allen Verbänden bebt und bald auseinanderfällt, wenn er Höchstfahrt läuft? Achtung! Klar bei Bold!«

»Bold ist klar!« kam die Rückmeldung wie aus der Pistole geschossen.

»Achtung! Anlaufender Gegner vermindert Fahrt!« meldete Huber. »Entfernung ...«

Der ASDIC-Strahl traf uns diesmal nicht unvorbereitet, damit hatten wir rechnen müssen. Aber etwas war anders als sonst. Der Strahl wanderte nicht und suchte, der traf das Boot ganz gezielt und saugte sich buchstäblich an ihm fest.

»Kein Anfänger«, überspielte ich meine Überraschung, »ein ganz gewiefter Hund. Hat bis zum letzten Moment gewartet und dann erst die Hosen runter gelassen. Aber wie hat der uns so zielgenau in sein ASDIC bekommen können, ohne lange zu suchen?«

»Könnte purer Zufall sein, was ich aber nicht glaube«, sagte der II WO. »Wenn der man nicht ein so verbessertes Horchgerät an Bord hat, daß er uns damit trotz seiner eigenen Schraubengeräusche orten kann. Genug Lärm machen wir ja.«

»Kann sein, kann nicht sein. Wir werden sehen, ob er wirklich so ein raffinierter Hund ist.«

»Gegner ändert Kurs, dreht auf uns ein!« Hubers Stimme verriet keinerlei innere Erregung, obwohl das ASDIC erschreckend laut von der Außenhaut reflektiert wurde.

»Stopp Tiefe. Was liegt an?«

»Neunzig Meter, Herr Kapitän! Boot pendelt ein.«

»Prima, genau die richtige Tiefe. Stur Tiefe und Kurs halten, Rudergänger! Lassen wir ihn noch ein bißchen kommen, damit er sich des Erfolges sicher fühlt.«

Kein Zick, kein Zack, das war die einzige Möglichkeit, ihn nicht mißtrauisch zu machen. Seine Schrauben schwollen zu einem hohen Sirren an. Unschwer konnten wir uns vorstellen, was jetzt an Bord des Zerstörers vor sich ging. Sie saßen uns im Nacken, hatten unsere genaue Tiefe, kannten unseren Kurs und drehten jetzt auf, um uns nicht entkommen zu lassen.

Längst stand auf seinem Heck das Wabo-Kommando an den Werfern und Abrolltischen, stellte man an den Bombenzündern die von der Brücke durchgegebenen Tiefen ein und zählte angriffsbereit die Minuten bis zum ersten Wurf. Die richtigen Voraussetzungen, um sie mit dem Bold zu übertölpeln.

»Achtung, Anlauf aus eins-acht-null!« kam es vom GHG. »Entfernung nimmt schnell ab!«

»Na bitte! Heckraum ... Achtung! ... Bold raus!«

»Bold ist raus!« kam die Rückmeldung.

Noch liefen unsere E-Maschinen auf vollen Touren, trieben uns die Schrauben mit aller Kraft von unserem Bold weg, der sich hinter uns auszubreiten begann. Unser Trick Siebzehn, denn die rotierenden Schrauben und der Bold gaukelten unserem Verfolger ein leichtes Ziel für seine Wabos vor. Ich sah auf die Uhr.

»Gleich werden wir sehen, ob es wirklich so ein gewiefter Hund ist«, sagte ich zuversichtlich. »LI, klar zur Schleichfahrt!«

Der ASDIC-Strahl begann zu stottern, glitt ab und kam noch einmal stotternd zurück, ehe ihn der Bold ganz abfing. Im gleichen Augenblick holten uns die dumpfen Abschüsse der Wabo-Werfer ein, fiel die erste Bombenserie in unser »Kielwasser« und ging donnernd hoch. Ihre Druckwellen erreichten uns jedoch erst, als schon die nächsten Würfe detonierten.

»Tatsächlich kein Anfänger. Fängt so früh an, um uns keine Chance zu lassen, und macht es gründlich«, murmelte der II WO. »Ahnt gar nicht, daß er uns damit auf den Leim geht.«

Hinter uns schwoll das Bombardement zu einem Stakkato an, immer dichter folgten die Würfe, kamen die Detonationen der tiefengestaffelten Wabos achteraus immer näher. Gleich mußte der Zerstörer den Bold überlaufen haben und seine Würfe stoppen, um auf Gegenkurs zu gehen.

Zeit für uns, mit der Fahrt herunterzugehen, damit er unsere Schraubengeräusche dann nicht hörte.

»Auf Schleichfahrt umkuppeln, LI! Absolute Ruhe im Boot!«

Mein Kommando kam keine Minute zu früh. Abrupt brach das Bombardement ab. Überdeutlich hörten wir die Schraubengeräusche, bis der Tommy stoppte. Es war jedoch nur eine kurze Pause, dann sprangen die Maschinen wieder an.

»Gegner dreht auf dem Teller«, kam es leise aus dem Horcherschapp.

Grund genug für Zentralemaat Fischer, unseren westpreußischen Spaßvogel, in dieser gefährlichen Situation wieder einmal in den kuriosen Dialekt der Neustädter Kaschuben zu verfallen, um mit einer Art Galgenhumor seine innere Spannung abzubauen. Ebenso leise allerdings, damit er von uns nicht eins aufs Dach bekam.

»Nu na, was wird er machen, der Deiwel? Naaaa? Denk' ich, wird er absuchen die dunkle See mit die Scheinwerfer, ob er kann finden auch nur klitzekleinen Beweis, daß er vernichtet hat die deitschen Hunnen. Kannst glauben!«

Über die konzentrierten Gesichter der Männer in der Zentrale huschte ein amüsiertes Lächeln. In ihrer Stimmung kam solch komisches Kauderwelsch genau richtig an, denn es löste auch ihre Spannung. Deshalb ließen wir den Maat gern gewähren.

Die Schraubengeräusche des Zerstörers verstummten erneut. Das war stets so. Jetzt taten sie oben genau das, was unser westpreußischer Prophet vorhergesagt hatte. Der fühlte sich prompt zu einem neuen Orakel animiert.

»Nu' was, wird er fragen, der Kommandant, der britische, kein was is nich'? Wo is sich geblieben der Beweis? Hab' ich ihm nich' gekriegt, dem Hund verfluchtigen? Deiwel einer Sau, wird er fluchen, dann soll er jetzt dafier bießen! Nuu, wirst sehen, geht Ballerei gleich wieder los.«

Ich mußte an mich halten, um nicht laut loszulachen. Wenn das eintrat, was der Spaßvogel da orakelte, und das trat mit Sicherheit ein, dann konnten wir im Schutz der Detonationen ungehört aus der gefährlichen Nähe des Zerstörers flüchten.

»Achtung, LI, wie gehabt! Dreimal AK, sobald der sich den Bold erneut vorknöpft! Klar?« erinnerte ich ihn an unsere oft praktizierte Taktik. »Das sollte reichen, um anschließend wieder auf Parallelkurs zum Geleit einzuschwenken.«

Angespannt lauschten wir nach oben. Der Tommy ließ sich Zeit, wollte offenbar sichergehen. Minute auf

Minute verrann, während wir vor ihm auf Samtpfötchen davonschlichen.

Doch dann war es mit seiner Geduld vorbei, die Schrauben heulten auf. Er preschte los und stürzte sich erneut auf den Bold.

»Der muß ja einen gewaltigen Vorrat von dem Mistzeug an Bord haben, so verschwenderisch, wie der mit den Dingern umgeht.« Der I WO sah auf seine Strichliste. »Beim ersten Anlauf schon vierzig Stück und jetzt sicher nicht weniger.«

Eher mehr, der Tommy besorgte es dem Bold gründlich. Wir liefen indes mit dreimal AK davon. Plötzlich brach jedoch das Bombardement abrupt ab. Überrascht stoppten wir die Maschinen und kuppelten schleunigst wieder auf Schleichfahrt zurück. Was war los? Warum hörte der auf? War der uns auf die Schliche gekommen?

Sekunden später wußten wir, warum er die Verfolgung abbrach. Das Wasser übertrug das ferne Donnern einzelner Detonationen. Schreckbomben, war mein erster Gedanke. Doch Huber hörte etwas ganz anderes heraus.

»Torpedos, Herr Kapitän! Das Geleit wird angegriffen!«

Das war selbst mit bloßen Ohren nicht zu überhören. Erneut röhrten einzelne Detonationen durch die Tiefe. Wenig später übertönten die aufheulenden Schraubengeräusche des Zerstörers die ersten Wasserbombenexplosionen.

»Der Zerstörer dreht ab, nimmt mit AK Kurs auf das Geleit!«

»Auf Sehrohrtiefe anblasen, LI! Schwenken Sie auf den Überholkurs zurück, Herr Werda!« sagte ich zum

II WO, der inzwischen die Wache übernommen hatte. »Das ist die Gelegenheit! Sobald wir genügend Wasser zwischen dem Zerstörer und uns haben, tauchen wir auf und gehen auf achtzehn Knoten.«

»Keine Bedenken wegen des RADARS, Herr Kapitän?« Kruse blickte vom Logbuch auf und legte den Stift zur Seite, mit dem er den Wachwechsel abgezeichnet hatte.

»Wir werden sehen, I WO. Glaube nicht, daß der sich aufhalten lassen wird. Und wenn doch, dann können wir ja immer noch reagieren.«

Der Zerstörer ließ sich tatsächlich nicht aufhalten. Sein Kommandant hielt uns offenbar für vernichtet oder stufte uns als ungefährlich ein. Als ungefährlicher jedenfalls als Hagen und Wildenow, falls es deren Boote waren, die den Konvoi angriffen. Ging man nach den Detonationen der Torpedos, dann hatten sie damit auch Erfolg, und das erklärte wiederum den Abbruch der Verfolgung und das überstürzte Ablaufen des Zerstörers.

Sobald es die Entfernung auch nur annähernd erlaubte, tauchten wir auf und stiegen auf die Diesel um. Die Wasserbombendetonationen verrieten uns, daß die Eskorte vollauf mit der Bekämpfung der angreifenden Boote beschäftigt war. Wir dagegen standen leider zu weit vom Geleit ab und mußten es zunächst überholen, um ebenfalls angreifen zu können.

»Gehen Sie auf achtzehn Knoten, II WO! Die Zeit läuft uns sonst davon und damit auch der Konvoi!« Ich nahm das Glas an die Augen und suchte den ablaufenden Zerstörer. »Nichts, den hat die Dunkelheit schon verschlungen.«

Mein Blick wanderte weiter. Flammen loderten im Kielwasser des Konvois, offenbar torpedierte Tanker oder brennende Frachter.

»BÜ, wo bleiben die Meldungen vom GHG und FuMB?«

»Schraubengeräusche in null-sieben-drei, Entfernung schnell zunehmend! Wasserbombendetonationen in null-vier-fünf! ... FuMB-Kontakte aus null-vier-fünf, Herr Kapitän!«

Entfernung schnell zunehmend, das war der Zerstörer. Ich sah auf das Leuchtzifferblatt meiner Uhr. Noch immer Torpedodetonationen und Wabo-Verfolgung? Dann schienen mehr als nur zwei Boote am Konvoi zu sein, die mit ihren Angriffen die Sicherung und den Konvoi durcheinanderbrachten. Deshalb hatte also der in null-sieben-drei ablaufende Zerstörer es so eilig, der wollte dort mitmischen!

Doch halt mal, stutzte ich. Der lief in null-sieben-drei ab, und das FuMB fing nur Kontakte aus null-vier-fünf auf? Da stimmte doch etwas nicht! Ich war auf einmal alarmiert.

»BÜ, was hat das FuMB gemeldet? Kontakte nur aus null-vier-fünf, nicht auch aus null-sieben-drei? Fragen Sie nach!«

Die Rückmeldung kam schnell. »Das FuMB fängt nur RADAR-Kontakte unterschiedlicher Stärke aus null-fünf-null bis null-vier-null auf, Herr Kaptän!«

Das war der Konvoi. Vom Zerstörer tatsächlich nur Schraubengeräusche und keine RADAR-Ortung? Ich war überrascht und suchte nach einer Erklärung. Ein Trick, um uns in eine Falle zu locken? Wenn ja, wie das denn? Ich war ratlos.

»Verdammt, der ablaufende Zerstörer benutzt sein

RADAR nicht, II WO! Warum nicht? Will er uns irgendwie reinlegen?«

Werda war ebenso überrascht, denn er ließ sich mit der Antwort Zeit. »Wie denn, Herr Kapitän? Das würde Huber doch sofort mitkriegen! Vielleicht benutzt er es doch, und wir sind bloß in einem toten Winkel?«

Der tote Winkel! Mir fiel es wie Schuppen von den Augen. Der Bericht Suhrens über seinen nächtlichen Angriff auf das Geleit zwischen Trafalgar und Tarifa! Da war er im Kielwasser eines Fegers in das Geleit eingebrochen, ohne von dessen RADAR entdeckt zu werden, obwohl er, aus einem Abstand von weniger als zweitausend Meter hinter dem Feger, einen Frachter nach dem anderen torpediert hatte.

Da hatte ich die Antwort, aber anders als vermutet. Nicht der Abstand war ausschlaggebend gewesen, es gab im RADAR der Briten achteraus einen toten Winkel! Eine Erkenntnis, die mir plötzlich auch die Erklärung für die Beobachtung lieferte, über die wir, der I WO und ich, uns kurz zuvor den Kopf zerbrochen hatten.

»Mensch, II WO, Sie haben es herausgefunden! Das RADAR der Tommies hat nach achtern einen toten Winkel! Suhren hatte das schon festgestellt, er hat es nur nicht richtig gedeutet. Wir aber auch nicht.«

»Wir?« Werda war überrascht. »Wann denn? Als wir ins Mittelmeer durchgebrochen sind?«

»Viel später, Herr Werda. Als wir das umgelenkte Geleit eingeholt und uns ihm bis auf fünf Seemeilen von achtern genähert hatten. Da fing unser FuMB auch keine RADAR-Kontakte der vor uns laufenden Sicherung auf. Der I WO und ich glaubten, die achtere Sicherung habe noch kein RADAR. Dabei hätten wir die Erklärung dafür ganz schnell gehabt, wenn wir an den Bericht Suhrens über einen toten Winkel gedacht hätten. Und das wurmt mich jetzt.«

»Die verpaßte Gelegenheit, von achtern ins Geleit einzubrechen?« Werda deutete meine Worte richtig. »Na, ich weiß nicht, Herr Kapitän.«

»Wegen der Schraubengeräusche? Die hätten sie aus dem Gerumpel der Frachter nicht herausgehört. Und ihr ASDIC? Aufgetaucht hätten sie uns damit auch nicht erfassen können. Aber die Scharte läßt sich auswetzen.«

Einen Augenblick war ich von dem Gedanken fasziniert, auf das Geleit zurückzudrehen und von achtern in die Kolonnen einzubrechen. Dazu brauchten wir uns nur außerhalb der RADAR-Reichweite zurückfallen zu lassen, um dann wieder zum Konvoi aufzuschließen und zum Schuß zu kommen.

Alles sprach dafür, bis ich auf die Uhr schaute. Die Faszination machte nüchternen Überlegungen Platz. Unaufhaltsam rückte der Morgen näher. Damit schwand die Chance, noch vor dem Hellwerden aufgetaucht in die Kolonnen unbemerkt einbrechen zu können. Aber das war es nicht allein. Es waren auch die torpedierten Schiffe, die der Konvoi in seinem Kielwasser zurückließ.

Getroffene Tanker markierten wie riesige Leuchtbojen seinen Weg. Sie trieben in brennenden Seen ihrer auslaufenden Ladung und fackelten mit hochreichenden Flammensäulen vor der noch dunklen Kimm weithin sichtbar ab. Hinzu kamen in Brand geratene Frachter, deren Bereitschaftsmunition wie ein bizarres Feuerwerk explodierte, und die Trümmer der Transporter, die bereits weniger spektakulär die letzte Reise in die Tiefe angetreten hatten.

Zwischen diesen Opfern schwammen die Besatzungen, die sich in Boote oder auf Flöße hatten flüchten können, und warteten auf Rettung. Gab es in dem Konvoi kein *Rescue-Ship*, das diese Männer auffischte, so waren garantiert Korvetten oder Fregatten damit beschäftigt, und denen liefen wir dann genau vor den Bug. Grund genug für mich, jeden Gedanken an den Angriff von achtern aufzugeben.

»Na, da hat einer aber tüchtig zugelangt, Herr Kapitän.« Der II WO ließ sein Glas sinken. »Das muß ja das reinste Schützenfest gewesen sein.«

»Einer zugelangt, Herr Werda? Das sieht mir eher nach einem ganzen Rudel aus, mit dem sich die Eskorte herumgeschlagen hat. Die Wabo-Detonationen sind inzwischen verstummt. Hoffen wir, daß die Tommies keinen erwischt haben. Dann lädt das Rudel jetzt nach und überholt den Konvoi, um erneut anzugreifen.«

»Wenn sie sich nicht verschossen haben«, schränkte der II WO ein. »Zumindest könnte das nach diesem Schützenfest auf Hagen und Wildenow zutreffen.«

»Wir werden sehen.«

Das Geleit kündigte sich nicht nur durch die Schraubengeräusche an. »RADAR-Kontakt aus drei-drei-sieben!« meldete der BÜ. »Noch schwach und schwankend.«

»Die Feger vor dem Geleit vermutlich«, kommentierte Kruse die Meldung. »Ich kenne deren RADAR nicht, aber wenn's so wie das deutsche FuMO funktioniert, dann kriegen die aus diesem Winkel und aus dieser Entfernung von uns nur ein ganz jämmerliches Echo.«

»Darauf möchte ich es nicht ankommen lassen, I WO, wir müssen ohnehin tauchen. Bis jetzt ist kein neuer Angriff auf das Geleit erfolgt, das hätte unser GHG gehört. Sieht aus, als hätten sich die anderen Boote tatsächlich verschossen.«

»Dann ist von den gemeldeten zwoundzwanzig Frachtern möglicherweise nur noch die Hälfte übrig. Elf Frachter, gesichert durch eine Eskorte von zwei Zerstörern, fünf Korvetten und einem Kanonenboot, wenn ich mich recht erinnere. Kein schöner Gedanke, Herr Kapitän.«

»Wahrlich nicht! Das Verhältnis verschiebt sich noch mehr zu unseren Ungunsten, wenn meine Vermutung zutrifft, daß da außer Wildenow und Hagen noch ein anderer mitgemischt hat. Es wird schwierig werden.«

Huber war es wieder einmal, der sehr schnell heraushörte, daß der Konvoi erheblich zusammengeschrumpft war. Der Blick durch das Periskop brachte im heraufdämmernden Morgenlicht die Bestätigung. Das Geleit war nur noch ein Schatten seiner selbst, gedeckt durch den schier undurchdringlichen Ring der Eskorte.

»Viel haben uns die anderen nicht übrig gelassen, Herr Kruse. Die Korvetten und das Kanonenboot haben sie verschmäht, die haben zu wenig Tiefgang. Bleiben für uns nur die beiden Zerstörer, wenn wir die Sicherung aufbrechen wollen, und die sind vorgewarnt.«

»Vorgewarnt? Wie das denn? Wir sind doch rechtzeitig weggetaucht.«

»Sie vergessen die RADAR-Ortung, dieses jämmerliche Echo, wie Sie es genannt haben. Das war offenbar gar nicht so jämmerlich. Deren RADAR scheint demnach besser als das deutsche FuMO zu sein. Deshalb laufen die auf der Backbordseite des Konvois, also auf unserer Seite.«

»Hmmm«, brummte Kruse nachdenklich. »Sie erwarten den Angriff also von Backbord. Das kann nur heißen, daß sie andere Boote bisher nicht geortet haben.«

»Genau. Noch stehen wir weit genug ab, daß wir ihr ASDIC nicht fürchten müssen.« Ich fuhr den Spargel erneut aus. »Kurs und Geschwindigkeit sind konstant, kaum Dünung und gute Sicht. Ideale Bedingungen für einen Angriff auf maximale Entfernung.«

Eine vorzeitige Entdeckung des Sehrohrs brauchte ich bei diesem diffusen Licht ebenfalls nicht zu befürchten, auch wenn es zusehends heller wurde. Mein forschender Blick tastete das Geleit ab, suchte nach einem lohnenden Ziel. Aus meiner Perspektive rückten die Masten und Aufbauten in der Optik zu einem so verwirrenden Haufen zusammen, daß ich Eskorte und Transporter kaum zu trennen vermochte.

Langsam verschob sich jedoch die Perspektive. Hohe Aufbauten zeichneten sich plötzlich hinter den Zerstörern ab und erregten meine Aufmerksamkeit. Mein Blick saugte sich an ihnen förmlich fest. Sie überragten die anderen des Geleits, auch der Schornstein und die Masten wirkten massiver.

Ein Frachter, der in einem Nachschubkonvoi in Ballast fuhr? Unbewußt schüttelte ich den Kopf. Ein leerer Frachter auf dem Weg nach Malta oder Tobruk machte keinen Sinn. Was dann?

Ich trat vom Sehrohr zurück. »Sehen Sie sich mal die hohen Aufbauten hinter den Zerstörern an, Herr Kruse. Was halten Sie davon? Ein Frachter in Ballast?«

Kruse ließ sich für diesen Blick Zeit. Endlich trat er zurück und schüttelte ebenfalls den Kopf. »Ein Frachter in Ballast? Im Gegenteil, das ist ein Passagierdampfer mit zwo Schornsteinen. Ein dicker Fisch, der bestimmt nicht leer in ein Kriegsgebiet fährt.«

Mir hing der wenige Schlaf noch an, denn auf die Idee war ich noch gar nicht gekommen. »Sie meinen ... ein Truppentransporter?«

»Vermutlich, Herr Kapitän. Voll bis an die Halskrause mit Verstärkung für Malta oder Tobruk. Ein Lazarettschiff ist es auf keinen Fall, das würde sich selbst bei diesem Dämmerlicht weiß mit roten Kreuzen von den anderen abheben.«

War das zu glauben? Ich trat an den Spargel, um mich zu vergewissern. Tatsächlich, ein Pott mit zwei Schornsteinen und grauem Außenanstrich! Typisch für einen Truppentransporter.

»Den haben die anderen Boote bei ihren nächtlichen Angriffen gar nicht mitgekriegt, I WO.« In meinem Kopf reifte ein Plan.

»Wenn wir dem an die Wäsche wollen, müssen wir zuerst die Zerstörer wegputzen. Also minimale Tiefeneinstellung. Achtung! Rohre eins bis sechs klar zum Unterwasserangriff!«

Während in Bug- und Heckraum die Angriffsvorbereitungen liefen, schlichen wir uns in Sehrohrtiefe an das nahende Geleit heran. Mit ein paar Kurskorrekturen brachte ich das Boot in die Position, aus der ich angreifen wollte, und diktierte dem I WO die Werte für die Torpedos.

Die Entfernung zum Geleit schmolz zusammen. Wir mußten trotzdem noch dichter heran, auch auf die Gefahr hin, daß uns die Zerstörer orteten. Es würde ihnen nur nichts mehr nutzen.

Die Rückmeldungen von den Torpedorohren kamen: »Rohr eins bis sechs klar!«

Die Feger wanderten durch mein Fadenkreuz, dicht folgte die vordere Sicherung.

»Rohr eins und vier ... Achtung!«

Der Bug des ersten Zerstörers schob sich in mein Blickfeld. »Rohr eins ... los! ... Rohr vier ... los!«

Kaum merklich ruckte das Boot, geschickt glichen die Männer des LI den Gewichtsverlust aus. Die Torpedos liefen. Ein Zweierfächer, um sicher zu gehen. Gleich mußte der zweite Zerstörer in mein Fadenkreuz kommen.

»Rohr zwo und drei ... Achtung!«

Ein ASDIC-Strahl traf unseren Bug, glitt von ihm ab und verlor sich. Ich wartete ungeduldig auf den anderen Zerstörer. Endlich! Jetzt war er dran!

»Rohr zwo ... los! ... Rohr drei ... los!«

Die Rückmeldungen gingen in den beiden Donnerschlägen unter, mit denen die Torpedos die Bordwand des ersten Zerstörers aufrissen. Jubel brandete durch das Boot.

Ich hatte keine Zeit, die Trefferwirkung zu beobachten. Wir mußten backsen, auf Gegenkurs kommen, um die beiden Heckrohre auf den Truppentransporter zum Tragen zu bringen, wenn der Sicherungsring aufriß und die Jagd auf uns begann.

»Ruhe im Boot! Ruder hart Backbord! Steuerbordmaschine AK voraus! Backbordmaschine AK zurück! Rohr fünf und sechs ... Achtung!«

Das ganze Boot vibrierte unter dem Druck der auf Hochtouren gegeneinander laufenden Schrauben. Ich hatte nur Augen für die Kompaßnadel, die entnervend langsam auf den Kurs eindrehte, den ich jetzt brauchte.

»Ruder komm auf! Recht so! Beide Maschinen stopp! Beide Maschinen Kleine Fahrt voraus!«

Ungerührt davon verfolgte der I WO neben mir den rotierenden Zeiger seiner Stoppuhr. »Gleich, Herr Kapitän! Gleich erwischt's den zwei ...!«

Eine gewaltige Detonation riß ihm die Worte vom Mund. Nur eine? In meinem Kopf überschlugen sich die Gedanken. Warum nur eine? Hatte ich vorbeigeschossen? Vorbeigeschossen unter so idealen Bedingungen?

Ich drehte den Spargel nach achtern und suchte meine Opfer. Bevor ich sie jedoch gefunden hatte, detonierte der vierte Torpedo. Verdammt, warum erst jetzt? Er hatte getroffen, das stand fest, aber wen?

Im grauen Morgenlicht bot sich meinen Augen ein völlig verändertes Bild. Der Sicherungsring war aufgerissen, er hatte Lücken. Aber nicht nur der, auch die Formation des Konvois war durcheinander geraten.

In einer dieser Lücken trieb der erste Zerstörer mit schwerer Schlagseite. Kein Zweifel, der machte nicht mehr lange, der stand kurz vor dem Kentern. Ob er jedoch noch Boote zu Wasser gebracht hatte, war nicht zu erkennen.

Mein Blick glitt weiter. Da war der zweite Zerstörer, lichterloh brennend und mit dem Vorschiff tief ins Wasser tauchend. Dicker, fetter Qualm brennenden Öls breitete sich aus, wurde vom Wind in das Geleit geweht.

»Die Zerstörer sind ausgeschaltet, I WO. Der eine kentert in Kürze, der andere steht in Flammen und verpestet mit seinem Qualm die ganze Gegend«, verkündete ich lauthals. »Aber wo ist dieser verfluchte Truppentransporter, und wer hat den vierten Torpedo abbekommen?«

Suchend schwenkte ich das Sehrohr weiter herum. Doch der Qualm legte sich zunehmend wie Nebel auf das Wasser, erschwerte die Sicht auf den Konvoi und machte es sinnlos, noch länger vergeblich zu suchen.

»Anlauf aus eins-sieben-vier und eins-acht-zwo!« mahnte Huber vom GHG.

Das zwang mich zum Handeln. Das Heck wies mitten in den ziehenden Qualm hinein.

»Dann versuchen wir's eben mal auf die doofe Tour! Vielleicht haben wir Glück und treffen doch noch irgendeines der Schiffe. Rohr fünf und sechs ... Achtung! ... Rohr fünf ... los! Rohr sechs ... los!«

»Torpedos sind los!«

Ich ließ das Sehrohr in den Schacht gleiten. »Beide Maschinen voll voraus! Alarmtauchen! Ab in den Keller, LI! Auf hundertachtzig Meter gehen.«

Der Bug kippte ab und schor in die Tiefe. Jetzt zählte jeder Meter. Wir mußten so schnell wie möglich Tiefe gewinnen, um den anlaufenden Korvetten die Ortung zu erschweren.

»Was geht durch, LI?«

»Vierzig Meter gehen durch, Herr Kapitän! Boot fällt schnell.«

»Danke! Tiefe laufend melden! Horchraum, was liegt an?«

»Anlaufende Schraubengeräusche schwer zu identifizieren, klingen nach Suchformation. Sinkge...«

Seine Meldung ging in einer ohrenbetäubenden Detonation unter. Ihr folgte eine anhaltende Kette schwerer Explosionen, die jede normale Verständigung unmöglich machten und vermutlich auch die Detonation des letzten Torpedos übertönten.

»Gratuliere, Herr Kapitän!« überschrie der I WO den Lärm. »Noch ein Treffer! Ein Munitionstransporter, der in die Luft fliegt!«

»Ein blindes Huhn findet eben auch mal 'n Korn!« schrie ich gegen die gewaltigen Explosionen an, die alle Bordgeräusche und Meldungen zu schlucken und uns taub zu machen drohten.

Ich blickte auf die Tiefenmesser. Siebzig, nein, achtzig Meter gingen durch, das Boot gewann also noch immer schnell Tiefe. Mich erfaßte trotzdem eine zunehmende Unruhe. Verdammt, wenn der explodierende Frachter nicht bald seine letzte Reise antrat, machte er mit seinem Geballer unser GHG taub gegen die Schraubengeräusche angreifender Korvetten!

Zwar lähmte er damit möglicherweise auch die Funktion ihres ASDIC, aber das wollte nichts heißen. Für sie war es nicht schwer, anhand der Treffer den ungefähren Abschußpunkt der Torpedos zu ermitteln und daraus auf unseren vermutlichen Fluchtweg zu schließen.

Waren es Füchse, so vermuteten sie uns erfahrungsgemäß auf einem nordöstlichen Parallelkurs zum Geleit, weil sie mit einem neuen Angriff rechneten, sobald wir nachgeladen hatten. Ihrer Suchformation konnten wir nur entkommen, wenn wir einen Haken in eine Richtung schlugen, mit der sie nicht rechneten.

Aber waren es alte Hasen? Und wenn – womit rechneten sie tatsächlich? Hatten sie uns vielleicht schon in ihrem ASDIC, und wir hörten es bloß nicht? Was immer ich jetzt auch tat, es konnte falsch sein. Trotzdem wollte ich nichts unversucht lassen.

Aber noch ehe ich handeln konnte, brachen die Detonationen mit einem gewaltigen Donnerschlag ab. Der Munitionsfrachter flog offenbar endlich in die Luft. Es klang, als explodiere er unmittelbar neben uns. Uns umgab plötzlich eine unheimliche Stille, denn das normale Hörvermögen pendelte sich nur zögerlich ein.

Hubers GHG arbeitete dagegen schneller. »Korvetten im Anlauf in Suchformation aus eins-sieben-null bis eins-acht-vier! Entfernung schwer zu ermitteln! Laufen kleinste Fahrt.«

Aha, die laufen kleinste Fahrt, um ihre Horcher nicht zu irritieren. Deshalb hörten wir auch ihre Schrauben noch nicht. Ein ASDIC-Strahl glitt über uns hinweg. Begann jetzt das gefährliche Katz-und-Maus-Spiel?

»Auf Schleichfahrt umkuppeln! Absolute Ruhe im Boot!« befahl ich leise. »Tiefe, was geht durch?«

»Einhundertvierzig Meter gehen durch, Herr Kapitän! Boot fällt weiter!«

Wieder griff ein ASDIC-Kontakt nach uns. Jetzt haben sie uns, schoß es mir durch den Kopf, gleich geht es los. Doch er strich nur nachhallend über unser Achterschiff und wanderte weiter. Ein Aufatmen ging durch die stille Zentrale.

Mir gab das Verhalten der Tommies jedoch Rätsel auf, denn das war ungewöhnlich. Bekamen Kontakt und hielten ihn nicht, warum? Hielten die uns für treibende Wrackteile? Oder saß da oben einer am Gerät, der mit dem flüchtigen Kontakt nichts anfangen konnte, weil es ihm noch an Erfahrung fehlte?

Mir konnte das nur recht sein, dennoch beschlich mich Unbehagen. Vielleicht war das Taktik, um uns in Sicherheit zu wiegen und zu Fehlern zu verleiten?

Kruse zerbrach sich ebenfalls den Kopf. Er flüsterte: »Zweimal ASDIC-Kontakt, da wissen die, wo wir stecken. Was haben die vor, Herr Kapitän? Wollen die uns einlullen, um uns besser überrumpeln zu können?«

Ein erneuter ASDIC-Kontakt enthob mich der Antwort. Wieder das gleiche Spiel: Er tastete uns Sekundenbruchteile ab, als wolle er sich vergewissern, daß wir ihm noch nicht entwischt waren. Dann entließ er uns aus seinem widerlichen »Ping! Ping! Ping!« und verlor sich.

Jetzt war ich mir sicher. Das Spiel kannten wir aus dem Atlantik. Das waren erfahrene Männer, die uns damit übertölpeln wollten. Wir mußten aus unserem bisherigen Kurs heraus und noch tiefer hinunter, wenn wir ihnen einen Strich durch ihre Rechnung machen wollten, hinunter in dichtere Salzwasserschichten.

»Ruder hart Backbord! Neuer Kurs drei-drei-sieben!« befahl ich dem Rudergänger leise und sah hinüber zum LI.

Ich machte ihm ein Zeichen mit der geballten Faust, den Daumen nach unten. Weiter hinunter, hieß das. Er nickte und gab den Befehl leise an seine Leute weiter.

Lautlos schoren wir aus unserem Kurs und weiter hinunter in die schützende Tiefe. Zäh wie tropfender Leim verstrich die Zeit. Gebannt starrten alle auf die Tiefenanzeige. Sie glitt langsam über die 200-Meter-Marke hinweg und näherte sich der 210-Meter-Marke, als die Tommies oben die Geduld verloren.

Ihre Schrauben heulten auf, kamen auf Hochtouren. Wenig später hallten Detonationen durch die Tiefe. Schreckbomben, um uns aufzuscheuchen, weil ihr ASDIC keinen Kontakt mehr bekam? Nach einer Pause detonierten erneut einzelne Bomben. Das ASDIC blieb dagegen tatsächlich aus.

Damit hatten wir die Bestätigung. Wir waren tief genug, aber noch lange nicht weit genug von ihnen ab, um vor ihnen sicher sein zu können. Eine gut platzierte Wasserbombe genügte, und der gewaltige Außendruck quetschte das Boot wie eine leere Milchbüchse zusammen.

Damit begann ein tödliches Spiel. Alles kam darauf an, daß wir die Nerven behielten und uns nicht durch unüberlegte Handlungen oder irgendwelche Geräusche verrieten, mochten sie auch noch so viele Schreckbomben werfen. Ich sah auf den Tiefenmesser, der zeigte knapp zweihundertzwanzig Meter an.

»Stopp Tiefe!« befahl ich leise. »Auf zwohundertzwanzig Meter einpendeln, LI!«

Das Boot pendelte auf ebenem Kiel ein. Ich lauschte nach oben, konzentrierte mich auf die sirrenden Schraubengeräusche, versuchte sie zu analysieren, um rechtzeitig reagieren zu können. Sie suchten in Dwarslinie, das glaubte ich herauszuhören, mehr jedoch nicht. Zeit verstrich. Mehr oder weniger weitab von uns detonierten ab und an Schreckbomben, sonst geschah nichts.

Irgendwann änderte sich jedoch auf einmal der Geräuschpegel, klang nicht mehr so kompakt. Mehr noch, die Korvetten schienen sich irgendwie gegeneinander zu bewegen. Waren wir aus dem unmittelbaren Gefahrenkreis heraus? Oder täuschte ich mich, war der Wunsch der Vater des Gedankens?

»Horchgerät, was erzählen die Fische?«

»Geleit läuft in eins-drei-fünf ab«, kam die leise Antwort. »Suchformation hat sich aufgelöst, Gegner steuern Suchkurse in eins-eins-zwo. Drei Kovetten, Herr Kapitän.«

Neue Schreckbomben brachten die Bestätigung. Kruse und ich grinsten einander an. Sie suchten uns in der falschen Richtung, bewegten sich von uns weg und schnaubten vermutlich vor Wut, weil ihre Schreckbomben nicht die gewünschte Wirkung erbrachten.

Doch die Gefahr für uns war dennoch nicht vorüber.

Gerade der Mißerfolg konnte sie auf den Gedanken bringen, auf Gegenkurs zu gehen und die See in unserer Richtung abzusuchen. Auch das hatten wir schließlich im Atlantik oft genug erlebt.

Das war die eine Seite der Medaille. Kruse sah dagegen die andere, die positivere: »Das Geleit läuft also ab. Dann werden die Korvetten hier nicht mehr lange erfolglos herumsuchen. Noch ist der Konvoi nämlich nicht aus dem Schneider. Der Weg nach Malta oder Tobruk ist hart und steinig.«

»Ihr Wort in Gottes Ohr, I WO!« Ein fernes Donnergrollen ließ mich aufhorchen. »Hört sich fast so an, als habe er Sie schon gehört.«

Dem ersten Donnergrollen folgte eine nicht enden wollende Kette von Detonationen. Für uns in zweihundertzwanzig Meter Tiefe klang das so, als sei eine schwere Seeschlacht um das Geleit im Gange.

»Wasserbomben, Herr Kapitän?« fragte der I WO zweifelnd. Auch der II WO und der LI sahen mich fragend an. »Oder ist der Konvoi gar einem Schiffsverband unserer italienischen Verbündeten in die Arme gelaufen?«

»Kann sein, kann nicht sein.« Ich wußte ja selbst nicht, was ich davon halten sollte. »Aber die Italiener so weit westlich und direkt vor der Nase der Tommies? Wenig wahrscheinlich. Ich muß mir das mal im Horcherschapp anhören.«

Huber war nicht überrascht, er schien schon damit gerechnet zu haben. »Das Geleit wird angegriffen, Herr Kapitän.«

»Von wem?« fragte ich, bevor ich mir die Kopfhörer über die Ohren stülpte. »Überwassereinheiten oder U-Boote?«

»Vermutlich U-Boote, denn ich habe bisher nur die Schraubengeräusche des Konvois und der drei suchenden Korvetten gehört, keine anderen. Aber auch keine Torpedotreffer, nur diese alles überlagernde hektische Ballerei. Die kriegen sich ja gar nicht mehr ein.«

»Das höre ich.« Die anhaltenden Detonationen wirkten auch in meinen ungeübten Ohren wie eine hektische U-Bootjagd.

»Also Wasserbomben. Mal sehen, was daraus wird. Bleiben Sie dran, Huber.« Ich gab ihm die Kopfhörer zurück und jumpte in die Zentrale. »Alles deutet auf Wasserbomben hin, meine Herren, keine Artillerie. Jedenfalls hat Huber keine anderen Schraubengeräusche als die des Geleits gehört.«

»Hätte mich auch bei den Italienern gewundert, Herr Kapitän. Bei denen ist doch bisher immer noch Vorsicht der bessere Teil der Tapferkeit«, spottete der II WO. »Sonst wären wir jetzt nicht hier, sondern wieder in der Karibik.«

»Richtig, Herr Werda, aber nicht bei allen«, widersprach ihm der I WO. »Ihre U-Bootwaffe schlägt sich jedenfalls wacker.«

Die Explosionen in der Ferne brachen unvermittelt ab. Wir hörten wieder die sirrenden Schraubengeräusche der Korvetten, schwach nur, aber sie waren noch da. Oder?

»Gegner läuft in eins-fünf-sieben ab, Herr Kapitän!« meldete Huber. »Eilt dem Geleit mit Höchstfahrt hinterher.«

»Na endlich!« atmete der LI auf. »Wurde ja auch Zeit! Mir knurrt so der Magen, als hätte ich seit Tagen nichts mehr gegessen.«

»Ach du meine Fresse«, seufzte der I WO mit komischem Entsetzen in der Stimme. »Der Gastropode schreit nach Atzung!«

»Dann bin auch ich ein Magenfüßler, Herr Kruse. Mir geht's nämlich ähnlich«, sagte ich lächelnd. »Alarm beendet. Backen und Banken für das Frühstück. Danach blasen wir auf Sehrohrtiefe an und sehen uns mal um. Also … Achtung! Gastropoden auf Station!«

Die Anspannung der letzten Stunden löste sich in einem befreienden Gelächter.

Mehr und mehr verloren sich die Schraubengeräusche des Geleits in der Ferne. Indes ließen wir beim Frühstück unsere bisherigen Erfahrungen im Mittelmeer Revue passieren. Es war alles ein bißchen anders gelaufen. Anders, als wir es uns bei der Besprechung in Brest gedacht hatten, bis auch wir endlich auf ein Geleit zum Schuß gekommen waren.

»Ich hab's mir leichter vorgestellt, etwa ähnlich wie in der Karibik.« Ich schob meinen Frühstücksteller zurück. »Jetzt bin ich jedenfalls um eine Erfahrung reicher. Der Kampf um die Geleitzüge hier steht der Schlacht im Atlantik in nichts nach.«

»Zugegeben, Herr Kapitän, die Tommies haben eben inzwischen hinzugelernt.« Der LI patschte sich noch eine Portion Rühreier mit Speck auf den Teller. »Wer konnte denn auch damit rechnen, daß wir hier auf alte Hasen stoßen würden, die sich in diesem Geschäft bestens auskennen?«

»Der Meinung bin ich auch«, pflichtete ihm der I WO bei. »Sechs Torpedos, davon auf Anhieb fünf gesicherte Treffer, das ist doch trotzdem ein ganz respektables Ergebnis. Vermutlich hat der sechste auch gesessen. Wir haben die Detonation nur nicht gehört, weil dieser Pott gerade in die Luft geflogen ist.«

»Mag ja alles sein, Herr Kruse.« Ich stand von der Backskiste auf. »Jetzt ist es oben taghell. Ich bin sicher, daß sich wieder Flugzeuge um den gerupften Konvoi tummeln werden. Da haben wir wenig Chance, ihn tagsüber einzuholen. Das soll mich jetzt jedoch nicht hindern, mal 'n paar Seemeilen zurückzulaufen, um zu sehen, ob da noch eines unserer Opfer schwimmt.«

Der LI schob mit einem entsagenden Blick seinen gefüllten Teller zurück und stand auf. »Scheiße! Ich möchte bloß mal wissen, welcher Teufel mich geritten hat, auf einem U-Boot anzuheuern, wo man ständig am Essen gehindert wird.«

Kruse lachte laut auf. »Großer Gott, das Klagelied eines verhungernden Gastropoden! Frau Wirtin hatt' auch 'nen LI, das war ein ganz verfress'nes Vieh. Der konnt' sich nicht bezähmen, mit all den kleinen ...«

»Stopp, Herr Kruse. Kein Mensch soll den LI am Essen hindern, auch Frau Wirtin nicht!« Ich winkte ab, denn ich wollte auf Sehrohrtiefe rauf. »Lassen Sie ihn man in Ruhe futtern. Lieber 'n satter LI als 'n Hungerleider!«

Der I WO grinste diabolisch. »Satt, 'ne satte zehnköpfige Raupe? Ich glaube, darauf hoffen Sie vergeblich, Herr Kapitän.«

»Man soll die Hoffnung bekanntlich nie aufgeben.« Ich wandte mich zum Gehen. »Ich denke, wir kommen auch ohne ihn rauf.«

Gefolgt vom I WO, jumpte ich in die Zentrale. Der II WO stand am Kartentisch und überprüfte die Eintragungen.

»Wachwechsel ist zwar erst in einer halben Stunde,

aber bis dahin löse ich Sie ab, Herr Werda«, sagte ich. »Ihr Frühstück wartet schon.«

Das war Wasser auf Kruses Mühle. »Dann machen Sie sich man schleunigst auf die Socken, II WO. Die doppelte Portion Eier hat unsere zehnköpfige Raupe schon verputzt, da weiß man nie, was ihrem unstillbaren Hunger noch zum Opfer fällt!«

»Übertreiben Sie nicht so maßlos, I WO!« verteidigte ich den LI.

Der II WO nahm es trotzdem für bare Münze und schwang sich blitzschnell durch das Mannloch. Ich trat an den Kartentisch und inspizierte die Kurse in der Karte. »Rudergänger, Steuerbord zwanzig! Neuer Kurs einsfünf-sieben! Anblasen! Auf Sehrohrtiefe einpendeln.«

Der Himmel war frei von irgendwelchen feindlichen Flugzeugen. Doch er war bedeckt. Im Südosten dagegen, über der fernen nordafrikanischen Küste, riß die Wolkendecke mit einer scharf nach Norden verlaufenden Grenze ab. Von dort bis an die Kimm breitete sich ein makellos blauer Himmel über der See aus.

Auftauchen konnten wir erst, wenn wir diese Zone wolkenlosen Himmels erreicht hatten; denn wir waren sicher, daß der Konvoi inzwischen wieder Flugzeuge zu seiner Sicherung bekommen hatte. Darum war Vorsicht geboten. Ich fuhr den Spargel immer nur kurzzeitig aus, um die See nach Überresten der torpedierten Schiffe abzusuchen, behielt dabei aber auch zugleich die Wolkendecke im Auge.

Meine Suche endete mit einer Enttäuschung. »Keine treibenden Wracks, I WO. Nichts, was uns die Identität unserer Opfer verrät. Nur ein riesiger Ölteppich, gespickt mit Trümmern.«

»Hmmm, ich habe mal zurückgerechnet, Herr Kapitän. Drei sind mit Sicherheit bei den Fischen, die Zerstörer und der Munitionsfrachter. Bleiben noch zwei, wenn nicht drei Treffer. Das Geleit läuft mit gleichbleibender Geschwindigkeit ab, wie Huber behauptet. Es hat also keinen Klotz am Bein, kein Schiff, das abgeschleppt werden muß. Ergo sind auch die anderen versenkt.«

»Ihre Rechnung hört sich schön an, aber nichts Genaues weiß man nicht. Es hat keinen Zweck, hier noch länger herumzutrödeln. Versuchen wir lieber, mit dem GHG wieder Anschluß an den Konvoi zu bekommen, sonst geht der uns am Ende noch durch die Lappen.

Rudergänger, neuer Kurs null-sechs-sieben!«

Ich schob die Seekarte zur Seite, sie zeigte ja nur einen begrenzten Teil unseres Operationsgebietes. Deshalb zog ich die Großkarte des Mittelmeeres aus dem Schapp und nahm die Entfernungen zwischen Gibraltar und Malta in den Zirkel.

»Rund zwotausend Kilometer. Ich kenne zwar die Reichweite der britischen Mistbienen nicht, schätze aber, daß irgendwo dazwischen der Ofen für die Brüder aus sein müßte.«

Kruse griff nach dem Handbuch der feindlichen Flugzeugtypen und schlug es auf. »Das Ding hier ist vermutlich längst schon überholt, zumindest, was den Atlantik angeht. Wir dürften es hier noch immer mit den alten landgestützten Mistbienen aus Gibraltar zu tun haben, deren Reichweite nach diesen Angaben im allgemeinen bei etwa achthundert Kilometern liegt. Demnach gibt es zwischen Gibraltar und Malta einen Streifen, in dem wir Flugzeugangriffe nicht befürchten müssen.«

»Mehr noch, I WO. Malta liegt angeblich unter pausenlosen schweren italienisch-deutschen Luftangriffen. Wenn's stimmt, dürften die Tommies von Malta aus kein Flugzeug mehr in die Luft kriegen.«

Kruse sah mich von der Seite an und grinste. »Wenn's stimmt? Sie zweifeln doch nicht etwa an dem Wahrheitsgehalt deutscher Wehrmachtsberichte, Herr Kapitän?«

Eine rein rhetorische Frage, die eigentlich keiner Antwort bedurfte. Oft genug hatten wir schließlich erlebt, daß in den Wehrmachtsberichten eine ganze Portion Schönfärberei steckte.

Mit todernstem Gesicht streckte ich trotzdem die Hand zum Schwur empor und hob das rechte Bein von den Flurplatten. »Natürlich nicht, I WO! So wahr ich auf zwei Beinen stehe!«

Wir brachen beide in ein so lautes Gelächter aus, daß die Männer in der Zentrale zusammenzuckten und uns verständnislos ansahen.

Querab von Oran fuhr ich den Spargel zum x-tenmal aus und riskierte einen vorsichtigen Rundblick. Die Wolkendecke hatte dem makellosen blauen Himmel endgültig Platz gemacht, ihre Grenze verlief jetzt achteraus über der Westkimm. Von Flugzeugen keine Spur.

»Wurde ja auch Zeit. Ein Wetterchen zum Eierlegen, wolkenlos und klare Sicht bis zur Kimm. Sobald wir aufgetaucht sind, gehen wir auf achtzehn Knoten und nehmen die Verfolgung auf.« Ich ließ den Spargel in seinen Schacht gleiten. »Klar zum Auftauchen! Brückenwache und Flakbedienung in den Turm! – Anblasen!«

Während das Boot nach oben schwebte, vergatterte

der II WO die Brückenwache. »Noch sind wir nicht aus dem Schneider. Eine Mistbiene genügt, und wir haben in Kürze ’ne rachedurstige Meute auf dem Hals. Sperrt mir ja die Augen auf, sonst holt uns alle der Teufel, klar?«

»Achtung – Turm kommt frei! ... Boot ist aufgetaucht!«

»Aufgetaucht« war glatt übertrieben. Wasser schwappte durch das Turmluk bis hinunter in die Zentrale, als es der II WO voreilig aufklappte, und verpaßte ihm und den aufenternden Männern eine kräftige Dusche. Auch ich bekam noch einen Teil davon ab.

Es war jedoch das geringste Übel. Wir waren falsch angezogen. Zwar trocknete das nasse Lederpäckchen unter den sengenden Strahlen der hochstehenden Sonne rasend schnell, es wurde aber auch ebenso schnell lästig wie ein Pelzmantel am Äquator. Die von der algerischen Küste heranwehende Luft brachte keine Erleichterung, sie war glühend heiß und kam vermutlich geradewegs aus der Wüste. Im Nu waren wir schweißgebadet.

»Teufel, wer konnte denn das auch ahnen!« fluchte der II WO und riß sich die schweißtreibende Montur vom Leibe. »Ich will hier doch keine Schwitzkur machen! Wahrschau, Lederpäckchen von Brücke in Zentrale!«

Er ließ die Lederjacke in das Turmluk fallen. Die Männer und ich taten es ihm sofort nach. Einige begannen sogar, sich ihrer Hemden zu entledigen.

»Seid ihr denn von allen guten Geistern verlassen, ihr bleichen Engerlinge?« stoppte ich diesen bodenlosen Leichtsinn. »Nach vier Stunden Wache in dieser Sonnenglut habt ihr einen solchen Sonnenbrand, daß eure Haut Blasen schlägt und ihr wie gesottene Krebse, röter als der röteste Paviansarsch, ausseht! Die Hemden zieht ihr sofort wieder an! Und eure Krätzchen behaltet ihr gefälligst ebenfalls auf, klar?«

»Los, Signalgast, sammeln Sie die Klamotten ein! Runter damit in die Zentrale!« ergänzte der II WO meine Befehle. »Wir müßten doch eigentlich noch Sonnenöl von unserem Karibik-Törn an Bord haben, das wir überhaupt nicht benutzt haben, Fähnrich. Wenn nicht, dann tut's auch Öl aus der Kombüse. Kümmern Sie sich mal darum, Brückner!«

Der kam kurz darauf tatsächlich mit einer Flasche *NUBRANU*-Sonnenöl auf die Brücke.

Der II WO beäugte sie mißtrauisch und schnupperte daran. »Hmmm, komischer Name, habe ich noch nie gehört. Riecht auch komisch. Ist das Zeug etwa ranzig? Aber wenn's hilft, soll's mir recht sein.«

Ich lachte laut auf. »Gar nicht komisch, Herr Werda. *NUBRANU* heißt ›Nußbraun im Nu‹ und kommt von Nivea. Ob's wirklich gegen die Mittelmeersonne hilft, werden wir ja heute abend sehen.«

Es half tatsächlich, wenn auch nicht so, wie es der Name versprach. Nußbraun wurde von uns keiner. Wer den Nachmittag über Brückenwache gegangen war, der kam als Rothaut unter Deck. Von einem richtigen Sonnenbrand wurden wir jedoch verschont.

Dem Konvoi jagten wir allerdings vergeblich nach. Nicht einmal seine Schraubengeräusche bekamen wir ins GHG. Das lag weniger an uns, sondern vielmehr an der Weite der See. Vielleicht aber auch wieder an den Funksprüchen, die wir im letzten Abendlicht auffingen. Die hatten möglicherweise Kursänderungen bewirkt.

Nachdem Kruse sie entschlüsselt hatte, kam er damit zurück auf die Brücke. »Wieder 'ne Aufforderung zur Standortmeldung, Herr Kapitän. Wildenow und Hagen haben schon reagiert. Die stehen weit voraus, aber wohl nicht dicht genug am Konvoi, sonst hätten sie nicht gefunkt. Bekamen Befehl, Palermo anzulaufen. Klingt irgendwie dringend. Was machen wir?«

Ich überlegte einen Augenblick. Es mußte wichtige Gründe geben, wenn man den ursprünglichen Einsatzbefehl aufhob und die beiden Boote nach Palermo beorderte. »Daß es uns gibt, wissen die Tommies sowieso, und ihre Flugzeuge brauchen wir wohl auch nicht mehr zu fürchten. Also ebenfalls funken.«

Kruse kam schneller als erwartet aus dem Funkschapp zurück. »Die gleiche Anweisung, Herr Kapitän, umgehend Palermo anzulaufen.«

Er gab mir den decodierten Funkspruch. Der war knapp, knapper ging es wirklich nicht mehr.

»Nun gut, I WO, also Palermo. Brauchen wir mit dem Sprit nicht zu sparen, wir können ja nachbunkern. Vermutlich können wir sogar unseren gegenwärtigen Kurs beibehalten. Ich werd' mir das mal auf der Karte ansehen. Wahrschau, ein Mann von Brücke in Zentrale.« Ich sauste an den Holmen hinunter und trat zu Obersteuermann Weiß an den Kartentisch. »Also nicht Malta oder Tobruk, Obersteuermann, sondern Palermo, und zwar auf dem kürzesten Weg.«

Wir beugten uns über die Karte. Der Kurs war schnell ermittelt.

»Kurs null-sechs-sieben bis achtunddreißig Grad Nord, sieben Grad Ost, Herr Kapitän, damit wir weiter von Land freikommen. Ich denke dabei an die Karibik. Die Franzosen haben zwar kapituliert, aber man weiß ja bei den Brüdern nie, ob die das inzwischen verwunden haben und nicht heimlich mit den Tommies konspirieren. Dann Kurs null-acht-null.«

»Einverstanden, Obersteuermann.« Ich nahm die Entfernung in den Zirkel. »Etwa sechshundertzweiundneunzig Seemeilen. Wenn wir weiter mit achtzehn Knoten laufen ...«

»... sind das knapp zwei Tage, Herr Kapitän«, kam er meiner Rechnerei grienend zuvor, »wenn nichts dazwischen kommt. Aber man kann ja nie wissen.«

Ich lachte laut auf. »Fangen Sie jetzt etwa auch schon an, mir meine frommen Sprüche unter die Nase zu reiben, Sie Schlitzohr?«

Es kam nichts dazwischen. Die See und der Himmel blieben leergefegt. Das änderte sich erst, als im Nachmittagslicht die imposante Westküste Siziliens und die Inseln davor über die Kimm stiegen. Unseren Gläsern bot sich alsbald ein Bild tiefsten Friedens. Fischerboote kreuzten vor der Küste, und zwischen den Inseln herrschte reger Fährverkehr.

Kopfschüttelnd ließ der II WO sein Glas sinken. »Soll man's glauben, keine Spur von der italienischen Marine. Keine Vorpostenboote oder andere Wachboote, nur Fischerboote.«

»Folglich gibt's hier auch keine Minensperren, sonst würden die nicht so hemmungslos herumkrebsen«, meinte Kruse, den die Neugier zusammen mit dem LI auf die Brücke getrieben hatte.

»Die Italiener nehmen den Krieg offenbar nicht so ernst wie wir.«

»Wundert Sie das, Herr Kruse?« fragte ich. »Frankreich ist ausgeschaltet, Malta zählt bei ihnen offenbar nicht mehr, und der Krieg spielt sich weit genug von ihren Küsten ab.«

»Und dann gib's ja da auch noch diese blöden Deutschen, die ihnen schon auf dem Balkan aus der Patsche geholfen haben und es jetzt in Afrika auch wieder tun, Herr Kapitän.« Die Kriegsführung der Italiener erfreute sich beim II WO nun einmal keiner besonderen Wertschätzung. »Möglicherweise sparen die ihre Flotte für die glorreiche Siegesparade auf und haben sie deshalb eingemottet? Für bombastische Paraden mit möglichst viel Brimborium haben die Itaker ja sowieso was übrig.«

Eine Meinung, die lautes Gelächter auslöste, zumal sie sich zu bestätigen schien. Dieser ungewohnt friedliche Anblick begleitete uns nämlich, bis wir Capo Gallo gerundet hatten und Kurs auf den abendlichen Hafen Palermos nahmen. Erst dort trat die italienische Marine in Erscheinung und wie!

Ein schnittiger Zerstörer kam uns mit schäumender Bugwelle entgegen. Ein Anblick wie die Werbung für die Kriegsmarine in einem Vorkriegsflottenkalender.

»Was für ein Schiff!« entfuhr es dem LI voller Bewunderung. »Vielleicht hab' ich doch die falsche Truppe gewählt?«

Kruse grinste. »Wenn man Pasta mag, schon! Aber mögen Sie denn etwa jetzt auch noch dieses labbrige Nudelzeug?«

»Du lieber Himmel, nicht ums Verrecken!«

Am Vortopp des Zerstörers stiegen bunte Signalflaggen empor und wehten im steifen Fahrtwind aus. Zugleich fuhr er unweit von uns einen imponierenden Aufschießer und setzte sich vor uns.

»Alle Achtung, ein Aufschießer bei diesem Tempo!

Der Kommandant versteht sein Handwerk«, sagte ich anerkennend. »Nun, Signalmaat, was will er mit seinem Flaggensignal von uns?«

»Die internationale Aufforderung: Folgen Sie mir«, kam es wie aus der Pistole geschossen. »Soll ich bestätigen, Herr Kapitän?«

Ich nickte. Er griff zur Klappbuchs und bestätigte das Signal. Sofort klapperte drüben auf der Brückennock eine Klappbuchs mit atemberaubender Geschwindigkeit los. Ich bemühte mich vergeblich, den Text mitzulesen. Für Mendel war es jedoch keineswegs ein Problem.

»Willkomm ... zu Palermo ...«, las er laut mit. »Bitterschön empfangen Lotsenboot.«

»Bestätigen Sie, Signalmaat!« sagte ich aufatmend. »Lotsenboot klingt gut, II WO. Ich hab' mich schon gefragt, wie wir uns in diesem großen Hafen zurechtfinden sollen. Ich kenne Palermo nämlich nicht.«

»Ich auch nicht, Herr Kapitän. Kriegsflagge setzen?«

»Gute Idee. Die Flakbedienung kann abtreten. Dafür soll der Smadding mit dem Leinenkommando an Deck kommen.«

Das Lotsenboot, ein alter klappriger Hafenschlepper, schor längseits. Mit dem Lotsen sprang zu meiner nicht geringen Überraschung auch ein deutscher Marineleutnant auf das Achterschiff über und meldete sich beim Smadding an Bord. Das Lotsenboot legte ab und folgte uns in unserem Kielwasser.

»Die verlieren hier nicht viel Zeit, Herr Kapitän«, murmelte Kruse, während Lotse und Leutnant die Turmklampen emporkletterten. »Scheint ein kurzer Aufenthalt zu werden.«

Der Leutnant stieg über die Reling des Wintergartens und machte Männchen. »Leutnant zur See Pasolini vom Hafenkommando Palermo meldet sich gehorsamst an Bord, Herr Kapitän! Der Hafen ist ein bißchen unübersichtlich, darum wird der Lotse Ihr Boot in den Kriegshafen bringen. Er heißt Mastoni, spricht aber leider nicht deutsch. Deshalb werde ich dolmetschen. Dürfen wir das Boot übernehmen?«

»Bitte, Leutnant!«

Pasolini nickte dem Lotsen zu. Der schnatterte sofort italienische Ruder- und Maschinenkommandos los und brachte das Boot mit Pasolinis Hilfe auf den richtigen Kurs. Es wirkte wie ein oft geübtes Zusammenspiel.

»Sie sprechen fließend italienisch, Herr Pasolini, und auch Ihr Name klingt italienisch«, erholte ich mich von meiner Überraschung darüber. »Ich will nicht sagen, daß das ungewöhnlich ist, aber wie ...«

Sein Lachen unterbrach mich. »Das haben mich die beiden anderen Kommandanten auch schon gefragt, Herr Kapitän. Ich bin als deutschstämmiger Südtiroler trotz meines italienischen Namens in die Kriegsmarine eingetreten. Das ist seit der Heimkehr Österreichs in das deutsche Reich keineswegs ungewöhnlich. Wir Südtiroler sprechen nicht nur deutsch, wir fühlen uns auch als Deutsche, die nur durch den unglücklichen Ausgang des Weltkrieges unter italienische Herrschaft gekommen sind.«

Langes Schweigen folgte seinen Worten. Was hätten wir auch zu diesem Problem sagen sollen? Verbänden Deutschland und Italien nicht politische Gemeinsamkeiten, hätte der Führer Südtirol sicher schon längst ins Reich zu holen versucht. Und vermutlich hätte er damit auch den gleichen Erfolg gehabt wie mit Österreich, dem Sudetenland und dem Memelgebiet.

Der dichte Verkehr im Fahrwasser zwischen den Hafenbecken lenkte mich von diesen Gedanken ab, denn der Lotse steuerte das Boot immer tiefer in den Hafen hinein, dessen Konturen in der Dämmerung zu verschwimmen begannen.

»Lassen Sie Positionslichter setzen, II WO, damit uns nicht irgend so eine lebensmüde Wasserwanze vor den Bug läuft! Eine Frage, Leutnant Pasolini: Wissen Sie, was man mit uns vor hat?«

»Nicht genau, Herr Kapitän, das bleibt Kapitänleutnant Kramer vorbehalten. Ich bin gewissermaßen nur ein Bote, der Sie von dem Lotsen an den Arsenalkai bringen lassen soll. Dort ist es ein bißchen eng, deshalb wartet ein Schlepper auf Sie. Außer den beiden anderen Booten liegt da auch ein Leichter, von dem Sie nachbunkern können.«

Kapitänleutnant Kramer, ein blonder Hüne mit einem sympathischen Gesicht, hielt sich nicht mit langen Vorreden auf, nachdem er Hagen, Wildenow und mich begrüßt und uns Platz angeboten hatte.

»Ich gebe praktisch nur weiter, was mir Ihre Flottille aus La Spezia aufgetragen hat, Herr Kapitän. Der militärische Nachrichtendienst verfügt über verläßliche Informationen, daß die Briten eine neue Offensive gegen die deutsch-italienischen Verbände vorbereiten. Sie erwarten dafür Verstärkungen auf dem Seeweg aus dem Libanon und über den Suezkanal. Aufgabe der drei Boote ist, zu verhindern, daß diese Verstärkungen Tobruk erreichen.«

»Dazu hätte man uns doch gar nicht extra nach Palermo zu beordern brauchen, Herr Kramer. Das stand doch als Aufgabe schon in Brest fest.«

»Das ist richtig, Herr Kapitän. Ich habe Sie befehlsgemäß an den Arsenalkai lotsen lassen, damit sie so schnell wie möglich Treibstoff und vor allen Dingen Minen übernehmen können.« Er holte drei versiegelte Umschläge aus der Schublade. »Die ganz speziellen Instruktionen über Ihren Einsatz sind in diesen Umschlägen enthalten, die von einem Kurier gebracht worden sind.«

»Na, dann machen wir uns doch einfach mal sachkundig«, erwiderte ich und streckte die Hand nach meinem Umschlag aus.

»Treibstoff- und Frischwasserbunker sind bis zur Oberkante Unterlippe aufgefüllt«, meldete mir der LI, als ich an Bord zurückkehrte.

»Der Smut' ist mit seinen Rabauken noch an Land und plündert das Lebensmittelmagazin. Hat Anweisung, vor allen Dingen frisches Gemüse und Obst zu organisieren«, fügte Kruse hinzu. »Der Fähnrich Teichmann ist mit dabei, damit die sich nicht wieder von irgendwelcher Suppenwürze verleiten lassen. Bleibt noch das Arsenal. Hat sich da 'was ergeben, Herr Kapitän?«

»Es hat. Kommen Sie, meine Herren, sprechen wir unseren Einsatzbefehl durch.« Ich nahm die Seekarte aus der Zentrale mit in mein Kabuff und breitete sie auf dem Tisch aus, um unsere Aufgaben zu demostrieren. »Im Grunde genommen hat sich an unseren ursprünglichen Befehlen nichts geändert. Es geht nach wie vor um Tobruk.« Ich informierte sie über die Unterredung im Hafenkommando und schloß daran die sich daraus ergebenden Aufgaben der Boote an. »Hagen wird mit seinem Boot die Hafenausfahrt von Beirut verminen und dann einen Aufklärungsstreifen östlich des Suezkanals beziehen, um Verstärkungen für Tobruk abzufangen. Wildenow wird vor dem Suezkanal Minen legen und ebenfalls östlich von Tobruk Lauerstellung beziehen. Wir selbst werden die Hafeneinfahrt von Tobruk verminen und davor patrouillieren. Für uns kommt noch eine Spezialaufgabe für unsere beiden Kampfschwimmer hinzu, ähnlich wie in der Karibik. Aber das hängt von den Gegebenheiten in Tobruk ab und hat noch Zeit.«

»Zum Verminen reicht die Zahl der in Brest übernommenen Minen aber nicht aus, Herr Kapitän«, gab der II WO als der dafür zuständige Offizier zu bedenken. »Ursprünglich sollten doch alle drei Boote gemeinsam eine Minensperre legen.«

»Stimmt, Herr Werda, aber das ist ja nun geändert worden. Lassen Sie die Reservetorpedos umstauen, damit wir achtern Platz für die zusätzlichen Minen bekommen.«

»Was denn, keine Ersatztorpedos, Herr Kapitän?« fragte der I WO verblüfft.

»Keine, Herr Kruse. Die beiden anderen Boote ergänzen auch bloß begrenzt und übernehmen die gleiche Anzahl Minen wie wir. Bei uns kommen noch Haftminen und Sprengstoff für den möglichen Kampfschwimmereinsatz hinzu.« Ich blickte zum Schott meines Kabuffs, an dem der Smadding Männchen machte. »Was gibt's, Nummer Eins?«

»Der Leichter will ablegen, Herr Kapitän, damit wir an den Arsenalkai zur Munitionsübernahme gehen können.«

»Danke, Nummer Eins.« Ich sah auf die Uhr und stand auf. »Dann wollen wir mal.«

»Eine Frage habe ich noch, Herr Kapitän«, hielt uns der I WO auf. »Haben Sie erfahren können, wer uns da vor Gibraltar aus der Klemme geholfen hat?«

»Habe ich, Herr Kruse, das hat mir der Pasolini auf dem Weg zum Hafenkommando gesteckt. Es war der italienische Kapitänleutnant Claudio Bartolo mit seinem Boot. Der hat übrigens danach auch mit Hagen und Wildenow zusammen das Geleit maßgenommen. Sie sehen, Herr Werda, die oft so geschmähten Itaker sind gar nicht so ohne.«

Am Ende der Hundewache warfen auch wir los und verließen im Kielwasser des Lotsenbootes den nächtlichen Hafen von Palermo. Hagen und Wildenow waren bereits früher aufgebrochen und hatten weisungsgemäß Kurs auf die Straße von Messina genommen.

»Mal den Ätna persönlich zu sehen, habe ich mir schon immer gewünscht«, freute sich Kruse. »Vielleicht spuckt er sogar?«

Ich überschlug im Kopf die Entfernungen. »Es wird Mittag werden, ehe wir ihn querab haben. Sehen werden wir ihn schon, wenn 's so klar wie jetzt bleibt, denke ich. Hoch genug ist er ja. Aber ob er spucken wird, ist 'ne Frage.« Er spuckte natürlich nicht. Über seinem Gipfel kräuselte sich lediglich eine dunkle Rauchfahne und stieg hoch in den wolkenlosen Himmel, bis sie von der Höhenströmung erfaßt wurde und zerfasernd abtrieb. Trotzdem war es ein imposanter Anblick, den sich keiner entgehen lassen wollte.

In Schüben ließen wir die Freiwächter auf die Brücke kommen, um einen Blick auf den berühmten Vulkan zu werfen, bis das Land und der Ätnagipfel mit der Rauchfahne unter der Kimm versanken.

»Ich könnte mich ohrfeigen, daß ich meine Kamera nicht mit auf diese Feindfahrt genommen habe, Herr Kapitän«, haderte Kruse mit sich selbst.

»Lebensführungsschuld pflegt einer meiner Freunde in solchen Situationen zu sagen, I WO. Aber Schluß jetzt für die Freiwächter mit der Bäderreise! Freiwächter unter Deck!« scheuchte ich sie von der Brücke. »Neuer Kurs eins-zwo-vier, beide Maschinen Umdrehungen für sechzehn Knoten!«

Murrend verschwanden sie im Turmluk. Eine verständliche Reaktion, denn die gnadenlos vom klaren Himmel brennende Mittelmeersonne ließ die Temperatur in unserer beengten Eisenröhre auf eine schweißtreibende Höhe ansteigen, gegen die selbst die pausenlos heulenden Entlüfter machtlos waren. Auch die Nacht würde kaum eine spürbare Erleichterung bringen. An Deck dagegen machte der Fahrtwind die Temperaturen erträglich.

Gehorsam schwang das Boot herum und nahm Kurs auf Tobruk. Vor unserem schäumenden Bug lagen fünfhundertvierzig Seemeilen. Eine Strecke, die wir aufgetaucht in rund vierunddreißig Stunden hinter uns bringen konnten. Doch das war unwahrscheinlich. Nach etwa dreihundert Seemeilen war es vermutlich mit der Überwasserfahrt vorbei. Von da an – wenn nicht schon früher – mußten wir mit Flugzeugen oder U-Jagdgruppen rechnen, die uns von der Oberfläche vertrieben.

Ich rieb mir den Schlaf aus den Augen und sah auf die Borduhr in meinem Kabuff: Ende der Hundewache. Ich lauschte in die dämmerige Stille. Nur das vertraute gleichmäßige Hämmern der Diesel, das Rauschen der

Entlüfter drangen an meine Ohren, sonst nichts. Es war also nicht das Poltern der wechselnden Wachen gewesen, das mich weckte. Auch kein Alarm, der mich aus dem Tiefschlaf gerissen hatte, um mich auf die Brücke oder in die Zentrale zu jagen.

Brummend warf ich mich auf die Seite und verfluchte innerlich die verdammte innere Uhr, die mir – seit Jahren auf den Wechsel von Wache und Freiwache programmiert – wieder einmal diesen Streich spielte. Aber ich mochte mich noch so bemühen, wieder einzuschlafen, ich erreichte genau das Gegenteil. Ich wurde immer munterer. Mehr noch, mich erfaßte zunehmend eine unerklärliche Unruhe, ließ plötzlich Horrorszenarien möglicher Gefahren durch meinen Kopf geistern.

Es hatte keinen Zweck. Ich schlug die Decke zurück und stand auf. Dann schon lieber raus aus dem beklemmend warmen Mief und rauf auf die Brücke in den frischen Fahrtwind, der den Kopf freiblies. Außerdem nicht mehr lange, dann brach die Dämmerung ohnehin an.

Ehe ich nach oben stieg, warf ich noch einen Blick auf die Karte und nahm die zurückgelegte Entfernung in den Zirkel.

Hinter uns lagen zweihundertvierzig Seemeilen, wir kamen also in den kritischen Bereich. War es diese unterschwellige Ahnung gewesen, die mich in Unruhe versetzt hatte? Kopfschüttelnd über mich selbst enterte ich auf.

Der II WO half mir aus dem Turmluk. »Morgen, Herr Kapitän! Backbordwache auf Station, beide Maschinen machen Umdrehungen für sechzehn Knoten, Kurs eins-zwo-vier liegt an. Keine besonderen Vorkommnisse.«

»Danke, Herr Werda.« Ich atmete die erfrischende Morgenluft tief ein, die mir der kühlere Fahrtwind zutrug. »Ist ja das reinste Lebenselixier nach dem allgegenwärtigen tropisch-warmen Dieselmief dort unten.«

Er lachte. »Genauso habe ich es auch empfunden. Aber diese Freude ist leider nur von kurzer Dauer. Die Ostkimm zeichnet sich ja schon ab. Wird wieder so ein glühend heißer Tag werden.«

»Wenn's das bloß ist, II WO. Ich fürchte, wir werden schon bald Besuch bekommen. Keine Schraubengeräusche und FuMB-Kontakte?«

»Keine, die ganze Nacht nicht, Herr Kapitän, wie ich aus dem Logbuch entnommen habe. Die nächste Horchrunde fällt mit dem Morgenalarm zusammen, und das FuMB ist laufend besetzt.«

»Klingt ungemein beruhigend, hoffentlich bleibt es recht lange so.« Das war etwas, woran ich allerdings selbst nicht so recht glaubte.

Ich lehnte mich an das Schanzkleid und verfolgte, wie die Ostkimm sich immer klarer abzeichnete und zu verfärben begann. Untrügliche Zeichen dafür, daß die Dämmerung einsetzte, der gefährlichste Augenblick für uns. Für jedes Flugzeug, das sich vom Westen anschlich, wo die Dunkelheit dem neuen Tag nur zögernd wich, hoben wir uns schon jetzt vor der heller werdenden Ostkimm wie auf einem Präsentierteller ab.

»Laßt mir jetzt ja den Westen nicht aus den Augen!« ermahnte der II WO den Steuerbordausguck und drückte auf den Alarmknopf. Unter Deck schrillten die Alarmklingeln los, jagten die Freiwache aus ihren Kojen auf die Stationen. »BÜ, klar zum Alarmtauchen! Beide Maschinen stopp! Horchrunde!«

Das Vibrieren der Gräting unter unseren Füßen erstarb. Das Boot verlor Fahrt.

Das FuMB meldete: »Keine RADAR-Kontakte!«

Gespannt warteten wir auf die Meldungen des Horchers am GHG. Doch Huber ließ sich Zeit.

Der II WO verlor die Geduld. »Verflucht, wo bleibt die Meldung vom GHG? BÜ, fragen Sie ...«

»Schraubengeräusche aus null-vier-fünf! E-Maschinen!« schrie der BÜ auf. »Ein U-Boot! Achtung! Torpedos!«

»Beide Maschinen dreimal AK zurück!« reagierte der II WO schneller als ich. »Ruder hart ... Belege! ... Ruder mittschiffs!«

Das Boot machte einen regelrechten Satz achteraus, als die auf höchsten Touren drehenden Schrauben griffen und das Heck wie bei einem Rennboot nach unten zogen. Eine Gischtwolke zischte über das Achterdeck. Auf der Brücke erstarrte jede Bewegung.

Torpedos – wenn die trafen ... Mir stiegen bei diesem Gedanken die Haare zu Berge. Wir auf der Brücke hatten ja noch eine gewisse Chance, aber die ...

»Schraubengeräusche wandern nach null-drei-null aus! Achtung! Torpedodurchlauf von null-vier-null nach zwo-vier-sieben!«

Durchlauf? Jetzt gab es nur eins.

Ich übernahm das Kommando: »Beide Maschinen stopp! Ruder hart Steuerbord! Beide Maschinen dreimal AK voraus! GHG, wie peilt der Gegner?«

Ein gewaltiger Ruck schüttelte das Boot durch, als die Diesel den Rücklauf mit äußerster Kraft stoppten und das Boot vorwärts zu treiben begannen. Ein gefährliches Manöver, bei dem die Wellen glatt aus den Lagern springen konnten. Aber ich mußte es riskieren.

Wenn überhaupt, dann konnte ich den Gegner nur noch so mit einem Rammstoß erwischen. Hoffend, daß unser Steven das heil überstand.

»Schraubengeräusche peilen null-zwo-null nach null-zehn-null! Er flüchtet!«

Ich wartete noch ein paar Sekunden, ließ den Bug weiter auf den Gegner eindrehen. »Ruder komm auf! Recht so! Achtung – alle Mann unter Deck in die Zentrale! Schotten dicht! Klar zum Rammen!«

Die Diesel hämmerten, daß der ganze Turm bebte. Gelenkt durch Hubers Meldungen, stürmten wir hinter unserem heimtückischen Gegner her. Hubers GHG hielt sich an ihm fest. Doch es nutzte nichts, denn der Tommy ahnte, was ich beabsichtigte.

»Gegner taucht ab, Herr Kapitän! Gewinnt schnell Tiefe!«

»Dranbleiben, Huber!« Der Tommy ging mir durch die Lappen, das war mir klar. Jetzt war er besser dran, denn wir hatten keine Wasserbomben. »Er entkommt! Aber das Fürchten will ich ihn trotzdem lehren! Verschlußzustand aufgehoben! Alle Mann auf Tauchstation! Alarmtauchen!«

Der Bug schnitt unter. Noch während wir uns in den Turm fallen ließen, fegten schon Gischtfahnen über die Brücke.

Ich knallte das Luk zu und bemühte mich mit aller Kraft, schleunigst die Vorreiber dichtzutreiben, bevor der Tauchwirbel über uns zusammenschlug. Die E-Maschinen liefen auf Hochtouren.

»Boot fällt schnell!«

»Huber, was macht der Tommy?«

»Gewinnt noch immer Tiefe! Dreht nach drei-fünf-null ab!«

Der Tommy reagierte genauso, wie ich es erhofft hatte. Er schor aus unserem Kurs, weil er fürchtete, daß wir ihn zu torpedieren versuchten.

»Na, der traut uns ja allerhand zu«, sagte ich mit Bedauern, denn nur zu gern hätte ich dem flüchtenden Tommy jetzt noch einen Torpedo nachgeschickt, der ihn einholte und auch traf.

Das war jedoch Zukunftsmusik. Zwar experimentierte unsere Torpedoversuchsanstalt mit einem Torpedo, der sich nach dem Ausstoßen sein Opfer selbst suchte, aber leider war der noch nicht frontreif.

»Bitte übernehmen Sie wieder, II WO. Ich will mich mal inzwischen im Horcherschapp vergewissern, ob der Huber die gemeldeten Torpedos tatsächlich gehört hat.« Ich wandte mich an den LI. »Wir bleiben dran, damit dem Tommy noch 'ne Weile die Hose flattert. Nehmen Sie aber trotzdem die Maschinen auf fünf Knoten zurück, Herr Lietz. Er soll glauben, er sei schneller als wir, und dann pendeln Sie das Boot auf sechzig Meter ein.«

Ich wollte mich nicht nur vergewissern, das war vorgeschoben. In Wahrheit brauchte ich einen Augenblick für mich allein, um die Erregung in mir abklingen zu lassen, die der Schock über den U-Bootangriff in mir ausgelöst hatte.

Ich machte mir bittere Vorwürfe; denn mit allem hatte ich gerechnet, mit Flugzeugen und U-Jagdgruppen, nur nicht mit einem U-Boot. Dabei wußte ich aus meinen Unterlagen, daß die Briten in La Valetta auf Malta eine U-Flottille stationiert hatten, die bisher erfolgreich gegen die italienischen Geleitzüge nach Libyen operiert hatte.

Der Tod war diesmal nur um Haaresbreite an uns

vorbeigesaust. Der Grund dafür lag für mich auf der Hand. Es war ein einfaches Rechenexempel.

Bei der Zielansprache des britischen U-Bootkommandanten hatten wir uns in voller Fahrt befunden. Da hatte der Vorhaltewinkel noch gestimmt. Daß wir plötzlich zu einer Horchrunde stoppen könnten, konnte er nicht ahnen.

Seine Torpedos wurden daher auf den Weg geschickt, als wir bereits Fahrt verloren. Die Torpedos passierten uns vor dem Bug.

Der falsche Schußwinkel, Hubers Warnung und dazu noch die schnelle Reaktion des II WO hatten uns vor der Vernichtung bewahrt. Oder anders gesagt, wir hatten unverschämtes Glück gehabt.

»Und Sie haben tatsächlich die Torpedos gehört, Huber?« fragte ich zweifelnd, als ich in das Horcherschapp hineinlugte. »Ehrlich, kein Seemannsgarn?«

»Ehrlich, Herr Kapitän! Ich war selbst ganz überrascht.« Er drehte sich zu mir herum und grinste. »Zugegeben, ich hab' in meiner langen U-Bootzeit noch nie Torpedos vorübersausen gehört. Aber dieses hohe Sirren konnten doch nur Torpedos sein.«

»Toll, Huber!« Ich klopfte ihm anerkennend auf die Schulter. »Wenn wir Sie und Ihre Teufelskiste nicht hätten!«

»Teufelskiste ist die richtige Bezeichnung für das neue GHG, das die uns eingebaut haben, Herr Kapitän. Ich wette, daß wir die ersten U-Bootfahrer sind, die damit auf sie abgeschossene Torpedos gehört haben.«

»Kann schon sein. Und was macht unser Tommy nun?«

»Der spielt scheues Kaninchen, ist auf Schleichfahrt gegangen und raus aus dem GHG. Dürfte sich jetzt in hundert Meter Tiefe den Kopf darüber zerbrechen, warum er nicht getroffen hat.«

»Dann horchen Sie man weiter in Ihre Kiste so erfolgreich hinein.«

Ich kehrte in die Zentrale zurück. Meine drei Offiziere sahen mir erwartungsvoll entgegen.

»Gehen Sie auf unseren ursprünglichen Kurs zurück, Herr Werda. Huber hat den Tommy aus seinem GHG verloren. Er meint, der spiele jetzt in hundert Metern Tiefe scheues Kaninchen. Machen wir es ihm nach und kuppeln ebenfalls auf Schleichfahrt um, Herr Lietz.«

Während die beiden Offiziere meinen Befehlen nachkamen, fragte mich Kruse skeptisch: »Hat der Huber die Torpedos tatsächlich gehört, Herr Kapitän? Oder hat der gesponnen?«

»Er sagt es, und ich glaube ihm. Huber war selbst überrascht, weil er es vorher noch nie gehört hat. Warum sollte er mir also etwas vorspinnen?«

»Davon hat aber doch bis jetzt keiner etwas berichtet.«, zweifelte er trotzdem.

»Dafür gibt's ganz plausible Erklärungen. Zum einen wird ausgemacht selten auf einen von uns mit Torpedos geschossen. Zum zweiten konnten die, auf die doch damit geschossen worden ist, darüber nicht berichten, weil sie's nicht überlebt haben. Und zum dritten ist unser GHG eines der neuesten, das möglicherweise sogar die Flöhe husten und die Filzläuse singen hört. Zufrieden, I WO?«

Kruse schmunzelte. »An sich schon, aber Filzläuse singen? Du lieber Himmel, das ist ja ausgemacht peinlich!«

Ich lachte auf. »Ist das Ihre einzige Sorge? ›Cuprex‹, Herr Kruse, nehmen Sie ›Cuprex‹, dann vergeht denen das Singen.«

Über die Wirkung dieses rabiaten Mittels erübrigte sich jedes Wort. Die war in der Kriegsmarine so bekannt wie die der sogenannten Sanierstäbchen gegen Geschlechtskrankheiten. Die konnte jeder Seemann, der diese Vorsorgemaßnahme nach dem Landgang nötig hatte, bei der Rückgabe der Urlaubskarte in der Schreibstube abfordern, wollte er im Krankheitsfall nicht vor einem Kriegsgericht landen. Nur ein entsprechender Kontrollvermerk im Landgangsbuch konnte ihn davor schützen.

Wir hatten geplant, unser Einsatzgebiet aufgetaucht mit sechzehn Knoten anzulaufen und erst zu tauchen, wenn uns Flugzeuge oder Überwassereinheiten von der Oberfläche vertreiben sollten. Der unerwartete Angriff des britischen U-Bootes machte uns jedoch einen Strich durch die Rechnung.

»Es wird nicht lange dauern, bis der Tommy den Schock überwunden und seine Rohre nachgeladen hat. Dann wird er alles daransetzen, uns nochmals auf die Hörner zu nehmen. Wir würden ja nicht anders handeln«, analysierte ich unsere Situation. Meine Offiziere und die beiden Fähnriche nickten zustimmend. »Unser Ziel kann er sich unschwer anhand unseres Kurses ausrechnen, den wir liefen, als er uns angriff. Was schlagen Sie also vor, Fähnrich Teichmann?«

Hatte ich gedacht, ihn diesmal auf dem falschen Fuß zu erwischen, sah ich mich abermals getäuscht. »Wir haben ihm vorgegaukelt, daß er schneller als wir unter Wasser sei, Herr Kapitän. Folglich wird er uns zu überholen trachten, bis wir auftauchen. Tun wir ihm den Gefallen, weil wir uns vor ihm sicher fühlen, hat er uns erneut vor seinen Rohren.«

Kruse wurde ungeduldig. »Das ist alles richtig, Fähnrich, aber nun kommen Sie endlich zur Sache! Was Sie vorschlagen, möchten wir wissen.«

»Einen Ausweichkurs steuern und so lange unter Wasser bleiben, bis er uns nicht mehr ausmachen kann, wenn wir auftauchen, Herr Kaleu!«

»Gut, einen Ausweichkurs also.« Ich nahm den anderen Fähnrich aufs Korn. »Brückner, Sie sind Wachoffizier, wie würden Sie jetzt handeln?«

»Kurs auf Kreta nehmen, Herr Kapitän. Da sucht er uns bestimmt nicht. Wir laufen jetzt vier Knoten. In vier Stunden haben wir sechzehn Seemeilen zwischen ihn und uns gebracht, können auftauchen und wieder direkten Kurs auf Tobruk nehmen.«

»Das kostet Zeit und wertvolle Batteriekapazität.« Der LI zog sein Notizbuch aus der Tasche und leckte die Bleistiftspitze an. Eine seltsame Unsitte. »Batteriekapazität, die uns vor Tobruk fehlen wird. Soll ich Ihnen das mal vorrechnen, Fähnrich?«

»Nein, Herr Oberleutnant. Getaucht bleiben uns dann noch vierundvierzig Seemeilen, also elf Stunden, bis die Batterien den Geist aufgeben. Ich würde als WO deshalb nur vier Stunden im Keller bleiben und dann auftauchen, um bei achtzehn Knoten aufzuladen, damit wir vor Tobruk nicht auf dem Zahnfleisch laufen.« Ich schmunzelte. Mehr noch, ich hätte am liebsten Beifall geklatscht, denn die beiden Wachoffizierschüler waren inzwischen flügge geworden. »Schön, dann wollen wir doch mal sehen, ob Ihre Rechnung aufgeht.«

Die Rechnung schien aufzugehen. Bevor wir auftauchten, überließ ich Kruse das Sehrohr für den obligatorischen Rundblick. Im Turm standen Brückenwache und

Flakbedienungen schon auf dem Sprung, um ihre Stationen sofort zu besetzen.

»Nichts. Himmel und See sind leergefegt.« Er ließ das Rohr in den Schacht gleiten. »Anblasen! Boot bleibt klar zum Alarmtauchen!«

»Keine Schraubengeräusche!« meldete Greinert vom GHG, während das Boot nach oben stieg.

Das war beruhigend, besagte jedoch noch gar nichts. Wir waren während des Auftauchens einer anderen Gefahr gegenüber praktisch blind. Die Sonne näherte sich nämlich schon ihrem Kulminationspunkt, ihrem Höchststand über dem Meridian. Sie blendete zu diesem Zeitpunkt so stark, daß ein aus diesem Himmelssektor anfliegendes Flugzeug dem Sehrohr glatt verborgen geblieben sein konnte.

»Turm kommt frei! – Boot ist aufgetaucht!«

Das Turmluk flog auf. Im Nu leerte sich die Zentrale. Die Bedienungen der Drei-sieben und der Zehn-Komma-fünf polteren über das Oberdeck. Die Diesel sprangen an, kamen auf Hochtouren. Die Entlüfter sogen lautstark die stickige Luft aus dem Boot.

Ich zögerte, den Männern sofort auf die Brücke zu folgen, wartete auf den Alarmschrei, der sie von der Brücke wieder herunter auf die Tauchstationen scheuchen würde. Doch der blieb zu meiner Erleichterung aus.

»Zeit für das Mittagsbesteck, Obersteuermann«, sagte ich zu. Weiß, der im Kartenschapp kramte. »Das Etmal interessiert mich weniger. Wenn Sie unseren wahren Standort haben, geben Sie uns den neuen Kurs rauf, klar?«

»Klar, Herr Kapitän!« Er griff nach dem schon bereitliegenden Sextanten. »Bin schon auf dem Wege!«

Gefolgt von seinem Steuermannsgast mit der Uhr enterte er zur Brücke auf.

Mein erster Blick galt dem Sonnenstand. Doch nach dem Dämmerlicht in der Zentrale war das Sonnenlicht so grell, daß ich geblendet die Augen zusammenkniff. Im gleichen Augenblick gellte ein Alarmschrei in meinen Ohren.

»Fliegeralarm! Flugzeuge im Anflug aus zwo-fünf-fünf! Typ nicht erkennbar!«

Ich riß die Augen auf. Tatsächlich, da waren sie! Die Umrisse zweier Maschinen zeichneten sich vor der grellen Sonne ab, viel zu schnell und schon viel zu nahe heran, um noch vor ihnen in die Tiefe flüchten zu können. Der I WO sah es genauso.

»Feuer frei für alle Waffen!« schrie Kruse. »Zehn-Komma-fünf, Schnellfeuer! Knallt ihnen ein paar vor den Latz, damit sie nicht noch …«

Seine Worte gingen in dem ohrenbetäubenden Abschuß unter. Pulverrauch wehte über den Turm und verschleierte für Sekunden den Blick auf die Flugzeuge. Dann ging es Schlag auf Schlag. Noch bevor die Maschinen in die Explosionswolken der 10,5cm-Sprenggranaten hineinflogen, setzte das Schnellfeuer der 3,7cm-Kanone ein. Wenig später knatterten auch die beiden 2cm-Feuerspritzen mit ihren Leuchtspurgeschossen los.

Ein wahrer Feuerhagel empfing die anfliegenden Maschinen, legte ihnen einen Vorhang explodierender Geschosse vor die Kanzeln. Das zeigte Wirkung. Beide kippten über die Flügel an und zogen nach rechts und links hoch in den Himmel. Deutlich zeichneten sich an den Flügelunterseiten Balkenkreuze ab, auch der Typ der aus dem Granathagel flüchtenden zweimotorigen Flugzeuge ließ sich plötzlich erkennen.

»Das sind ja gar keine Briten, I WO! Wir schießen auf zwei deutsche He 111!«

Aus der Kanzel der einen Maschine löste sich eine weiße Rauchspur, grüne und rote Leuchtkugeln standen auf einmal am Himmel.

»Da, das Erkennungssignal!«

»Feuer einstellen! Feuer einstellen!« schrie Kruse »Das sind Hermann Meiers Schlipssoldaten! Laßt diese Heinis am Leben!«

Schlagartig brach das Abwehrfeuer ab. Höhnische Bemerkungen und Gelächter ersetzten den Gefechtslärm, denn »Hermann Meiers Schlipssoldaten« war der Spottname für Görings Luftwaffe. Allerdings weniger für die Soldaten als für ihren fetten prunksüchtigen Oberbefehlshaber. Der hatte am Anfang des Krieges großmäulig geschworen, er wolle Meier heißen, wenn auch nur ein feindliches Flugzeug in den deutschen Luftraum eindringen könne.

»Signalmaat, schlafen Sie?« fuhr der I WO den Mendel an. »Beantworten Sie gefälligst das ES dieser lebensmüden Idioten! Aber schapp, schapp!«

Die Signalpistole knallte. Leuchtkugeln stiegen mit dem Gegensignal in den Himmel. Ein Flügelwackeln war die Antwort.

»Da haben wir es wieder einmal, I WO. Jetzt sind wir im dritten Kriegsjahr, und diese Trantüten haben noch immer nicht begriffen, daß sie deutsche Kriegsschiffe nicht ungestraft direkt anfliegen dürfen.«

»Die haben uns vermutlich für Briten gehalten, Herr Kapitän.«

»Noch schlimmer! Fliegen Patrouille und kennen

sich mit den deutschen Schiffstypen nicht aus!« Ich schüttelte mißbilligend den Kopf. »Wie'n Tommy sehen wir ja nun wirklich nicht aus.«

»Vermutlich wissen die nicht einmal, daß es deutsche U-Boote im Mittelmeer gibt, Herr Kapitän.« Kruse legte die Hände um den Mund und schrie: »Geschützstände aufklaren! Bereitschaftsmunition ergänzen!«

»Auf jeden Fall wird das Feuerwerk für sie eine Lehre sein.« Ich kicherte in mich hinein. »Ziehen um uns einen Kreis, als wüßten sie jetzt nicht, wie sie sich nach diesem Debakel mit Anstand aus der Affäre ziehen können.«

»Sie werden sich sang- und klanglos verabschieden.« Und das taten sie am Ende des Kreises tatsächlich. Flügelwackelnd drehten sie nach Osten ab. »Hoffentlich haben diese Saftsäcke nicht auch noch gefunkt!«

Der II WO kletterte aus dem Turmluk und legte die Hand grüßend an die Mütze. »Haben sie nicht, Herr Kruse, das hätten wir gehört. Backbordwache bereit zum Wachwechsel, Herr Kapitän.«

Ich grüßte zurück. »Na, dann wechseln Sie man. Hat der Obersteuermann den neuen Kurs berechnet?«

»Jawohl, neuer Kurs ist eins-drei-fünf. Noch zwohundertelf Seemeilen bis vor Tobruk, mit achtzehn Knoten rund zwozehn Stunden, wenn man uns nicht wieder die Tour vermasselt.«

Die Wachen wechselten im gewohnten Rhythmus. Niemand kam uns in die Quere, denn den ganzen Nachmittag über blieben Himmel und See leer. Jeder von uns wußte jedoch, wie trügerisch diese Ruhe war, wie schnell sich die Situation ändern konnte.

Aber erst im Abendlicht alarmierten uns Flugzeuge,

die in der Ferne über die Kimm stiegen. Sie nahmen uns jedoch ganz offensichtlich nicht wahr, denn sie verschwanden alsbald wieder hinter dem Horizont.

»Vielleicht sind es deutsche Maschinen auf der Suche nach dem britischen Nachschub für Tobruk gewesen?« mutmaßte ich.

»Komisch ist es trotzdem, keine RADAR-Ortungen, und das GHG bleibt auch stumm. Ist der Frieden plötzlich ausgebrochen?« fragte Kruse leise. »Man kommt sich ja hier völlig fehl am Platz vor.«

»Wir sollten darüber froh sein, aber genau das Gegenteil ist bei mir der Fall«, gab ich ebenso leise zurück. »Ich werde das verfluchte Gefühl nicht los, daß es nur die Ruhe vor dem Sturm ist. Das kommt bestimmt noch ganz dicke.«

Ein Gefühl, das anhielt, obwohl es dafür keinen realen Anlaß gab. Und es erging nicht nur mir allein so, wie Kruses Bemerkung verriet. Wir waren verdorben für den Frieden.

Drei Jahre Krieg auf See hatten uns zu Menschen gemacht, die nicht mehr in normalen Bahnen denken konnten. Wie scheues Rotwild witterten wir gerade dann überall Gefahr, wenn es um uns herum unnatürlich ruhig blieb.

Stunde um Stunde verfloß. Die Dämmerung ging schlafen, aus dem friedlichen Abend wurde eine ebenso friedliche sternklare Nacht. Trotzdem stieg mit jeder Seemeile, mit der wir uns dem Seegebiet vor Tobruk näherten, die Spannung im Boot.

Gegen Mitternacht nahm diese trügerischen Ruhe ein jähes Ende. Dort, wo die nordafrikanische Küste mit Tobruk noch unter der Kimm lag, verfärbte zunehmend ein grell aufflackerndes Glutrot den Nachthimmel in unseren Gläsern. Bald trat ein dumpfes Grummeln hinzu, als zöge eine gewaltige Gewitterfront heran.

»Schweres Geschützfeuer, Herr Kapitän«, schloß der II WO aus dem Flackern und Grummeln.

»Sehe ich auch so, Herr Werda.« Ich ließ mein Glas sinken und kratzte mir nachdenklich den Kopf. »Wenn das 'ne Offensive gegen Tobruk ist, dürfte es für uns schwer werden, den Hafen unbemerkt zu verminen oder die angestrebten Kommandounternehmen gegen eventuell auf Reede liegende Transporter zu starten. Dann kommen wir genau in diesen Schlamassel hinein, und danach steht mir gar nicht der Sinn.«

»Ich halte diese Kommandounternehmen sowieso für 'ne Schnapsidee, Herr Kapitän, ausgebrütet am grünen Tisch. Ist doch mehr als unwahrscheinlich, daß die Briten Schiffe auf Reede liegen haben, wenn eine deutsch-italienishe Offensive läuft. Das war doch in der Karibik ganz anders. Da ahnte niemand etwas von unserer Anwesenheit.«

»Stimmt, II WO, aber die italienische Aufklärung hat angeblich solche Schiffe auf Reede ausgemacht.«

Schritte polterten hinter uns die Leiter empor. Der I WO krabbelte mit der Steuerbordwache aus dem Turmluk.

»Wachwechsel, Herr Werda. Ich übernehme.«

Die Freiwache verschwand im Turm, um sich für vier Stunden aufs Ohr zu hauen. Kruse trat zu mir an das Schanzkleid.

»Wir sollten 'ne Horchpause ma...« Er stockte und starrte überrascht hinüber auf den flackernden Horizont. »Beschuß von See, Herr Kapitän? Das würde passen.«

»Wieso passen?« horchte ich auf. »Was meinen Sie damit?«

»Huber glaubt, ganz entfernte Schraubengeräusche in seinem Kasten zu haben. Noch zu schwach, um sie zu identifizieren. Deshalb die Horchpause.«

»Worauf warten wir dann noch, Herr Kruse?«

»Beide Maschinen stopp!« reagierte er sofort. »Horchpause! Meldungen vom GHG an Brücke!«

Die Diesel verstummten, das Boot verlor langsam Fahrt. Ich richtete mein Glas erneut auf die Kimm.

»Beschuß von See, I WO? Dann müßte das schon ein ziemlicher Flottenverband sein, und danach sieht das eigentlich nicht aus. Außerdem hätte Huber nicht bloß Schraubengeräusche in seinem Zauberkasten, das Wasser würde auch die Abschüsse weiterleiten. Und was sagt das FuMB? Kontakte?«

»Keine RADAR-Kontakte, Herr Kapitän. Aber ...«

»GHG meldet Schraubengeräusche, Herr Kaleu!« unterbrach uns der BÜ. »Kommen aus drei-eins-fünf auf. Kein Geleit, klingen wie von einem Einzelfahrer.«

»Von einem Einzelfahrer?« wiederholte ich verblüfft. »Dann sollten wir uns diesen seltsamen Zeitgenossen einmal näher ansehen. Nehmen Sie Kurs auf die Peilung, I WO.«

Der Mond kam über die Kimm. Nur eine schmale Sichel im Osten, aber das Licht genügte für eine Zielansprache, wenn das stimmte, was Huber noch immer steif und fest behauptete. Ein Einzelfahrer, ein ziemlicher Brocken dem Lärm seiner auf Hochtouren laufenden Schrauben nach, mindestens 10 000 Bruttoregistertonnen, wenn nicht mehr.

Ich hatte da so meine Zweifel. Ein Einzelfahrer in

dieser Größenordnung? Nach meinen Erfahrungen fuhren solche Pötte längst nicht mehr allein. Aber vielleicht war das hier im Mittelmeer anders als im Atlantik? Hatte sich die italienische Marine so blamabel aufgeführt, daß die Briten sie nicht mehr fürchteten?

»Das ist ja fast ein Geschenk des Himmels«, spöttelte Kruse. »UZO auf den Turm! Rohre eins bis sechs klar zum Überwasserschuß!«

Als spüre er meine Verwunderung darüber, daß er auch die Heckrohre einbezog, fügte er hinzu: »Man kann ja schließlich nicht wissen, Herr Kapitän.«

UZO, das Zielgerät, wurde aus dem Turmluk gereicht und in seine Halterung gesetzt. Wenig später kamen die Klarmeldungen aus dem Bug- und Heckraum.

»Horchraum, was erzählen die Fische?« hakte er nach.

»Objekt peilt eins-eins-zwo, Entfernung etwa acht Seemeilen. Achtung – Schraubengeräusche klingen, als sei er doch nicht allein!«

»Was heißt denn das?« fuhr der I WO hoch. »Ist er nun allein oder nicht, BÜ?«

Der BÜ gab die Frage weiter.

Pause.

Dann die Meldung: »Er hat Geleitkanonenboote dabei, vermutlich zwei, Herr Kaleu. Deren Schraubengeräusche werden von den seinen überdeckt.«

Kruse kaute einen Augenblick auf der Meldung herum. »Huber läßt nach, was? Zwei Geleitkanonenboote, so, so. Kaum Tiefgang, platt wie 'ne Funder, so daß wir denen mit 'nem Torpedo nicht beikommen können. Kein schöner Gedanke, aber was soll's? Kein FuMB-Kontakt?«

»Kein FuMB-Kontakt, Herr Kaleu!« bestätigte der BÜ nach der Rückfrage.

»Na, das ist ja schon sehr positiv! Trotzdem – vorbereitet sein ist alles. Boot klar zum Alarmtauchen! Dem Huber reiße ich den Arsch bis zum Stehkragen auf, wenn der mir jetzt nicht laufend brauchbare Peilungen liefert.«

Doch der Drohung bedurfte es nicht. Sie war auch ungerecht, weil es selbst für geübte Horcher mitunter sehr schwierig war, aus dem alles überlagernden dumpfen Gerumpel die helleren Kriegsschiffschrauben frühzeitig herauszuhören. Trotzdem überschlug sich Huber fast mit seinen Meldungen, um die Scharte auszuwetzen.

Es war wie beim Übungsschießen. Der Pott fühlte sich so sicher, daß er nicht zickte und zackte. Er lief stur im richtigen Schußwinkel auf uns zu. Schnell nahm die Entfernung ab.

»Eine Doublette sollte genügen.« Kruse blieb die Ruhe selbst. »Rohr eins und zwo – Achtung! Rohre bewässern, Mündungsklappen öffnen!«

Die Rückmeldungen kamen. Und dann hatte Kruse den Pott auf einmal genau in dem schmalen Silberstreifen in seinem Fadenkreuz, den die bleiche Mondsichel auf die See zauberte. Ein Tanker, tatsächlich ein gewaltiger Brocken und von zwei Kanonenbooten eskortiert. Kruses Zielansprache ging hinunter zu den beiden Rohren.

Er ließ ihn bis auf tausendzweihundert Meter herankommen.

»Rohr eins und zwo – Achtung! ... Rohr eins und zwo los!«

Mit einem leichten Ruck flutschten die Torpedos aus ihren Rohren und rasten auf den Tanker zu. Fähnrich Teichmann drückte auf die Stoppuhr, um die Laufzeit zu kontrollieren.

Kruse wartete die Trefferwirkung nicht ab, so sicher war er sich seiner Zielansprache. »Ruder hart Backbord! Beide Maschinen dreimal AK voraus! Neuer Kurs null-eins-null! Ausguck auf Tauchstation!«

Während sich die Männer in den Turm fallen ließen, richteten wir unsere Gläser auf den Tanker. Der lief noch immer ahnungslos in die unsichtbaren Torpedolaufbahnen hinein.

»Eine Minute geht durch!« meldete Teichmann mitten in der Drehung und sang die noch fehlenden Sekunden aus.

Fünfzig Sekunden später stiegen zwei Feuersäulen achteraus in den Himmel. Die Detonation der beiden Torpedos und das spärliche Jubelgeschrei auf der Brücke gingen in einem gewaltigen Donnerschlag unter. Der Tanker verwandelte sich in einen feuerspeienden Vulkan, der unter zahlreichen Explosionen eine riesige Feuersäule gegen den Nachthimmel blies und die See taghell erleuchtete.

Seine Ladung, vermutlich Flugzeugbenzin, lief aus und bildete einen hell lodernden Flammenteppich um den explodierenden Pott. Blitze zuckten, Aufbauten flogen hoch in die Luft, Stichflammen ließen einen glitzernden Sprühregen brennenden Benzins aus seinem rotglühenden Innern aufsteigen.

Davor krebsten in seinem Flammenschein die beiden Kanonenboote auf der Suche nach Überlebenden herum. Ein vollkommen sinnloses Unterfangen, denn auf dem Tanker konnte keiner mehr Zeit gefunden haben, in eines der Rettungsboote zu gelangen. Und wer in den Bach gesprungen war, den hatte das Inferno längst eingeholt.

Es war nicht mein erster Tanker, dessen Ende ich erlebte, wohl aber der erste, der es auf so eine spektakuläre Weise tat, daß die Besatzung nicht einmal mehr die Chance hatte, sich vor dem Flammentod in Sicherheit zu bringen. Erschüttert wollte ich mich abwenden, aber ich kam nicht mehr dazu.

Eines der Kanonenboote drehte plötzlich ab und nahm Kurs auf uns. Ein Schuß löste sich von seiner Back, die Granate heulte heran und detonierte in unserem im Feuerschein verräterisch schimmernden Kielwasser. Zu kurz, aber schon rauschten die nächsten Geschosse in schneller Folge heran. Das Wasser um uns herum begann zu kochen.

Das Kanonenboot war eindeutig langsamer als wir, seine Granaten waren es jedoch nicht. Wir waren inzwischen sicher mehr als fünftausend Meter von ihm ab, deshalb würden sie es zunehmend schwerer haben, uns bei unserer Flucht aus dem Feuerkreis noch zu treffen. Aber darauf wollte ich es lieber nicht ankommen lassen.

»Auf Tauchstation! Alarmtauchen, I WO!«

Mein Befehl kam keinen Augenblick zu früh. Der Tommy schoß sich mit einer sogenannten Gabel – eine Granate rechts, eine links, eine vor, eine zurück – auf unseren Tauchpunkt ein. Während das Boot eilig in die rettende Tiefe glitt, krepierten seine Geschosse schon gefährlich nahe.

»Ruder Steuerbord zwanzig!« Völlig unbeeindruckt von den Detonationen, beobachtete Kruse am Kompaß, wie das Boot aus unserem bisherigen Kurs schor. »Recht so, Ruder komm auf! Frage Tiefe.«

»Sechzig Meter gehen durch, Boot fällt schnell weiter.«

Die Detonationen über uns verstummten.

Kruse reagierte sofort: »Auf Schleichfahrt umkuppeln! Absolute Ruhe im Boot!«

Lautlos sanken wir weiter in die Tiefe und lauschten nach oben. Noch immer übertrug das Wasser die dumpfen Explosionen, die den Tanker zerrissen. Aus den fernen Explosionen schälte sich jedoch zunehmend das helle Sirren der auf Hochtouren drehenden Schrauben des Kanonenbootes heraus, kam näher und näher.

Gleich mußte sein ASDIC nach uns tasten. Es würde uns nicht mehr aus seinem Strahl lassen. Dann regnete es Wasserbomben auf unseren Tauchpunkt. Ich schloß meine Hand um den Leiterholm, um einen Halt zu haben, wenn sie das Boot durchschüttelten.

Doch die Zeit verstrich. Obwohl wir uns längst in seinem Ortungsbereich befinden mußten, wie uns die Schraubengeräusche verrieten, schreckte uns kein ASDIC-Strahl auf. Wir Offiziere sahen uns verunsichert an, denn das war ungewöhnlich.

Ein neuer Trick? Hatten die jetzt ein Ortungsgerät, das uns ortete, aber sich nicht mehr durch das nachhallende Echo verriet und uns so warnte? Oder waren wir schon in einer Tiefe, in der dichtere Salzwasserschichten den ASDIC-Strahl reflektierten und uns durch ihre Geisterechos schützten?

»Frage Tiefe«, flüsterte Kruse.

Die Antwort ging in den Detonationen der Wasserbombenserie unter, die achteraus explodierte und die See aufwühlte. Noch ehe uns ihre Druckwellen erreichten und das Boot durchschüttelten, gingen schon die nächsten Wabos hoch.

Ich zählte acht Lagen. Doch die stellten keine unmittelbare Gefahr für uns dar, sie fielen viel zu weit ab. Der

Tommy wußte nicht, wo wir steckten. Sein ASDIC suchte uns vergeblich, nahm ich an.

Plötzlich setzte das Bombardement aus, Ruhe trat ein. Selbst die Schraubengeräusche verstummten. Sie horchten, das war immer so, versuchten unsere Schraubengeräusche zu orten. Da konnten sie lange horchen.

Ich blickte zum Tiefenmesser hinüber. Unsere Sinkgeschwindigkeit war langsamer geworden. Die Anzeige überschritt gerade erst die 120-Meter-Marke, und das ASDIC blieb dennoch aus. Ich machte dem I WO ein stummes Zeichen. Er folgte meinem Wink, deutete ihn jedoch anders, als ich ihn meinte.

»Stopp Tiefe!« befahl er leise. »Auf hundertdreißig Meter einpendeln!«

Oben blieb es noch immer stumm. Auch das Bullern in der Ferne war abgeklungen. Nur in meinem Kopf rumortes es. Ich suchte nach einer Erklärung für das Ausbleiben des ASDIC. Es war ausgeblieben, obwohl wir erst jetzt eine Tiefe erreicht hatten, in der es möglicherweise schon reflektierende Salzwasserschichten geben mochte. Warum hatte das ASDIC nicht früher zugepackt?

Aufheulende Schrauben rissen mich aus meinen Gedanken. Der Tommy drehte mit gegenläufigen Schrauben auf dem Teller und setzte zu einem neuen Angriff an. Wieder detonierten Wasserbombenserien in seinem Kielwasser. Nach acht Lagen trat erneut Ruhe ein.

Kruse beugte sich zu mir herüber. »Komisch, Herr Kapitän. Erst kein RADAR und jetzt auch kein ASDIC, obwohl ...«

»Nicht obwohl, I WO, sondern weil!« unterbrach ich ihn, denn mir ging mit einmal ein Licht auf. »Die Kanonenboote sind weder mit RADAR noch mit ASDIC ausgerüstet! Eine Behelfslösung, für ganz andere Aufgaben als für die Geleitsicherung gedacht.«

Der Tommy gönnte sich nur eine kurze Pause, um zu horchen und die See nach Trümmern abzusuchen. Als er Fahrt aufnahm, klangen seine Schraubengeräusche anders als beim zweiten Anlauf.

»Kein dritter Anlauf! Gegner läuft ab!« meldete Huber wenig später vom GHG. »Nimmt Kurs auf das zweite Kanonenboot.«

Lauter Jubel brandete durch das Boot. Zu früh, wie mir schien.

»Freut euch nicht zu früh, Männer!« bremste ich. »Wartet lieber noch ab. Vielleicht holt der den anderen jetzt zur Unterstützung herbei.«

Kruse schüttelte den Kopf. »Glaube ich nicht, Herr Kapitän. Der kratzt die Kurve, weil er fürchtet, wir könnten ihm auch noch ein Ding verpassen, nachdem er uns nicht erwischt hat. Das sind blutige Anfänger, so dämlich, wie die sich angestellt haben.«

Der I WO behielt recht.

Noch vor dem Morgenalarm bekamen wir erneut Schraubengeräusche ins GHG.

»Ein armseliger Kolcher, Herr Kapitän. Kommt von Osten auf«, meldete mir Kruse, als ich auf die Brücke kam. »Vermutlich ein museumsreifer Levantiner, darum wohl ohne Geleitschutz. Keucht im GHG so, als fahre er völlig ausgeleierte Kolbenmaschinen. Ich hab' mir das selbst angehört, bevor ich die Wache übernommen habe.«

Kolbenmaschinen? Das hieße Kohlefeuerung. Eine gefährliche Kiste für die Besatzung, wenn durch einen Treffer Wasser in den Kesselraum drang und die glühenden Kohlen auf den Feuerrosten erreichte. Dann zerriß der entstehende Dampf mit einem Donnerschlag das ganze Kesselhaus und blies es in die Luft.

Im Atlantik waren solche veralterten Schiffe längst Frachtern mit Dieseln gewichen. Im Gegensatz dazu taten sie aber in den Randmeeren noch immer wacker ihren Dienst. Allerdings waren gerade hier in der Levante auch wahre Gauner im Frack darunter, museumsreif, von Rost zerfressen und nur noch von dicken Farbschichten zusammengehalten, aber hoch versichert. Levantiner eben, wie wir solche antiken Seelenverkäufer nannten.

»Der kommt von Osten auf?« Ich musterte den östlichen Horizont.

»Dann sollten wir ihm entgegenlaufen, damit wir ihn noch rechtzeitig vor die heller werdende Kimm kriegen, Herr Kruse. Den dicken Tanker verschmerzen die Tommies nicht so schnell, darum wird es nach Sonnenaufgang hier von Flugzeugen auf der Suche nach uns nur so wimmeln.«

»Kurs null-eins-null lieg bereits an, Herr Kapitän. Er kommt mit etwa acht Knoten auf. Noch bevor es hell wird, sollten wir ihn vor der Flinte haben.«

Kruses Rechnung ging auf. Als der Osthorizont sich hell zu färben begann, kam dieser Methusalem der Meere fürchterlich qualmend und asthmatisch schnaufend in unsere Zieloptik getuckert. Er führte keine Positionslaternen und lag tief im Wasser, war also bis zur Halskrause vollgestopft. Er schleppte allerdings kaum mehr als zweitausend BRT durch die ruhige See, und das war enttäuschend.

»Du lieber Himmel, lohnt da überhaupt ein Torpedo?«

Kruse löste den Morgenalarm aus. Die Geschützbedienungen eilten auf ihre Gefechtsstationen.

»Fünf, sechs Zehn-Komma-Fünfer dürften genügen, und dieser Schrotthaufen tritt seine letzte Reise an.«

»Der Meinung bin ich auch, I WO. Noch sieht er uns nicht. Wir müssen nur verhindern, daß er funkt.« Ich wußte auch schon, wie: »Signalmaat, er soll uns für Briten halten. Blinken Sie ihn an: *Stop at once or you will be gunned! Don't use wireless telegraphy. Your nationality and your destination, please!*«

Kruse grinste. Er kannte den Trick aus der ersten Phase des Krieges, als wir noch nach der Haager Konvention verfahren mußten, um keinen Neutralen zu den Fischen zu schicken. Der hier war kein Neutraler, denn er führte keine Positionslichter.

Das internationale Anrufzeichen blinkte hinüber. Es dauerte ewig, bis von der Brücke dieser maritimen Mumie eine Klappbuchs Aufnahmebereitschaft signalisierte. Mendel klapperte sein englisches Sprüchlein herunter, als sei das für ihn die alltäglichste Sache der Welt, hatte jedoch damit nicht den geringsten Erfolg. Niemand rührte sich auf der Brücke, keine Bestätigung des Spruches, kein Protest, nichts. Der Methusalem dachte auch gar nicht daran, seine Fahrt zu stoppen oder gar zu vermindern. Im Gegenteil, an seinem Heck schäumte das Wasser auf.

»Der will flüchten? Ist der Kerl verrückt? Wofür hält der uns?« Ich lehnte mich über das Schanzkleid. »Obermaat Käsler, setzen Sie diesem lebensmüden Pasalaken 'nen Schuß vor den Bug, damit der zur Vernunft kommt! Und wenn er funkt, holen Sie seine Antennen runter!«

Es ging ganz schnell, denn Käsler, der Geschützführer der Zehn-Komma-Fünf, hatte den Methusalem sowieso schon im Visier. Keine zwanzig Meter vor dessen Bug stieg eine prächtige Wassersäule in die Höhe.

»Er funkt, Herr Kapitän!« schrie der BÜ im gleichen Augenblick. »*Sirius* heißt er, ein Franzose aus Beirut!«

»Feuer frei, Käsler! Holt ihm die Antennen runter, und bringt ihm das Fürchten bei!«

Der erste Schuß traf das Peildeck der *Sirius* und rasierte den Mast mit den Antennen ab. Mit seinen Stengen und Stagen stürzte er als wirres Knäuel auf die offene Brücke herab. Die zweite Granate detonierte auf der Back und streute einen Splitterregen über Vorschiff und Brücke. Das reichte.

»Feuer einstellen! Aber schußbereit bleiben!«

Von diesem Augenblick an wußte der Kapitän, was die Stunde für ihn und sein Schiff geschlagen hatte. Der Methusalem stoppte. Im Dämmerlicht des aufziehenden neuen Tages eilten schattenhafte Gestalten über das Oberdeck zu den ausgeschwenkten Booten und fierten sie in fieberhafter Eile zu Wasser. Das sah ganz nach einer kopflosen Flucht aus.

»Warum haben die es auf einmal so eilig?« stutzte der I WO. »Wär's ein Tanker, hätt' ich dafür Verständnis, aber bei einer so erbärmlichen Wasserwanze?«

Die hatten es tatsächlich verdächtig eilig. Fehlzündungen donnerten über das Wasser, als sie die Motore der Rettungsboote anwarfen und von dem verlassenen Frachter abschoren. Zwei Boote kamen hinter seinem Heck hervor und strebten in schneller Fahrt von ihm und uns weg, als säße ihnen der Teufel im Nacken.

»Weiß der Deibel, was die geladen haben. Halten wir lieber Abstand«, brummte ich und musterte mißtrauisch den Himmel. »Die Zeit drängt, I WO. Sobald die

Boote weit genug weg sind, schicken wir den Pott zu den Fischen.«

Die waren schneller aus dem möglichen Gefahrenkreis, als wir erwartet hatten.

»Feuer frei mittschiffs auf die Wasserlinie, Käsler!« befahl der I WO. »Schnellfeuer, wir haben keine Zeit zu verlieren!«

Bei dieser ruhigen See war es kein Problem, die Wasserlinie zu treffen. Schon die ersten Schüsse stanzten Löcher kurz hinter der Brücke in die Bordwand und detonierten im Kesselraum.

»Zielwechsel auf das Heck!« Käsler kannte sein Geschäft. Er wollte sichergehen, daß der Pott möglichst schnell in die Tiefe ging.

Der Schuß in das Achterschiff hatte eine unerwartete Wirkung. Eine gewaltige Explosion wölbte das Achterdeck auf und sprengte das ganze Heck ab. Ladeluken und Aufbauteile segelten durch die Luft. Aus dem aufgerissenen Deck stiegen knatternd Kaskaden detonierender Munition auf, Splitter pfiffen durch die Luft. Unwillkürlich zogen wir die Köpfe ein, als sie aufschäumend in die See fielen.

»Sprengstoff und Munition!« überschrie Kruse das Getöse. »Deshalb hatten es die Kerle so eilig! Wir sollten …«

Seine Stimme ging in dem Donnerschlag unter, mit dem das Kesselhaus in die Luft flog. Der Methusalem verschwand in einer riesigen brodelnden weißen Dampfwolke. Mit einem Schlag brach das Geknatter der detonierenden Munition ab. Stille umgab uns, denn auch unsere Bugkanone schwieg.

Langsam hob sich die Wolke und gab den Blick auf die Stelle frei, wo eben noch der Pott unter Beschuß gelegen hatte. Luftblasen stiegen dort auf und ließen in ihrem Schwell alle möglichen Trümmerteile über der Untergangsstelle kreiseln. Nicht weit davon entfernt trieb das abgerissene Heck, noch von eingeschlossener Luft in seinem Innern an der Oberfläche gehalten, und reckte das Ruder und die Schraube in die Luft.

»Finito! Geschützstand aufklaren! Klar zum Tauchen!« Ich nahm das Glas an die Augen und sah den beiden Booten nach, die mit voller Fahrt nach Süden abliefen. »Die haben Schiß, daß es ihnen an den Kragen gehen könnte, I WO.«

Kruse grinste. »Die können Gott danken, daß wir nicht versucht haben, ihren Pott lahm zu schießen. Dann hätten die jetzt nämlich alle Flügel und sängen mit schön brav gefalteten Händchen im Engelchor Hosianna.«

Der Vormittag machte uns um einige Erfahrungen reicher, als wir uns der Küste der Cyrenaika getaucht näherten. Das glutrote Feuerwerk, das den nächtlichen Himmel über der Küste erhellt hatte, fand ganz offensichtlich bei Tage seinen Fortgang. Es hatte aber keineswegs Tobruk direkt gegolten, wie mir die Sehrohroptik in den Augenblicken verriet, in denen ich es der glatten See und der Flugzeuge wegen nur kurz auszufahren wagte.

Westlich von Tobruk tobte eine schwere Schlacht. In breiter Front stiegen hohe Sandfahnen auf, die vom leichten ablandigen Wind weit hinaus aufs Meer getragen wurden. Immer wieder erfaßte die Optik Maschinen, die sich über diesen Fahnen Luftkämpfe lieferten oder sich auf irgendwelche Ziele am Boden stürzten.

»Sieht aus, als habe Rommel mit seiner Offensive begonnen«, meinte Kruse nach einem Blick durch das Periskop.

»Oder wir kommen zu spät, I WO. Die Briten haben ihre Verstärkungen schon gelandet und rollen jetzt mit einem Großangriff die deutschen und italienischen Stellungen auf.«

In meinem Nacken kribbelte es, wenn ich an die geringe Tiefe, das klare Wasser und den hellen sandigen Meeresboden unter uns dachte. »Wir haben den falschen Außenanstrich, I WO. Für jeden aufmerksamen Flugzeugbeobachter sind wir vor diesem hellen Untergrund spielend leicht anzumachen. Machen wir einen Schlag raus auf See und nehmen dann Kurs auf Tobruk. Mal sehen, wie es dort aussieht.«

Es sah dort keineswegs besser aus. Über Stadt und Hafen tummelten sich ebenfalls Flugzeuge, und auch hier war der Untergrund keineswegs dunkler und das Wasser trüber. Es gab zwar eine durch Bojen gekennzeichnete Fahrrinne in den Hafen, aber die war wegen der geringen Tiefe wenig für getauchte U-Boote geeignet. Vermutlich signalisierten die Bojen auch nur eine schmale Rinne von Minen freigeräumten Wassers.

Wir drehten auf Gegenkurs und liefen in tieferes Wasser ab.

»Sie hatten mit dem grünen Tisch recht, II WO. Es gibt weder auf der Reede ankernde Schiffe, gegen die wir unsere Kampfschwimmer einsetzen könnten, noch können wir sie in den Hafen zu Sabotagezwecken schicken. Sie brauchten dazu eine Pferdelunge und Kräfte wie ausgewachsene Elefanten, um dort hinein- und wieder heil herauszugelangen. Das streichen wir also.«

»Und wie sieht es mit der Bewachung aus, Herr Kapitän?«

»Gar nicht, Herr Werda. Soweit ich sehen konnte, liegen im Hafen lediglich ein paar Schlepper, keine Kriegsschiffe. Auch vor der Einfahrt nicht.« Ich überlegte. »Wenn das so bleibt, können wir in der Nacht dort unsere Minen legen und verduften. Wir haben dann freie Hand für die Jagd vor der Küste.«

»Aufkommende Schraubengeräusche aus null-neun-null!«meldete Greinert vom GHG. »Fischerboote oder Barkassen.«

Mit ein paar Schritten war ich am Sehrohr und fuhr es vorsichtig in die Peilung aus. Ich brauchte einen Augenblick, um die Urheber dieser Schraubengeräusche zu entdecken. Sie kamen um eine Landzunge, die sie bisher verdeckt hatte, und hielten mit schneller Fahrt auf den Hafen zu. Die Überraschung war perfekt. »Ich werd' verrückt, die Boote der *Sirius*!«

Aber nicht das allein machte die Überraschung aus. Mochte die *Sirius* auch eine maritime Mumie gewesen sein, die beiden Beiboote waren es nicht, wie sich jetzt im hellen Sonnenlicht zeigte. Die sahen blitzsauber aus und hatten allerhand unter der Motorhaube.

Sie kamen rasch näher, so daß ich alsbald auch ihre Insassen erkennen konnte, und das bereitete mir die nächste Überraschung dieses Vormittags. Ich ließ den Spargel in den Schacht gleiten.

»Zwölf Personen, sechs in jedem der Boote«, sagte ich. »Und soll man's glauben, unter ihnen eine Frau, die am Dollbord neben einer riesigen hechelnden Dogge steht und ihre langen blonden Haare im Fahrtwind wehen läßt. Verrückt, was?«

Wir trieben uns den ganzen Tag teils aufgetaucht, teils getaucht vor der afrikanischen Küste auf der Suche nach Beute herum. Kruse gierte geradezu danach, dem dicken Tanker noch ein paar weitere Opfer zu den Fischen folgen zu lassen.

Doch es war wie verhext. Außer ein paar Flugzeugen, die dann und wann vor der Küste Patrouille flogen, zwang uns niemand, in die Tiefe zu verschwinden.

»Warten Sie ab, Herr Kruse. Sie kriegen Ihren Geleitzug noch vor die Flinte. Die Tommies wären ja bescheuert, wenn sie Tobruk bei Tageslicht anliefen«, tröstete ich ihn, als es Abend wurde. »Sie wissen doch, die Nacht ist nicht allein zum Schlafen da, sie ist da, damit etwas geschieht!«

Ich feixte. Letzteres war nämlich der Text der beliebten Film- oder Operettenmelodie, mit der wir uns gemeinsam mit den Offizieren von *U-114* und *U-500* vom Offizierskasino in Brest und somit von Land reichlich angetütert verabschiedet hatten. In Erinnerung daran verzog Kruse das Gesicht und rieb sich den Kopf.

»Müssen Sie mich unbedingt jetzt daran erinnern, Herr Kapitän? Ich bin noch immer der Meinung, daß unter den vielen Flaschen, mit denen wir Ihre Beförderung gefeiert haben, zumindest die beiden letzten schlecht gewesen sein müssen. Woher hätte ich denn sonst am nächsten Morgen eine solche Brummbirne gehabt?«

Ich lachte auf. »Sechzehn Flaschen, I WO, und ausgerechnet zwei davon sollen schlecht gewesen sein? Haben Sie die Mareille vergessen, mit der Sie dazwischen noch ein paar kräftige Sperber verkasematuckelt haben?«

Sperber, das war ein sogenannter Büchsenöffner. Ein hochprozentiges Getränk aus Cognac, Cointreau und ein paar Spritzern irgendeiner geheimen Mixtur, das die Frauen in liebestolle, männermordende Kurtisanen verwandelte. Für Männer war es allerdings ein berüchtigter Totschläger, da ging nichts mehr.

»Mmmm, erinnern Sie mich bloß nicht daran. War ein schöner Reinfall«, brummte er und wechselte das Thema. »Hoffentlich wird das mit den Minen kein Reinfall, Herr Kapitän. Kann mir nicht vorstellen, daß die Tommies die Hafeneinfahrt nachts nicht bewachen.«

»Und warum nicht?«

»Weil die Italiener schon ein paarmal nächtliche Kommandounternehmen gegen den Hafen durchgeführt haben, wie mir dieser Leutnant Pasolini in Palermo erzählt hat.«

Davon hatte ich ebenfalls gehört, aber da hatten auch Schiffe im Hafen gelegen. Außer den Schleppern hatte ich jedoch im Hafen keine Schiffe entdecken können. Wir hatten den ganzen Tag über auch keine Schraubengeräusche aufgefangen, deshalb war ich sicher, daß der Hafen noch immer leer war.

Eine Garantie war das jedoch nicht, darum sagte ich: »Wir werden sehen, Herr Kruse. Außerdem wollen wir ja nicht in den Hafen rein, wir wollen doch nur die Einfahrt beziehungsweise die Fahrrinne verminen.«

Es war wie in der vergangenen Nacht. Der nachtschwarze Himmel verschmolz mit dem dunklen Küstenstreifen bei Tobruk zu einem untrennbaren Ganzen. Nur westlich von Tobruk tobte noch immer die Schlacht und erhellte mit ihrem Geschützfeuer den Himmel über der Wüste.

Das erleichterte uns die Navigation wenigstens ein bißchen, als wir uns in Schleichfahrt an die Küste herantasteten. Stadt und Hafen von Tobruk lagen in tiefer Dunkelheit, denn der Mond kam erst nach Mitternacht heraus. Genaugenommen konnten wir uns also nur auf den vom Obersteuermann nach den Sternen berechneten Kurs verlassen.

Langsam trennte sich jedoch der sternenübersäte Himmel von der Landmasse, nahm die Küstenlinie Form an, zeichneten sich Konturen in unseren Nachtgläsern ab, je näher wir kamen. Unter Deck war alles für den Ausstoß der Minen vorbereitet. Es waren gestaffelt eingestellte Grundminen.

Einige davon gingen sofort hoch, wenn sie überfahren wurden, andere dagegen erst nach mehrmaligen Überläufen, um den Minensuchbooten das Unschädlichmachen zu erschweren. So konnten sie selbst nach mehrmaligem Absuchen nicht sicher sein, auch wirklich alle Minen erwischt zu haben.

»Müßte eigentlich keine großen Schwierigkeiten machen, diese Teufelseier endlich loszuwerden, Herr Kapitän«, meinte der II WO optimistisch und ließ sein Glas sinken. »Total tote Hose, keine Spur von Nachtleben, sonst würde man doch an und ab mal Licht schimmern sehen, wenn eine Tür geöffnet wird. Die pennen offensichtlich alle.«

Ich war jedoch nicht seiner Meinung. »Das wäre ein Wunder, Herr Werda, und an Wunder glaube ich nicht.«

»Ich auch nicht«, pflichtete mir der I WO bei, der sich zu uns gesellt hatte, um frische Luft zu schnappen. »Aus fünf Seemeilen Entfernung sind noch alle Katzen grau. Das kann sich ganz schnell ändern.«

Es änderte sich tatsächlich ganz schnell. Wieder war es der Moses mit seinen scharfen Augen, dem das ferne

Aufglimmen einer Zigarette nicht entging. »In null-eins-zwo raucht jemand, Herr Kapitän.«

Unsere Gläser richteten sich auf die Peilung. Tatsächlich, da paffte jemand, denn wieder glimmte die Zigarette auf. Für Sekundenbruchteile schien ihr schwacher Lichtschimmer auf eine helle Wand zu fallen, ehe ein aufglühender Punkt in einem hohen Bogen durch die Luft flog und verlosch. Ein Wachposten, der seine Zigarettenkippe wegwarf? Aber was war das für eine Wand? Hatten wir uns verschätzt, waren wir schon so dicht unter Land?

Bei mir fiel plötzlich der Groschen. Unsinn, kein rauchender Wachposten an Land, dafür waren wir noch viel zu weit ab! Da qualmte einer an Bord! Und die Wand, das waren die Aufbauten eines Wachbootes vor der Einfahrt oder eines Potts auf Reede!

»Beide Maschinen stopp!« befahl ich leise. »Da haben Sie Ihr Wachboot vor der Hafeneinfahrt, Herr Kruse, oder ein Schiff auf Reede. GHG, was erzählen die Fische?«

Die Antwort des BÜ kam wie aus der Pistole geschossen: »Keine Schraubengeräusche, Herr Kapitän!«

»Keine Schraubengeräusche, dann liegt dort jemand vor Anker«, flüsterte ich nachdenklich und versuchte, mir mit dem Glas Gewißheit zu verschaffen. Doch ich sah nichts.

»Ein Frachter vor Anker auf Reede?« grübelte Kruse ebenso leise, als fürchte er, man könne uns hören. »Unwahrscheinlich, Herr Kapitän. Der ragt doch normalerweise so hoch aus dem Wasser, daß sich seine oberen Konturen in unseren scharfen Nachtgläsern zumindest schemenhaft gegen den Sternhimmel abheben sollten. Dann kann das fast genau vor unserem Bug also nur ein Wachboot sein, so flach, daß wir seine Konturen noch nicht ausmachen können.«

Langsam verlor das Boot Fahrt, brachte uns aber durch den Schwung noch immer näher an das unbekannte Objekt heran.

»Gegen ein Wachboot spricht doch eigentlich, daß dort jemand so unbekümmert raucht, Herr Kruse«, widersprach der II WO. »Das sind Zivilisten, denen noch nicht aufgegangen ist, wie weit man aufglühende Zigaretten auf See ausmachen kann.«

»Sie denken an einen der Schlepper, die ich im Hafen gesehen habe?« horchte ich auf. »Das kann's natürlich sein. Der bewacht nicht, der wartet auf ein Schiff oder auf mehrere.«

»Dann müssen wir uns den schleunigst vom Hals schaffen, damit wir unsere Minen legen können.« Kruse faszinierte der Gedanke so, daß er meinen Arm ergriff. »Die beiden Kampfschwimmer, Maat Lindner und der Obergefreite Denkert, Herr Kapitän! Mit denen rechnen die ganz bestimmt nicht, wenn ...«

»Flache Schiffskonturen in drei-fünf-fünf!« unterbrach ihn der Moses. »Scheint ebenfalls zu ankern!«

Ich fuhr herum. Tatsächlich! Auch wenn meine Augen nicht so scharf wie die des Moses waren, schemenhaft zeichneten sich in meinem Glas ebenfalls die Umrisse eines zweiten Bootes, vermutlich eines Schleppers, ab. In meinem Kopf überschlugen sich die Gedanken, formten sich zu einem Plan.

Dank unseres dunklen Anstrichs und der schmalen Silhouette sahen die uns garantiert nicht, auch wenn wir so nahe herankamen, daß die Kampfschwimmer sie mühelos erreichen und eine Haftladung anbringen konnten. Sahen sie uns doch, dann putzten wir sie mit unseren Bordwaffen weg, bevor sie wußten, wie ihnen geschah.

»Sie haben recht, Herr Kruse, die Kampfschwimmer. BÜ, Oberbootsmann und Kampfschwimmer auf den Turm!« Ich richtete mein Glas erneut auf die erste Peilung. Auch dort glaubte ich auf einmal die Konturen eines Schleppers zu erkennen. »Der erste ist etwas weiter ab, müßte aber auch zu kriegen sein.«

»Glaube nicht, daß die 'ne Wache an Deck haben, Herr Kapitän«, meinte der II WO. »Da könnten wir die beiden auch zu entern versuchen. Wir haben 'ne ganze Reihe guter Schwimmer an Bord, aus denen ich zusammen mit den Kampfschwimmern schnell zwei Enterkommandos zusammenstellen kann. Das Entern macht weniger Lärm, als wenn wir die Schlepper in die Luft jagen und damit die Stadt und den Hafen alarmieren. Sprengen können wir die Schlepper immer noch, wenn wir die Minen gelegt haben.«

»Das ist noch besser, II WO!« Warum war der Gedanke mir nicht selbst gekommen? »Nehmen Sie das sofort in die Hand, und regeln Sie das mit dem Smadding und den Schwimmern. Die Zeit drängt! Wir müssen das über die Bühne bringen, bevor uns der Mond einen Strich durch die Rechnung macht!«

Vorsichtig glitten wir auf unser erstes Opfer zu. Längst hatten wir die E-Maschinen gestoppt, ließen uns nur noch vom auslaufenden Schwung nähertragen. Schußbereit waren die Maschinenwaffen auf den um den Anker schwoienden Schlepper gerichtet, jeden Augenblick gewärtig, von einem Ankerposten entdeckt zu werden. Doch nichts geschah, dort schienen alle zu schlafen.

Auf dem Achterdeck stand das Enterkommando Maat Lindners bereit, fünf Freiwillige, darunter auch Fähnrich Teichmann, der sich bereits bei Kommandounternehmen in der Karibik bewährt hatte. Etwa hundert Meter vom Schlepper entfernt ließen sie sich auf ein stummes Zeichen Lindners lautlos in das warme Wasser gleiten und stießen sich von der Bordwand ab. Wenig später waren sie unhörbar in der Dunkelheit verschwunden.

»Klappt ja wie am Schnürchen!« wisperte Kruse. »Ruder Steuerbord zwanzig! Beide E-Maschinen Umdrehungen für zwei Knoten!«

Wir brauchten den Maschinenschub, damit wir Druck auf das Ruder bekamen und uns der Schwung nahe genug an unser zweites Opfer herantrug. Langsam kam der Bug herum.

»Ruder komm auf! Beide Maschinen stopp!« Kruse sah nach achtern.

Dort kam das Enterkommando des Obergefreiten Denkert aus dem achteren Versorgungsluk gekrabbelt, auch wieder fünf Freiwillige, darunter der II WO und Fähnrich Brückner. Ich war ganz froh darüber, denn beide hatten Erfahrungen aus der Karibik. Denkert war zwar als Kampfschwimmer ausgebildet, aber ich wußte nicht, ob er auch das Zeug dazu hatte, in einer brenzlichen Situation Führungsqualitäten zu entwickeln und nicht nur als Einzelkämpfer zu reagieren.

Der zweite Schlepper kam näher und näher. Noch war alles ruhig, auch dort schien man zu schlafen. Aber mit jedem Meter wuchs in mir die Spannung, man konnte schließlich nicht wissen. Die volle Blase brauchte nur einen aus der Besatzung an Deck zu treiben, dann entdeckte er uns und gab Alarm, oder es ging auf dem anderen Schlepper etwas schief. In beiden Fällen sahen wir dann ganz dumm aus.

»Ist das nicht Zeit für die zweite Gruppe, Herr Kruse?« drängte ich leise. »Wir sind doch dicht genug dran.«

»Stimmt, Herr Kapitän. BÜ, geben Sie durch: Ab in den Bach mit euch! Viel Glück!«

Mit gemischten Gefühlen sah ich die Männer in die See gleiten und in der Dunkelheit verschwinden. Ich schalt mich einen Narren, denn es gab keinen Grund dafür, an dem Überraschungseffekt zu zweifeln. Aber auch Kruse plagten die gleichen Zweifel.

»Bin erst froh, wenn die Gruppe Lindner das verabredete Lichtsignal gibt, und die zweite Gruppe auch noch unbemerkt an Bord kommt«, flüsterte er mir zu. »Scheißgeschäft, Herr Kapitän.«

Zäh verstrich die Zeit. Sekunden reihten sich an Sekunden, wurden zu Minuten, und die wurden zweistellig. Da, endlich das erlösende Lichtsignal Lindners. Nur zwei kurze Lichtblitze, aber uns beiden fiel ein Stein vom Herzen.

»Gott sei Dank!« murmelte ich. »Nummer eins ist in unserer ...«

Mir blieben die Worte im Halse stecken, denn da, wo der zweite Schlepper lag, entstand plötzlich Lärm wie bei einer Rangelei. Ein erstickter Schrei ging in ein Röcheln über, das erschreckend laut über das stille Wasser tönte.

»Verdammt, was läuft da schief?«

»Gehen Sie näher an den Schlepper heran, dann wissen wir es, I WO!«

Das Boot nahm Fahrt auf. Im selben Augenblick blitzte auf dem Schlepper eine abgeblendete Lampe auf. Zwei Lichtblitze, das verabredete Zeichen. Wir atmeten beide auf.

»Trotzdem näher ran, Herr Kruse. Ich möchte wissen, was es da für eine Rangelei gegeben hat.«

Vorsichtig tasteten wir uns vorwärts, bis sich vor uns die Konturen des Schleppers abzeichneten. Er war größer und kompakter als er im Hafen gewirkt hatte, ein bulliger Hochseeschlepper mit einem Beiboot auf einem Rack oberhalb des Maschinenraums, aus dem gedämpftes Licht durch die Oberlichter schimmerte. Ein Beiboot, das war gut, denn es spielte in unserem Plan eine wichtige Rolle.

»Hoffentlich hat der andere Schlepper auch 'n Beiboot.« Kruse stoppte die Maschinen und brachte uns parallel. »Alles klar?«

»Alles klar, Herr Kaleu!« antwortete Fähnrich Brückner von der Nock des geenterten Schiffes. »Vier Mann Besatzung, libysche Zivilisten, einer davon tot. Alles läuft nach Plan.«

»Keine weiteren Fragen, Herr Kruse, sonst läuft uns die Zeit davon«, mahnte ich leise, obwohl auch ich gern gewußt hätte, warum es einen Toten gegeben hatte. »Gehen Sie achteraus, und dann raus mit den Minen!«

Ungehindert brachten wir unsere Minen aus und legten vor der Hafeneinfahrt eine Sperre, die genau dem Plan entsprach, den man uns in Palermo mit auf den Weg gegeben hatte. Wenn die Offensive Rommels gegen Tobruk Erfolg hatte, dann lief der deutsch-italienische Nachschub ebenfalls über diesen Hafen. Darum waren Lage und Einstellung der Minen wichtig für unsere Minensucher.

Ich sauste hinunter in die Zentrale, um zu kontrollieren, ob Obersteuermann Schneider auch gewissenhaft Mine für Mine in unsere Seekarte eintrug, die ihm vom Heckraum als ausgestoßen gemeldet wurde. Das hätte ich mir jedoch sparen können, der Schneider war zuverlässig wie eh und je.

»Wird 'ne böse Überraschung für die Tommies werden und sie unter Garantie einige Schiffe kosten, Herr Kapitän«, prophezeite er, als ich schon wieder auf der Leiter stand, um aufzuentern.

»Hoffentlich«, sagte ich geistesabwesend und nahm eilends Hand über Hand die Sprossen, denn ich fieberte dem Ende dieser Aktion entgegen.

In Kürze mußte die Mondsichel über die Kimm steigen. Dann bestand die Gefahr, daß man von Land aus möglicherweise sehen konnte, was für ein hinterhältiges Geschäft wir hier vor dem Hafen trieben. Und dann waren da ja auch noch die Besatzungen der beiden Schlepper, die wir irgendwie so loswerden mußten, daß sie nicht Alarm schlagen konnten. Deshalb stand ich auf der Brücke wie auf glühenden Kohlen.

Der II WO und seine Entermannschaft mit den Gefangenen hatten uns in dem Beiboot bereits vor geraumer Zeit auf dem Weg zu dem anderen gekaperten Schlepper passiert. Zuvor hatte Denkert zwei Haftminen mit Langzeitzündern außenbords angebracht und die Bodenventile geöffnet.

Auf dem anderen Schlepper waren inzwischen bestimmt ebenfalls alle Vorbereitungen für die Versenkung getroffen worden. Alles hing also nur noch davon ab, wann wir endlich mit dem Minenlegen fertig wurden.

Ungeduldig tigerte ich auf der Brücke auf und ab.

Immer wieder ging mein Blick zur Ostkimm und hinüber zur Stadt. »Verdammt, wie lange dauert das denn noch?«

»Nur noch vier Minen, Herr Kapitän!« fühlte sich der I WO angesprochen. »Glaube nicht, daß die Tommies etwas ahnen.«

»Nur nicht beschreien, Herr Kruse.« Ich nahm das Herumgetigere wieder auf, obwohl das nichts brachte.

Endlich kam die erlösende Meldung aus dem Heckraum. Wir waren unsere Teufelseier los.

»Wohl bekomm's, meine Herren!« wünschte Kruse den Briten in einem Anflug von Spott und nahm Kurs auf den zweiten Schlepper. »Was machen wir, wenn der zweite kein Beiboot hat, Herr Kapitän?«

Das war ein Problem, das ich schon längst abgehakt hatte. »Dann werden wir eben beide Besatzungen in das eine Boot verfrachten und damit an Land schicken. Zunächst aber gehen wir längseits, dann sehen wir weiter, Herr Kruse.«

Mit dem letzten Schraubenschub schoren wir an den zweiten Schlepper heran. Er war kleiner als der andere, so ein typischer Hafenschlepper, wie er in allen Häfen der Welt Bugsierhilfe leistete. Ob auch er ein Beiboot hatte, das sahen wir nicht. Falls ja, dann hatte es der II WO möglicherweise schon in weiser Voraussicht zu Wasser bringen lassen.

Die Männer der Enterkommandos standen an der Backbordreling, gegen den kühleren Wind in Decken und allerlei Tücher gehüllt, trotz des geringen Lichts ein abenteuerlicher Anblick. Von den überrumpelten Besatzungen konnten wir jedoch niemand an Deck entdecken.

»Leinenkommando Achtung! Boot geht mit Steuerbordseite längseits! Wurfleinen klar!«

Die erste Wurfleine flog hinüber. Plötzlich zuckten wir alle zusammen. Achteraus zerrissen zwei dumpfe Detonationen die Stille der Nacht. Denkerts Haftminen gingen hoch und schickten den Hochseeschlepper endgültig zu den Fischen. Wenig später drängte uns die Druckwelle an das andere Schiff.

»Macht das Beiboot los! Laßt sie abhauen!« befahl Fähnrich Teichmann halblaut und beugte sich über die Steuerbordreling des Schleppers. *»Hurry up, boys! Leave the tugboat! It's sinkin' fast! Save your life!«*

Seine Mahnung galt offensichtlich den Männern im Beiboot. Ein Motor sprang stotternd an. Fehlzündungen donnernd, kam er auf Touren. Mit einer hellen Bugwelle schnob das Beiboot hinter dem Schlepper hervor und jagte mit schäumendem Kielwasser auf die dunkle Küste zu.

Von Land tönte plötzlich ein Trompetensignal zu uns heraus. Unmißverständlich ein Alarmsignal, vermutlich ausgelöst durch die Detonationen und die donnernden, wie Schüsse klingenden Fehlzündungen. In Stadt und Hafen wurde es lebendig. Wenn die dort die Küstenbatterien besetzten, dann wurde es eng für uns.

»Beeilung Lindner und Denkert!« schrie ich deshalb hinüber. Bei diesem Lärm brauchte ich mir ja keinen Zwang mehr anzutun. »Macht die Haftminen scharf und die Bodenventile auf! Alle übrigen Männer von Bord!«

Unsere Männer ließen all das Zeug, das sie sich umgeschlungen hatten, an Deck fallen. Wie die Affen turnten sie über die Reling und sprangen zu uns herüber, zuletzt der II WO mit dem Sprengkommando.

»Alle Mann zurück, Herr Kapitän!« meldete er zur Brücke herauf. »Keine eigenen Verluste!«

»Danke, Herr Werda!« Wir mußten schleunigst verschwinden, denn noch immer schmetterte in Tobruk die Trompete, rief die Soldaten zu den Waffen. »Leinen los! Enter- und Leinenkommandos unter Deck! Ruder Backbord zehn, beide Maschinen Kleine Fahrt zurück!«

Sacht löste sich *U-112* von seinem zweiten Opfer, in dem die Bomben tickten und in das die See durch die Bodenventile eindrang, höher und höher stieg. Der Spalt zwischen den Bordwänden wuchs, unser Bug kam frei. Noch ein paar Meter, dann konnten wir backsen und nach See ablaufen.

Ich blickte hinüber zum Hafen. Lichtschein geisterte dort herum, ebenso oben auf dem Küstensaum.

Die Tommies vermuteten offenbar einen Angriff von See her.

»Komm auf, Ruder! Recht so! Bitte übernehmen Sie wieder, Herr Kruse. Ich denke, wir sollten auf die Diesel umsteigen und mit achtzehn Knoten ablaufen, um möglichst schnell aus der Reichweite ihrer Geschütze zu kommen.« Denn daß es die gab, daran gab es bei mir keinen Zweifel.

»Danke, Herr Kapitän.« Der I WO gab die notwendigen Befehle.

Lärmend sprangen die Diesel an, kamen auf Hochtouren. Gischtfahnen fegten über die Brücke, als der Bug mit voller Kraft in die See schnitt. Schnell blieb der Schlepper achteraus zurück.

»Konstanter RADAR-Kontakt aus eins-acht-null, Herr Kapitän!« meldete der BÜ.

Wie auf Kommando fuhren wir beide herum und

nahmen die Gläser an die Augen, als wäre damit der RADAR-Standort auszumachen. Was wir sahen, waren jedoch lediglich diese noch immer durch die Dunkelheit geisternden Lichtpunkte. Selbst der bleiche Schein der Mondsichel, die inzwischen über die Kimm gestiegen war, reichte kaum aus, um mehr als die mehr und mehr verschwimmenden Konturen unseres nach wie vor um seinen Anker schwoienden Opfers von dem dunklen Küstenstrich abzuheben.

Nachdenklich ließ ich mein Glas sinken. Das FuMB meldete erst jetzt einen RADAR-Kontakt. Warum? Hatten wir etwa wieder einmal Probleme mit dieser primitiven Antenne?

»BÜ, fragen Sie nach, seit wann der RADAR- Kontakt besteht. Gab es vorher irgendwelche Probleme?«

Kruse horchte auf. »Woran denken Sie, Herr Kapitän?«

»Mir stößt der Zeitpunkt der Meldung auf. Er fiel genau mit dem Alarm an Land zusammen. Lag das an unserem Gerät?«

Statt seiner Antwort blitzten an der Küste Abschüsse auf, doch sie galten uns nicht unmittelbar. Hoch am Himmel detonierten mehrere Leuchtgranaten und tauchten die See in ein grelles Magnesiumlicht. Deutlich hob sich darin der Schlepper ab.

»Scheiße!« fluchte Kruse. »Zu flach noch und voller Risiken, um wegtauchen zu können. Die See ist hier mit Wracks gespickt, die nicht in der Karte verzeichnet sind. Bleibt nur noch die Flucht. Beide Maschinen dreimal AK voraus!«

An der Küste blitzte Geschützfeuer auf.

»Keine Probleme vorher, Herr Kapitän! Es war der erste RADAR-Kontakt!« brachte der BÜ gerade noch heraus, dann schlugen die Geschosse zwischen uns und dem Schlepper ein und detonierten.

Der Schlepper verschwand hinter einer Wand aufsteigender Wassersäulen. Als sie zusammenfielen, gab es den Schlepper nicht mehr. Ein Treffer oder die Haftminen?

Egal, uns blieb keine Zeit zum Überlegen. Die Einschläge rückten immer näher, mochten wir auch noch so schnell zu entkommen versuchen. Die Tommies hatten zwar trotz RADAR und Leuchtgranaten Schwierigkeiten, sich auf unsere schmale Silhouette einzuschießen. Aber es war abzusehen, wann die ersten Granaten in unserer unmittelbaren Nähe krepierten und uns mit einem Splitterregen überschütteten oder uns sogar trafen.

»Die Wracks sind das kleinere Risiko!« überschrie Kruse die Detonationen. »Auf Tauchstation! Klar zum Alarmtauchen!«

Brückenwache und Geschützbedienungen verschwanden mit affenartiger Geschwindigkeit im Turmluk. Nur Kruse und ich blieben auf der Brücke und beobachteten, wie die Briten achteraus die See mit ihren Geschossen abstreuten und vergeblich versuchten, unsere Flucht mit einem Treffer zu stoppen.

Doch mit einmal änderte sich die Situation. Keine fünfzehn Meter von uns entfernt schlug eine Granate auf der Wasseroberfläche auf und detonierte bei der ersten Berührung. Granatsplitter prasselten gegen Turm und Bootskörper und fegten jaulend über die Brücke hinweg. Blitzschnell zog ich den Kopf ein. Nicht schnell genug. Ich verspürte einen leichten Schlag, als ein Splitter meine weiße Kommandantenmütze traf und sie mir vom Kopf riß.

»Alarmtauchen!«

Wir ließen uns in den Turm fallen. Das Luk knallte zu.

»Alle Mann voraus!«

Das Boot schoß in die Tiefe, verfolgt von den auf der Oberfläche detonierenden Granaten. Gott sei Dank, dachte ich, während wir Tiefe gewannen, die schießen noch immer Splittergranaten und keine Sprenggranaten mit Zeitzünder, die erst unter Wasser detonieren.

Laut sang der Zentralemaat die Tiefe aus: »Vierzig Meter gehen durch! Boot fällt schnell weiter!«

Das war beruhigend. Ich beugte mich über den Kartentisch und kontrollierte die Tiefenangaben in der Seekarte. Der Meeresboden fiel hier schon auf zweihundert Meter ab, da brauchten wir Wracks nicht mehr zu fürchten. Erleichtert richtete ich mich auf und fuhr mir durch die Haare, die mir ins Gesicht fielen. Ich stutzte.

»Teufel, was ist denn das?«

Da war ein breiter Scheitel in meinem Haarschopf, wo normalerweise keiner hingehörte. Mehr noch, als ich die Hand herunternahm, hatte ich ein ganzes Büchel loser Haare darin, von dem ein so durchdringender Geruch ausging, daß er sogar den allgegenwärtigen Dieselmief verdrängte. Mir wurden auf einmal die Knie weich.

»Verdammt, das hätte aber ins Auge gehen können.«

Kruse, dieses Lästermaul, grinste und schnupperte. »Eigentlich 'ne raffinierte Methode, sich 'ne neue Frisur zuzulegen. Riecht, als habe jemand einem Huhn oder einer Gans die Federn abgesengt. Ganz apart, Herr Kapitän, verleiht Ihnen eine ganz verwegene Note. Bin gespannt, was Ihre Frau dazu sagen wird.«

Ich lachte. »Die wird begeistert sein. Aber finden Sie nicht, Sie sollten das Boot abfangen? Der Beschuß hat aufgehört. Da reichen doch nun achtzig Meter wirklich.«

Ich war todmüde. Dennoch wollte ich unbedingt hören, was sich beim Entern der Schlepper abgespielt hatte. Außerdem gab es da noch ein paar Überlegungen, die ich gern mit meinen Offizieren durchgesprochen hätte, um ihre Meinung zu hören.

»Kommen Sie, meine Herren, setzen wir uns in der Offiziersmesse zusammen und sprechen unsere Aktionen durch«, forderte ich die drei Offiziere und die beiden Fähnriche auf und ging ihnen voran. »Ich brauche das für das Kriegstagebuch. Ihre Wache übernimmt indessen Obersteuermann Weiß, II WO.«

»Eine Frage, Herr Kapitän«, stoppte mich der I WO. »Alarmzustand aufheben? Und wenn ja, *Besanschot an* für die Entermannschaften?«

»Beides, Herr Kruse, und Sie, Fähnrich Brückner, holen aus meinem Kabuff sechs Stamperl und die Flasche ›Ochsentritt‹. Wo die steht, werden Sie schon entdecken.«

Er fand sie. Während er uns einschenkte, betrachtete ich die Gesichter meiner Männer. Sie sahen alle abgespannt und müde aus. Was wir alle brauchten, war eine Ruhephase. Deshalb mußte ich es kurz machen.

»Na dann – Prost!« Ich hob mein Glas und trank ihnen zu. »So, nun wüßte ich gern, wie es auf den Schleppern gelaufen ist. Fangen Sie an, Fähnrich Teichmann.«

»Da gibt es nicht viel zu berichten, Herr Kapitän. Wir kamen unbemerkt an Bord, denn die schliefen alle tief und fest, selbst die Ankerwache. Es gab keinen Widerstand. Ehe die überhaupt wußten, wie ihnen geschah, hatten wir sie überrumpelt und unter Deck eingesperrt. Die vier Ägypter hatten nur die eine Sorge, wir könnten sie letztlich umbringen.«

»Ägypter? Ich dachte, es seien Libyer gewesen?«

»Nein, Herr Kapitän, das haben wir anfangs auch gedacht, aber es war ein Irrtum«, stellte der II WO richtig. »Bei uns bestand die Besatzung ebenfalls aus Ägyptern, die aus Alexandria kamen. Wir kamen auch unbemerkt an Bord, weil die – bis auf die Ankerwache – unter Deck schliefen. Der Ankerposten schlief an Deck, und wurde wach, weil wir über den Kerl regelrecht gestolpert sind. Der könnte noch leben, wenn er den Denkert nicht angegriffen hätte. Denkerts Bordmesser war schneller.«

»Haben die mitbekommen, daß wir die Hafeneinfahrt vermint haben?«

»Nein, die wissen nicht einmal, daß hinter allem ein U-Boot gesteckt hat. Wir hatten sie unter Deck eingesperrt und ihnen dann die Augen verbunden, bevor wir sie in das Beiboot gesetzt haben.«

Ich lehnte mich erleichtert zurück und lächelte. »Nun, das werden sie ja inzwischen durch die Leuchtgranaten und den Beschuß mitbekommen haben. Mich hat überrascht, daß die Tommies nach dem Alarm so lahmarschig reagiert haben. Ihr RADAR war bis dahin offenbar überhaupt nicht besetzt, und es hat endlos gedauert, bis der erste Schuß fiel. Was schließen Sie daraus, meine Herren?«

Sie ließen sich meine Frage durch die müden Köpfe gehen.

Es war der II WO, der sich zuerst äußerte. »Ich hab' mich auch gewundert, Herr Kapitän. Das kann nur bedeuten, daß die mit einem Angriff von See gar nicht gerechnet haben und das RADAR nur tagsüber wegen der Flugzeuge besetzt ist.«

»Auch meine Meinung«, sagte Kruse und gähnte. »Warum allerdings der Beschuß so spät eingesetzt hat, ist mir ein echtes Rätsel.«

»Entschuldigung, mir nicht«, meldete sich der LI zu Wort. »Die eigentliche Front verläuft weiter westlich, Tobruk ist Etappe. In der Etappe herrscht nun einmal ein gewisser Schlendrian. Das ist bei uns so und bei den Briten nicht anders. Da braucht man halt länger, bis man auf den Alarm reagiert.«

»Mmmm«, Kruse nickte, »das hat was für sich, Herr Lietz.«

»Da stimme ich Ihnen zu«, sagte ich. »Was aber das nicht besetzte RADAR anbelangt, so läßt das für mich noch einen weiteren Schluß zu. Richtig ist, daß die nicht mit einer feindlichen Aktion von See her gerechnet haben. Warum eigentlich, Fähnrich Teichmann?«

»Warum?« Teichmann schaute mich einen Augenblick irritiert an, dann fiel der Groschen. »Die müssen gewußt haben, daß kein deutsch-italienischer Schiffsverband in See ist.«

»Und woher? Luftaufklärung?«

Teichmann schüttelte den Kopf. »Eher unwahrscheinlich, Herr Kapitän. Durch einen Vorpostenring? Möglich, aber den hätte die deutsche Luftaufklärung mit Sicherheit schon entdeckt, es sei denn, die Briten setzten U-Boote ein.«

Ich nickte zustimmend. »Das ist die eine Version. Und die zweite, Fähnrich Brückner?«

Der brauchte etwas länger. »Agenten, Herr Kapitän. Agenten, die die italienische Flotte beobachten.«

»Möglich, Brückner. Es gibt noch eine dritte Möglichkeit.«

»Vermuten Sie, daß die Briten unseren Funkschlüssel geknackt haben könnten, Herr Kapitän?« platzte Kruse heraus. »Das würde ja bedeuten …«

Er stockte. Ich setzte seinen Satz fort: »Das würde bedeuten, daß die alle Funksprüche lesen können. Hatten wir den Verdacht nicht schon einmal? Denken Sie doch bloß mal an das Geleit, das umgeleitet worden ist. Da ist auch vorher gefunkt worden.«

»Na, das sind ja herrliche Aussichten«, brummte der LI. »Kann man nur hoffen, daß das ein Zufall war und sich Ihr Verdacht nicht bestätigt, Herr Kapitän.«

»Sie sagen es, Herr Lietz.« Ich stand auf. »Wenn es hell wird, wird man nach uns suchen, und zwar auf westlichen Kursen. Wir bleiben daher so lange auf Kurs null-neun-null und getaucht, bis die Küste unter der Kimm versunken ist. Dann sehen wir weiter. Ich wünsche den Freiwächtern unter uns eine gute Nacht, meine Herren!«

Am späten Vormittag gingen wir auf Sehrohrtiefe. Sorgfältig suchte ich den Himmel und die See ab und überließ dann dem I WO den Spargel. Vier Augen sahen bekanntlich mehr als zwei. Nach einem eingehenden Rundblick ließ er das Periskop in den Schacht gleiten.

»Nichts, Herr Kapitän. Weder Flugzeuge noch die Spur von einer U-Jagdgruppe, denn auch Huber hat keine Schraubengeräusche in seinem GHG.«

»Trotzdem, Herr Kruse, bevor wir auftauchen, möchte ich mich mit den beiden Sprengstoffexperten Lindner und Denkert noch einmal unterhalten. Vielleicht haben die inzwischen eine Lösung gefunden.«

Der I WO wußte, worum es ging. Seit uns das britische U-Boot zu torpedieren versucht hatte, zerbrachen wir uns den Kopf, wie wir uns für diesen Angriff erfolgreich hätten revanchieren können.

Solche Torpedoduelle zwischen U-Booten hatte es bereits im Krieg 1914/18 gegeben. Aber der Gedanke, ein U-Boot könne ein anderes mit Wasserbomben attackieren, schien so absurd, daß kein deutsches U-Boot damit ausgestattet wurde. Dabei war dieser Gedanke gar nicht einmal so absurd, wie sich in unserem Falle gezeigt hatte. Wabos oder zumindest eine gleichwertige Waffe hätten wir haben müssen, dann wäre uns der Tommy nicht entkommen, und das wurmte uns unterschwellig noch immer.

Teichmanns Annahme, die Briten könnten mit U-Booten vor der nordafrikanischen Küste Aufklärung betreiben, löste prompt wieder die Sorge aus, wir könnten aufgetaucht erneut von einem dieser Boot angegriffen werden. Schützen konnten wir uns dagegen kaum, wohl aber Gleiches mit Gleichem vergelten, wenn wir dafür eine Lösung fanden.

Lindner und Denkert waren waffentechnische Tüftler, und unser Waffenoffizier, der II WO, stand ihnen in nichts nach. So hockten sie auch jetzt wieder während ihrer Freiwache im Unteroffizierslogis zusammen und knobelten an diesem Problem herum, umgeben von den wachfreien Maaten, die vermutlich allerlei abenteuerliche Ideen beisteuerten. Auf der Back lagen Haftminen, Dynamitstangen, Zünder und allerlei anderes gefährlich aussehendes Zeug, was für eine Lösung möglicherweise in Frage kam.

»Nun bleibt bloß sitzen, sonst fliegen wir noch alle in die Luft!« winkte ich ab, als die Maate bei meinem Eintritt aufspringen wollten. »Na, hat irgendein Gedankenblitz schon gezündet, II WO?«

»Im gewissen Sinne schon, Herr Kapitän.« Der II WO wies auf zwei aneinandergepappte Haftminen. »Eine Wasserbombe im eigentlichen Sinne ist es nicht, eher eine geballte Ladung mit einem entsprechenden Zünder. Gezielt geworfen, könnte sie durchaus die gleiche Sprengwirkung wie eine Wabo haben. Das Problem ist die Wassertiefe, die sich nicht genau einstellen läßt. Aber das läßt sich ausgleichen, wenn mehrere mit unterschiedlichen Zündzeiten geworfen werden. Die gehen dann auch in unterschiedlichen Tiefen hoch.«

»Na, das ist doch schon was, meine Herren!« Ich rieb mir erfreut die Hände. »Haben wir denn dafür auch genügend Haftminen?«

»Mehr als genug, Herr Kapitän. Zur Not täte es aber auch entsprechend präparierter Sprengstoff«, versicherte mir Lindner. »Wenn wir von diesen Haftminen ein paar im Turm deponieren, haben wir sie schnell zur Hand. Außerdem könnten wir sie auch bei Bedarf als geballte Ladung benutzen.«

»Hmmm, eine geballte Ladung im Turm?« Ich verzog skeptisch das Gesicht. »Ihr Vorschlag schmeckt mir gar nicht. Da genügt ja ein Treffer, und der Turm fliegt in die Luft.«

Mehr noch, dann war die Zentrale nicht mehr der letzte sichere Zufluchtsort, sondern ein Käfig, der vollief und aus dem wir nicht mehr herauskamen. Ein Gedanke, der den drei Tüftlern offenbar noch gar nicht gekommen war, denn sie schwiegen.

Der II WO fand die Sprache zuerst wieder. »Absolut sicher ist doch bei uns an Bord überhaupt kein Ort, Herr Kapitän. Es muß ja auch gar nicht der Turm sein.

Unter Deck bleibt bestimmt so viel Zeit, daß wir die Ladungen schnell raufreichen können. Ihre Zünder machen wir ja sowieso erst scharf, bevor wir sie über Bord werfen.«

»Akzeptiert, Herr Werda. Dann basteln Sie man so ein paar Dinger zusammen. Ich hoffe, wir werden sie nicht brauchen; aber besser ist besser.«

Ich ging in die Zentrale zurück. Der I WO sah mir erwartungsvoll entgegen.

»Sie haben sich tatsächlich etwas einfallen lassen, Herr Kruse. Keine Wabos, 'ne geballte Ladung aus zwei Haftminen, deren Sprengwirkung 'nem U-Boot durchaus gefährlich werden kann. Ein Strohhalm nur, aber besser als gar nichts.«

Ich trat an den Kartentisch und maß unsere Entfernung von Tobruk. »Hmmm, zweiunddreißig Seemeilen östlich von Tobruk. Genügend Abstand von der Küste haben wir auch. Das sollte reichen, Herr Kruse. Tauchen wir auf!«

Meine Rechnung schien aufzugehen. Die Tommies suchten uns offenbar tatsächlich westlich von Tobruk, denn der Himmel und die See blieben den ganzen Tag über leer. Erleichtert nahmen wir Kurs auf die Küste, um Einzelfahrer abzufangen, die sich vielleicht in der Dunkelheit im Schutz des flachen Küstenvorfeldes nach Tobruk durchzumogeln versuchten.

»Man soll zwar den Tag nicht vor dem Abend loben«, sagte ich zum wachhabenden II WO, »aber ich bin mir inzwischen ziemlich sicher, daß wir uns wegen der britischen U-Boote keine heißen Ohren mehr zu machen brauchen.«

Werda ließ sein Glas sinken, mit dem er die Küstenlinie abgesucht hatte, die als kompakter Strich über die Kimm trat, und sah mich überrascht an. »Und warum nicht, Herr Kapitän?«

»Haben Sie sich mal den Übersegler des Mittelmeeres angesehen?« begegnete ich seiner Frage.

»Aber sicher! Es ist bloß schon 'ne Weile her. Ich glaube, das war, als wir Gibraltar passiert hatten.«

Ich nickte, denn das war auch bei mir der Fall gewesen. Bevor ich jedoch jetzt auf die Brücke geklettert war, hatte ich noch einen Blick auf die Großraumkarte geworfen, und da war bei mir auf einmal der Groschen gefallen.

»Sehen Sie, Herr Werda, wer von Westen ins östliche Mittelmeer will, muß die Durchfahrten zwischen Derna und Kreta oder Kreta und Rhodos passieren. Wenn Teichmanns Annahme also zutrifft, dann sind die britischen U-Boote auf oder nahe dieser Linie positioniert. Erscheint doch logisch – oder?«

»Wir würden es jedenfalls so machen, Herr Kapitän. Aber da ist noch der Suezkanal, eine Achillesferse für die Briten. Kann mir nicht vorstellen, daß die die Ausfahrt nicht überwachen.«

»Im Gegenteil, I WO, bloß nicht durch U-Boote.« Die Küste kam immer höher heraus, begann jedoch im diffusen Abendlicht leicht zu verschwimmen. »Legen Sie noch ein paar Kohlen auf, damit wir dichter unter Land kommen, bevor es dunkel wird. Ich trau' dem augenblicklichen Frieden nicht.«

Wir gingen auf sechzehn Knoten. Im Westen glühte der Himmel im letzten Licht der untergehenden Sonne, vor uns jedoch verwischte die einsetzende Dämmerung bereits mehr und mehr die Konturen.

»Nicht mehr lange, dann ist die Nacht da«, sagte ich

zum II WO. »Immer wieder faszinierend, wie schnell das auf diesem Breitengrad geht, was?«

Nachtgläser kamen auf die Brücke. Besonders sorgfältig suchten wir damit die Buchten der in der Dämmerung versinkenden Küste ab. Und dann trat das ein, womit ich im stillen gerechnet hatte. Schemenhaft standen in meinem Glas plötzlich helle Segel vor dem Land, angehaucht von der verlöschenden Glut im Westen.

»Hab' ich 's doch geahnt!« triumphierte ich. »Jetzt kommen sie unter Segeln aus ihren Löchern.«

Mit unseren scharfen Gläsern waren die Segel trotz des schwindenden Lichts noch gut auszumachen. Dreieckige Segel an zwei Masten, Lateinersegel, wie dieser antik anmutende Segeltyp bei uns genannt wurde. Aber so antik waren die gar nicht. In arabischen Gewässern gehörten sie jedenfalls zur typischen Besegelung einer Dau, und das hier waren ägyptisch-libysche, also arabische Gewässer.

In unseren Gläsern verschoben sich die Segel. Ein untrügliches Zeichen dafür, daß die Dau gegen den auflandigen Wind ankreuzte. Für diesen Schiffstyp kein leichtes Manöver, aber sie schien gut dagegen anzukommen, denn sie kam schnell näher.

»Die liegen ohne Zweifel auf Westkurs, Herr Kapitän, und kreuzen jetzt direkt auf uns zu«, meinte der II WO. »Fischer sind's garantiert nicht. Tippe eher auf einen Frachtkahn, eine Dahabije oder wie diese Wasserwanze heißen mag.«

»Frachtkahn ist richtig, aber Ihre Wasserwanze ist eine seegängige Dau. Dahabijen finden Sie normalerweise nur auf dem Nil.« Daß die jetzt erst aufkreuzte, war verdächtig, noch verdächtiger ihr Kurs. »Die hat tagsüber in einer der zahlreichen Buchten vor Anker gelegen, damit umherstreifende deutsche Flugzeuge sie für harmlos halten. Dabei ist die das ganz und gar nicht, ihr Kurs verrät sie. Die will nach Tobruk, und das werden wir ihr versalzen.«

Wieder einmal schützte uns unser dunkelgrauer, mit der Dunkelheit verschmelzender Anstrich vor einer frühzeitigen Entdeckung. Die Segel der sich nähernden Dau hoben sich dagegen noch als matte, fahle Flecken ab und boten einen guten Anhalt für unsere schußbereiten Waffen.

»Sie fühlen sich sicher, Herr Kapitän«, flüsterte mir der II WO zu. »Wird ein schöner Schock für sie werden.«

Sie waren tatsächlich absolut sorglos. Selbst als sie keine zweihundert Meter von uns entfernt über Stag gingen, blieben wir unbemerkt. Das war der Augenblick, wo wir das Versteckspiel aufgaben. Wir legten Ruder, um auf Parallelkurs mit ihnen zu kommen.

»Los, Signalmaat, blinken Sie den Kahn an.«

Mendels Klappbuchs blinkte das internationale Anrufzeichen mehrfach hinüber und wartete auf Antwort. Vergeblich, die Dau lief weiter, als gäbe es uns gar nicht.

»Hat man Worte? Wiederholen Sie, Mendel! Zwo-Zentimeter-Flak … Achtung! Setzt den Schlafmützen eine Salve vor den Bug!«

Zusammen mit dem Klappern des Signalscheinwerfers knatterte unsere Feuerspritze los und griff mit ihrer Leuchtspur nach dem Bug der Dau. Im gleichen Augenblick blitzte drüben als Antwort eine Maschinenwaffe auf. Geschosse flogen uns um die Ohren, mit einem lauten Knall ging die Klappbuchs in Scherben und wurde Mendel aus den Händen gerissen.

Sofort machte die 2cm-Flak Zielwechsel und strich die hölzerne Dau mit ihren Leuchtspurgeschossen ab. Ihre explodierenden Granaten überschütteten das Deck mit einem tödlichen Splitterregen und machten so mit dem Schützen und seiner Maschinenwaffe kurzen Prozeß.

Die 3,7cm-Kanone stanzte Löcher in die Bordwand der Dau. Ein Beschuß, der die Besatzung drüben einschüchtern und gefügig machen sollte, mehr nicht. Aber als sich die schwereren Geschosse in das Holz bohrten und detonierten, glimmte der Anstrich auf. Die Flämmchen fraßen jedoch nicht nur den Anstrich. Sie fanden in dem zundertrockenen Holz reiche Nahrung, so daß aus ihnen rasend schnell lodernde Flammen wurden. Im Nu geriet die Dau in Brand, der ebensoschnell um sich griff.

»Feuer einstellen! Feuer einstellen!« befahl ich.

Zu spät. Schon leckten die Flammen an den Masten empor, erfaßten das geteerte Tauwerk und liefen daran zu den trocknen Segeln hoch. Die brennende Leinwand verwandelte die Dau in eine riesige Fackel, die taghell die See beleuchtete. In ihrem flackernden Schein rannten einige Uniformierte über das Deck und sprangen achtern über Bord, wo ein Beiboot an einem Tau hing.

»Diese Idioten!« fluchte der II WO bei ihrem Anblick. »Warum mußten die auch schießen! Wir hätten ihnen kein Haar gekrümmt, und auch die zivile arabische Besatzung lebte noch!«

Das stimmte, wir hätten sie mit dem Beiboot flüchten lassen, denn Gefangene durften und konnten wir nicht an Bord nehmen. So aber war die Dau verloren und mit ihr die Ladung, die sie mit ihr nach Tobruk zu schaffen versucht hatten. Von den Masten lösten sich die Segelbäume und stürzten mit den brennenden Segeln und dem glimmenden Tauwerk herab. Mit einem Donnerkrachen schlugen sie funkensprühend auf das in hellen Flammen stehende Deck auf.

Das Beiboot löste sich von der Dau, vermutlich war das Tau durchgebrannt. Langsam trieb es von der wabernden Lohe ab.

Ich stutzte, denn es wurde auf einmal schneller und schneller. Doch dann sah ich den Grund. Es wurde von den Händen einiger Schwimmer bewegt. Aber noch wagte es keiner von ihnen, hinein in das Boot zu klettern, obwohl das Wasser hier vermutlich von Haien wimmelte.

»Die haben offenbar weniger Schiß vor Haien als vor den Hunnen, wie ihre Propaganda uns nennt. Sie fürchten wohl, wir könnten sie am Ende wie die Hasen abschießen, sobald sie in das Boot klettern, diese Blödmänner!« Ich trat vom Schanzkleid zurück. »Drehen Sie ab, Herr Werda, damit wir aus dem Flammenschein kommen. Wir sind bei diesem Höllenfeuer ja meilenweit zu sehen.«

Schritte vor meinem Kabuff ließen mich von meinem Schreibblock aufsehen, auf dem ich mir für das Kriegstagebuch Notizen über die Vernichtung der Dau gemacht hatte. Der I WO stand im Gang und schaute zu mir herein.

»Kommen Sie rein, Herr Kruse, und nehmen Sie Platz. Was Wichtiges?«

»Ein Funkspruch, Herr Kapitän, gerichtet an *U-112*,

U-114 und *U-500*. Offiziersschlüssel. Ich habe ihn bereits dekodiert.«

»Na, dann lassen Sie mal hören.«

»Es sind eigentlich zwei Meldungen. Keine der üblichen Fühlungshaltermeldungen, eher Sichtmeldungen irgendwelcher Agenten an Land. Eine davon ist von gestern, die andere von heute mittag.« Er strich das Blatt auf dem Tisch glatt. »Großgeleit verläßt Port Said Reede achtzehn Uhr MOZ, zwanzig Frachter und Tanker, Eskorte zehn Korvetten und Kanonenboote, Westkurs. Das ist die von gestern.«

»Westkurs. Ein bißchen mager, finden Sie nicht, Herr Kruse?«

»Soll wohl bloß eine ergänzende Information für die zweite Meldung sein, für die von heute mittag. Die ist etwas genauer.«

»Und was besagt die?«

»Geleit vierzehn Schiffe, Tanker, Frachter, Truppentransporter, eskortiert von zehn Korvetten und Kanonenbooten, verließ Alexandria Reede vierzehn Uhr MOZ, zehn Knoten, Westkurs, vermutlich Tobruk. Angreifen, ran, versenken.«

»Vierzehn Schiffe … hört sich an, als hätten die schon Federn gelassen, was?« Ich zog die Seekarte unter meinen Notizen hervor und nahm die Entfernung zwischen Tobruk und Alexandria in den Zirkel. »Zehn Knoten Marschgeschwindigkeit? Dann können die Tobruk rein rechnerisch in rund dreißig Stunden erreichen, also morgen gegen zwanzig Uhr. Um eventuellen Luftangriffen zu entgehen aber wahrscheinlich später.«

»Sehe ich auch so, Herr Kapitän, damit sie im Schutz der Nacht löschen können.« Er schaute auf die Uhr. »Ich habe das mal durchgerechnet. Wir stehen schon östlich von Tobruk. Wenn wir ihnen mit achtzehn Knoten entgegenlaufen, sollten wir sie vor dem Beginn der Morgendämmerung hier, querab von Marsa Matruk, vor den Rohren haben.«

Er tippte entsprechend auf die Karte, um seine Worte zu unterstreichen. Vor dem Beginn der Morgendämmerung, da brauchte ich gar nicht lange zu überlegen. Einen günstigeren Zeitpunkt für einen Angriff konnte es gar nicht geben, noch dazu, wo wir dann vor dem Geleit standen und es in unsere Schußposition genau hineinlief. Besser konnten wir unsere restlichen Torpedos gar nicht loswerden.

»Hagen und Wildenow werden das Geleit dann schon gerupft haben, den Rest besorgen wir«, sagte ich zuversichtlich. »Dann man los, I WO!«

Weit vor dem Beginn der Morgendämmerung holte mich der Zentralemaat aus meiner Koje. »Meldung vom Horchgerät, Herr Kapitän. Obermaat Huber hat das Geleit im GHG.«

»Danke, Neubert.« Ich blickte auf die Uhr und schüttelte ungläubig den Kopf. »Was denn, jetzt schon? Läuft das Geleit mehr als zehn Knoten?«

Neubert zuckte die Schultern. »Keine Ahnung, Herr Kapitän. Davon hat Huber nichts gesagt. Nur, daß er es jetzt in seinem GHG hat.«

»Na gut!« Ich knöpfte meine Jacke zu und trat hinaus in den Gang. »Höre ich mir das mal selber an.«

Huber saß in seinem Horcherschapp und rückte ein wenig zur Seite, als er mir den zweiten Kopfhörer reichte. »Da ist allerlei los, Herr Kapitän.«

Ich stülpte mir die Hörmuscheln über die Ohren und lauschte. Doch ich hörte keine Schraubengeräusche, nur das dumpfe Wummern weit entfernter Detonationen. »Wasserbomben, Huber?«

»Nicht nur. Zuerst hat es vier oder fünf einzelne Detonationen gegeben. Torpedotreffer wahrscheinlich. Danach setzte dieses Gebuller ein. Jede Menge Wasserbomben in null-zwo-fünf. Da ist nicht bloß einer von uns am Geleit, möchte ich meinen.«

Ich nickte, obwohl er das nicht sehen konnte, denn das war für mich die Bestätigung, daß Hagen und Wildenow am Geleit standen.

»Gut möglich. Ungefähre Entfernung, Huber?«

Huber zögerte. »Schwer zu schätzen, das Gewummer übertönt noch die Schraubengeräusche. Vielleicht zwanzig Seemeilen, Herr Kapitän. Genau kann ich das erst sagen, wenn die Wabo-Verfolgung aufhört.«

»Zwanzig Seemeilen?« Ich schaute auf meine Uhr und war wieder einmal über Hubers Gehör verblüfft. »Achtzehn plus zehn Knoten gleich achtundzwanzig Seemeilen, keine Stunde also – das kann hinkommen. Bleiben Sie dran. Ich bin auf der Brücke.«

Bevor ich aufenterte, überprüfte ich anhand der Seekarte noch einmal unsere mögliche Angriffsposition, die sich aus Hubers Peilung ergab. Das Geleit kam in null-zwo-fünf auf, also an Steuerbord. Das war ideal. Wir standen somit genau auf der richtigen Seite; denn wir hatten auf Backbord die tiefe, offene See, in die wir flüchten konnten, falls wir verfolgt wurden.

Befriedigt kletterte ich nach oben.

»Das Geleit kommt an Steuerbord auf«, sagte ich zum I WO, der inzwischen die Wache übernommen hatte. »Steht etwa noch zwanzig Seemeilen von uns ab und wird oder wurde attackiert. Jedenfalls übertönen die

Wasserbombendetonationen noch die Schraubengeräusche.«

»Wildenow und Hagen?« Er richtete sein Glas in die angegebene Peilung, ließ es aber dann sofort wieder sinken. »Eigentlich völlig klar, daß man noch nichts sehen kann. Zwanzig Seemeilen? Keine Stunde mehr, dann geht's rund. Dann haben wir die Pötte vor der Flinte, Herr Kapitän.«

Ich mußte lächeln, weil er die gleiche Rechnung wie ich aufmachte. »Deshalb sollten wir mit der Fahrt heruntergehen, I WO, damit wir sie tatsächlich mit dem Beginn der Morgendämmerung vor den heller werdenden Osthorizont bekommen. Es kann sowieso nicht mehr lange dauern, dann kommen wir in ihren RADAR-Bereich und müssen tauchen. Da brauchen wir das Büchsenlicht.«

»D'accord, mon commandant!« witzelte Kruse, denn dagegen gab es kein stichhaltiges Argument. »Beide Maschinen Umdrehungen für acht Knoten! Auf Tauchstation! Boot klar zum Alarmtauchen! Vorfluten!«

Das Boot verlor Fahrt und schnitt mit dem Oberdeck unter, bis die See nur noch den Fuß des Turmes umspülte. Der RADAR-Kontakt ließ jedoch auf sich warten, dafür bekam Huber endlich die Geräusche des Konvois in sein GHG, weil die Eskorte die Wabo-Verfolgung einstellte.

Der Sicherungsring aus Korvetten und Kanonenbooten schloß sich wieder um die Herde, allerdings anders, als wir es gewohnt waren.

Die Peilungen und Entfernungsangaben Hubers, nach denen wir das Boot in die beste Schußposition zum Geleit zu bringen versuchten, stellten unsere Erfahrungen aus dem Atlantik glatt auf den Kopf.

»Kann das sein?« fragte der I WO verunsichert. »Eine doppelte Sicherung an Steuerbord?«

»RADAR-Kontakte aus drei-null-null bis null-eins-fünf!« enthob mich der BÜ einer Antwort. Ich war froh darüber, denn ich suchte selbst nach einer Erklärung für dieses Phänomen.

»Alarmtauchen!«

Wir ließen uns in den Turm fallen. Der I WO knallte das Turmluk dicht.

»Auf Sehrohrtiefe einpendeln!«

Während das Boot in die befohlene Tiefe schor, zerbrach ich mir den Kopf über den Grund für diese Doppelsicherung. Konnte sich Huber irren? Unwillkürlich schüttelte ich den Kopf. Der doch nicht, der hatte Ohren wie ein Luchs und war ein alter Hase mit einer harten Ausbildung in Friedenszeiten und den Erfahrungen aus drei noch härteren Kriegsjahren. Andererseits, kein Mensch war frei von Fehlschlüssen.

Da gab es nur eins: »Huber hin, Huber her, Herr Kruse. Ich will mir das mal selber anhören.«

Bevor ich jedoch durch das Mannloch schlüpfte, folgte ich einer plötzlichen Eingebung und warf noch schnell einen Blick auf die Seekarte, in die Fähnrich Teichmann gerade die letzten Peilungen und unseren Tauchpunkt eintrug. Tatsächlich eine doppelte Staffelung der Eskorte nach Steuerbord.

Ich stutzte und starrte verwundert auf die rote Linie, die er mit dem Kursdreieck an unseren Kurs antrug. »Was wird das denn, Fähnrich? Warum rot?«

»Die RADAR-Kontakte von drei-null-null bis null-eins-fünf, Herr Kapitän.« Er setzte noch eine zweite rote Linie auf unserem Kurs ab. »Damit die sich besser von den Horchpeilungen unterscheiden lassen.«

Die zweite Linie geriet ihm allerdings zu lang, sie reichte bis an die Küste. Bei diesem Anblick ging mir auf einmal ein Licht auf. Die Küste! Na klar, die Küste! Das war der Grund!

Ich Trottel, warum war ich nicht gleich darauf gekommen? Hatte man uns doch schon in Friedenszeiten im Taktikunterricht eingehämmert: Haltet euch von der Küste frei, führt den Angriff immer aus dem tieferen Wasser!

Deshalb hatten die Tommies die Sicherung an Steuerbord verstärkt! Ein Angriff mit dem flacheren Küstenvorfeld im Rücken widersprach jedem gesunden Menschenverstand, weil man sich damit selbst den Fluchtweg abschnitt. U-Bootkommandanten waren jedoch keine Selbstmörder, also konnte der Angriff nur aus dem tieferen Wasser an Steuerbord kommen.

Das war richtig gedacht, denn was man uns im Frieden beigebracht hatte, stimmte im Prinzip noch immer. Der Krieg hatte jedoch inzwischen so manches in Frage gestellt. Die Sicherung an Steuerbord war das eine, die an Backbord das andere. Was man auf der einen Seite verstärkte, mußte man auf der anderen wegnehmen. Also klaffte dort ein Loch.

Oben war es noch nicht hell genug, um das erkennen zu können, blieb nur noch Huber mit seinem phänomenalen Gehör. Ich jumpte durch das Mannloch. Mit ein paar Schritten war ich am Horcherschapp.

»Obermaat, wie ist es um die Backbordsicherung bestellt?«

»Schlecht, Herr Kapitän. Nur ein Bewacher, dem Klang nach ein Kanonenboot. Die anderen …«

»Danke, das genügt mir!«

Ich mußte zurück in die Zentrale, denn in mir keimte eine Idee. Ein Bewacher nur, mit dem konnte man fertig werden. Aber dazu mußte ich die Seekarte einsehen. Wenn die Wassertiefe ausreichte, konnten wir den Spieß umdrehen.

Ein Blick genügte: Sie reichte aus. Aus der Idee wurde ein Plan.

»Das Geleit hat an der Backbordseite nur einen Bewacher, I WO, ein Kanonenboot, sagt Huber. Wir müssen rüber auf die andere Seite des Geleits, noch haben wir Zeit. Stoßen wir drüben einen Bold aus und legen uns weit genug davon entfernt auf den Grund, dann wird uns sein ASDIC zwar orten, uns aber eher für eines der vielen Wracks vor der Küste ansehen. Sie werden den Bold für ein U-Boot halten und angreifen. Das ist unsere Chance!«

»Und nach dem Angriff auf das Geleit wieder runter auf den Grund, bis sich die Sicherung an dem Bold ausgetobt hat«, nahm Kruse die Idee auf und spann sie weiter. »Genial!«

Ich sah noch eine andere Möglichkeit, aber das hatte Zeit.

Je näher das Geleit aufdampfte, desto stärker wurde uns bewußt, auf was für ein riskantes Spiel wir uns da eingelassen hatten. Wir hatten uns verkalkuliert. Es gelang uns zwar, noch rechtzeitig den Kurs des Konvois zu kreuzen und seine unzureichend gesicherte Backbordseite zu erreichen, doch dann machte das Boldgerät wieder einmal Mätzchen. Als es dann endlich voll funktionsfähig war, war es zu spät.

Das Kanonenboot kam schneller als erwartet auf. Die Zeit reichte nicht mehr, um den Bold auszustoßen und noch weit genug von ihm wegzukommen. Der Tommy fuhr nämlich nicht neben, sondern nach außen versetzt als Backbordfeger dem Geleit voraus. Von ihm stammte also der RADAR-Kontakt aus null-eins-fünf, dem wir viel zu wenig Beachtung geschenkt hatten. Wollten wir nicht vorzeitig entdeckt werden, mußten wir uns den Bold verkneifen und uns so schnell wie möglich auf Grund sinken lassen.

»Nun fehlt bloß noch, daß uns diese trübe Tasse hier unten ortet«, unkte Kruse leise, während wir Tiefe gewannen. »Hat er uns erst einmal in seinem ASDIC, dann ist der Ofen aus.«

»Abwarten und Tee trinken!« brummte ich, obwohl mich die gleiche Sorge drückte, je näher dieser flache Schlickrutscher kam. Sanft setzten wir auf dem Meeresboden auf. »Noch ist nicht aller Tage Abend.«

Mit jeder seiner mahlenden Schraubenumdrehungen stieg die Spannung im Boot, breitete sich die Angst vor seinen Wasserbomben aus. Über uns waren zwar achtundsiebzig Meter Wasser, unter uns aber weicher sandiger Meeresboden, der uns keine Chance ließ, den Wabos zu entgehen, wenn uns sein ASDIC dort aufstöberte.

Doch sein ASDIC stöberte seltsamerweise nicht, obwohl wir uns längst in seinem Ortungsbereich befanden. Der Tommy kam näher und näher, ohne daß uns ein ASDIC-Strahl auch nur streifte. Wir sahen einander überrascht an. Eine vage Hoffnung keimte auf, wurde zur Gewißheit, als er keine zweihundert Meter mehr von uns entfernt war. Dieser platte Schlickrutscher stöberte ja überhaupt nicht!

»Mensch, der hat gar kein ASDIC!« hauchte ich dem I WO erleichtert ins Ohr, als fürchtete ich, der Tommy könnte mich oben hören. »Der ist nur Staffage, um dem Konvoi Sicherheit vorzutäuschen. Darum pitschert der hier auf der Backbordseite herum!«

»Achtung ... Überlauf!« kündigte Huber leise die kritischste Phase an.

Noch einmal zog die Sorge meinen Magen zusammen, wurde mein Mund trocken. Doch »Plitsch-plitsch-plitsch-plitsch!« tuckerte er über uns hinweg. Das brachte die Erlösung, ich kriegte mich wieder ein. Alle Angst, alle Spannung fiel auch von den anderen ab. Am liebsten hätten wir laut gejubelt.

»Absolute Ruhe im Boot!« warnte ich deshalb leise über die Bordlautsprecher. »Beide Maschinen Schleichfahrt! Auf Sehrohrtiefe anblasen! Rohr eins bis sechs klar zum Unterwasserangriff!«

Das Boot löste sich vom Meeresboden und schwebte nach oben. Von den Torpedorohren kamen die Klarmeldungen.

»Rohre bewässern! Mündungsklappen auf!«

»Sehrohrtiefe ist erreicht! Boot pendelt auf Sehrohrtiefe ein.«

Ich fuhr den Spargel aus und drehte ihn in die Peilung der Schraubengeräusche, die Huber laufend meldete. Da waren sie, in der Dämmerung ein Haufen sich überlappender Schatten. Die Zielansprache, deren Werte der I WO an die Torpedorohre eins bis vier durchgab, war ein Kinderspiel. Ich brauchte nur in diesen Haufen hineinzuhalten, dann traf jeder Torpedo. Ich mußte sie nur nacheinander abfeuern, damit Zeit zum Abfangen des Gewichtsverlustes blieb, sonst brach der Bug durch die Oberfläche.

»Rohr eins bis vier ... Achtung! Rohr eins los! ... Rohr zwei los! ... Rohr drei los! ... Rohr vier los!«

»Torpedos sind los!« kam die Vollzugsmeldung.

»Auf fünfzig Meter gehen! Ruder Steuerbord zehn! Beide Maschinen dreimal AK voraus!«

Wir mußten Kurs auf den Konvoi nehmen und uns beeilen, wenn wir auch noch unsere beiden letzten Torpedos anbringen wollten. Ungeduldig verfolgte ich die Bewegung der Kompaßnadel.

»Komm auf, Ruder! Recht so! Achterer Torpedoraum Achtung! ... Rohr fünf und sechs klar!«

Kruse vergaß die Stoppuhr in seiner Hand. Er sah mich erstaunt an. »Sie wollen mit dreimal AK ...«

»Genau!« unterbrach ich ihn. »Unter den Pötten durch auf die andere Seite rüber und dann noch einen Abschieds...«

Wumm! ... Wumm! ... Wumm! ... Wumm!

Die Detonationen der Torpedos lösten lauten Jubel aus, und der übertönte sogar die mahlenden Schrauben über uns und die Klarmeldungen aus dem Heck. Im Konvoi setzte eine wilde Kurbelei ein, vermutlich wichen die manövrierfähigen Schiffe den torpedierten aus. Eine Garantie dafür, daß die Horcher dort oben weder unsere mit aller äußerster Kraft rotierenden Schrauben noch unser Triumphgeschrei mit ihren Geräten orten konnten.

Kruse wartete noch immer auf eine Erklärung meiner Absichten. Huber kam mir jedoch zuvor: »Achtung! Anlauf aus zwo-neun-null! Drei oder vier Korvetten furchen in Höchstfahrt durch das Geleit!«

»Hören Sie, Herr Kruse? Die Tommies machen genau das, was wir brauchen. Sie fegen durch ihren aufgescheuchten Hühnerhaufen, um uns drüben im flachen Küstenvorfeld zu erwischen. Die machen selbst solchen Rabatz, daß sie uns wohl kaum hören werden.« Ich grinste und ballte triumphierend die Faust. »Die sind jetzt vollauf beschäftigt, denn da sind ja auch noch die Besatzungen der torpedierten Schiffe, um die sie sich kümmern müssen.«

Der Konvoi verlor Fahrt. Das kannten wir aus dem Atlantik. Die Eskorte versuchte verständlicherweise, möglichst schnell wieder Ordnung in das Durcheinander zu bringen. Je größer nämlich die Wuling, desto leichter war es für jedes U-Boot, auf so einen undisziplinierten Haufen noch einmal zum Schuß zu kommen.

»Achtung ... Überlauf aus null-sechs-fünf, ein Transporter!« meldete Huber. »Geleitsicherung, vermutlich eine Korvette, kurvt in zwo-sieben-null herum, Entfernung etwa tausend Meter! Zwei oder drei stehen noch weiter ab.«

Ich nickte befriedigt. Der Pott rumpelte gemächlich über uns hinweg und deckte uns mit seinen Schraubengeräuschen gegen die in zwo-sieben-null herumkurvende Korvette ab. Möglicherweise auch gegen ihr ASDIC, denn das blieb noch aus. Das war jedoch nur ein Aufschub, dessen war ich mir sicher.

Es war ein Wettlauf mit der Zeit. Wir mußten Abstand gewinnen und auf ihren Angriff vorbereitet sein, solange ihre ASDIC-Strahlen noch nicht nach uns griffen. Deshalb dachte ich gar nicht daran, mit der Fahrt herunterzugehen.

»Achterer Torpedoraum klar bei Bold!«

Unser Vorrat daran war zusammengeschmolzen. Im nachhinein war ich darum heilfroh, daß wir den Bold nicht schon dem Kanonenboot geopfert hatten, obwohl uns der übliche Marinetrick »Komm mit, du frierst!« im Arsenal mehr davon beschert hatte, als jedem Boot normalerweise zugestanden wurden.

»Bold ist kla...« Die Meldung blieb dem BÜ im Halse stecken.

Drei ohrenbetäubende Detonationen übertönten alle anderen Geräusche. Sie klangen so nahe, als explodierten Wasserbomben unmittelbar neben uns und drückten das Boot wie eine leere Konservenbüchse zusammen. Gläserklirren und Schreckensschreie gingen in einem vierten Donnerschlag unter.

»Schotten ...« Ich verstummte, weil mir auf einmal bewußt wurde, daß *U-112* auf diese Donnerschläge ja überhaupt nicht in der üblichen Weise reagierte.

Das waren keine Wasserbomben, deren todbringende Druckwellen das Boot zusammendrückten und tödlich getroffen in die Tiefe katapultierten. Im Gegenteil, *U-112* lief noch immer mit dreimal AK weiter und wurde nicht einmal aus dem Kurs gedrängt, als uns die auslaufenden Druckwellen tatsächlich einholten.

»Torpedos!« schrie ich, von dieser unerwarteten Hilfe überrascht. »Da ist noch einer am Geleit! Beide Maschinen Umdrehungen für vier Knoten! Auf Sehrohrtiefe anblasen!«

Ich mußte sehen, was da oben vorging. Kaum pendelte das Boot auf Sehrohrtiefe ein, überschlugen sich die Ereignisse. Zwei weitere Detonationen röhrten durch die Tiefe und überdeckten sekundenlang das entnervende Geräusch, mit dem ein ASDIC-Strahl uns abtastete, um uns dann nicht mehr loszulassen.

»Noch zwei Torpedos?« Der I WO war ebenso überrascht wie ich. »Da ist ja noch ein zweiter am Geleit, aber der steht weiter von uns ab! Wildenow und Hagen?«

Wieder enthob mich Hubers alarmierender Schrei einer Antwort: »Achtung! Anlauf aus zwo-fünf-neun!

Die Korvette kurvt auf uns ein! Entfernung etwa zwotausendfünfhundert Meter!«

Ich drehte den Spargel in die Peilung und fuhr ihn vorsichtig aus. Es war heller geworden. Im frühen Tageslicht wirkte der Anblick des mit schäumender Bugwelle heranjagenden Briten noch bedrohlicher und versetzte mir einen regelrechten Schock. Das war ja gar keine Korvette und auch kein lahmes Kanonenboot!

In meinem Kopf überschlugen sich die Gedanken. Zweitausendfünfhundert Meter ließen mir bei diesem Affenzahn, mit dem die Fregatte angerauscht kam, verdammt wenig Spielraum.

»Achterer Torpedoraum ... Bold raus! Beide Maschinen dreimal AK voraus!« schrie ich und ließ den Spargel in den Schacht gleiten, damit der nicht ein sprudelndes Kielwasser nachzog und unser Täuschungsmanöver mit dem Bold verriet. Ich holte tief Luft, um den Schock zu überwinden. »Die Korvette ist eine Fregatte, I WO! Wenn die nicht auf den Bold reinfällt, sind wir übel dran!«

»Eine Fregatte?« wiederholte Kruse. »Da sieht man mal, was solche Sichtmeldungen wert sind.«

»Eben! Wer weiß, was da noch für Überraschungen auf uns warten. Hoffentlich ist das die einzige.«

»Bold ist raus!« meldete Lindner von achtern.

Das dumpfe Wummern einer Detonationsserie holte uns ein und übertönte die heulenden Schrauben der Fregatte. Wasserbomben! Unverkennbar der Auftakt einer U-Bootjagd. Doch die galt nicht uns und auch nicht dem sich achtern ausbreitenden Bold. Noch fielen sie viel zu weit von uns ab. Aber das ASDIC ließ uns nicht los.

»Dieses Scheiß-ASDIC! Warum fängt dieser verdammte Bold nicht endlich dieses Scheiß-ASDIC ab?« Voller Ungeduld gingen die Nerven mit mir durch. »Erst die Schwierigkeiten mit dem Boldgerät, und jetzt funktioniert dieses Mistding am Ende auch nicht!«

Eine Sorge, die sich im gleichen Augenblick von selbst erledigte. Der ASDIC-Strahl begann zu stottern, glitt stoppelnd ab, kam zurück und brach endlich völlig ab.

»Er funktioniert, Herr Kapitän!« triumphierte Kruse. »Gleich geht's achtern rund!«

Die unerwartet aufgekreuzte Fregatte nahm jedoch meine Gedanken so gefangen, daß ich seine Worte nur mit halbem Ohr wahrnahm. Was dann, wenn es im Geleit am Ende noch mehr davon gab? Dann bedeutete das für uns eine ganz erheblich vergrößerte Gefahr. Fregatten waren wesentlich schneller als Korvetten oder Kanonenboote und besaßen eine viel stärkere Kampfkraft.

Wie um diese Sorge noch zu vertiefen, schlug die Fregatte plötzlich achteraus zu. In schneller Folge ging auf den Bold ein regelrechter Waboregen nieder. Waboserie auf Waboserie explodierte in ihrem Kielwasser, wühlte die See auf und übertönte mit ihren ohrenbetäubenden Detonationen das übrige Kampfgeschehen. Wahrlich eine eindrucksvolle Demonstration ihrer militärischen Stärke.

Doch gerade diese Demonstration rief eine Erinnerung in mir wach, die mich auf einmal ganz kribbelig machte. Fregatten mochten noch so kampfstark sein, sie hatten dennoch eine Achillesferse. Ihr Tiefgang war nämlich größer als der einer Korvette oder eines Kanonenbootes, und der war ihnen im Atlantik oft genug zum Verhängnis geworden. Da genügte bei ruhiger See ein auf geringste Lauftiefe eingestellter Torpedo, und die Fregatte trat die Reise hinab zu den Fischen an.

Ein Gedanke, der mich elektrisierte, denn die See war oben glatt wie ein Spiegel. »Beide Maschinen stopp! Auf Schleichfahrt umkuppeln! Haltet mir das Boot ja auf Sehrohrtiefe, ich will der Fregatte eins vor den Latz knallen. Rohr fünf und sechs ... Achtung! Rohre bewässern! Mündungsklappen auf!«

Noch immer regnete es achteraus Wasserbomben. Vorsichtig fuhr ich das Sehrohr aus. Wassersäulen stiegen hinter der Fregatte auf, obgleich sie den Bold schon überlaufen haben mußte. Gleich würde sie stoppen. Dann richtete sich auf der Fregatte die ganze Aufmerksamkeit auf ihr Kielwasser, suchten die Ferngläser die See nach Trümmern, aufschwimmendem Öl und aufsteigenden Luftblasen ab.

Das war günstig. Wendete sie nämlich, um zu einem neuen Anlauf anzusetzen, kam unsere Chance.

Urplötzlich brachen die Detonationen ab, fielen die Wassersäulen in sich zusammen. Die Fregatte verlor Fahrt und drehte nach Backbord. Ein geradezu ideales Manöver, denn sie schor damit genau in mein Fadenkreuz hinein. Meine Zielansprache war deshalb denkbar einfach.

Ich wartete, bis mir die Fregatte ihre volle Breitseite zeigte. »Rohr fünf ... Achtung! Rohr fünf ... los!«

»Torpedo ist los!«

Die Stoppuhr in Kruses Hand, mit der er die Laufzeit des Torpedos festhielt, tickte so überlaut, daß sie sogar die Wasserbomben übertönte, die weiter entfernt von uns noch immer fielen. Zu gern hätte ich die Optik von meinem Opfer weggedreht, um zu sehen, was sich dort abspielte. Doch die Fregatte ging vor. Ich mußte den Treffer beobachten und seine Wirkung kontrollieren.

»Jetzt!« sagte Kruse mit dem Blick auf seine Stoppuhr.

Einen Sekundenbruchteil danach stieg unterhalb der Brücke der Fregatte eine Wassersäule auf, dröhnte die Detonation des Torpedos durch die Tiefe und löste im Boot lautes Jubelgeschrei aus.

Es war ein Treffer, der ihre wichtigste Abteilung unter Wasser setzte und damit die gesamte Feuerleitzentrale ausschaltete. Damit war ihre Kampfkraft keinen Pfifferling mehr wert. Brachen unter dem Wasserdruck auch noch die Querschotten, und es sah ganz danach aus, denn sie bekam schnell Schlagseite, dann soff sie ab.

Ich atmete erleichtert auf. »Ein Blattschuß, I WO. Treffer genau unter der Brücke. Aber das war kein Kunststück, der Tommy lag ja wie auf dem Präsentierteller.«

»Nur keine falsche Bescheidenheit, Herr Kapitän!« protestierte Kruse. Er ergriff meine Hand und schüttelte sie. Allerdings hätte er mir jetzt vermutlich viel lieber anerkennend auf die Schulter geklopft. »Gratuliere! Genau auf die Sekunde und genau an der richtigen Stelle!«

»Danke.« Ich trat vom Sehrohr zurück, denn ich war auf einmal nur noch grenzenlos müde. Die typische Reaktion auf die enorme nervliche Anspannung. »Übernehmen Sie, I WO. Der nächste Pott gehört Ihnen. Einen Aal haben wir ja noch.«

Dazu kam es jedoch nicht mehr. Die Wabodetonationen waren verstummt, deshalb durchbrach der ASDIC-Strahl, der unsere Steuerbordseite traf, die plötzliche

Stille wie ein donnernder Paukenschlag und ließ uns zusammenzucken. Und der nicht allein. Überdeutlich vernahmen wir sich nähernde Schraubengeräusche.

»Anlauf aus zwo-vier-sechs und eins-drei-null!« Hubers alarmierende Meldung machte das Maß voll.

»Verdammt, wo kommen diese beiden Mistkäfer auf einmal her?« Ich ließ den Spargel in den Schacht gleiten. »Alarmtauchen! Beide Maschinen dreimal AK voraus! Auf hundertachtzig Meter gehen! Alle Mann voraus!«

Das Deck unter meinen Füßen neigte sich schon bugwärts, als die wachfreien Männer aus dem Achterschiff durch die Zentrale tobten und dem in die Tiefe strebenden Bug noch einen zusätzlichen Drall gaben.

»Die Tiefe laufend aussingen!« befahl ich und drückte auf die Stoppuhr.

Es war wichtig. Ich mußte die Zeit nehmen, die das Boot jetzt beim Schnelltauchen bis zum Erreichen der befohlenen Tiefe benötigte. Schließlich hatten wir das Boot nach dem Gewichtsverlust durch die fünf verschossenen Torpedos bisher nur recht oberflächlich trimmen können.

Trotzdem gewann das Boot verhältnismäßig schnell Tiefe. Zugleich kam aber auch einer unserer Verfolger schnell auf. Sein ASDIC-Kontakt ließ uns nicht aus seinen Fängen. Der andere, der aus eins-drei-null angelaufen war, drehte indessen bei, um offenbar der torpedierten Fregatte Hilfe zu leisten.

»Achtzig Meter gehen durch! Boot fällt weiter!«

Die Schraubengeräusche unseres Verfolgers schwollen beängstigend laut an. Für einen Bold war es zu spät. Der kam schneller auf, als wir geschätzt hatten. Nicht mehr lange, dann war er über uns. Da reichten die achtzig Meter nicht, um tiefengestaffelten Wabos zu entgehen.

Jetzt halfen nur noch Ausweichmanöver, sobald die erste Waboserie detonierte. Ausweichmanöver in eine Richtung, mit der er nicht rechnete, so daß er nicht rechtzeitig darauf reagieren konnte. Ich biß die Zähne zusammen und wartete.

»Hundert Meter gehen durch. Boot fällt weiter.«

Zu langsam. Ich legte die Stoppuhr, die jetzt nichts mehr nutzte, auf den Kartentisch zurück, und lauschte nach oben. In das drohende Sirren der Schrauben mischten sich Abschüsse und ein dumpfes Rumpeln. Da fielen Wasserbomben!

»Ruder hart Backbord!« Gehorsam drehte das Boot aus dem Kurs unseres Verfolgers. »Alle Mann wieder auf Gefechtsstation!«

Sekunden später ging achteraus die erste Reihe hoch. Ihre Druckwellen holten uns ein und schüttelten uns durch. Harmlos noch, aber schon fiel die nächste Serie und detonierte.

»Ruder komm auf! Recht so! ... Frage Tiefe.«

Die Antwort hörte ich nicht. Sie ging in den Explosionen der Bombenreihen unter, die Schlag auf Schlag hinter uns fielen. Ich fluchte still in mich hinein, denn ihr Donnern legte das GHG lahm und machte uns taub gegenüber den Schraubengeräuschen, so daß ich daraus keine Schlüsse ziehen konnte. Auch die Druckwellen, die das Boot beutelten, boten keinen direkten Anhalt. Sie nahmen allerdings an Stärke ab, was meine Hoffnung nährte, der Tommy habe unseren Kurswechsel nicht mitbekommen.

Ich zählte acht Waboreihen, bis das Bombardement jäh abbrach. Einen Augenblick hörten wir noch

Schraubengeräusche über uns, dann verstummten die ebenfalls. Die Tommies lauschten mit ihren Horchgeräten offenbar in die Tiefe.

Unwillkürlich lächelte ich. Sie kamen zu spät, der LI hatte längst reagiert und die Maschinen gestoppt. Lautlos sanken wir weiter in die Tiefe. Seltsamerweise schwieg aber auch das ASDIC des Briten. Waren wir schon zu tief?

Mein Blick ging zur Tiefenanzeige. Hundertfünfundvierzig Meter gingen durch. Der Ortungswinkel für das ASDIC war tatsächlich steiler geworden, doch noch nicht steil genug, um seinen suchenden Strahlen endgültig entgehen zu können. Verringerte sich die Entfernung zwischen uns, dann bekam uns sein ASDIC früher oder später wieder in die Klauen. Das Boot sank zu langsam. Ungeduldig machte ich dem LI ein Zeichen, doch der zuckte nur bedauernd die Schultern. Es ging nun mal nicht schneller, schon gar nicht mit gestoppten Maschinen. Wir verloren jedes Gefühl für die Zeit.

Irgendwann sprangen oben die Schrauben sirrend an. Was jetzt? Drehte der Tommy? Wenn ja, in welche Richtung?

Huber hörte es zuerst, und damit zerplatzte meine Hoffnung wie eine Seifenblase. »Anlauf aus drei-vier-null! Eine Korvette, könnte aber auch ein Torpedoboot sein!«

Ein Torpedoboot? Wir kamen nicht dazu, diese überraschende Wendung zu verarbeiten. Der Tommy drehte auf uns ein und preschte los, geleitet von seinem ASDIC, das auf einmal wieder zupackte. Mit Verzögerung zwar, bedingt durch den noch steiler gewordenen Winkel, denn *U-112* hatte inzwischen die 170-Meter-Marke nach unten passiert.

Es nutzte nichts, daß der LI sofort die Maschinen wieder auf AK hochjagte. Wir hatten durch das Stoppen Zeit verloren, und die kam unserem Verfolger jetzt zugute. Mit »Ruder hart Steuerbord!« versuchte ich erneut, aus dem Ortungsstrahl und damit aus seinem Kurs zu flüchten. Ich scheiterte kläglich.

Noch ehe der Rudergänger das Steuer hart legen konnte, katapultierten die Wabowerfer ihre Bomben im hohen Bogen nach beiden Seiten über Bord und rumpelten die Wasserbomben von den Abrolltischen in die aufschäumende See. Donnernd gingen sie hoch.

Noch detonierten sie in unserem Kielwasser, aber ihre gewaltige Druckwelle holte uns ein und drückte das Heck quer zum Kurs des Angreifers. Bevor das taumelnde Boot wieder auf ebenen Kiel kommen konnte, fielen in schneller Folge schon die nächsten Waboreihen. Unaufhaltsam kamen die Detonationen näher.

Damit brach über uns eine wahre Hölle herein. *U-112* wurde in ihren Druckwellen wie ein Bund Flicken hin und her geschleudert und von ihnen wie in einen alles verschlingenden Strudel gesogen. Sicherungen sprangen heraus, Birnen und Standgläser zersprangen. Mit einem Schlag wurde es stockdunkel im Boot.

Jede Orientierung ging in diesem irrwitzigen Tanz verloren. Oben war unten und dann unten wieder oben. Mal stand das Boot regelrecht kopf, dann wurde es von den tiefengestaffelt detonierenden Wabos in die Höhe gepreßt und drehte fast eine Eskimorolle um den eigenen Kiel.

Als uns der Tommy überlief, erreichte das Inferno seinen demoralisierenden Höhepunkt. Unser Eisensarg verwandelte sich in eine dröhnende Folterkammer. Neben, über, vor und hinter uns krepierten die

Bomben. *U-112* wurde zu einem riesigen Resonanzboden, der die ohrenbetäubenden Detonationen tausendfach verstärkt wiedergab und es unmöglich machte, die Entfernung der Explosionen auch nur annähernd abzuschätzen

Schmerzgepeinigt, völlig taub und unfähig, auch nur einen klaren Gedanken zu fassen, klammerte ich mich an die Sprossen der Leiter, um nicht mit dem Kopf voran quer durch die Zentrale zu fliegen und gegen das stählerne Schott geschleudert zu werden. Das ist das Ende, fuhr es mir resignierend durch den Kopf.

Diese Erkenntnis hatte eine seltsame Wirkung. Mein Körper kapselte sich gegen diese unerträgliche Marter ab. Um mich herum versanken das Boot, die donnernden Detonationen und die Angst vor dem drohenden Ende wie unter einem schützenden Schleier. Bilder der Erinnerung traten an deren Stelle, Bilder meiner verstorbenen Eltern, meiner Frau Anke und der Kinder, unseres letzten Urlaubs auf Föhr, unseres Hauses in Blankenese. Und die holten mich jäh in die rauhe Wirklichkeit zurück.

Alles in mir lehnte sich plötzlich wieder gegen das drohende Ende auf. Die lähmende Demoralisierung fiel von mir ab. Mein Kopf wurde klar, registrierte, daß sich die Detonationen entfernten und wir noch immer schwammen, obwohl das Boot von den nachlaufenden Druckwellen nach wie vor schwer gebeutelt wurde. Ich war wieder Herr meiner Sinne.

Mit einem Schlag verstummten die Explosionen, ebbten die Druckwellen ab. Das malträtierte Gehör kam zögernd zurück, vernahm die Geräusche im Boot, mit denen die Besatzung aus ihrer Erstarrung erwachte. Wir waren eine eingespielte Mannschaft, zusammengeschweißt durch die gemeinsamen Feindfahrten. Da bedurfte es keiner detaillierten Befehle, jeder wußte genau, was er jetzt zu tun hatte.

Die E-Maschinen liefen wieder auf Schleichfahrt, denn noch lauerte an der Wasseroberfläche der Tod, auch wenn wir seine Schrauben nicht hörten und auch sein ASDIC schwieg. Dafür alarmierte mich ein unheimliches Knarren, Stöhnen und Knacken in den Spanten. Eine unüberhörbare Warnung, daß der Tod nicht nur dort oben auf uns lauerte.

Ich griff zu der Handleuchte über meinem Kopf, um die Tiefenanzeige zu kontrollieren. Zweihundertzehn Meter! Der Schreck fuhr mir in die Glieder. Kein Wunder, daß die Längs- und Querspanten von dem enormen Außendruck dieser Tiefe weit über die Grenze ihrer konstruktionsbedingten Belastbarkeit zusammengepreßt wurden und gefährlich stöhnten, knackten und knarrten.

»Stopp Tiefe! Auf zwohundertzehn Meter einpendeln! Absolute Ruhe im Boot! Schadensmeldungen an Zentrale!«

Und noch etwas fiel mir in diesem Moment siedend heiß ein: Ich hatte mein Ruderkommando nicht zurückgenommen! Wenn der Rudergänger nicht selbständig gehandelt hatte, dann drehten wir noch immer nach Steuerbord, hatten vielleicht inzwischen sogar einen vollen Kreis geschlagen oder liefen gar auf die flache Küste zu, wo wir jeden Augenblick aufbrummen konnten.

Mit ein paar Schritten war ich am Kompaß. Gott sei Dank, der war nicht ausgefallen. Er leuchtete mir fluoreszierend wie immer entgegegen. Seine Rose stand auf dreihundertvierzig Grad und pendelte ganz geringfügig in den Bewegungen des Bootes mit.

Mir fiel ein Stein vom Herzen. Wir liefen mit Schleichfahrt hinaus in die tiefe See und schwammen ganz offensichtlich in einer dichteren Salzwasserschicht, die wie ein Schutzschild die Ortungsstrahlen des Torpedobootes reflektierte. Deshalb also schwieg das ASDIC, und auch sonst rührte sich oben nichts.

Ich konnte in dem unsteten Licht der geschäftig umhergeisternden Handscheinwerfer nicht erkennen, wer der Rudergänger war, dem ich aufatmend die Hand auf die Schulter legte. »Gut so! Richtig mitgedacht!«

Ich kehrte an den Kartentisch zurück. Die Beleuchtung glimmte auf, flackerte und erlosch wieder. Das erinnerte mich an die längst fälligen Schadensmeldungen aus den Abteilungen. Warum schwieg sich der II WO darüber aus?

»Wo bleiben die Schadensmeldungen, II WO? Gravierende Schäden?«

»Wie man's nimmt, Herr Kapitän!« Das Licht ging an. Werda deutete auf die ausgewechselten Birnen. »Wie üblich, 'ne Menge Bruch: Sicherungen, Birnen und Standgläser. Wassereinbruch an den Stopfbuchsen in Heck- und Bugraum, zahlreiche Kurzschlüsse, Feuerleitung zum Heck ausgefallen, Rohr sechs unklar, Verletzungen halten sich in ...« Ein fernes Donnergrollen ließ ihn verstummen. Wasserbomben?

»Horchgerät, was erzählen die Fische?«

»Zwei Detonationen am ablaufenden Geleit, Herr Kapitän! Können Schreckbomben oder Torpedotreffer sein«, kam es von Huber wie aus der Pistole geschossen.

»Torpedotreffer? Dann ist da ja noch jemand am Geleit«, stellte der II WO völlig überflüssigerweise fest. Ich sah ihn prüfend von der Seite an. Lagen bei ihm etwa die Nerven bloß?

Huber war noch nicht fertig. »Gegner in eins-neun-fünf bestückt seine Wabowerfer und Abrolltische neu. Deutliche Rollgeräusche.«

Kaum war die Meldung heraus, da sprangen achteraus die Schrauben an, kamen auf Touren. Alle Bewegungen im Boot erstarrten. Ging der Zirkus wieder los? Ich blickte in besorgte Mienen.

»Achtung! Gegner in eins-neun-fünf dreht auf dem Teller, um vermutlich zu einem neuen Anlauf anzusetzen!«

»Soll er ruhig! Die dort oben haben keinen ASDIC-Kontakt, und hören können die uns auch nicht!« versicherte ich im Brustton der Überzeugung. »Da wissen die doch gar nicht, wo wir sind.«

Das klang in aller Ohren gut. Die Mienen entspannten sich sichtlich. Im Grunde genommen beruhigte ich mich damit jedoch nur selber. Noch kannte ich ja gar nicht alle unsere Schäden. Es brauchte nur ein Leck in einem der Treibstofftanks zu sein und Öl verräterisch aufzusteigen, schon hatten wir das Torpedoboot wieder auf dem Hals.

Ich wollte den LI danach fragen, kam aber nicht mehr dazu. Die Schrauben heulten auf, wenig später gingen Wabos donnernd hoch. Beutegierig pflügte das Torpedoboot durch die See. Wieder zählte ich acht Waboserien, die in schneller Folge in seinem Kielwasser explodierten. Das schien die Regel bei den Briten zu sein. Sie fielen vergeblich, ihre Druckwellen hoben das Boot zwar an, liefen jedoch vergleichsweise harmlos durch.

Dann Pause. Für uns alle deutlich vernehmbar, drehte der Tommy wieder auf dem Teller und lief langsam – vermutlich nach Versenkungsbeweisen suchend – auf seinem Kurs zurück.

»Ätsch, da find'ste nischt, John Bull! Hau' endlich ab, du störst!« spottete der I WO und erntete dafür grinsende Gesichter.

»Freut euch nicht zu früh, Männer!« warnte ich. »Noch hat der sein Pulver nicht verschossen.«

In das Plitschern seiner Schrauben mischte sich ein fernes Bullern. Das Wasser übertrug eine ganze Kette von Detonationen, unverkennbar von Wasserbomben einer U-Bootjagd. Auf unseren Verfolger wirkten sie wie ein Signal. Er gab die vergebliche Suche auf.

»Gegner läuft mit AK ab, Herr Kapitän! Es waren also keine Schreckbomben! Torpedotreffer!« schrie Huber und löste damit ein ohrenbetäubendes Triumphgeschrei aus, das selbst die hochtourigen Schraubengeräusche des ablaufenden Briten übertönte.

Wir zogen Bilanz und leckten unsere Wunden, die uns das Torpedoboot geschlagen hatte. Es hatte keinen Zweck, dem Geleit hinterher zu hetzen, um auch noch unseren letzten Torpedo anzubringen. Dazu hätten wir ihn zwar nur zu ziehen brauchen, um ihn dann mit einem der vorderen Torpedorohre abzufeuern, denn wir bekamen den Schaden an den Heckrohren nicht in den Griff.

Es gab jedoch noch zwei weitere Haken, die uns zu diesem Verzicht zwangen. Das Boot machte Wasser, obwohl wir alle Stopfbuchsen wieder dicht bekommen hatten. Es drang mehr als normal in die Bilge und war noch dazu mit Treiböl vermischt, dessen Quelle die Stoker nicht zu entdecken vermochten.

»Folglich fördert jeder Hub der Lenzpumpen auch einen Teil dieses Öls außenbords, Herr Kapitän. Wenn auch nicht viel, so hinterläßt es doch eine verräterische

Spur, die einen ausdauernden und aufmerksamen Verfolger zu uns führen könnte«, faßte der LI seinen Bericht zusammen. »Wir können ja auf das Lenzen immer nur kurze Zeit verzichten.«

»Zu deutsch, wir sind reif für die Werft!« stellte ich emotionslos fest. »Noch mehr so gravierende Schäden?«

»Was sonst noch zu Bruch gegangen ist, fällt nicht ins Gewicht, Herr Kapitän«, fühlte sich der II WO angesprochen. »Auch die Verletzungen nicht. Wir haben Schwein gehabt.«

»Hoffen wir, daß es bis La Spezia so bleibt. Sobald die Luft rein ist, tauchen wir auf und laufen mit achtzehn Knoten von der Küste ab. Wir müssen zwar mit Flugzeugen rechnen, aber das Risiko müssen wir eingehen. Es wird schon nicht schiefgehen.«

Es ging doch schief, obwohl sich meine optimistische Hoffnung den ganzen Tag über zu erfüllen schien. Himmel und See blieben leer, bis die Sonne schon schräg über der Westkimm stand und ihr breiter flimmernder Streifen auf der See den Ausguck auch noch zusätzlich blendete.

Aus dieser grellen Lichtflut stießen drei britische Jagdbomber auf uns herunter, als keiner von uns mehr damit rechnete. Wir entdeckten sie überhaupt nur, weil einer der Piloten viel zu früh das Feuer aus seinen Bordwaffen eröffnete. Sie flogen als Kette direkt aus der Sonne an, und zwar in dem blendenden Gegenlicht so dicht hintereinander, daß wir zunächst glaubten, wir hätten es nur mit einem Flugzeug zu tun.

»Feuer frei für alle Waffen!« schrie ich. Zum Tauchen war es zu spät, und mit dem einen Tommy würden wir schon fertig werden. »Achtung, Boot dreht nach Steuerbord auf!«

Ein Manöver, das unsere Waffen breitseits voll zum Tragen brachte und verhinderte, daß uns der Tommy der Länge nach überflog. Noch ehe die anderen Waffen freies Schußfeld hatten, ballerte unsere 10,5 cm-Kanone los; sie lag sofort im Ziel. Von diesem Moment an überschlugen sich die Ereignisse. Der Volltreffer detonierte in der Kanzel des heranjagenden Jagdbombers und verwandelte sie in einen explodierenden Feuerball. In unzählige Teile zerrissen und weit über die See verstreut, stürzten diese Fragmente vom Himmel.

Unser Siegesgeschrei blieb uns jedoch im Halse stecken. Vor unseren schreckerstarrten Augen trudelten Teile des herabstürzenden Leitwerks, sich in der Luft überschlagend, genau auf die Brücke zu. Damit nicht genug. Erst jetzt gewahrten wir, daß der Tommy keineswegs allein gewesen war. Hinter den herumwirbelnden Teilen zeichnete sich im Gegenlicht der Umriß einer aus ihren Bordkanonen feuernden zweiten Maschine ab, die mitten in die Trümmer hineinflog. Ich war so überrascht, daß ich einen Augenblick zögerte, hinter dem Schanzkleid vor ihrem Beschuß und dem herabstürzenden Leitwerkteil in Deckung zu gehen.

Geschosse schlugen in das Schanzkleid des Turmes. »Wahrschau! Volle Deckung, Herr Kapitän!« Kruse riß mich geistesgegenwärtig mit hinunter auf die Gräting.

Er rettete damit nicht nur mir das Leben. Die Brückenwache und die Bedienung der 2 cm-Feuerspritzen ließen sich ebenfalls sofort fallen. Über uns schrammte das abtrudelnde Leitwerkstück schrill kreischend über die Turmoberkante hinweg und knallte mit ungebremster Wucht gegen die beiden herausragenden Sehrohrköpfe, daß die Splitter nach allen Seiten flogen. Von dem Anprall aus seiner Flugbahn herumgerissen, säbelte es auch noch den ausgefahrenen Peilrahmen und die primitive FuMB-Antenne ab, ehe es mit deren Resten über das ramponierte Schanzkleid in die See stürzte.

Im Nu war ich wieder auf den Beinen und hob vorsichtig den Kopf über das Schanzkleid. Der Beschuß durch die zweite Maschine war verstummt. Sie hatte abgedreht und raste Backbord voraus so tief über die See, daß sie eine gischtende Furche durch die glitzernde Wasseroberfläche zog. Offenbar versuchte sie eine Notwasserung, doch die mißlang.

Wie ein Gummiball prallte sie beim Aufsetzen immer wieder von der Wasseroberfläche ab, bis sie letztendlich unterschnitt und im überkippenden Kopfstand mit Donnergetöse zerbarst, zerrissen von den eigenen Bomben. Gott sei Dank, auch die sind wir los, dachte ich, und atmete auf.

Aber warum hörte das Geballer unserer Flak und der 10,5cm-Kanone eigentlich noch immer nicht auf? Ich sah auch keine Einschläge. Schossen diese verrückten Kerle etwa bloß noch aus Spaß an der Freud' in die Luft und vergeudeten unnötig Munition? Ich fuhr herum, um diesen Unfug zu stoppen, und traute meinen Augen nicht.

»Du meine Fresse, da ist ja noch einer!« entfuhr es mir ungewollt.

Von wegen Spaß an der Freud! Ihr heftiges Feuer galt einem dritten Tommy, der angesichts des Abwehrfeuers hochgezogen hatte und nun mit allerlei gewagten Manövern aus unserer Schußweite flüchtete. Das Glück war auf seiner Seite. Bald war er so weit entfernt, daß ihn nur noch ein Zufallstreffer unserer 10,5 cm-Kanone vom Himmel hätte holen können. Jetzt war tatsächlich jeder weitere Schuß pure Verschwendung.

»Feuer einstellen! Geschützstände aufklaren, Bereitschaftsmunition ergänzen!«

Kruse trat zu mir an das Schanzkleid und sah dem nach Südosten fliehenden Tommy hinterher. »Der wird seine Kameraden alarmieren, Herr Kapitän. Aber ehe die hier sind, ist es stockduster.«

»Ein Grund mehr, uns schleunigst aus dem Staub zu machen. Der Fliegerangriff hat uns den Rest gegeben.« Ich legte ihm kameradschaftlich den Arm um die Schulter. »Sie haben mir das Leben gerettet, I WO. Dafür danke ich Ihnen. Das werde ich Ihnen nie vergessen.«

»War doch nur 'ne Revanche für die *Flying Lady* damals, Herr Kapitän«, sagte er irgendwie verlegen. Doch dann blitzte er mich übermütig an. »Wäre doch auch verdammt schade um Sie gewesen, finden Sie nicht?«

Einen erneuten Fliegerangriff fürchtend, liefen wir mit AK ab, um bis zum Anbruch der Dunkelheit noch möglichst viele Seemeilen zwischen uns und eventuelle Verfolger zu legen. Ich hatte nämlich nicht übertrieben, der Fliegerangriff hatte uns tatsächlich den Rest gegeben. Er hatte uns der für ein U-Boot wichtigsten Instrumente beraubt und uns somit regelrecht kastriert.

Der Verlust der FuMB-Antenne und des Peilrahmens für die Funkpeilung war zu verschmerzen, auch die Durchschüsse im oberen Bereich des Turmes und das ramponierte Schanzkleid fielen weniger ins Gewicht. Das alles hinderte uns nicht daran, im Notfall tauchen zu können. Wirklich gravierend wirkte sich dann jedoch der Verlust der beiden Sehrohre aus. Ein Totalschaden, der durch nichts zu ersetzen war. Er machte uns absolut blind gegenüber der Außenwelt und damit schutzlos gegen jeden Angreifer.

Der I WO und ich brüteten deshalb über der Seekarte, maßen Entfernungen und rechneten. Irgendwann warf Kruse seinen Bleistift resignierend auf die Seekarte und riß das Blatt mit seinen Berechnungen von dem Notizblock ab.

»Wir können noch so aufdrehen und alles aus den Maschinen herausholen, was sich ohne Rücksicht auf den hohen Treibölverbrauch herausholen läßt, Herr Kapitän, die Nacht reicht trotzdem nicht aus, um noch vor der Morgendämmerung in die Nähe der italienischen Küste zu kommen.«

»Na schön, immerhin sind es dann keine zwanzig Stunden mehr, sondern nur noch achtundneunzig Seemeilen, bis wir Capo Passero, die Südspitze Siziliens, erreichen.« Ich erhob abwehrend die Hand, weil er zu einer Erwiderung ansetzte. »Ja, ja, ich weiß, Malta ist davon nur einen Katzensprung entfernt. Sie glauben doch nicht, daß da nach den pausenlosen Angriffen unserer Luftwaffe noch ein intakter Flugplatz existiert?«

Kruse verzog geringschätzig das Gesicht. »Wehrmachtsbericht, Herr Kapitän. Hinkebeins Märchenstunde. Der macht doch aus 'nem Furz 'ne Kanonenkugel.«

Hinkebein, so nannte der Volksmund hinter der vorgehaltenen Hand den Reichspropagandaminister Joseph Goebbels, der solche Erfolgsmeldungen nur zu gern noch mehr aufbauschte, als es der fette Oberbefehlshaber der Luftwaffe, Hermann Göring, ohnehin schon tat. Kein Wunder, daß wir selbst gegen den Wehrmachtsbericht ein gewisses Mißtrauen hegten.

Ich drohte Kruse mit erhobenem Finger, obwohl ich selbst meine Zweifel hatte, und grinste. »Na, na, was heißt denn das? Sie zweifeln doch nicht etwa an dem …«

Schritte im Gang ließen mich abbrechen. Der Smadding erschien vor meinem Kabuff und salutierte. »Bitte, stören zu dürfen, Herr Kapitän.«

»Stören Sie, Oberbootsmann! Was gibt's?«

»Die Funkantenne ist wieder aufgeriggt. Huber hat sie überprüft, sie funktioniert absolut einwandfrei.«

»Na, wenigstens eine erfreuliche Nachricht! Danke, Nummer Eins! Dann können wir ja wieder funken.«

Der Smadding knallte die Hacken zusammen und verschwand. Kruse sah mich überrascht an.

»Sie wollen funken?« Eine berechtigte Frage, denn er kannte ja meine Abneigung.

»Vielleicht, I WO. Kommt Zeit, kommt Rat«, orakelte ich und schob die Papiere zusammen. Ich wußte es ja selbst noch nicht. »Wir werden sehen.«

Ich schlug mich die halbe Nacht mit der Frage herum, ob ich von meinem Prinzip abrücken und funken sollte oder nicht. Feindliche Flieger damit erst recht anzulocken, war die eine Seite, unter den Schutz des bei Syracusa stationierten deutschen Geschwaders zu kommen, die andere. Ich beschloß, es vom Verlauf der Nacht abhängig zu machen, und schlief darüber ein.

Erst der übliche Morgenalarm rief mich auf die Brücke, und das beruhigte mich irgendwie. Die Nacht war völlig ruhig verlaufen, und der heraufziehende klare Tag räumte mit meinen Sorgen restlos auf. Je höher die Sonne stieg, desto sicherer wurde ich mir, richtig gehandelt zu haben.

Entweder gab es auf Malta tatsächlich keinen brauchbaren Flugplatz mehr oder die Briten hatten dort gar keine Flugzeuge stationiert. Und Gibraltar oder Ägypten? Wir kannten die Reichweite britischer Jagdbomber nicht, ich bezweifelte jedoch, daß sie sich wegen eines einzelnen deutschen U-Bootes vor der italienischen Küste den Angriffen deutscher Jäger aussetzen würden.

Erst als Capo Passero während der Mittagswache über die Kimm stieg, sichteten wir die ersten Flugzeuge. Sie waren leicht zu identifizieren. Es war eine Staffel deutscher HE 111, begleitet von einigen Messerschmitt-Jägern, die sofort ein lebhaftes Interesse für uns entwickelten.

»Schlafen Sie nicht, Markel!« fuhr der I WO den Signalgast an, der dösend am Schanzkleid lehnte. »Sehen Sie nicht, daß die sich zum Angriff formieren? Schießen Sie schleunigst das Erkennungssignal, sonst nehmen uns diese Schlipssoldaten am Ende noch auf die Hörner!«

Die Signalpistole knallte und zauberte ein paar wunderschöne rote und weiße Sterne in den azurblauen Himmel. Flügelwackelnd löste sich die Kette auf und kehrte zu den HE 111 zurück

»Ein tröstlicher Anblick, was?« sagte ich zum I WO erleichtert. »Sobald wir dicht genug unter Land sind, funken wir die Flottille an. Keine Sau kann dann erkennen, ob der Funkspruch von einer Landstation oder einem Schiff stammt.«

Kruse schmunzelte nur. Ich wußte warum. Paßte das doch gar nicht zu meinem Verdacht, die Briten hätten irgendwie den deutschen Funkschlüssel geknackt und könnten jeden Funkspruch mitlesen. In diesem Augenblick war mir das – ehrlich gesagt – auch herzlich schnuppe, denn ich hatte es eilig. Mit unserem angeschlagenen Boot wollte ich kein Risiko mehr eingehen, sondern Sizilien möglichst schnell hinter uns lassen.

Der friedliche Anblick der zahlreichen Fischerboote und des regen Schiffsverkehrs vor der Küste hätte uns eigentlich ein gewisses Gefühl von relativer Sicherheit vermitteln müssen, dem war jedoch nicht so. Vielmehr suchten unsere Gläser ununterbrochen Himmel und See nach den Anzeichen einer plötzlich über uns hereinbrechenden Gefahr ab.

Aus unseren Köpfen war eben die unterschwellige Sorge nicht zu vertreiben, die Tommies könnten vielleicht doch von Malta ein paar Flugzeuge in die Luft bringen. Sie verlor sich schon deshalb nicht, weil uns die geringe Präsenz italienischer Kriegsschiffe an einer so exponierten Küste irritierte.

»Vielleicht sollten wir die Nacht im Hafen von Messina verbringen?« schlug uns der LI vor, als wir im milden Nachmittagslicht den qualmenden Ätna passierten und die Straße von Messina ansteuerten. »Landgang oder im Schutz der Flak-Batterien mal so richtig auspennen, das wär' doch was – oder?«

Wie auf Kommando schüttelten der I WO, der II WO und ich die Köpfe.

»Nix da, Herr Lietz«, widersprach ich. »Flak-Batterien sind in meinen Augen keine Garantie für einen ruhigen Schlaf, im Gegenteil. Juckeln wir lieber die Nacht durch, das bringt uns schneller aus dem gefährlichen Dunstkreis Maltas. In La Spezia sind die Nächte mit Sicherheit ruhiger.«

Wir brauchten zwei Tage. Es wäre die reinste Bäderreise gewesen, hätten uns nicht die italienischen Vorpostenboote auf der Höhe von Neapel, von Rom und von Livorno daran erinnert, daß wir uns noch immer im Krieg befanden.

Der ausgelassenen Stimmung an Bord tat das jedoch keinen Abbruch, im Gegenteil. Wir hatten inzwischen die Listen für die notwendigen Reparaturen zusammengestellt, sehr großzügig, wie wir uns eingestanden, und die verhießen eine längere Werftliegezeit in La Spezia. Die wiederum bedeutete Urlaub oder zumindest uneingeschränkten Landgang in einem Hafen, in dem es nicht nur unzählige gemütliche Tavernen gab, sondern auch feurige Italienerinnen, die angeblich ein besonderes Faible für deutsche Männer hatten.

Diese rosigen Aussichten heizten natürlich die sexuelle Phantasie unserer Männer enorm an, und die trieb in den Gesprächen die sonderbarsten Blüten, weil einer den anderen zu übertrumpfen versuchte. Ein übriges besorgte der *Soldatensender Belgrad* mit seiner Musik, der tagsüber ununterbrochen dudelte. Der klang nach Urlaub pur. Er bewahrte uns damit vor den rauhen Männerkehlen, die sonst das ferkelige Marine-ABC, das immer wieder beliebte Loblied auf die sagenumwobene Frau Wirtin von der Lahn und die einfallsreichen Verse um Bonifazius Kiesewetter lautstark rezitiert hätten.

Als endlich die Hafeneinfahrt in Sicht kam, flüchtete ich vor dieser Fastnachtsstimmung auf die Brücke.

»Man soll es nicht glauben, Herr Kapitän, ein Zerstörer vor der Hafeneinfahrt als Wachhund«, spottete der II WO und half mir aus dem Turmluk. »Noch dazu ein ganz moderner wie vor Palermo.«

Die Begrüßung verlief ähnlich wie vor Palermo. Auch der kam mit schäumender Bugwelle angebraust und setzte sich nach einem eleganten Aufschießer vor uns. Noch während er grüßend seine Flagge dippte, stiegen an seiner Signalrah Flaggen empor und wehten im Fahrtwind aus.

»Du lieber Himmel, der überschlägt sich ja fast!« lästerte der II WO. »Erwidern Sie den Flaggengruß, Fähnrich! Und Sie, Signalmaat, klären uns mal auf, was der flotte Makkaroni da von uns will.«

»Wir sollen ihm folgen, Herr Oberleutnant.«

»Was bleibt uns auch anderes übrig? Bestätigen Sie!«

Folgsam schoren wir in sein Kielwasser. Das war auch bitter notwendig. Vor der Hafeneinfahrt lag ein ausgedehntes Minenfeld mit einer ganz verzwickten Fahrrinne, in das wir ohne seine Führung glatt hineingetappt wären.

»Minen? Warum das denn?« fragte der II WO verwundert. »Das versteh' einer. Die ganze Küste kaum gesichert und hier ein dickes Minenfeld?«

Die Antwort bekam er, als wir die Signalstation passiert hatten und sich vor uns ein wahrer Mastenwald auftürmte. Dort lag Schiff an Schiff, füllte eine gewaltige Schlachtflotte aus Zerstörern, Torpedobooten, Kreuzern und Schlachtschiffen die weitläufigen Hafenbecken.

»Donnerwetter, eine ganze Armada!« meinte der I WO bewundernd, der ebenfalls auf die Brücke gekommen war. »Wie die Flottenparade zur Kieler Woche.«

»Und so 'was verstecken die Makkaronis hier, anstatt damit die Briten aus dem sogenannten *Mare nostrum* zu vertreiben!« fügte der II WO bitter hinzu. »Da sind doch die Japaner von ganz anderem Format!«

Obwohl ich der gleichen Meinung war, verkniff ich mir dazu jedes Wort. Es war nicht gut, wenn unsere Männer das hörten, das goß nur Öl ins Feuer. Hatten die sich nämlich nach einer nervenaufreibenden Feindfahrt an Land erst einmal kräftig die Nase begossen, führte selbst der nichtigste Anlaß garantiert zu derben Anpöbeleien und deftigen Prügeleien mit den italienischen Marineangehörigen, von denen sie ohnehin schon keine gute Meinung hatten.

Dabei von der deutschen Militärpolizei geschnappt, stand dann am nächsten Morgen wieder die halbe Besatzung zur Bestrafung an. Das kam wie das Amen in der Kirche.

Aus einem der Hafenbecken schor ein Schlepper in das Hauptfahrwasser und blinkte uns an.

»Ein Blinkspruch in deutscher Sprache, Herr Kapitän!« meldete der Signalmaat. »Herzlich willkommen in La Spezia! Bitte folgen Sie mir.«

Für den Zerstörer war es das Signal, uns aus seinem Kielwasser zu entlassen und zur Einfahrt zurückzulaufen. Der Schlepper dagegen lotste uns in ein Hafenbecken, in dem nur deutsche Einheiten lagen, darunter auch zwei U-Boote vom Typ VII-C.

Mit Kleiner Fahrt steuerte *U-112* den freien Liegeplatz zwischen den beiden U-Booten an. Proviantkisten wurden dort von den Transportkarren an Deck geschleppt und wanderten durch die Versorgungsluks hinunter in die Lasten.

Der II WO ließ sein Glas sinken. »Die machen seeklar. Auf uns wartet offenbar ein Empfangskomitee.«

Auch ich hatte die Gruppe auf dem Kai längst entdeckt, den wir ansteuerten. Offiziere im angeregten

Gespräch, dazwischen Marinehelferinnen und Rote-Kreuz-Schwestern mit Blumensträußen in den Händen. Mein Glas wanderte über die Gruppe, suchte aber vergeblich nach irgendwelchen bekannten Gesichtern, zumal uns einige noch den Rücken zukehrten.

»Empfangskomitee? Wir kriegen einen großen Bahnhof, mein Lieber, sogar mit blumenschwenkenden Paradiesjungfrauen!« lästerte der I WO. »Schauen Sie nur, diese aufgerissenen Augen! Hach, wie mich das aufregt!«

»Ist das ein Wunder, so zerrupft, wie wir aussehen?« Die Antwort des II WO ging fast in dem Gelächter unter. Der schätzte ungerührt die Entfernung zum Kai ab. »Wir haben noch etwas Zeit. Trotzdem – Leinenkommando Achtung! Boot geht mit Steuerbordseite an die Pier! Verflucht, ist der Kerl da wahnsinnig geworden?«

Ein warnender Heulton aus unserem Nebelhorn trieb die Barkasse aus unserem Kurs, die mit hoher Fahrt noch zwischen dem Kai und uns durchflutschen wollte, denn jetzt wurde es knapp. Die Arbeiten auf dem Kai und auf den Booten stockten jäh, alle Köpfe wandten sich uns zu, während wir näherglitten.

Mein Blick wurde starr. Ich traute meinen Augen nicht. Unter den Offizieren entdeckte ich auf einmal ein vertrautes Gesicht, und nicht nur dort. Auch unter den Rote-Kreuz-Schwestern stand eine junge Frau, deren Anblick die angenehmsten Erinnerungen in mir wachrief und deren Anwesenheit mich völlig verwirrte. Was machte die Toni hier in Italien? Oder war das gar nicht Toni, war die dort ihr nur ähnlich?

»Beide Maschinen stopp! Ruder Backbord zehn! Ruder, komm auf! Recht so!«

Ich registrierte rein mechanisch, wie der II WO das

Boot mit der auslaufenden Geschwindigkeit milimetergenau parallel zur Pier brachte. Ich hätte es nicht besser gekonnt.

Leinen flogen hinüber, wurden festgemacht. Die Maschinen verstummten. Eine Stelling wurde zu uns herübergeschoben, während ich noch immer versuchte, die Erinnerungen abzustreifen, die mich einholten. Erst als der II WO vor mich trat und die Hand salutierend an den Mützenschirm legte, schüttelte ich die Vergangenheit ab.

»Boot hat festgemacht, Herr Kapitän!«

»Danke, Herr Werda! Lassen Sie *›Alle Mann!‹* pfeifen und die Besatzung auf der Pier zur Meldung an den Flottillenchef Aufstellung nehmen.«

Meine Meldung wartete mit einer erneuten Überraschung auf. Der Flottillenchef, dem ich sie im guten Glauben machte, entpuppte sich als mein Crew- und ehemaliger Stubenkamerad, Korvettenkapitän Norbert Graf Horn von Hornberg, und der weidete sich an meiner Überraschung.

»Haste jedacht, Arne, wa? Is' aber nich', ick bin nich' der Flottillenchef, nur sein IO. Du kommst zu spät. Der Alte is' mit dem BdU. vor 'ner guten Stunde zu Besprechungen mit dem FdU. Italien nach Rom abjebraust.«

Graf Koks, wie wir ihn respektlos nannten, hochintelligenter Sproß einer verarmten Seitenlinie der berühmten Grafen von Hornberg, machte im vertrauten Kreise keinen Hehl daraus, daß er im finstersten Berlin aufgewachsen war. Er war wohl der charmanteste Hallodri und galanteste Herzensbrecher der Marineschule Flensburg-Mürwik gewesen, der je als Fähnrich schmerzende Wunden in die Herzen der Flensburger Damenwelt geschlagen hatte.

Er schüttelte mir die Hand und schlug mir völlig reglementwidrig auf die Schultern. »Und nun darf ich dir unsere liebreizende, aber leider Gottes überaus tugendhafte Dienerin Äskulaps, Frau Doktor Antonie Weber, vorstellen. Hüte dich vor ihr, Arne, ihr verführerisches Äußere täuscht! Sie heilt nicht, sondern bricht gnadenlos alle ihr in platonischer Minne verfallenen Herzen.«

»Das weiß ich, Norbert.« Ich wandte mich Toni zu. »Hallo, Toni, das ist aber 'ne angenehme Überraschung!«

»Hallo, Arne, ich freue mich, dich nach so vielen Jahren heil und gesund wiederzusehen.« Sie drückte mir einen Blumenstrauß in die Hand und küßte mich freundschaftlich auf beide Wangen. Mehr als Freundschaft war uns von unserer verliebten Zeit nicht geblieben. »Herzlich willkommen in ...«

»Was denn, ihr kennt euch?« erholte sich Graf Koks von seinem Erstaunen. »Und sie küßt dich? Das ist ja 'n Ei! Das müßt ihr mir erzählen, wenn wir das Dienstliche hinter uns haben. Ich lade euch zu heute abend ins *DA FABIO* zu einem Umtrunk ein! Und nun los, Arne, bringen wir es hinter uns!«

Er brachte es auf die ihm eigene legere Art hinter sich, die er sich angewöhnt hatte, seitdem ihn ein Granatsplitter bei einem Gefecht mit einem bewaffneten Dampfer das linke Auge gekostet und seine erfolgreiche Laufbahn als U-Bootkommandant beendet hatte. Mit einem Glasauge war er eben nur noch an Land einzusetzen.

Als ich ihm meine Offiziere vorstellte, musterte er

Kruse besonders eingehend. »Freut mich, Sie kennenzulernen, Herr Kruse. Ich möchte Sie bitten, sich heute nachmittag zusammen mit Kapitän Thomsen bei mir einzufinden, wenn das Boot klar für die Werftliegezeit gemacht worden ist. Wir haben da einiges zu bereden.« Er schritt die Front ab, richtete hier und da ein paar Worte an Männer der Besatzung und wandte sich dann an alle: »So, Männer, und nun überlasse ich euch den zarten Händen der Ehrenjungfrauen. Jungfrauen, wohlgemerkt! Daß mir da aber ja keine Klagen kommen! Ist das klar?«

»Jawohl, Herr Kapitän!« scholl es laut über den Hafen, daß die wenigen Möwen erschreckt von den Dalben aufflogen.

Als ich mich mit Kruse am späten Nachmittag im Gebäude der Flottille einfand, hatten wir einen turbulenten Tag hinter uns. *U-112* war ein hohler Vogel geworden, vor dem nur noch unsere Hafenwache Dienst schob.

Torpedo und Munition waren abgegeben, die Vorratslasten leergeräumt, die Reparaturliste mit dem Werftoffizier der Flottille durchgesprochen und die Besatzung auf der *BENITO VARESE* untergebracht, einem italienischen Luxusdampfer, der jetzt den deutschen U-Bootbesatzungen als komfortables Wohnschiff diente.

»Kommt, nehmt Platz!« forderte uns Graf Koks auf. »Einen Grappa aus Piemont oder lieber einen französischen Cognac?«

»Wenn wir schon in Italien sind, dann lieber einen Grappa«, entschied ich, auch Kruse nickte. »Hast du Nachricht von Hagen und Kuddel Wildenow?«

Graf Hornberg goß gewissenhaft die Gläser voll und

ließ sich mit der Antwort Zeit. »Erst nehmen wir mal den Willkommenstrunk zur Brust, Arne. Prost!«

Wir taten ihm Bescheid. Ich stellte das leere Glas auf den Tisch zurück. »Schlechte Nachrichten?«

»Hagen hat es erwischt, vor Tobruk versenkt. Vermutlich ist die Besatzung oder zumindest ein Teil von ihr aufgefischt worden. Jedenfalls haben die Tommies *U-500* als versenkt gemeldet. Das könnten sie nicht, wenn nicht jemand gerettet worden wäre. Das läßt hoffen.«

Bei seinen Worten rann mir ein eiskalter Schauer über den Rücken. Erst jetzt wurde mir bewußt, was wir wieder für ein unerhörtes Glück gehabt hatten, so dicht, wie die Sense auch an uns vorübergesaust war. Kruse erging es nicht anders.

Hornberg goß uns erneut ein. »Ihr seht beide aus, als könntet ihr jetzt noch einen vertragen. Auf eure glückliche Heimkehr!«

Die beiden ungewohnten Schnäpse so kurz hintereinander gingen bei mir sofort ins Blut über und stiegen mir zu Kopf. Das milderte tatsächlich den Schock. »Und Wildenow, auch versenkt?«

»Kuddel doch nicht! Es hat ihn allerdings noch übler als euch erwischt. Er hat es man gerade noch mit Hängen und Würgen bis Siracusa geschafft. Dort fixen sie ihn jetzt so weit auf, daß er es bis Neapel in die Werft schaffen wird. Der fällt also auch für längere Zeit aus.« Er kramte in seinen Papieren. »Und damit komme ich zu euch. Ich habe eine gute und eine schlechte Nachricht. Welche zuerst?«

»Die schlechte natürlich!« antworteten wir beide wie aus einem Mund.

»Ich habe mit unserem für die Reparaturen zuständigen Offizier gesprochen. So schnell, wie ihr euch das vorstellt, geht das hier mit den Werftarbeiten nicht. Die haben hier andere Prioritäten, erst gehen zwei Italiener ins Dock, dann ein Deutscher. Wir können es leider nicht ändern.«

»Na schön, das läßt sich verkraften. Eine längere Ruhepause schadet keinem von uns. Und die gute?«

»Ihr fallt beide die Treppe rauf, Arne.«

Wir starrten ihn verblüfft an. »Was heißt denn das nun wieder, Norbert?«

»Kapitänleutnat Kruse wird ...« Er brach ab, weil es klopfte. »Herein!«

Ein Schreibersmaat trat ein und legte ihm einen Zettel auf den Tisch. »Eine Nachricht von der Signalstation, Herr Kapitän.«

Hornberg warf nur einen kurzen Blick darauf, dann stand er auf und zuckte die Schultern. »Tut mir leid, Arne, die gute Nachricht muß bis heute abend warten. Eines unserer Boote läuft ein, ich muß zu seiner Begrüßung runter in den Hafen. – Um sieben Uhr im DA FABIO, ja? Unsere hübsche Doktorin kommt ebenfalls.«

Wir nickten. Was blieb uns auch anderes übrig?

Unsere Neugier trieb uns schon vor sieben Uhr in das *DA FABIO*, einer urgemütlichen Taverne, die fest in deutscher Hand war. Toni erging es offensichtlich ebenso, sie kam kurz nach uns, und von diesem Augenblick an war Kruse für diese Welt verloren.

Unwillkürlich mußte ich lächeln; denn ich kannte ja Tonis Wirkung auf Männer, hatte sie am eigenen Leibe erfahren. Zu meiner größten Verwunderung jedoch reagierte Toni genauso wie mein I WO. Es wurde eine ziemlich einsilbige Unterhaltung, denn die beiden bekamen vor lauter Hemmungen kein vernünftiges Wort heraus. Bei mir läuteten die Alarmglocken, so hatte es zwischen Toni und mir seinerzeit auch angefangen.

Ich machte der Bedienung ein Zeichen. »Ein Wiedersehen nach so langer Zeit verlangt einfach nach einer Flasche Asti spumante. Darf ich euch einladen?«

Die beiden nickten bloß. Als der Korken knallte und der Sekt in den Gläsern perlte, schien der Bann gebrochen. Kruse faßte sich ein Herz.

»Sie kennen sich schon länger, Frau Doktor Weber? Darf man fragen, woher? Oder ist das indiskret?«

Toni lachte laut auf. »Du lieber Himmel! Frau Doktor Weber, wie steril das klingt! Wollen Sie mich abschrecken? Ich heiße Antonie. Das klingt allerdings genauso schlimm, deshalb höre ich Toni viel lieber! Prost!«

Sie trank ihr Glas auf einen Zug aus. »So, Sie dürfen fragen, und es ist auch nicht indiskret.«

Ich schenkte uns nach. »Na, dann laß mich mal antworten, Toni. Kennengelernt haben wir uns in Swinemünde, als unser Segelschulschiff zur Besichtigung freigegeben worden war. Ich war damals noch Seekadett. Wir hatten eine sehr schöne Zeit miteinander, aber dann verbrachte ich immer mehr Tage auf See als an Land. Seemannsschicksal, mein lieber Kruse. Wir haben dann beide irgendwann festgestellt, daß es für eine Ehe nicht reichte. Freunde sind wir geblieben, gute Freunde, bis wir uns aus den Augen verloren haben und der Kontakt abriß. Korrekt, Toni?«

»Absolut korrekt. Deshalb habe ich mich ja so gefreut, als ich von deiner bevorstehenden Ankunft hörte. Du bist ja inzwischen ein richtig berühmter Mann geworden, so mit Ritterkreuz und dem Eichenlaub dazu. Und verheiratet bist du auch, wie ich an dem Ring an deiner Hand sehe.«

Es klang mehr nach einer Frage als nach einer Feststellung. »Verheiratet – ja, und zwei Kinder haben wir auch. Und du?«

Sie zuckte die Schultern und nippte an ihrem Glas. »Nichts dergleichen. Erst das Studium und dann der Krieg. Da ist eben der richtige Mann noch nicht gekommen. Und Sie, Herr Kapitänleutnant?«

»Ach du meine Güte, Kapitänleutnant! Ich heiße Klaus, und das klingt in meinen Ohren viel besser. Und verheiratet?« Er schüttelte den Kopf. »Als Seemann? Wer heiratet denn schon einen Seemann und dann jetzt auch noch im Kriege?«

Ich blickte zur Tür. Ein Schwall deutscher Seeleute schwemmte Graf Horn von Hornberg in die Taverne. »Nachdem ihr euch nun genügend beschnuppert habt und wir alle wichtigen Fragen geklärt haben, können wir ja nun wohl zum fröhlichen Teil übergehen und bei den Vornamen bleiben. Da kommt Graf Koks, wenn der das hört, kriegt der glatt Stielaugen! Vergeßt nicht, er hat uns eingeladen.«

»Wie nennst du ihn?« pruschte Toni laut los. »Graf Koks?«

»Untersteh' dich, ihn so zu nennen, Toni, es sei denn, er sei besoffen! Das war sein Spitzname in der Rekrutenkompanie, auf dem Schulschiff und auf der Marineschule. Jetzt könnte er das in den falschen Hals kriegen, das wollen wir doch nicht – oder?«

Kruse und ich standen auf, um Hornberg zu begrüßen. Er schien bester Laune zu sein, denn er strahlte über das ganze Gesicht, als er Toni die Hand küßte und uns mit einem Kopfnicken begrüßte.

»Ich sehe, ihr habt schon Asti geordert. Dabei sollten wir auch bleiben. Wir haben schließlich allen Grund dazu.« Er machte der Bedienung ein Zeichen, noch eine Flasche zu bringen. »Das geht aber heute alles auf meine Rechnung.«

»Und warum?« wollte Toni wissen. »Nur des Wiedersehens wegen?«

»Auch, meine Liebe, auch! Es gibt dafür mehrere Gründe, beispielsweise Ihre Anwesenheit. Wann hätte ich denn schon mal die Gelegenheit gehabt, mit Ihnen, meine Verehrteste, den Abend zu verbringen?«

»Grundgütiger Himmel, das mußte ja kommen!« Toni lachte auf. »Auch dafür gibt es mehrere Gründe. Soll ich Sie nennen?«

Hornberg hob mit gespieltem Entsetzen abwehrend die Hände. »Da sei Gott vor! Sie brächten es fertig, mich zu kompromittieren! Trinken wir lieber einen Schluck auf den heutigen Abend!«

»Na denn, auf den heutigen Abend!«

»So«, er stellte sein Glas auf den Tisch zurück, »nun klärt mich mal auf, woher ihr euch kennt, bevor ich mit meinen Neuigkeiten herausrücke.«

»Das ist schnell getan.« Ich wiederholte einfach nur, was ich auch Kruse gesagt hatte. »Und nun bist du dran.«

»Wir haben eine Agentenmeldung aus Tobruk, Arne. Ihr habt den Geleitzug nicht nur gehörig gezaust, auch die Minensperre hat noch ihren Tribut gefordert. Im Augenblick ist die Hafeneinfahrt total blockiert.«

»Das war ja auch der Zweck der Übung«, bemerkte Kruse trocken. »War da nicht noch etwas, worüber Sie uns heute abend erfreulicherweise informieren wollten, Herr Kapitän?«

»Gemach, gemach, junger Mann, alles der Reihe nach!« Norbert nahm einen Schluck und sah mich von der Seite an. »Welche Rolle spielt eigentlich dieser Fregattenkapitän Roloff vom FdU West in deiner dienstlichen Laufbahn, Arne?«

»Wie bitte?« fragte ich verwundert. »Wie kommst du denn auf einmal auf den? Wir kennen uns, seit ich mit unserer damaligen Besatzung, zu der auch Kaleu Kruse gehörte, die britische U-Bootfalle *Flying Lady* gekapert habe.«

Hornberg pfiff durch die Zähne. »Die *Flying Lady*, das erklärt manches! Den Namen hat auch der *Löwe* im Zusammenhang mit dir genannt. Das muß ja ein richtig dickes Ding gewesen sein. Klär' mich mal auf.«

»Moment!« mischte sich Toni ein. »Erst bin ich dran! Wer, bitte, ist der Löwe?«

»Der Befehlshaber der U-Boote, Admiral Dönitz. Das ist sein Spitzname in unseren Kreisen, Toni. Und nun zu deiner Frage, Norbert«, drehte ich den Spieß um. »Was das mit der *Flying Lady* war, will ich dir gern erzählen. Aber zuerst hörst du auf, in Rätseln zu reden. Du hast uns gute Nachrichten versprochen. Also rück raus mit der Sprache!«

»Gut, machen wir es kurz!« Er war regelrecht pikiert. Es hätte ihm offensichtlich Spaß bereitet, uns noch länger auf die Folter zu spannen. »Ich gebe nur wieder, was ich gehört habe. Du kannst deine Klamotten in der Seekiste lassen. Für dich ist die Seefahrt zu Ende, Arne. Der Posten des Flottillenchefs in Brest ist vakant. Der FdU West will dich als Nachfolger von Bernhardi haben, dabei fielen die Namen Roloff und *Flying Lady*.«

Er machte eine Pause, um seine Worte wirken zu lassen. Er trank sein Glas aus und feixte, weil ich schwieg.

»Das war die eine gute Nachricht. Sie verschlägt dir die Sprache, was?«

»Das kann man wohl sagen! Sag' bloß nicht, der Bernhardi soll *U-112* übernehmen, denn das wäre keine gute Nachricht.«

»Der doch nicht, Arne! Du bist aber schwer von Begriff. Kruse ist Kommandant von *U-112,* sobald wir morgen die Übergabeverhandlungen abgewickelt haben. Der Befehl dazu liegt schon vor. Das ist doch wohl auch in deinem Sinne. Zufrieden?«

»Zufrieden? Zufrieden ist gar kein Ausdruck!«

Ich war von dieser Lösung so überwältigt, daß ich nach einer Möglichkeit suchte, meiner Freude darüber Ausdruck zu verleihen. Kruse und ich hatten längst ein freundschaftliches Verhältnis zueinander, und er hatte mir das Leben gerettet. Da wußte ich plötzlich, wie ich meine Dankbarkeit und Freude zum Ausdruck bringen konnte. Ich nahm mein Glas und stand auf.

»Gratuliere, Herr Kruse! Sie übernehmen *U-112,* Sie sind also nicht mehr mein I WO und ich nicht mehr Ihr Kommandant. Da kann ich jetzt endlich das tun, was schon lange zwischen uns fällig gewesen ist. Von heute abend an sind wir nur noch Freunde, was wir ja eigentlich schon lange gewesen sind! Und zwischen Freunden duzt man sich, meine ich. Prost, Klaus! Ich heiße Arne, wie du weißt!«

Es war ein Augenblick, in dem uns beide die Rührung packte. Ich hatte Mühe, meine Gefühle zu verbergen, als ich mit ihm anstieß und ihm in die Augen sah. Auch seine Augen wurden feucht.

»Danke, Arne!« sagte er mit bewegter Stimme. »Ich ... ich danke dir für deine Worte und für die gemeinsame Zeit, die aus dem kleinen blutjungen Leutnant jetzt deinen Nachfolger gemacht hat. Auf allzeit gute Freundschaft! Prost!«

Wir verschluckten uns beinahe an unserem Sekt, weil wie auf Bestellung plötzlich Musik ertönte. Tanzmusik aus geschickt kaschierten Lautsprechern hinter uns, vermutlich aus dem Radio oder von einer Schallplatte, die Fabio aufgelegt hatte. Einen Moment sahen wir uns verblüfft an, dann brachen wir in lautes Gelächter aus, froh darüber, unsere rührseligen Anwandlungen damit überspielen zu können.

»Alle Achtung! Das habt ihr aber geschickt arrangiert! Fast wie in 'ner Operette!« lästerte Graf Koks. »Wenn das kein Grund zum Saufen ist!«

»Moooment!« bremste ich ihn. »Alles hübsch nacheinander, mein Lieber! Was mit Klaus geschieht, weiß ich ja nun. Wie läuft das denn nun bei mir?«

»Der Löwe ist jetzt in Rom, anschließend inspiziert er die Stützpunkte in Pola und Salamis. Er rechnet mit jeweils zwei Tagen; deshalb sollst du dich ab morgen in acht Tagen bei ihm am Tirpitzufer in Berlin melden.«

»In acht Tagen? Und was mache ich bis dahin?«

»Wo ist denn da ein Problem? Du machst hier Urlaub, gehst spazieren, verdrehst schönen Mädchen den Kopf oder aber ...«

»Oder aber er fliegt morgen mit der Kuriermaschine nach Berlin, das kann ich vermitteln«, unterbrach ihn Toni. »Graf, Sie wissen doch genau, was das für eine Krux mit den Zugverbindungen von hier nach Deutschland ist. Da ist er ja mindestens vier Tage auf der Achse. Dann schon lieber Berlin, da kann er sich ebenfalls ein paar schöne Tage machen. Ich finde, diesen Kurzurlaub hat er nach dieser Feindfahrt auch verdient.«

»Sehr richtig!« hieb Kruse in die gleiche Kerbe. »Bin ganz Ihrer Meinung, Toni!«

Ich war sprachlos. Zugleich überschlugen sich in meinem Kopf die Gedanken. Ich sah plötzlich Ankes strahlendes Gesicht vor mir, dachte an die wenigen Tage in Berlin, als ich dorthin nach meiner letzten Feindfahrt zur Berichterstattung befohlen worden war. Und diesmal hätten wir sogar acht Tage für uns!

»Das kannst du vermitteln, Toni?« sagte ich überwältigt. »Finde ich ja phantastisch!«

Sie machte eine wegwerfende Handbewegung. »Kleinigkeit, man muß nur die entsprechenden Verbindungen haben. Ich konnte jemandem einen Gefallen tun, jetzt ist er mir einen Gegendienst schuldig. Eine Hand wäscht nun mal die andere.«

Es wurde ein ganz amüsanter Abend, für den Grafen und mich ein sehr feuchter noch dazu. Toni und Kruse sahen wir allerdings nur in den Tanzpausen an unserem Tisch. Es war ja alles abgesprochen, und da hatten die weniger Augen für uns als für sich.

»So kann man sich irren, Arne!« stellte Graf Koks mit schwerer Zunge irgendwann fest. »Is' wohl doch keene eiserne Jungfrau! Da muß bloß so 'n junger Spund kommen, schon is' man Neese. Sauf, Bruderherz, was bleibt einem sonst noch?«

Nun, so alt fühlte ich mich auch wiederum nicht, wenn ich an Anke dachte, im Gegenteil. Seltsamerweise verlor der Alkohol mit jedem Glas bei mir an Wirkung, ich wurde immer nüchterner. Graf Hornberg streckte dagegen kurz vor Mitternacht die Waffen.

»Bei mir zieht jetzt der Bettzipfel, Arne. Laß die beiden Turteltauben turteln. Komm, wir ziehen Leine!«

Er stand schwankend auf. »Auf zur Flottille, da nehmen wir noch 'n Absacker aus dem Schatzkästchen des Chefs. Und dann ab in die Haia.«

Das war genau der Augenblick, den ich herbeigesehnt hatte. Nicht des Schlummertrunkes wegen. Ich mußte mit Anke telefonieren. Das ging jedoch nur auf einer Dienstleitung, privat kam man erst nach Stunden durch, wenn überhaupt. Es war zwar spät, aber Anke würde vor Freude bis an die Decke springen.

»Absacker ist gut«, sagte ich und hakte ihn unter. »Räumen wir das Feld.«

Ich hatte mir Norberts Heimkehr leichter vorgestellt. In der frischen Luft schlugen die Flaschen Asti spumante voll durch, er hatte plötzlich Blei in den Beinen. Nur mit Mühe bekam ich ihn die Eingangsstufen empor. Der Weg zu seinem Dienstbereich endete dann völlig unprogrammgemäß vor einer Toilette.

»Teufel, jetzt drückt mich mein Innenleben!« rülpste er. »Geh man schon vor, du kennst ja den Weg!«

Nichts lieber als das. Mit ein paar Schritten war ich im Zimmer des Flottillenchefs, hob den Telefonhörer ab und drückte auf »Vermittlung«. Eine verschlafene Männerstimme meldete sich.

»Ein Blitzgespräch nach Hamburg-Blankenese.« Ich nannte die Rufnummer. »Aber dalli!«

»Nach Hamburg-Blankenese?« nölte der Kerl gelangweilt. »Für wen das denn?«

»Für wen? Haben Sie keine Augen im Kopf? Gucken Sie auf Ihren Klappenschrank, Sie Maske! Machen Sie sofort, was ich Ihnen befohlen habe, sonst mache ich Ihnen Feuer unter dem Arsch!«

Das war genau der richtige Ton. Der Mann am Klappenschrank hielt mich für den Flottillenchef und überschlug sich auf einmal vor Eifer. »Jawohl, Herr Kapitän! Ein Blitzgespräch nach Hamburg-Blankenese, sofort!«

Der »Kapitän« machte ihm Beine. Innerhalb weniger Minuten hatte ich meine Verbindung. Es wurde sofort abgenommen, als habe Anke neben dem Apparat gestanden oder ihn auf dem Nachttisch deponiert.

»Thomsen – ja bitte?« Ankes Stimme ging mir durch und durch. Sie klang keineswegs verschlafen, und das überraschte mich.

»Anke, Liebling, ich bin's! Höre mir bitte gut zu. Ich ...«

Ihr Aufschrei unterbrach mich. »Arne! Von wo sprichst du? Ich bin ...«

»Stopp, Anke! Es muß schnell gehen! Ich bin in Italien und komme morgen für acht Tage dienstlich nach Berlin. Bring die Kinder bei deinen Eltern unter, und komm nach Berlin. Bestell für uns ein Zimmer im Hotel Excelsior, das kennst du ja. Mir bleibt von hier keine Zeit dafür. Hast du alles mitbekommen?«

Anke kannte solche Eilbotschaften und begriff sofort, daß uns auch diesmal wieder die Zeit auf den Nägeln brannte. Hastig wiederholte sie meine Anweisungen. Ich lauschte indessen mit dem anderen Ohr nach draußen.

Dort rührte sich jedoch noch immer nichts. Das war gut; denn es ließ mir Zeit für ein paar persönliche Worte.

»Du bist noch wach? Irgend etwas mit den Kindern?«

»Nein, nein! Bei uns ist alles in Ordnung. Fritzi und Ole waren bei mir zu Gast, sie sind eben erst gegangen. Wenn wir das gewußt hätten! Geht's dir gut? Was machst du in Berlin?«

»Es geht mir sehr gut. Dein größter Wunsch geht in

Erfüllung, Liebling! Ich muß nicht mehr raus auf See, ich werde Flottillenchef in Brest. Was macht ...«

Da ging es mit ihr durch. »Du mußt nicht mehr raus? Mein Gott, das ist die schönste Nachricht...«

Eine unpersönliche Frauenstimme schaltete sich mahnend dazwischen. »Bitte, beenden Sie das Gespräch, die Leitung wird gebraucht!«

Auch das kannten wir, das war immer so.

»Es kann morgen spät werden, Anke. Mach' dir deshalb keine Sorgen! Ich ...«

Knacks, die Leitung war tot. Leise fluchend, legte ich auf. Jetzt konnte ich wirklich noch einen Absacker gebrauchen. Ich trat an die Anrichte und goß dem Grafen und mir einen doppelstöckigen Grappa ein. Aber wo blieb der Kerl?

Ich ließ die Grappa unbenutzt stehen und ging zur Toilette zurück. Als ich die Tür öffnete, schlugen mir eine Alkoholfahne und lautes Schnarchen entgegen. Graf Koks hockte mit dem Rücken an der Wand auf dem Abtritt und schlief tief und fest.

Eine höchst unbequeme Stellung, deshalb wollte ich ihn eigentlich wecken. Doch dann schloß ich leise die Tür und ließ ihn schlafen. Das war vielleicht gemein, aber wie man sich bettet, so schläft man halt.

Glossar

Aal	Torpedo
AK	Äußerste (Maschinen-)Kraft
Äquinoktium (-tien)	Nachtgleiche = 21.März / 23.September
ASDIC	Ortungsgerät (Sonar) deutsche Version: USG , S-Gerät
Bach	Meer
Back	1. vorderer Teil des Oberdecks 2. Tisch an Bord, davon abgeleitet: Backskiste = Sitztruhe am Tisch Backen und Banken = Aufruf zum Essen Backschafter = Essenholer aufbacken = auftischen
Badegast	Bezeichnung für einen Passagier an Bord
Bäderreise	von kriegerischen Ereignissen ungetrübter Seetörn
BdW	Bootsmaat der Wache
belegen	1. Leine festmachen 2. Befehl oder Meldung widerrufen
Besanschot an!	Schnaps- oder Bierausgabe
Besteck	Schiffsortbestimmung
Bilge	unterster Teil des Schiffsinneren
BdU	Befehlshaber der U-Boote (Admiral Dönitz, auch *Löwe* genannt)
Bold	Hilfsmittel, um ASDIC-Ortung irrezuführen = Kalziumhydrit wird ausgestoßen, erzeugt sich schnell ausbreitende Gasblasen, die den Ortungsstrahl reflektieren und ein U-Boot vortäuschen, wo keins mehr ist.

Bordfunk	Umschreibung für Gerüchtverbreitung
BRT	Bruttoregistertonne, Raummaß bei der Vermessung der Tonnage eines Schiffes. Gegenstück: Nettoregistertonne
Brücke	hier: Turmplattform des U-Bootes
BÜ	Befehlsübermittlung(-sgerät), auch Befehlsübermittler (Posten)
Bucht	hier: Schlaufe im Tau, Seilschlinge
Charly	Spottname für brit. Aufklärer
Crew	1. Mannschaft (engl.) 2. Offiziersjahrgang
Deckoffiziere	Feldwebel, Oberfeldwebel, Fähnriche
Dickschiff	Kreuzer, Schlachtschiff
Deutsches Kreuz	einem friderizianischen Orden nachgebildete Kriegsauszeichnung, wegen seiner Form von der Truppe respektlos »Spiegel-Ei« genannt
dwars	querab
Dez	10 Grad, zwei Dez = 20 Grad
Einbaum	Spottname für die kleinen U-Boote laut Versailler Vertrag
E.S.	Erkennungs-Signal
Etmal	in 24 Std. zurückgelegte Strecke, von Mittag zu Mittag gemessen
FdU	Führer der U-Boote (z.B. West = im Westen)
Feger	Geleitsicherung, die vor dem Geleit oder im Geleit (als *Kolonnenfeger)* nach U-Booten sucht
Feudel	Scheuerlappen
Feuerlee	dem Beschuß abgekehrte Seite

Freund Hein	der Tod
FuMB	Funkmeßbeobachtungsgerät, erkennt RADAR-Ortung
FuMO	Funkmeßortungsgerät = deutsches RADAR
Gatje(n)	kleines Loch, hier: After
Geisterecho	entsteht durch unterschiedlich dichte Salzwasserschichten, die den Ortungsstrahl (ASDIC) vom Objekt ablenken
GHG	**G**ruppen-**H**orch-**G**erät
Gestapo	**Ge**heime **Sta**ats**po**lizei, jagte sogenannte Verräter, Staatsfeinde etc.
HJ	**H**itler-**J**ugend
Hundewache	hier: Wache von 0^{00}Uhr bis 4^{00}Uhr (brit. 16^{00}-18^{00} und 18^{00}-20^{00} Uhr)
Hundemarke	scherzhaft für Erkennungsmarke
I WO [II WO/III WO]	1.(2./3.) Wachoffizier
K an K!	Kommandant an Kommandant, Anruf
Kimm	Horizont
Kinken	Seilschlinge, auch: gefährliche Lage
Klappbuchs	Signal-/Morselampe
Klempnerladen	Spottname für Orden und Ehrenzeichen
Klüsen	Bordwandöffnung, z.B. Ankerklüse, übertragen: Augen, Klüsen dicht = schlafen
Knoten	hier: Schiffsgeschwindigkeit in Seemeilen
Kolbenringe	goldene Ärmelstreifen = Offiziersrangabzeichen
Kolcher	abwertender Name für kleine (alte, minderwertige) Schiffe
krängen	Schiff legt sich auf die Seite

Kriegswache	Bereitschaftswache auf den Gefechtsstationen
Kümo	Küstenmotorschiff, kleine Frachter
Kujambel	eigentlich Saft, aber auch Getränk
Läufer	Bote
Legerwall	Land auf der Leeseite eines Seglers, schränkt Manövrierfähigkeit ein
lenzen	1. auspumpen (Lenzpumpe) 2. vor dem Wind lenzen = kreuzen 3. einen Lenz schieben = faulenzen
LI	**L**eitender **I**ngenieur, techn. Offizier
LM	**L**eitender **M**aschinist, Feldwebelrang
Männchen bauen	militärische Haltung annehmen
Mahalla	großer Schiffsverband
Maling	Anstrich
Marketenderware	Sonderzuteilung von Genuß-/Lebensmitteln bei oder nach Fronteinsatz
M-Bock/M-Boot	Minensucher
Meridian	Mittagslinie = Längenkreis vom Nord- zum Südpol, über dem die Sonne um 12 Uhr MOZ ihren höchsten Punkt erreicht (kulminiert), wichtig für die astronomische Standortbestimmung am Tage (=Mittags- oder Meridianbreite), die sich aus dem Höhenwinkel der Sonne (Kulminationspunkt) über dem Horizont und der Uhrzeit (12 Uhr MOZ) errechnen läßt

MGZ (GMT)	**M**ittlere **G**reenwich **Z**eit = auf den 0^0 Meridian bezogene Zeit (**G**reenwich **M**ean **T**ime), für alle astronomischen Standortbestimmungen maßgebend, da sich die nautischen Tafeln etc. darauf beziehen
MOZ	**M**ittlere **O**rts **Z**eit = auf den jeweiligen Meridian (= Ort) bezogene Zeit
Menage	Bordverpflegung allgemein
Miefrolle	Hängematte
Mittelwächter	Imbiß/Getränk für die Wache ab 0^{00}Uhr
Moses	jüngster (unerfahrener) Matrose an Bord
Muck	hohe Kaffeetasse aus Keramik, ›Kaffeepott‹
Nummer Eins	Kriegsmarine = Seemännische Nr.1 = Oberbootsmann, der für den gesamten seemännischen Bereich an Bord verantwortlich ist = Smadding
Nummer Eins	Royal Navy = Number One, Erster Offizier (First Lieutenant)
Mixer	Mechaniker, z.B. Torpedomixer
Nock	äußerster Teil der Brücke, einer Rah etc.
O-Messe	Offiziersmesse
OF-Raum	(Ober-)Feldwebelraum
Päckchen	1. Bordkleidung, z.B. Lederpäckchen, 2. Boote liegen Bord an Bord
Papenberg	Anzeige für Sehrohrtiefensteuerung
Pasalaken	auch Passalacken = Schimpfwort unbekannter Herkunft

peilen	sichten, messen
Peilung	Kompaßpeilung: Winkel zwischen 0° (Nord) und dem Objekt, z.B. Boje, Landmarke etc.
Peilung	Schiffspeilung: Winkel zwischen Schiffslängsachse (Bug = 0°) und Objekt
Pfeifen und Lunten aus!	»Zapfenstreich« bei der Marine, oft Zusatz: Geister auf Station!
pönen	anstreichen, bemalen
purren	wecken
Rapport	zur Bestrafung vorführen
rescue-ship	Rettungsschiff im Geleit für die Besatzungen torpedierter Schiffe
Ritterkreuz	höchste deutsche Kriegsauszeichnung (1. Stufe), im Wert gesteigert durch a) Eichenlaub, b) Eichenlaub mit Schwertern c) Eichenlaub mit Schwertern und Brillanten
Schapp	kleiner Raum, auch Fach, Schrank
Scheidebecher	Abschiedstrunk
Schott	Tür, Tor
Schotten	wasserdichte Abteilungen im Schiff (s. Verschlußzustand)
Schwell	Welle ohne Brecher
Seetörn	Seereise, Feindfahrt, auch Seewache (s. Törn)
Smadding	siehe Nummer Eins
Spargel	Periskop, Sehrohr
Spring	vordere/achtere leichte Trosse zum Kai
Stelling	auch Gangway, Steg vom Schiff zum Kai
Stoker	Heizer, allgemein: Maschinenpersonal

Stoppelhopser	Spottname für Angehörige der Landstreitkräfte
Strich	Kompaßstrich = 32. Teil der (360°) Kompaßrose
Tampen	Leine, Seil, Tau
Tanks peilen	Verbrauch feststellen
Tide	Gezeiten = Ebbe und Flut
Törn	Seilschlinge(n) um einen Poller, abgeleitet: Wachtörn, Seetörn
torfen	schlafen
trimmen	hier: die Gewichtsverteilung im getauchten U-Boot entsprechend ausgleichen, damit es auf ebenen Kiel kommt
ULD	U-Bootlehrdivision (= U-Boot-schule)
USG (S-Gerät)	Unterwassersuchgerät, Sonar = deutsches ASDIC
V-Boot	Verkehrsboot (Motorboot, Barkasse)
verholen	1. Schiff an einen anderen Platz verlegen 2. sich verdrücken
VP-Boot	Vorpostenboot
Verschlußzustand	Schließen der wasserdichten Türen (= Schotten) im Schiff bei Gefahr
Wabo	Wasserbombe
Wache	Besatzung ist in Steuer- und Backbordwache eingeteilt, wechseln alle vier Stunden. Ausnahme: von 12 bis 16 Uhr Wechsel im Zwei-Stun-den-Rhythmus
wahrer Standort	astronomisch oder durch Peilung bestimmter, tatsächlicher Standort

gegißter Standort	gekoppelter, nicht genauer Standort
Wahrschau	Warnruf, bedeutet: Achtung, aufgepaßt!
wahrschauen	warnen, aber auch: wecken, melden, herbeirufen
Werftgrandie(s)	Werftarbeiter
Wintergarten	hinterer (offener) Teil des U-Bootturms, dient als Geschützplattform für die Flak
Wooling (Wuling)	Durcheinander (insbes. von Tauwerk)
Zentrale	Kommandoraum des U-Bootes, geschützt durch Kugelschott, letzte Zuflucht bei Havarien etc.
zwo (zwozehn)	zwei (zwölf), um Verwechslungen mit drei (oder elf) auszuschließen